茅盾研究
八十年書系

錢振綱・鍾桂松◎主編

李繼凱◎著

57

「師者」茅盾先生

花木蘭文化出版社

國家圖書館出版品預行編目資料

「師者」茅盾先生／李繼凱 著 — 初版 — 新北市：花木蘭文化
出版社，2014〔民 103〕
目 2+264 面；19×26 公分
（茅盾研究八十年書系：第 57 冊）
ISBN：978-986-322-747-2（精裝）
1. 沈德鴻　2. 學術思想　3. 文學評論
820.908　　　　　　　　　　　　　　　103010669

中國茅盾研究會《茅盾研究八十年書系》編委會

主　編：錢振綱 鍾桂松

副主編：許建輝　王中忱　李　玲

特邀顧問：

邵伯周　孫中田　莊鍾慶　丁爾綱　萬樹玉　李　岫

王嘉良　李廣德　翟德耀　李庶長　高利克　唐金海

ISBN-978-986-322-747-2

9 789863 227472

茅盾研究八十年書系
第五七冊

ISBN：978-986-322-747-2

「師者」茅盾先生

作　　者　李繼凱
主　　編　錢振綱　鍾桂松
總 編 輯　杜潔祥
副總編輯　楊嘉樂
編　　輯　許郁翎
出　　版　花木蘭文化出版社
社　　長　高小娟
聯絡地址　235 新北市中和區中安街七二號十三樓
　　　　　電話：02-2923-1455／傳真：02-2923-1452
網　　址　http://www.huamulan.tw 信箱 hml 810518@gmail.com
印　　刷　普羅文化出版廣告事業
初　　版　2014 年 7 月
定　　價　60 冊（精裝）新台幣 120,000 元

「師者」茅盾先生

李繼凱 著

作者簡介

李繼凱，1957 年生，江蘇宿遷人。文學博士，教授，享受國務院政府特殊津貼專家，全國優秀博士學位論文指導教師。兼任中國魯迅研究會副會長、東亞漢學研究會副會長、中國茅盾研究會常務理事、中國現代文學研究會理事、中國當代文學研究會理事、《中國文學年鑒》編委、《中國現代文學研究叢刊》編委、《茅盾研究》編委、全國教育專業學位教育指導委員會委員及國家社科基金專案評委等。在《中國社會科學》、《文學評論》、《文藝研究》等雜誌發表論文 180餘篇，出版著作 9 部，主編著作 10 多部。先後獲省部級及以上獎勵 10 餘次。

提　　要

　　本書主要包括上篇和下篇兩個部分。上篇基本圍繞「堪爲人師」論題展開，突出了茅盾先生的「師者」品格及特徵，認爲茅盾是一位非常優秀的「師者」，達到了「國家文化名師」的層級。因爲他既有突出的師者之品格，也有很強的師者之能力，還有很顯赫的師者之業績。特別是在從事文學引領、文學教育、文學傳播等實際工作方面，有著非常傑出的貢獻。同時，也盡可能多方面涉論了茅盾的生平、思想及情感，努力表達本書作者自己的「茅盾觀」。下篇主要觀照茅盾的「舞文弄墨」，話題頗爲開放，涉及了茅盾的更多方面，有鑒賞，有比較，有述評，也有對茅公「書寫行爲」的考察，強調了他和中國書法文化的多層關係。話題如茅盾《水藻行》與賽珍珠《大地》之比較、茅盾農村題材描寫的得與失、魯迅與茅盾農村題材創作的情理交融、茅盾的「著書亦爲稻粱謀」創作行爲分析、茅盾與胡風的關聯及比較、茅盾與中國書法文化、茅盾手蹟（複合文本）的珍稀及傳播等，都能力圖從點點滴滴的文化、文學實踐層面，體現出文化導師茅盾先生的務實和勞作之功。在「人無完人」的層面，本書對茅盾人生與文化實踐中存在的諸多不足或遺憾，也有實事求是的客觀分析。

目

次

前言　謹言慎行、守正求變的茅盾

上篇　堪為人師 ………………………………………………… 1

1. 略論「師者」茅盾先生 …………………………………… 3

2. 大師茅公與秦地文學 ……………………………………… 9

3. 茅盾：文學大師生命的重構 …………………………… 19

4. 論魯迅與茅盾的當代性 ………………………………… 31

5. 接受視閾與經典建構 …………………………………… 45

6. 結緣：茅盾與延安文藝窺探 …………………………… 57

7. 溝通：茅盾創作活動中的「讀者意識」 ……………… 65

8. 另一種選擇：知止當止 ………………………………… 85

9. 晚年的生活：珍攝生命 ………………………………… 97

下篇　舞文弄墨及其他 ……………………………………… 103

10. 略談《水藻行》與《大地》 ………………………… 105

11. 「村中憂患繫春蠶」──談談《春蠶》中對老通
　　寶的心理描寫 …………………………………………… 115

12. 論茅盾小說中農村題材描寫的得與失 ……………… 121

13. 論魯迅、茅盾農村題材創作的定向性 ……………… 133

14. 論魯迅、茅盾農村題材創作的情理交融 ……… 145

15. 著書亦為稻粱謀——略論物質文化視境中的
　　魯迅與茅盾 ……………………………………… 159

16. 關於胡風與茅盾的交往、衝突及比較 ………… 179

17. 茅盾與中國書法文化 …………………………… 193

18. 復合文本的珍稀及傳播——談談《茅盾珍檔
　　手蹟》…………………………………………… 205

19. 引領向北國——讀茅盾《新疆風土雜憶》 …… 211

20. 近三十年來茅盾散文研究述評 ………………… 215

附　錄

　　附錄一　內部比較與外部比較（王富仁）………… 227
　　附錄二　評李繼凱《全人視境中的觀照——魯迅與
　　　　　　茅盾比較論》（趙學勇、崔榮）………… 232
　　附錄三　再看文化名人（張雪豔）………………… 239
　　附錄四　走近當代學人的魯迅與茅盾——讀《全人
　　　　　　視境中的觀照——魯迅與茅盾比較論》
　　　　　　（袁紅濤、陳黎明）…………………… 241
　　附錄五　評李繼凱《全人視境中的觀照——魯迅與
　　　　　　茅盾比較論》（劉方喜）………………… 247

後　記 ……………………………………………… 255

前　言
謹言愼行、守正求變的茅盾

　　人的成長有賴於「文化搖籃」一樣的家庭和故鄉，其性格、人格乃至思維、語言、行爲的習慣，都與這化育無聲的「文化搖籃」有著非常密切的關係。茅盾度過 85 年的人生軌迹基本可謂「謹言愼行」和「守正求變」，言行中規中矩，偶有偏失卻也會較快地醒覺並自我救正，甚至其間會於「故意爲之」的言行中深藏著求變、求索或「實驗」的意向。這種人生定力和功夫，當與這裡所說的「文化搖籃」有關。

　　茅盾年少時的家道也許不算顯赫，卻較爲殷實、平順。茅盾的祖上本是烏鎮附近鄉下的農民，後來遷到鎮上做小買賣，到了後來也就漸漸發迹，開起了商店。再到茅盾曾祖沈煥的時候，還嫌在烏鎮限制了自己的發展，獨自一人到外地謀生。在漢口等地經商 10 多年後就捐了個官。這也就是說，他終於「混」成了比較有錢有勢的那種人。其實「有錢有勢」者並不一定都是壞人，他的經多識廣，也使他成爲有膽有識之士。這便「澤被後世」，對自己的子女影響至大。連後來沈家長房的住屋也是他留下的基業。他還給子女留下了更多的店面。他去世時茅盾才 4 歲。但正所謂「前人栽樹，後人乘涼」，這祖輩上留下的陰涼對茅盾來說也有非常重要的意義。茅盾的曾祖母是書香門第之女，對後人影響也很大。她去世時茅盾爲 6 歲。他們對長房的曾孫也自然是非常重視。茅盾直接地得到他們的關愛也許不能算多，但間接地經過其他人（包括自己的父母）和事（包括物質、學習等條件的提供等），都對茅盾產生了不可忽視的影響。到茅盾祖父沈硯耕，可以說經商與考試皆不理

想，但特別喜愛書法和其他民間藝術等，有較多的時間帶著茅盾四處走動，見聞的增廣以及對詩文、對聯的初識等，都有賴於這位祖父。這種早期教育的影響之大自然也不可忽視。及至到了茅盾父母一輩，自然對茅盾的影響就更明顯些。茅盾的父親沈永錫，為清末秀才，後隨岳父習中醫。是一位鄉間難得的屬於維新派的人物。他贊成「西學為用，中學為體」，對西方科學技術知識頗為嚮往，並自己購了一些這方面的書，自學達到了較高的水準，尤其是數學知識的水準比較突出。他曾有外出學習的大計劃，如出國留學或到北京求學，可惜由於時局變化與家庭牽累，未能如願。但他有點像那種父親：自己未能實現的願望都寄託給了自己的孩子。即使他在病重之時，也留下遺囑，要自己的孩子從事於實業，成為理工人才。儘管頗有點重理輕文的味道，但是他也非常關心國家命運，即使在病床上對茅盾也要說些「大丈夫要以天下為己任」之類的話語。不幸的是，這位父親才僅僅活了 34 歲，不僅辜負了他所學到的醫術，而且也未充分展示他在其他方面的才能。特別是沒有看到他的兩個兒子的未來。他的妻子陳愛珠在其遺像兩側寫下了這樣一幅對聯：「幼誦孔孟之言，長學聲光化電，憂國憂家，斯人斯疾，奈何長才未展，死不瞑目；良人亦即良師，十年互勉互勵，雹碎春紅，百身莫贖，從今誓守遺言，管教雙雛。」僅僅從這對聯，就可看出茅盾的母親確非一般家庭婦女了。她既知書識禮，又善於治家理財，堪稱那個時代的「女強人」。其文史知識來自其家學，也來自婚後與丈夫的共學，更來自她自己的勤奮自學。也正是由於她有這樣的文化修養，才使她能夠成為茅盾的「第一個啟蒙老師」。她教讀《字課圖識》、《天文歌略》、《地理歌略》等，還常常講各種故事以及一些小說的內容，這些都顯示了她的能幹，她的開明，無疑對茅盾的成長產生了深遠的影響。茅盾自己在傳記中寫到母親，也是濃墨重彩，直至晚年，茅盾仍時常夢見母親。他曾說：「幼年稟承慈訓而養成之謹言慎行，至今未敢怠忽。」〔註1〕，「在 25 歲以前，我過的就是那樣的在母親『訓政』下的平穩日子。」〔註2〕茅盾晚年回顧一生時，也還是不忘母親給他的影響。自然在茅盾的表述中，這種影響都是積極的肯定性的。即使在「文革」期間的

〔註 1〕 茅盾：《我走過的道路·序》，人民文學出版社 1981 年版。此序很短，卻兩次提到「稟承慈訓」和「謹言慎行」這八個字，格外引人注目。可謂茅盾一生最為自覺的一個「自我判斷」。

〔註 2〕 茅盾：《我的小傳》，載《文學月報》第一卷一號，《茅盾研究資料》（上）第43 頁。

詠贊亡母之作《七律》中，還深情地寫道：「鄉黨群稱女丈夫，含辛茹苦撫雙雛。」「平生意氣多自許，不教兒曹作陋儒。」也時與家人或親友談起母親，講她對自己的啓蒙和教導、鼓勵和幫助。〔註3〕直至晚年詩作《八十自述》，他集中或主要講述的卻並不是自己，而是母親，詩中表達的是感念母親對自己的養育之恩，特別是母親對自己性格氣質方面的影響。慈母的「訓政」模塑就了茅盾的謹愼而又勤奮的性格，使他「像湖泊」，「像燈塔的看守者」，「像辛勤的老牛」。〔註4〕這種謹言愼行、穩重勤勉的性格，決定了茅盾的人生「大局」，雖然自有局限，卻也極具特色，使他和同時代很多文化名人區別了開來。從認知發生、文化積澱或文化心理建構的意義上講，這種早年受故鄉和家庭等影響而形成的文化基因或「影因」具有某種決定性的文化力量，對茅盾作爲中國本土作家的「特色」形成及其「文心」雕塑，具有「文化染色體」的價值和意義。

茅盾的家境比較殷實，即使在其父親去世後的幾年時間裏，能幹而又謹愼的母親也將家務處理得有條不紊，並不惜動用自己早年出嫁時攢下的「私房錢」，從而確保了茅盾和其弟弟沈澤民的讀書學習。茅盾家居生活的相對「平順」對他性格的形成顯然也是起到影響作用的。他由此顯然更領略了謹愼、細心以及精打細算對人生的意義。何況，茅盾從小所經過的家道中衰的變化基本接近「常態」人生：患不治之症多年的父親去世了，這對於自身行醫的茅盾父親來說自然是自知的，其家人也會有較爲充分的心理準備。

提起中國大陸的江浙，人們一般都會認爲是經濟發展和文化教育最爲「先進」的區域，因此，茅盾在家鄉所接受的新舊兼具的比較正規的教育，雖然有「封建教育」的弊端，茅盾也在文章中控訴過這樣的傳統教育，但事實上，茅盾在童少年時期卻有幸接受了這樣的以傳統國學爲基礎的教育。隨著時代的發展，還有幸接受了新舊兼具的比較正規化的教育，新文化因素越來越趨於豐富。端肅的教育可以化成有抱負的人才。當年，茅盾小學畢業時家中老人原本想讓他到紙店當學徒、長大可做老闆以繼家業，幸而有深通教育的茅盾母親表兄盧鑒泉的勸說，才使得茅盾能夠繼續求學，從中學到北京大學預科，一路學來，漸有所成。其學習的一個最傳統也最現代的動力，即爲最正宗的人生理念：「大丈夫當以天下爲己任」。有擔當、有使命感，感時憂國、

〔註3〕　參見金韻琴：《茅盾談話錄》，《新民晚報》1983年4月14日。
〔註4〕　參見林甘泉：《文壇史林風雨路》，浙江人民出版社1999年版，第27頁。

齊家治國平天下，這些正統的卻生生不息的教化觀念，都可以賦予特定時代的內容。小學畢業之時的茅盾就已經具有了這樣「周正」的理念，令盧鑒泉讚歎不已，並在茅盾參與「童生會考」作文《試論富國強兵之道》的文末寫下了這樣的批語：「十二歲小兒，能做此語，莫謂祖國無人也。」要做國家棟梁之才，這樣的讀書才會依然神聖、依然具有非凡的意義，才會特別「給力」或具有所謂的「正能量」。世間其實總有「小我」與「大我」的區別和紛爭，但歷史總是一再證明，唯有大氣魄、大抱負者，才能懂得歷史的重託、民族的希冀、個人的責任以及讀書的意義。

茅公一生，扮演的人生角色頗多，但筆者以為，作為廣義的「師者」最可值得借鑒和師法。在中國，古人言說「師道」，妙文佳句甚多。其中的「學高為師、身正為範」一語流傳極廣，衍生了許多類似的格言或校訓。以此衡量茅盾，真的是契合符合、當之無愧的。他通過家教、基教和高教的持續學習，特別是通過高度自覺的自學，獲得了淵博而又精深的知識，使他的文教活動和文學創作都帶上了「師道」的況味。他確實能夠勝任教師的傳道授業解惑之責，且時或進行教學活動，但更重要的是他能做到「身正為範」。孔子曾說過：「其身正，不令而行，其身不正，雖令不從。」以此來看茅盾，他的言行和創作，其實都強烈地傳達了一種注重引導的「身正為範」的意識，他的謹言慎行，自律甚嚴，無疑也多於此考量相關。

筆者曾執筆參與國家培養教師計劃之一即《教育碩士、博士學位基本要求》的起草工作，寫下了以下類似「國標」的話語：「教育博士是教育、教學和教育管理領域復合型、職業型高級專門人才，⋯⋯教育博士專業學位獲得者應對教育事業發展具有強烈的責任感和使命感，具有良好的人文與科學素養、紮實寬廣的教育專業知識和較高的教育理論水準和教育政策水準，能有效運用科學方法研究和解決教育實踐中的複雜問題，創造性地開展教育、教學和教育管理工作，應是具有較強反思能力的研究型專業實踐者。」「教育博士應進一步增強獲取知識能力、教學實踐能力和組織協調能力，尤其要大幅度提高洞察力和實踐性的研究能力：教育博士專業學位研究生應自覺加強教育理論和研究方法的學習，注重理論聯繫實際，加強對教育實踐經驗的反思，提高研究和解決現實問題的能力。具體而言，即要具有解讀、分析和制定教育規章的能力；具有敏銳的問題反思意識和過硬的教育科研能力；具備從事教育實踐工作所要求的專業核心技能，如信息搜集、分析能力，組織

領導能力，科學決策能力，學校公共關係的管理能力等。教育博士專業學位研究生應根據專業方向的培養要求，在理論運用、文獻述評、實踐研究三方面各完成一篇不少於 8000 字的研究報告。」這是從專業學位教育角度提出的比較具體的要求，較之於古人關於教師的要求即「傳道授業解惑」要具體多了。以此「現代」標準衡量茅盾，特別是從文學專業的「教師」標準來衡量茅盾，他也確實是非常優秀的「師者」，達到了「榮譽教育博士」的層級。因爲他既有突出的師者之品格，也有很強的師者之能力，還有很顯赫的師者之業績——從事文學引領、文學教育、文學傳播的重要成就！

　　有意趣的是，茅盾最早的職業其實是「教師」，他剛剛離開北大校園所從事的恰恰是教師幹的事情。這自然是從求實求細的角度講的：茅盾（沈雁冰，21 歲）於 1916 年下半年剛到商務印書館時所幹的工作嚴格說來並不是編輯，英文部的負責人把他分到下屬的英文函授學校，讓他擔任修改學生課卷的工作。因此從工作性質而言，當時的沈雁冰是位教師而非編輯，更準確的說法則是「函授見習助教」，因爲這更合乎實情。這函授學校是商務印書館爲了「創收」而建立的，這種經營模式在當初很新穎，在今天則司空見慣。茅盾對這樣的助教工作一開始就能駕輕就熟，而且還有餘力關注其他方面的工作，主動給館方領導建言獻策。如果說這次擔任改學生作業的助教還只是一次小小的嘗試，那麼後來，茅盾也確曾間斷性地從事過教師職業，如在上海大學從教、在武漢軍校（中央軍事學校武漢分校）從教、在新疆學院從教、在延安魯藝從教等等，以及在許多場合從事講座或學術性的報告，這些從教經歷也是其人生中可圈可點的亮點，不可忽視。當然，他的從教生涯在其人生中所佔比例並不大，但卻是他品性、學養和影響力的集中體現。尤其是，他的這種品行、學養都注入到他的文學、文化活動之中，凝化、結晶成一種「師化」的品格，具有導引先路、啓迪人生的正面作用。他曾如此介紹自己的創作動機：「我是眞實地去生活，經驗了動亂中國的最複雜的人生的一幕，……想要以我的生命力的餘燼從別方面在這迷亂灰色的人生內發一星微光，於是我就開始創作了。」有「光」的文學，無疑有照亮的作用。茅盾，就是這樣一位即使在人生低谷裏行走，在迷亂人生中探尋，也要努力發出「光」來的作家文人，這在筆者看來，由此體現的正是「師者」最可寶貴的品格！

　　當然，要想在漫漫人生路上做好一位導引先路的師者，就需要持續的學

習和思考，要與時俱進而又不至於輕易陷入各種誤區，這就需要有辨析時代大勢、跟進時代主潮、引領文化前行的能力，亦即在「守正」的前提下，還要有「求變」「應變」的能力。茅盾在文學創作、文學評論、文學編輯、文化活動及參與政治等方面，都表現出了很強的求變、應變能力，且非常注意「適度」和「調整」，就像他的外在形象的適度修飾及其書法的布局考究，雖不能說時時處處都恰到好處，但總體上看，都顯示了足夠強大的理性控制力量，使「失範」的可能性降到了最小的範圍。欲知其詳，下文會有分說，這裡就不贅述了。

上篇　堪爲人師

1. 略論「師者」茅盾先生

　　筆者少年時有幸接觸茅盾的作品，是在語文課本上，從學習的角度講，這就發生了師承的關係。當然這樣說似乎有「高攀」之嫌。後來筆者曾承辦一次規模不大的全國茅盾研究會議，把獲得茅盾文學獎的著名作家陳忠實先生請來講了話，他說在初中時就讀了茅盾許多作品，並且受到了相當深切的影響，茅盾是他心目中的文學大師。於是乎我想，這「師者」確有廣義和狹義之分。狹義的就是人們通常認爲的要有直接上課、聽課，批改作業、耳提面命的「師生關係」，在這個關係中，師者是主體，是實施教育的一方；廣義的其實就是有師法對象、有自學經歷、有引導作用、有私淑師承、有心摹手追的「師生關係」，在這個關係中，「學生」（學習者或讀者）是主體，是實施主動學習的一方。我以爲，茅盾的巨大存在，從某種意義上講，就是這種廣義與狹義兼具的「師者」之「在」。「此在」頗不平凡，影響至爲深遠。

　　本書主要擬從影因（meme）理論的角度，論述茅盾先生所達到的「師者」境界。認爲茅盾人生追求的一種精神境界，已臻於國家「文化名師」境界：其爲人爲文，做人做事，都達到了「學爲人師，行爲世範」的「師者」境界，其影因巨大，堪爲師表。他所建構的「茅盾範式」及其文學傳統也具有深遠的影響。

　　要而言之，正常的人生追求之終極，大致可謂「留因有二」：一爲基因（gene），二爲影因（meme）〔註1〕。基因者乃爲人的本能所在，傳宗接代，

〔註1〕 參見〔英〕里查德・道金斯：《自私的基因》，盧允中等譯，吉林人民出版社1998年版。道金斯用 meme（諧音譯爲迷米、米姆等）這個自創的詞描述人類頭腦中的觀念及其傳播，並認爲可以用達爾文的進化論加以探討。他的名言：「When

生命賴此綿延進化；影因者乃爲人的影響因素，創造創化，精神賴此傳播弘揚。很多英雄志士、英雌才女，燦若群星的文化名人、各界名流，概而言之，大都矢志追求生命的賡續和精神的傳揚，特別是後者，能夠體現爲「人之爲人」的文化品行及其達到的精神境界。茅盾通過畢生努力，就達到了這種難能可貴的「師者」境界，可堪爲人師表處甚多。或可謂，其人格已臻於高尚挺拔之境，有如白楊；其文學達至一代大師水準，有如翹楚。故任何詆毀妄言，都無法泯滅其充滿文化活力的影因，在其傳播方面也是「給力」的，值得關注的。其文化個性及影因的延宕，確已構成了一片亮麗的文化風景。而那些或因政治，或因人品，或因誤解等而惡意攻擊茅盾者，自己倒是需要認眞「反思」一下的。

文化名人大抵都有自己的鮮明個性，並賴此形成不泯的影因和可資比較的話題。筆者曾在拙著《全人視境中的觀照‧魯迅與茅盾比較論》〔註2〕中指出：恰是各種文化影響因素塑造了魯迅與茅盾的「人格」和「文格」，二者相比，可以說魯迅是新型文化的開路派、前衛派，主要以創造者的激情和戰鬥者的膽識，思想家的智慧和文學家的才華，塑造了自己的形象，譜就了驚心動魄的人生樂章；而茅盾作爲新型文化的穩健派、建構派，卻主要以政治家的理智，文學家的細膩和活動家的才能以及分析家的明敏，建構了自己的人生世界，譜寫了悠遠昂揚的人生之歌。他們的文化個性、創作個性都異常鮮明，無論在歷史演進過程中，還是面向文化發展的現實和未來，都可以說魯迅與茅盾都是具有鮮明個性及重大影響的文化巨人。就其有用於世的人生追求而言，則可以說：魯迅與茅盾都是具有當代性的文學大師，魯迅是中國 20 世紀最重要的文化巨人，就其總體特色而言，則是偉大的文學家與偉大的思想家的相當完美的結合；茅盾也當得起中國 20 世紀傑出的文化巨匠，就其總體特色而言，則是偉大的文學家與重要的政治家相當完美的結合。他們無疑都是中國歷史上難得的「文學大師」，而非「文學小師」，更非「文學劣師」，都有著相當大的世界性影響。即使他們自身存在這樣那樣的矛盾或不足，也

---

we die, there are two things can leave behind us: gene and meme.」（當我們死去，只有兩樣東西存留下來：基因和影因。）被廣泛傳誦。meme 這個詞已被牛津英語字典收錄並產生了廣泛的影響，由英國心理學家蘇珊‧布萊克爾所著的《迷米機器》，已深化了相關研究。中國則有學者將其譯爲「文化基因」（陶在樸）或「影因」（馮英明）。

〔註2〕 李繼凱：《全人視境中的觀照──魯迅與茅盾比較論》，中國社會出版社 2003年版。

實難遮蔽其應有的光輝，也足可引爲今人與後人的鏡鑒。而他們的思想文化遺產及其在文化史、文學史、學術史上產生的種種影響，客觀上也已形成相當引人注目的文化現象，從主導方面看也已成爲後人應予珍惜的思想文化資源。將魯迅及魯迅研究、茅盾及茅盾研究視爲文化性存在，名之爲「魯迅文化」和「茅盾文化」，在一定意義上講是成立的。而作爲思想文化的重要資源，於文化積累、文化再生及針砭時弊諸方面，「魯迅文化」和「茅盾文化」的價值與意義也是不宜輕估的。

　　新時期以來的歷史發展實際業已證明了這點。正是這「天賜良機」的「新時期」接續上了自近代以來便萌發的立人立國的現代化之夢。五四時代的強音再度響徹雲霄，透入人們的心底。由此我們看到了魯迅、茅盾們的「復活」。值得說明的是，和魯迅一樣，茅盾將如何做人視爲第一要務，將勇於擔當、爲國爲民以及忠誠於信仰視爲人格建構、文學創作的原則和律令，由此使其人其文具有了現實關切和堂堂正氣，故茅盾絕不是如某些人說的那樣，是精神上或人格上的奴隸。特別重要的是，茅盾是一位特別執著於人生追求的求眞務實的人，他最爲關心的是國家民族的命運和被損害者的人生。大抵而言，他的生命樣態與魯迅相仿，也顯得特別成熟，甚至神聖，是民族的「脊梁」和時代的「良心」，難能可貴且不可或缺。儘管此類人也都有自己作爲人而非神的難以避免的某些局限，但與時代同行的民族「脊梁」式的人物，不僅在日常生活中有其存在的必要，而且在民族危機或其他重要關頭，他們總是那種挺身而出的多所奉獻的人。這使筆者想起每逢國難當頭或災害襲來，固然會暴露出社會人生的許多問題，但也一定會由「脊梁」們張揚出天地之間難以泯滅的一股清正之氣，著實令人感動感奮。對於民族、國家或人類社會而言，如果沒有這種「脊梁」式的人們而只有那些私字在胸、玩字當頭、損人利己的「頑主」，是否還能存在或者是否有其存在的價值也便成了疑問。顯然，魯迅與茅盾都是富有入世進取精神的中國人的優秀代表，儘管一位是善於醫治心病的「醫生」，一位是善於導引激勵的「老師」，但他們的「職業」對中國人來說，其意義都是非同尋常且十分重要的。

　　是的，在筆者心目中，茅盾先生就是一位善於引導和激勵他人且令人尊敬的老師，是古今中外文化「磨合」而成的獨具魅力的「這一個」。儘管他的講學或擔任教師的生涯不像魯迅、胡適、周作人、朱自清、聞一多等人那樣長久或顯豁，卻仍然建構了卓越的「師者」品格。由此既可以顯示出他的

人格和文格，也可以顯示出他為人為文的特色及影因，在文化界文學界尤其足以為人師表。固然，一個民族要有浪漫不羈的大作家，要有眷戀大自然的山水詩人，甚至也要有現代性愛小說和通俗文學大師等等，但無可爭議的是，也特別需要有自己的思考、關注現實的嚴肅型作家。茅盾就是這種類型作家的最為優秀的代表之一。茅盾在其一生中都是做事注重「大事」、做人注重「大節」的，他能夠密切關注時局政治，對國家命運的緊張思考也清晰地體現在他的作品中，有些思考是相當有特色的，比如其代表作《子夜》對民族資產階級的悲劇命運的描寫實際是將其視為民族悲劇來描寫的，將資本運作和都市生活的異化形態進行了生動敘述，並不是簡單地認同了某種「主義」，也沒有將生活的複雜進行簡單化概念化的演繹。他的《子夜》、《腐蝕》、《蝕》、《霜葉紅似二月花》、《林家鋪子》、《春蠶》、《創造》、《水藻行》、《風景談》、《白楊禮贊》等作品，都是具有經典性的作品。並由這些熠熠閃光的作品，建構了自己的文學世界和可以稱之為「茅盾範式」的文學傳統〔註3〕，這個傳統對建構國家文學、民族文學意義重大，對建構新型的理性主義、小康社會及當代文化等也均有多方面的啟示意義，其影因力量是不可小覷的。

　　誠然，文學世界本是藝術個性可以自由生長的園地，茅盾的文學實踐自然也是在「種自己的園地」，何況他的歷史影響業已產生，特別是他的史詩品格與藝術範式對當代中國小說創作的影響確實影響顯著，而今雖有變化，但仍在延續著，只是方式複雜些、蹟象幽微些罷了。比如被譽為新史詩的《白鹿原》作者陳忠實就曾表白，自己在年輕時就讀完了茅盾的幾乎所有能夠找到的作品，在自己的文學創作中，就有著茅盾的重要影響，無論別人怎樣看，茅盾先生的大師地位在其心目中都是永存的。〔註4〕在陳忠實看來「文學依然神聖」，而茅盾也依然是文學大師。這樣的話語這樣的口吻聽起來不是一種愚頑，而是一種執著的誠實，相當令人感動。即使僅從茅盾在文體創新方面看，他也不是那種甘於亦步亦趨的人，他在努力地超越著，建構著屬於他自己的文學個性。眾所周知，茅盾在潛心瞭解社會、注重思想穿透、理性剖析人生等方面顯示了文學大師的風範，並成功創造了一系列影響顯著的中長篇小

〔註3〕 王嘉良：《論「茅盾傳統」及其對中國新文學的範式意義》，《浙江學刊》2001年第5期。

〔註4〕 參見鍾海波等《全國茅盾研究學術討論會綜述》，《陝西師範大學學報》2000年第2期。

說，正是他，徹底改變了五四時期中長篇小說的幼稚狀態。比較而言，茅盾在長篇小說這方面投入了他最大的精力，其卓越的建樹已被《子夜》、《虹》、《腐蝕》、《霜葉紅似二月花》等長篇力作所證明了，而他身後設立的「茅盾文學獎」的比較普遍的被承認，多少也可以說明他對長篇小說文體有著重要的貢獻。而從茅盾生前的有關言論和同意設立文學獎來看，其實他對自己長篇小說成就還是頗爲自信的。尤其是《子夜》在文體上的創造，開啓和確立了現代小說社會分析派的審美範式。因此完全可以說，茅盾在現代長篇小說方面的創造性貢獻是非常明顯的，他在小說創作中發揮了他最大的藝術才能，成爲文學史上開宗立派的傑出人物和最具影響力的著名作家。那種也許是因爲意識原因而非文體原因有意貶低或無視茅盾文體創造的觀點，是很難讓人贊同的。

　　「師者」的影因存於有言無言之間。而茅盾的文化個性及影因的延宕，確已構成了一片亮麗的文化風景。這不僅在上世紀文藝界批評界可以領略到這樣的勝景，也可以在新世紀初期的文化實踐中領略到茅盾文化追求的價值和意義，更可以便捷地從「茅盾文學獎」等標誌性事項及成果中，領略到「茅盾範式」的影因力量。是的，從茅盾文學獎的設立和評選中即可看出茅公的影因所產生持久的重要影響。其中既有其高尚人格（勇於擔當、守正求變、謹言慎行等等）的積極影響，也有其文格（史詩追求、現實主義、社會分析等審美範式）的重要影響。該獎自 1981 年設立以來，30 年間舉辦了 7 屆（第8 屆目前正在評選），共評選出 33 部作品（含獲榮譽獎《浴血羅霄》、《金甌缺》）〔註5〕。儘管水準有差異，過程存爭議，但作爲我國持續時間最長的最

〔註 5〕 第一屆茅盾文學獎獲獎篇目（1971～1981）：周克芹《許茂和他的女兒們》、魏巍《東方》、莫應豐《將軍吟》、姚雪垠《李自成》（第二卷）、古華《芙蓉鎮》、李國文《冬天裏的春天》；第二屆茅盾文學獎獲獎篇目（1982～1984）：李準《黃河東流去》、張潔《沈重的翅膀》（修訂本）、劉心武《鐘鼓樓》；第三屆茅盾文學獎獲獎篇目（1985～1988）：路遙《平凡的世界》、凌力《少年天子》、孫力、余小惠《都市風流》、劉白羽《第二個太陽》、霍達《穆斯林的葬禮》、（另有榮譽獎二部：蕭克《浴血羅霄》、徐興業《金甌缺》）；第四屆茅盾文學獎獲獎篇目（1989～1994）：王火《戰爭和人》（一、二、三）、陳忠實《白鹿原》（修訂本）、劉斯奮《白門柳》（一、二）、劉玉民《騷動之秋》；第五屆茅盾文學獎獲獎篇目（1995～1998）：張平《抉擇》、阿來《塵埃落定》、王安憶《長恨歌》、王旭烽《茶人三部曲》（一、二）；第六屆茅盾文學獎獲獎篇目（1999～2002）：熊召政《張居正》、張潔《無字》、徐貴祥《歷史的天空》、柳建偉《英雄時代》、宗璞《東藏記》；第七屆茅盾文學獎獲獎篇目（2003～

高文學獎之一，其專項性質（長篇小說）和限項運作（一般四年一次且僅評幾本小說等）使其擁有了嚴肅周正的性質，頗有茅公為人處世的風範，其基本成功的評選實踐使之產生了相當廣泛的社會影響。這也驗證了著名學者嚴家炎先生 20 多年前的預言：今後「也將會有新的來者」〔註6〕。

事實上，茅盾文學獎如今已經成為我國文學界一個業界品牌，創品牌難，守品牌更難，不僅要正視和警惕那些總要「砸牌子」的言論和行為，而且要深切領會茅盾先生的人格和文格，認識和領略其精魂和影因，還要將生生不息的「茅盾文化」作為一個重要的「教育資源」進行積極開發，在文學教育方面，將「茅盾文化」與基礎教育和高等教育緊密結合起來，從而充分發揮其化育人心、行為世範、砥礪創新的影響作用。

在此，筆者由衷對誕生 115 週年的茅公讚美一聲：您是我們敬愛的「師者」茅盾先生！

（原載《茅盾研究》第 11 輯，新加坡文藝協會出版，2012）

2006）：賈平凹《秦腔》、周大新《湖光山色》、遲子建《額爾古納河右岸》、麥家《暗算》。

〔註6〕 嚴家炎：《中國現代小說流派史》，人民文學出版社 1989 年版，第 204 頁。

2. 大師茅公與秦地文學

　　在 20 世紀中國文學史上，茅盾的巨大存在是任何人都無法否認的。這一巨大的存在直接體現爲文學大師的崇高品位和立體形象，從創作、評論、翻譯、編輯以及其他文學活動中鮮明地映現出來，同時也從活生生的文學影響或接受活動中表現出來。應當說，「文學大師」的名號不應是某些人即興隨意和別有用心的封贈，而應是其文學實績和影響的眞實寫照，以及相應的文學接受和文學再生之歷史的客觀證明。

　　事實勝於雄辯。那種意欲否定茅公、貶損茅公的巧舌如簧，在事實面前卻顯露出無法遮蔽的荒唐和虛妄。只要能夠深入細緻地驗證茅公的巨大影響，那種否認茅公大師地位的種種言行，也就會不攻自破。過去，我們也從國內外的廣闊視野看取茅公的文學影響，但大多流於概觀綜述，細部深究和具體論證往往不夠。本書在此擬就茅公與秦地〔註 1〕文學的關係，尤其是茅公對秦地文學在歷史上的積極影響，進行一些細緻的考察，從地域文學與文學大師的個案分析中，借一斑而窺全豹，不僅可以有助於認識作爲文學大師的茅盾，而且對深入瞭解秦地文學的歷史和現狀也有較大的助益。

一

　　在 20 世紀秦地文學中，有三大文學現象最爲引人注目，一是「延安文學」，二是「白楊樹派」，三是「陝軍文學」。然而同樣引人注目的是，茅公

〔註 1〕秦亡而有楚漢之爭，項羽自設鴻門宴後封劉邦爲漢王，管理漢中等地。爲防劉邦東進，又將關中、陝北封給三位故秦降將，史稱「三秦王」。今仍沿用「三秦」之稱，代指陝南、關中、陝北三個區域，本文統稱爲「秦地」。

與這三大文學現象都有著相當密切的關係。延安文學，可謂是秦地藝苑中最奇異的景觀。如眾所知，在特定的時代條件下，延安成了抗戰時期及解放戰爭時期中國革命的中心，同時也成了全國的文化中心之一。從全國移居於此的文化（包括文學）精英，在黃土高原上生根開花，將理想文化（如馬克思主義）與地域文化（如延安及根據地本土文化）緊密結合，創造出令人耳目一新的延安文學，並在各根據地和大後方都產生了積極的影響。延安文學（藝）作為一種運動，確已成為一種歷史。但作為一種文學追求，卻始終都有一種內在而又強大的生命力。表面上看，延安文學多是由外地人創造的「移民文學」，實質上卻是本土文化與外來文化深度融合的結果。當革命和文學從黃土高原上崛起或「長大」的時候，無論如何都不能忽視這片黃土高原，忽視這裡潛蘊的革命和文學的種子以及來自地母（民眾文化）的能量。正如有的學者指出的那樣，延安文藝是「中華民族黃河文化精神的一次現代張揚」，延安及周邊地域的文化對延安文藝的發生，產生了重要的影響作用。〔註2〕

茅公與延安及其文藝的精神結緣早於他到延安的 1940 年。當紅軍到達陝北時，他曾和魯迅一起給予衷心的祝賀；在他寫於抗戰初期的《第一階段的故事》中，便表達了對延安的嚮往之情；在他主編的《文藝陣地》上，想方設法及時報導來自延安文壇的消息；在他的心中也時常記掛著那些奔赴延安的親朋好友。而在茅盾帶著全家到了延安之後，也就有了長久安居於此、工作於此的打算。後來雖因黨的工作需要和周恩來的安排而離開了延安，但在不足半年的延安之行裏，已經與延安及其文藝建立了深切的情緣。無論是身在延安還是身在異地，這一深切的情緣都促使他為延安及其文藝做一些紮紮實實的工作。在延安期間，茅盾參加了各種集會、講學和考察等社會活動或文化活動，其間尤為突出的，自然還是緊密聯繫文藝的實際需要而從事的寫作活動。在延安所寫的理論批評方面的文字，約有 10 餘篇，內容主要圍繞著延安文藝界當時關注的民族形式和紀念魯迅等命題而展開。在離開延安之後，茅盾的身心彷彿與延安貼得更近，時常「引領向北國」（《感懷》），「側身北望思悠悠」（《無題》），並寫下了著名的散文《風景談》、《白楊禮贊》以及一系列評介延安文藝的文章。如果從精神認同的深切意義上說，茅盾的延

〔註2〕 參見賀志強、楊立民主編《延安文藝概論》，陝西人民出版社 1992 年版，第29頁。

安之行使他成了一位「延安人」，也使後人得以看到他另一個偉大的側面：他不僅僅是延安文藝運動積極的觀察者、建設者，其更重要的還是一位出色的宣傳者和評論者！這種歷史賦予他的角色，直到他的晚年仍有生動的體現。在「四人幫」塌臺之後，茅公在一首詩中興奮地寫道：「毛主席文藝路線育新苗，延安兒女不尋常。新人舊鬼白毛女，控訴漢奸土霸王。夫妻識字學習好，兄妹開荒生產忙。……大地回春，當年清韻又繞梁。」〔註3〕當中國在經過又一次黑暗和陣痛之後而進入新時期的時刻，茅公飽經滄桑的眼前卻浮現出了當年延安文藝的盛景，耳邊也響起了當年延安文藝的清韻，這不正說明茅公對延安文藝的深切認同嗎？清韻再繞梁，不也強烈地表達了茅公對新時期文藝的渴望嗎？

　　茅公與延安的精神結緣和實際結合體現在許多方面，其中也包括著他對延安人——尤其是那些「延安化」了的藝人亦即外地來的文藝工作者——精神狀貌的深切體認。他在離開延安不久寫下的《雜談延安的戲劇》一文中動情地寫道：「物質條件的缺乏，使得陝北的文化工作的艱苦，有非吾人所能想像；特別是戲劇工作，外邊的慣於在都市裏幹這項工作的人們，驟然到那邊一看，總會覺得無從措手。但如果你住下來，你看了幾次他們的演出，那時你就會吃驚道：『沙漠上開放出美麗的花來了！這班人似乎是魔術家，眞了不起，沒有辦法之中會生出辦法來了！』」〔註4〕延安文藝在極其艱苦的條件下綻開了燦爛的藝術花朵，有賴於延安文藝工作者虛心好學和百折不回韌幹苦幹的精神，有賴於培養與發揚此種精神的陽光和空氣，亦即民主的環境以及對於文化工作的重視，更有賴於這些延安文藝工作者眞正與勞動人民的結合，有賴於他們堅定的爲人民服務的創作目的。由於有了親身的體驗和考察，有了此後的追蹤關注和分析，特別是在毛澤東的《講話》的啓發下，茅盾後來對延安文藝昭示的文藝方向則有了更爲清晰的認識。這種認識的呈示和深化，從他寫於40年代中後期的《五十年代是「人民的世紀」》、《人民的文藝》、《關於〈呂梁英雄傳〉》、《關於〈李有才板話〉》、《讚頌〈白毛女〉》等許多文章中都非常鮮明地體現出來，且表現得淋漓盡致，既彰明了茅公對延安文藝精神的深切認同，又彰明了他對延安文藝精神的揄揚有加。

　　值得注意的是，茅公對延安文藝的深切認同和大力張揚，客觀上對當時

〔註3〕　見《人民戲劇》1977年第9期扉頁題詩。
〔註4〕　茅盾：《茅盾文藝雜論集》（下集），上海文藝出版社1981年版，第900頁。

的延安文藝走出地域限制而納入全國乃至世界文藝的格局，起到了積極的影響作用。而這也啓發我們，從文藝思潮和創作風貌的總體特徵來看，延安文藝無疑是相當獨特的，其趨於徹底的革命化和大眾化的文藝追求，所顯示的坦率的粗豪和逼人的眞實的藝術風格，都在中國文藝史上寫下了輝煌的篇章。然而，無論從當時的歷史現狀和迄今的發展狀況來看，還是從中國文壇或世界文壇的宏大格局來看，延安文藝都並非是涵蓋一切文藝特徵的文藝，她只是藝苑中的一朵碩大的紅花。用文論術語來表達，延安文藝（學）則是從聖地延安生成並傳播開去的一大文藝（學）流派。這是一個帶有母本性質的流派，其對中國文學的影響之大是有目共睹的。當然，所有的或大或小的流派都有其局限性，因而其影響也就並不單純。延安文藝（學）自然也是如此。由於茅公對中國當時各大地域文學乃至世界文學發展狀況的熟悉，他既認同和稱揚延安文藝（學），肯定「在整個抗戰時期解放區文藝運動的司令臺還是在陝北（延安）」，〔註5〕但同時也看到其他地域文學並承認其獨特的價值。僅從茅公在抗戰期間旅居多地及其文學活動的情況來看，他從來都是既顧及當地文學現狀，又顧及全國文學動態的，世界文學的豐富知識也成了他考察和分析各種文學現象的參照或背景。也正因如此，茅公眼裏映現的延安文藝，固然是充滿希望的文藝，卻也是有待發展的文藝，他在當時即看到了一些不足之處，並給予了剴切的批評。難能可貴的也許正是茅公的理智和博識，他不僅眞誠地認同和張揚延安文藝，而且通過切實的努力去促進和引導延安文藝的發展。

<h2 style="text-align:center">二</h2>

作爲秦地文學中的突出現象，我們還注意到了「白楊樹派」的存在。這主要是由柳青、杜鵬程、王汶石以及路遙、陳忠實等作家爲代表的秦地小說流派。這個小說流派的命名，顯然與茅公著名的散文《白楊禮贊》有關。簡而言之，所謂「白楊樹派」，就是依據茅公《白楊禮贊》及其他有關的詩文所提示的精神特徵和審美特徵，從秦地小說的創作實際出發，同時也參照評論界已有的一些成果，來命名的一個不大不小的流派。

茅公眼中的白楊樹，是「西北極普通的一種樹，然而實在不是平凡的一

〔註5〕 茅盾：《抗戰文藝運動概略》，《茅盾文藝雜論集》（下），上海文藝出版社1981年版，第1181頁。

種樹」，「那是力爭上游的一種樹，筆直的幹，筆直的枝。……這是雖在北方
的風雪的壓迫下卻保持著倔強挺立的一種樹！」「它沒有婆娑的姿態，沒有
屈曲盤旋的虯枝，……白楊樹算不得樹中的好女子；但是它卻是偉岸，正直，
樸質，嚴肅，也不缺乏溫和，更不用提它的堅強不屈與挺拔，它是樹中的偉
丈夫！」讀著茅公的《白楊禮贊》，我們會領略到一種獨特的美，而且循著
茅公的思路，很快由樹之美而發現人之美，北方的農民，家鄉的哨兵，延安
軍民爲代表的民族脊梁骨的精神，在茅公筆下都由「白楊樹」作了極富詩意
的象徵，並給予了衷心的讚美。茅公還在一首題畫詩中寫道：「北方有佳樹，
挺立出長矛。葉葉皆團結，枝枝爭上游。羞於木南枋伍，甘居榆棗儔，丹青
標風骨，願與子同仇。」再次表達了他對白楊樹的風骨或精神的認同和讚美。
並且編有以《白楊禮贊》爲總題的散文集，以誌「五年漫遊中所得最深刻之
印象」（《白楊禮贊·自序》）。茅公由樹及人，想像豐富而又宏闊。然而是否
可以由樹及文，以作家爲中介，將樹的風格與文的風格聯繫在一起呢？有的
學者確曾作過這方面的嘗試。比如宋遂良先生在比較周立波和柳青的藝術風
格時，其論文的題目就是《秀麗的楠竹和挺拔的白楊》。文中說：「我們讀柳
青的作品時，就彷彿騎著一匹駿馬，前進在那蒼茫遼闊的關中平原，滾滾鳴
咽的渭河兩岸，白雪皚皚的終南山下，我們看見那些插入藍天的白楊……和
柳青的藝術風格又顯得多麼融洽自然，渾然一體」。「柳青的筆觸開闊、高昂、
爽朗、豪邁。」〔註6〕這種將「樹風」和「文風」聯通的思路的確具有啓示性。
路遙在《病危中的柳青》一文中開篇就說：「爲了塑造起挺拔的形象來，這
個人的身體現在完全佝僂了」。〔註7〕柳青，的確就像挺立在黃土高原上的一
株白楊，其作品也充溢著白楊樹的那種昂揚向上、正直莊嚴的精神。那麼，
是否秦地作家中只有柳青一人如此呢？顯然不是，而是有一群作家矢志於
此。這些作家的文學成就雖有大小，從事創作也有先後，但在努力體現白楊
樹「精神」及相應的地域文化風情方面，卻有共通之處。其中有不少作家心
儀柳青，也從茅公的文學思想和創作實踐中深獲教益，有的更是直接得到過
茅公的獎掖和幫助而成長起來的。就是柳青這位未能充分展示其文學才華的
傑出作家，也得到過茅公的鼓勵和關照，並對其創作活動產生了不可忽視的
影響。當柳青的長篇小說《銅牆鐵壁》於建國後出版不久，茅公在其重要的

〔註6〕 李華盛、胡光凡：《周立波研究資料》，湖南人民出版社 1983 年版，第 241 頁。
〔註7〕 路遙：《路遙中短篇小說隨筆卷》，陝西人民出版社 1994 年版，第 431 頁。

文章《新的現實和新的任務》中就予以充分的肯定。這篇文章是 1953 年 9 月 25 日於中國文學工作者第二次代表大會上的報告，當評介具體作品時，首先提到的就是《銅牆鐵壁》，將其視爲近年來「成功的和比較優秀的作品」中的代表作，其推重之意溢於言表。柳青的傑作《創業史》問世，茅公和其他文藝界領導人都非常重視，在全國第三次文代大會上格外表彰了這部作品的突出成就。促使《創業史》贏得了更多的讀者，也引起了評論界的普遍重視。同時對柳青本人也產生了積極的影響，使他更堅定了紮根農村的決心，像挺拔的白楊樹那樣，「紮根皇甫，千鈞莫彎；方寸未死，永在長安」，從而成爲眞正的人民作家。當然，如果追溯茅公對柳青的影響，完全可以上溯到柳青的青少年時代。比如，柳青少年時節就愛讀茅盾等進步作家的作品，受到了多方面的啓發；青年時節嘗試寫的小說《犧牲者》和《地雷》等，便發表在茅公主編的《文藝陣地》上，這對一個文學青年的激勵作用，顯然是不言而喻的。

除了柳青之外，秦地作家中明顯受益於茅公的作家還有許多。其中著名或較爲重要的作家，解放前後成名的如杜鵬程、王汶石、柯仲平等；新時期以來成名的如路遙、陳忠實、李天芳等。這裡且說五六十年代成名的杜鵬程、王汶石二位。他們既是「白楊樹派」的主要作家，又是秦地作家中受茅公評介最多的兩位作家。打開《茅盾文藝評論集》，就會很容易發現杜、王二位作家經常出現在茅公的筆下，有時稱讚備至，但有時也批評不留情面。無論是肯定還是否定，都令杜、王二位心悅誠服，深獲教益。杜鵬程曾回憶說：「三十年來，茅盾大師對許多作品作了獨到精闢的藝術分析，並給我們留下了不朽的巨著。不說別的，他老人家的《茅盾評論集》上下兩卷，就擺在我的案頭」，「就像我這樣普通的作家，也從他那些具有深厚知識和卓越見解的評論文章中，獲得了巨大的勇氣和力量……茅公就多次指出過我的作品的不足和失敗之處，從而使我得到終生難忘的教益。」〔註 8〕王汶石也回憶道：「遠在小學、中學時代，我就開始接受茅盾導師的影響了」。「建國以後，我以自己的不像樣的小說，進入新中國的社會主義文苑，這就有了機會得到茅盾導師的直接指教。……他曾在幾次綜合評述中評論到我的幾篇短篇小說，分析其藝術上的成就或不足，每一次都使我非常激動，我總是反覆學習，以便盡可

〔註 8〕 杜鵬程：《悼念茅盾大師》，見《紀念茅盾》，陝西人民出版社 1984 年版，第 79 頁。

能深入地領會他對我的教導。他在全國第三次文代大會上的發言中，用『峭拔』二字表述我的創作風格，對我的啓示尤深……他的這兩個字的評述打中了我的心，一位我所十分尊敬的老一代藝術大師如此瞭解我，也使我更瞭解自己，堅定了我的信念，進而影響著我的追求，我的藝術。」〔註9〕

茅公稱譽杜鵬程的代表作《保衛延安》「筆力頗爲挺拔」，又認定王汶石的小說藝術風格是「峭拔」，這種強烈的審美感受和精到概括都很容易使人想到「白楊樹」的精神風貌。是的，當茅公讀著秦地作家的那些優秀作品時，體味到其中昂揚向上、不屈不撓的藝術意蘊，肯定或顯或隱地想到了他當年在秦地看到的印象殊深的「白楊樹」。他對「白楊」的禮贊和傾心，大概也構成了他深切的審美經驗，促使他對秦地文學中的「白楊樹派」有一種近乎本能的敏感，並油然而生一種喜愛之情。儘管他並未直接爲這個地域文學流派命名，但他的審美體驗和相應的文字表達，卻已經提供了判斷的方向和許多有益的啓發。

秦地的「白楊樹派」肇始於延安文學，持久地發展於秦地，其相對成熟的時期是五六十年代，並在新時期的秦地文學中仍有明顯的延宕乃至是深化。「白楊樹派」具有獨特的秦風秦韻，有鮮明的地域色彩，在這方面與「山藥蛋派」和「荷花澱派」等同樣肇始於延安文學的流派很相似。如前所說，從宏闊的視域來看延安文學，就會看到延安文學是一個帶有母本性質的大的文學流派，而「白楊樹派」或「山藥蛋派」、「荷花澱派」等皆屬於從延安文學中化育出來的子流派。這些流派中的代表作家，如柳青、趙樹理和孫犁等，都受到過茅公的扶植，這是非同一般的支持，都給後人留下了十分深刻的印象。

三

秦地作家以「陝軍」的稱謂響於文壇，不是起自戰爭年代，而是起自新時期的改革年代。如前所說，受孕於延安文學而在五六十年代趨於成熟的「白楊樹派」，已經體現出了相當鮮明的地域色彩。這個流派在「文革」中跌落深溝，氣息奄奄，直到新時期到來，才逐漸復蘇。這復蘇不僅由於柳青、杜鵬程、王汶石等作家在受創而沉淪的遭遇之後重獲創作的權利——儘管已到

〔註9〕 王汶石：《哀悼茅盾導師》，見《紀念茅盾》，陝西人民出版社 1981 年版，第84頁。

了強弩之末，而且由於秦地已產生了一批相當精銳的新進作家。如路遙、陳忠實、賈平凹、高建群、馮積岐、京夫、趙熙、李天芳、文蘭、程海、蔣金彥、莫伸等等。這些新進作家的崛起，以群體的形象為陝西文學界贏得了「陝軍」的稱號。

當陝軍進駐文壇並引起關注的時候，茅公已不幸逝世。他再也不能象生前那樣關注陝西作家和《延河》雜誌了。然而茅公的文學風範猶存，對秦地這些新進作家仍然有著深切的影響。那種直接受其獎掖的機遇固然不存在了，但文學大師的影響向來主要憑靠的就是其文學遺產。茅公的文學思想和創作結晶依然以「黑白先生」（書）為中介，繼續對秦地作家的創作實踐產生或顯或隱的影響作用；秦地前輩作家和秦地文學批評家有時也能起到類似的中介作用，他們從茅公那裡獲取的文學營養（思想的、方法的、技巧的以及文體的等等），也會像血管中的血液那樣，繼續在秦地青年一代作家身上流通下去。譬如路遙，就可謂是這樣一代作家中的一個代表。他在創作主張、審美傾向與構思特點等方面，深得「五四」以來「人生派」文學的真傳，並自覺或不自覺地契合了茅盾為代表的社會剖析派（小說流派）。我們知道，茅公在小說創作中所呈示的理性力量，使他能夠從歷史和美學的高度，對社會生活進行「大陸式」或「史詩式」的反映，致力於構建氣勢宏闊的「城鄉交響曲」。這種氣度不凡的文學追求，在茅公的中、長篇小說或城、鄉題材小說中有著充分的體現。而路遙從《當代紀事》（小說集）到《平凡的世界》，其創作路數與茅公殊為接近，與茅公所創設並確立的「社會萌生初變或巨變」的文學表達範式亦相當吻合。〔註10〕路遙在《面對著新的生活》、《路遙小說選·自序》和《早晨從中午開始》等創作談中，都分明表現出了一個堅定捍衛現實主義創作道路而又不懈追求的作家形象。這一形象在中國文壇上擁有著屬於自己的輝煌，並由此使路遙獲得了「茅盾文學獎」。路遙在頒獎儀式上的致詞中說：「以偉大先驅茅盾先生的名字命名的這個文學獎，它給作家帶來的不僅是榮譽，更重要的是責任。我們的責任不是為自己或少數人寫作，而是應該全心全意全力滿足廣大人民大眾的精神需要……」〔註11〕。獲獎與否也許帶有一定的偶然性，但茅公與路遙在心路和文路上的某些相通，卻是明眼人一望可知的。這大概也是一種緣分。當然秦地作家中肯定仍有人矢志追求這

〔註10〕詳參拙文：《沈入「平凡的世界」》，《神秘黑箱的窺視》，陝西人民教育出版社1993年版，第27頁。

〔註11〕《路遙中短篇小說·隨筆卷》，陝西人民出版社1994年版，第427頁。

種緣分。即使這種「獲獎」的緣分可能與陝軍一時有所疏離，也還是不能遏止他們對文學大境界的嚮往，也還是無法讓他們妥協於非文學因素的干擾或被僞冒現實主義的濁流裏挾而去。在這裏，筆者主要指的是像陳忠實、高建群、馮積岐、京夫、李天芳等具有相當實力的作家。他們取得的文學成就，必將越來越受到文壇的關注和廣大讀者的承認。尤其是陳忠實，其代表作《白鹿原》在追求「民族秘史」的建構中，與茅公的那種對中國革命歷史的藝術觀照殊多相似之處，不僅都有著強烈的史詩意識和把握宏深的藝術世界的氣魄，而且均能於細微之處見精神，在人物心理情感乃至性愛本能的社會顯現中，發現影響歷史步履的複雜因素。換言之，從歷史眞實和生命體驗的緊密結合中去爲民族艱難歷程留下相應的藝術紀錄，這是茅公和陳忠實的共同追求。茅公的《子夜》主要從資產階級命運中透入民族的秘史，《白鹿原》則主要從農民階級（包括農村各階層）的命運中透入民族的秘史。角度有異，而鑄造史詩則一。從中也喚起了人們對「資本」和「民間」之於中國命運的隱在關係的高度重視。筆者個人以爲，陳忠實以筆鑄史的藝術理性或自覺，及其映眞入微的現實主義方法，在多種影響中也吸取了茅公的影響，似乎從總體上也達到了茅盾文學獎的水準，其成就是無法抹煞的。

　　秦地作家從延安時代走到今天，代代傳承著優良的文學傳統，其中值得注意的一點便是注重人的理性，表現人的理性、情感和性靈的東西在與理性的矛盾和融通過程中，大抵只是起到了綠葉扶紅花的作用。這在所謂「人文精神」危機的情形下，從今日「陝軍」身上體現出的「人文理性」，也許正有其不可忽視的積極意義。「陝軍」中一位女將名叫李天芳的一段說「理」的話，頗爲耐人尋味。她針對有人指責其創作中的「理性」說：「『理』的表現並非來自某某某的模式，它或許還是中國散文的優秀傳統呢。不能因爲文中涉寫了理，表現了理，就一定不是抒寫靈性。說不定這正是作者的感觸、發現，甚或是他生命的一部分哩。我至今讀《白楊禮贊》，還驚歎茅公這個小老頭，何以有那樣的胸襟，那樣的奇想，那樣的情操，並不因文章將聳立於北方大地的白楊比作偉岸的丈夫，和許多並不含蓄相當直白的議論而貶低它，相反，我總是可以從中不斷地獲得精神的滋養和鼓勵。人總是要有點精神的，人也總需要振奮精神。無論哪個時代，哪種社會，應當反對的，只是假的、空的、虛僞做作的議論和說教」。〔註12〕從這段話裏，我們很容易看

────────────────

〔註12〕《神秘黑箱的窺視》，陝西人民教育出版社1993年版，第497頁。

出李天芳深受茅公這個「小老頭」張揚的「白楊」精神的啟迪，其對「理性」的基本理解和把握，既與茅公相通，也表達了秦地作家的普遍崇尚理性的思想傾向。有人或以「封閉」、「保守」貶之、毀之，但陝軍卻自會以「白楊」的不屈不撓、正直向上的精神黽勉不止，從而在黃土高原的白楊樹上抽發新芽，迎著春風，揚起文學世界中人文理性的旗幟，並向茅公遙寄來自白楊樹的懷念！寫到這裡，我忽然想起了秦地詩人毛錡《悼念茅盾同志》中的詩句：

> 述古論今，每顯那精深的學問和造詣，
> 長篇短章，難盡那浩瀚汪洋的才情；
> 可此刻，你竟別我們匆匆而走了，
> 腳步輕輕，在這春日靜悄悄的黎明。
> 啊，我彷彿看見約甫拉開了天帷
> 邀你和魯迅、郭沫若相會於天庭
> 但我又聽見了你對文學事業的聲聲祝願
> 恍若你仍坐在竹椅上勉勵著新人和後生。……〔註13〕

誠然如斯，茅公精神不泯，依然勉勵著新人和後生，也包括傳承秦地文學的後來人。此亦可謂：「大師茅公逢新春，心育桃李滿上林；挺拔白楊連天宇，泱泱秦地傳佳音。」

　　大哉茅公，師澤永繼。秦地文學，就是一面小小的折光鏡子。

（原載《陝西師範大學學報》1996年第3期，人大報刊複印資料《中國現當代文學研究》1996年11期）

〔註13〕《紀念茅盾》，陝西人民出版社1984年版，第165頁。

3. 茅盾：文學大師生命的重構

在中國現當代文學史上，如何看待茅盾曾成爲一個「衝突」的焦點，將茅盾從「文學大師」行列中排除，讓金庸取代茅盾曾經所處的位置，居然在文學界成爲了一個「事件」。此事發生在上世紀 90 年代，至今「餘音嫋嫋」。而挑起事件的學者其實並非是中國現當代文學研究專家，或者只是相鄰學科領域的學者客串了一把，對現當代文學指手畫腳，但影響卻相當巨大。這便引起了熟悉現當代文學特別是茅盾研究領域學者的極大不滿。於是，就有像林煥平這樣的老先生出來，用親身經歷說話，用歷史眼光觀察，並激動地寫道：

> 今天，提起筆來，要寫一篇紀念茅盾同志誕辰一百週年的文章，忽然想起杜甫《望嶽》裏的「會當凌絕頂，一覽眾山小」這兩句詩來。茅公一生都是謙虛謹愼、虛懷若谷的人，用這兩句詩作爲文章的題目。我感到不大合適，但從最近文壇上所謂重排座次的思潮來看，我覺得又頗爲合適。近來，有人重排文壇座次，把茅盾不知貶到哪裏去了，而把沈從文排到第二位，把新派武俠小說家金庸排在第四位，就自然地從我的腦子裏冒出這兩句詩來。我是從茅公一生的偉大成就來領會這兩句詩的，我也是爲茅公抱不平而冒出這兩句詩來的。……〔註1〕

其實，質疑和挑戰也是一種「傳播」方式。每當考驗來臨，文學大師的文學生命都在接受和傳播中獲得新的認知和新的建構。其實，在學術界，從西方

〔註 1〕 林煥平：《改革開放與文藝發展》，桂林：灕江出版社 1997 年版，第 127 頁。

到東方，一直有人在懷疑中國現當代文學的價值，貶斥之聲不絕於耳，追悼者的哀辭彷彿是偷笑的檄文，其中要表達了其實是一個更大的疑問：在 20 世紀文學史上究竟有無文學大師呢？

這確實是個問題。在一些人看來，中國現當代文學受到來自主客觀各種各樣的阻礙，很難得到健康的發展，因此還沒有真正的文學大師，特別是用西方文學標準來比照，便認定中國作家水準低，而且是近代性的，距離現代和後現代還差得很遠，這種態度或可名之為「新虛無主義」。其實文學大師的認定不能單純以西方標準來認定，中國 20 世紀文化也不是西方文化的簡單模仿或翻版。在某些人看來，在看來那麼落後愚昧、學習尚嚴重不足的國家，何來大師誕生的土壤呢？於是便認定中國作家水準低，而且是近代性的，距離真正的現代和後現代還差得很遠。但在筆者看來，中國 20 世紀文化並不是西方文化的簡單模仿或翻版，中國主體性存在，中國問題特殊性等必然要求中國道路包括文化創造之路有其獨特性，純粹的他者或自我都已不復存在。文學創作亦然，因此不能將中國的「文學大師」單純以西方標準來認定，或者不能由一時一地的擁有「強勢話語權」的人簡單斷定。夏志清曾針對司馬長風認為中國新文學家有自卑感，因之不得不模仿西方文學，造成的後果是至今還沒有人拿到諾貝爾文學獎的觀點，說過這樣意味深長的話：「我國作品的優劣，要洋人鑒定後才肯信得過，這種心理實在是真正『自卑感』的徵候。」「目今臺灣在國際上比較孤立，要爭取一名諾貝爾文學獎，不太容易，但這並不是說臺灣當代文學要比人家差一大截。」〔註 2〕夏氏的這些說法，筆者以為至今也仍有一定的現實意義，也適用於大陸文學，何況，內地已經由莫言摘取了諾貝爾文學桂冠。由此，我們的文學自信也會得到很大程度的恢復，看待茅盾的文學世界，也需要這樣的自信。

筆者甚至以為，在文學史上有分量有影響即可目為大師。文學史上通常所說的魯、郭、茅，巴、老、曹等等，以及通常要在史著中列專章介紹的作家，大都是堪稱文學大師的重量級人物。筆者曾在討論魯迅和茅盾時指出：這兩位作家作為 20 世紀中國新文化派的重要代表人物，就其總體特色而言，魯迅主要是偉大的文學家與偉大的思想家相當完美的結合，是新型文化的開路派，前衛派；茅盾則主要是偉大的文學家與重要的政治家相當完美的結合，

〔註 2〕 夏志清：《新文學的傳統》，1979 年臺灣時報出版公司初版，新星出版社 2005
年版，第 17 頁。

是新型文化的建構派，穩健派。儘管他們存在著差異，人格和文格有明顯的不同，但他們都是中國歷史上難得的具有創造力的文學大師，都有著相當大的世界性和後續性影響。即使他們自身存在著矛盾或不足，也足可引爲今人與後人的鏡鑒。他們還都是那種再生力很強的「資源性」的文化名人，從他們這裡可以引發出許多富於生命活力的話題。對於關心「全人比較研究」和「全人健康發展」的人們以及認定「文學是人學」的信仰者來說，關心魯、茅的「全人」存在，也可以由此獲得許多有益的當代性啓示。本書採取縱橫交織的「全人比較研究」方法，突出了魯迅與茅盾比較研究的全面性和人生味等，批評了當今流行文化對魯迅與茅盾及其文化精英的「圍剿」或消解，揭示了魯、茅「沉重型」的人生樣態和當代意義。

這也就是說：相對而言，魯、茅都是 20 世紀中國新文化派的重要代表人物，都是具有現實性和當代性的文學大師、文化偉人——魯迅是中國 20 世紀最重要的文化巨人，就其總體特色而言，則主要是偉大文學家與偉大思想家的相當完美的結合，是新型文化的開路派，前衛派，尤其長於批判和終結封建專制文化，破襲「無物之陣」，思維特徵主要體現爲反思型和批判型，其生命存在更接近於大地民間；茅盾也是中國 20 世紀一位傑出的文化巨匠，就其總體特色而言，則主要是偉大文學家與重要政治家（包括從事革命的社會文化活動）的相當完美的結合，是新型文化的穩健派，建構派，尤其長於分析和把握現實社會，清理「社會垃圾」，思維特徵主要體現爲分析型和觀察（前瞻）型，其生命存在卻屬意於政壇廟堂。儘管他們實際存在著這樣那樣的差異，人格和文格也有明顯的不同，人們的看法更是參差有異，但我還是堅持認爲，他們都是中國歷史上難得的具有原創性的「文學大師」，而非「文學小師」，更非「文學劣師」，都有著相當大的世界性和後續性影響。即使他們自身存在這樣那樣的矛盾或不足，也實難遮蔽其應有的光輝，也足可引爲今人與後人的鏡鑒。而他們的思想文化遺產及其在文化史、文學史、學術史上產生的種種影響，客觀上也已形成相當引人注目的文化現象，從主導方面看也已成爲後人應予珍惜的思想文化資源。將魯迅及魯迅研究、茅盾及茅盾研究視爲文化性存在，名之爲「魯迅文化」和「茅盾文化」，在一定意義上講是成立的；作爲思想文化的資源，於文化積累、文化再生及針砭時弊諸方面，「魯迅文化」和「茅盾文化」的價值與意義也是不宜輕估的。這也就是說，魯、茅作爲現代文化名人，比較而言，也堪稱是 20 世紀中國的文化巨人、文壇泰

斗。他們都是那種再生力很強的「資源性」的文化名人，從他們這裡可以引發出許多富於生命活力的話題，這些話題多是與人生、文學、社會和文化發展相關的「有意味」而又「說不盡」的話題。對於關心「全人比較研究」和「全人健康發展」的人們來說，對於認定「文學是人學」的信仰者來說，關心魯、茅的「全人」存在，可以由此獲得許多有益的啟示。在 20 世紀時空中，魯迅作為新型文化的開路派、前衛派，主要以創造者的激情和戰鬥者的膽識，思想家的智慧和文學家的才華，塑造了自己的形象，譜就了驚心動魄的人生樂章；茅盾作為新型文化的穩健派、建構派，雖與魯迅有相似之處，並能密切呼應，但卻主要以政治家的理智、文學家的細膩和活動家的才能以及分析家的明敏，建構了自己的人生世界，並以此為基礎譜寫了悠遠的人生之歌。

不知是不是由於人們對「文革」極其反感並進入「解構」語境的緣故，當今人們是不太喜歡「偉大」這類辭彙的，對原來被稱為「偉大」的人和事，也大多開始懷疑起來。其實，所謂「偉大」者也是相對而言的。此外，也如魯迅所說：「偉大也要有人懂。」〔註 3〕所謂「大師」，也就是在學問、文藝等方面有大的造詣和大的影響的人，這種「大的造詣」和「大的影響」在相對意義上都有「偉大」的特徵或因素。既然普通的母親表達母愛可被稱為「偉大的母親」，也有人因偶發事故中的勇於犧牲行為而被稱為「偉大的英雄」，有人唱了些流行歌曲就可被尊為「偉大的天王」，有人把球玩得熟些就成了「偉大的球星」，那麼，稱魯、茅是「偉大的文學家」或「文學大師」自然也無不可，某些人實在沒有必要對此產生那麼多的不滿甚至是怨恨，何況這後者較前者畢竟嚴肅得多，莊重得多。筆者認為，在承認魯、茅為「文學大師」的前提下來反思他們的人生和藝術，較那些淺薄、粗暴的攻擊者要高明得多，也明智得多。已有學者在這方面進行了初步的探討。〔註 4〕從實際情況看，茅盾的文學創作總體看量大質優，代表作在歷史上影響巨大。但似乎始終很少有人將茅盾與諾貝爾文學獎聯繫起來，〔註 5〕這大概與茅盾創作屬

〔註 3〕 魯迅：《葉紫作〈豐收〉序》，《魯迅全集》第 6 卷，人民文學出版社 1981 年版，第 219 頁。

〔註 4〕 詳參祝勇編：《重讀大師：激情的歸途》，人民文學出版社 1999 年版。

〔註 5〕 茅盾自己倒曾談過：「東方人獲得諾貝爾文學獎的很少，連高爾基和魯迅也沒有得到，我更談不上了。」見唐金海等主編《茅盾年譜》，山西高校聯合出版社 1996 年版，第 1400 頁。但偶爾也有人將茅盾視為達到了諾貝爾文學獎的水準，認為：被瑞典文學院漏掉的拔尖作家中，許多國家都有，作為文學大國的中國至少應該有三位到五位：魯迅、老舍、沈從文、郭沫若、茅盾。參

於中國主流思潮、意識形態特徵非常明顯有關。如人們所熟知，西方人（或白種人）控制下的諾貝爾文學獎是不會頒給這樣的作家的。然而也有人認爲，在中國現代文學史上，除了魯迅之外，「則茅盾、沈從文、巴金、李劼人、老舍、沙汀、艾蕪、曹禺、趙樹理等幾位作家，他們的某一或某些作品，是畫出了中華民族的某些眞實特質和靈魂的，他們似乎都具有獲得諾貝爾獎的某些條件。」〔註6〕進入現代，人們的觀念便進入了變化無盡的萬花筒。特別是近些年來思潮變遷、意緒紛亂，國內隨意貶低茅盾的言論業已相當流行，在青年讀者中也產生了較大的影響。成年人尤其是學者中自然要理性一些。即使是那種採取「抽象肯定，具體否定」之類的遊戲方式將茅盾逐出文學文類（如小說、散文等）大師行列的人，也不得不承認：「茅盾在文學理論、批評、創作和領導等幾乎各方面都影響巨大，如果總體上排『文學大師』，他是鮮有匹敵的，第二位置應當之無愧⋯⋯」〔註7〕請看，這裡不僅承認茅盾是「文學大師」，而且還被放在第二位！可見本欲將茅盾大加貶低甚至掃地出門的人，也不得不在「多項全能」的名義下，仍給茅盾留個非常重要的位置。不過，在小說、散文（包括雜文）等具體文體創作的「大師」行列中蹤蹟全無的人，居然也會被普遍視爲文學大師嗎？這實際是那些看似「遊戲」而實有些「狡點」的人留下的並不簡單的問題。

被稱爲大師的人，雖然都是屬於令人欽佩景仰的人，卻基本屬於過去時代的人，而今人對過去之人的觀照，則必然打上今人自己的烙印。因此對大師的選擇和認定總是會因爲今人的不同而不同。如果說今人如前人一樣有類別上的大致區分，那麼大師也會在今人的「接受」中出現不同的類型。對文學大師的選擇和認定也便會出現各種各樣的情形。美國著名文學批評家哈樂德·布魯姆（Harold Bloom）不僅在其名著《影響的焦慮》（The Anxiety of Influence）中論述了大師對後人影響中的「焦慮」現象，即後人必須在接受大師影響的同時尋覓超越之路，在影響的焦慮中進行新的文化創造，在對大師的有意爲之的疏離和變異中尋找屬於自己的原創性文學，而且其本人在這樣一種學說影響下親自出馬，以偉大的莎士比亞爲尺規來選擇西方文學大師，並視其爲「西方正典」（The Western Canon），選擇西方歷史上 26 位大

見薛華棟主編《和諾貝爾文學獎較勁》，學林出版社 2002 年版第 234～236 頁。
〔註6〕嚴秀：《閒話諾貝爾獎》，《隨筆》2001 年第 2 期。
〔註7〕王一川等主編：《二十世紀中國文學大師文庫·小說卷》上，引語《小說中國》，海南出版社 1995 年版。

師進行介紹和分析，意在建構西方文學的「道統」。〔註8〕在西方大師叢林中僅僅選出 26 位來作為典範作家，這顯然是極端嚴格的選擇，也許還是相當「自以為是」的選擇。很多被人們承認的大師都難以進入布魯姆的法眼。但他強調的莎士比亞式文學傳統，對於世界文學確實具有特別重要的意義，這在他 1998 年出版的《莎士比亞：人的創造》中，就給予了更為集中的闡述。其實，即使是莎士比亞，也會有人不喜歡、不認同。這也表明，關於文學大師的認定問題，實在也只能以動態的、相對多數的看法為基本依據。由此來看茅盾，有人不認同他為大師，但也有人撰寫專著，論定他為「人生派的大師」。〔註9〕

　　無疑，文學大師要有很好的文化素養。甚至要有為世人驚歎的「天才」。茅盾有驚人的記憶力，小學、中學階段的文筆，屢屢受到老師的盛讚。諸如「好筆力，好見地，讀史有眼，立論有識，小子可造。其竭力用功，勉成大器」，「目光如炬，筆銳似劍，洋洋千言，宛如水銀瀉地，無孔不入。國文至此，亦可告無罪矣！」「學能深造，前程遠大，未可限量！」能夠得到多位老師的共同認可，就很能說明學生的出色。此後，茅盾考入北京大學預科，因家境困頓而提前就業。但茅盾已經有了極強的自學能力。且對北大當時的老師也評價不高，認為他們不夠高明。事實上，就業不久，就能脫穎而出，進而在全國文壇脫穎而出，成為五四時期文壇重鎮「文學研究會」的領軍人物之一和文學批評、文學編輯領域的翹楚，這在泱泱大國，已經堪稱是一個不小的文化奇蹟。此後，特別是在茅盾投入小說創作之後，這樣的文化奇蹟仍在繼續，當《蝕》三部曲「一炮而紅」，當《子夜》橫空出世，人們就已經知道文學史上講鑲刻上「茅盾」這一輝煌的名字。除了當年瞿秋白等人對《子夜》推崇之外，深諳小說創作規律的吳組緗也在 1937 年《文藝月報》第 1 期上撰文推介《子夜》，認為「茅盾之所以被人重視，最大緣故是在他能抓住巨大的題目來反映當時的時代與社會；他能懂得我們這個時代，能懂得我們這個社會。他的最大的特點便是在此。有人這樣說：『中國之有茅盾，猶如美國之有辛克萊，世界之有俄國文學』。這話在《子夜》出版以後說，是沒有什麼毛病的」。吳組緗曾批評過茅盾有的作品有「主題先行」之嫌，卻對《子夜》如此評說，已經難能可貴了。事實上，僅僅能夠為中國民族資

〔註8〕　參見哈樂德·布魯姆（Harold Bloom）：《西方正典》（1994），江寧康譯，譯林出版社 2005 年版。

〔註9〕　參見黃侯興：《茅盾——「人生派」的大師》，山東人民出版社 1996 年版。

本家或實業家建造起一組群像，就已經是空前偉大的文學創造了，儘管這個悲劇似乎至今並未完全終結，但愈是如此，彷彿更能說明，茅盾之所以是民族和國家文學的標誌性作家，確實並非浪得虛名！日本著名學者筱田一士曾將《子夜》與普魯斯特的《追憶逝水年華》、馬爾克斯的《百年孤獨》等作品並列，視其爲 20 世紀世界文學傑出的十大巨著之一，這點頗似諾獎獲得者大江健三郎對魯迅的推崇，都是啓人深思的說法。

不同的學者往往最爲看重的其實只是茅盾的某一「側面」。比如，戈寶權先生曾將茅盾的譯介外國文學、文化作爲他最爲突出的貢獻，這自然也有其「歷史的原因」，是特別適應了彼時國家民族的「重大急需」，由此，茅盾對國外文學、文化給予了最爲積極而又廣泛的評介，這充分體現了他的明智和眼光。也正是在充分尊重「文化習語」重要性和歷史背景的情況下，我們才可能充分理解茅盾對外來文化與文學的學習和引進，也才可能將他的「文化習語」行爲，視爲一種可貴的必要的而非低下的卑微的文化姿態。所謂「虛心使人進步」，在文化選擇和創造的追求中也是如此。筆者相信，隨著人們對人文環境、自然生態重視程度的提高，人們對精神生態的重要意義也會有新的認識，而在這樣的人文思潮中，人們對有益於人類精神生態建設的文化名人、文學大師的興趣也會得到提升。與此相應，對從「文化習語」成功走向「文化創語」的茅盾也會有更加深刻的理解，並在文學「國際化」進程中更爲充分地推重茅盾的多方面的貢獻。

通過積極的自我建構、重構，茅盾的文學生命體越來越充實和壯大，並成爲讀者不斷重構和闡釋的對象。於是，他就成爲許多人心目中的文學大師。儘管他都在開放文化視界中心儀手追過一些外國作家，受到過明顯的外來影響，彷彿他只是一位「亞型態文學」的寫作者，但在實際上，由於他非常注意文化融合前提下的獨立創造，從而創作出了真正堪稱世間「唯一」的文學作品。而在這樣的文化實踐中，無論他們多麼強調與外來文化的關係，他們在文化血緣上也仍然與中國文化傳統尤其是精神文化有著無法斬斷的關係。只是這種關係須在對外的文化習語過程中才能煥發出新的生機，並成爲新的文化創造的重要資源。

貶低茅盾文學成就的人，除了拿「主題先行」說事，還喜歡拿文體及語言說事。其實，茅盾恰恰是一位「文體意識」很強的作家。他作爲傑出的文學家，「寫」（創作）和「說」（話語）成爲其人生的基本方式。於是「文體」

就成了他證明自我價值的途徑，而這樣的生命和價值就存在於「文體史」（亦即文體的歷史）之中。文體史是以文體學為理論基礎的，它並不導向單純抽象的理論思考，而著意於對作家作品的文體創造進行具體的歷史分析和相應的價值評估。值得注意的是，如果從文體史角度來考察茅盾的價值，直白的說，不應該也不能夠局限於「文學」特別是「純文學」的範疇，因為茅盾所創造的各種文類文體（尤其是政論文體、學術文體、應用文文體等）實際已經超出了文學文體的範疇。譬如茅盾晚年的《在首都各界人民支持南非人民反對法西斯迫害爭取民族解放大會上的講話》、《貫徹「雙百方針，砸碎精神枷鎖》、《在中國文學藝術界聯合會第四次全國代表大會上的開幕詞》等，也都是他的人生記錄和精神留痕，我們自然不可拘於文學本位觀而獨尊其文學作品。可以肯定地說，作為中國現代文化巨人的茅盾的一個最直接有力的證明，是他所寫下並印行於世的各種不同類型的文章。雖然這些文章的不同體式，在嚴格意義上並非都屬於文學文體，也各有其文化意蘊，但茅盾一生所遺存的作品精華，卻大部分或基本上採取了文學文體，從而充分顯示了「現代」文學大師的「本色」行當和「創造」能力——43 卷本的《茅盾全集》為此提供了可以直觀、品評的文本。〔註10〕此外，我們也不能僅僅從 20 世紀的中國文學、文化的斷代史來看待茅盾的文體，因為茅盾的文體資源和文體價值都並不局限於中國的 20 世紀。近些年來，學術界對茅盾的文體創造給予了較多的關注，如李標晶的《茅盾文體論初探》，王衛平的《茅盾在小說文體建構上的獨特貢獻》，日本學者是永駿的《茅盾小說文體與二十世紀現實主義》等著述，就對茅盾的文體創造及貢獻進行了多方面的探討，取得了相當可觀的研究成果，言而有據，較之於詆毀者的那些「空對空導彈」式的議論要實在多了。

〔註10〕《茅盾全集》是迄今最完備的中國現代作家茅盾作品總集。由《茅盾全集》編輯委員會編輯，人民文學出版社 1984 年開始出版。正編共計 40 卷，第 1～9 卷收長、中、短篇小說，與文集所收基本相同，唯編排次序有所變更。第 10 卷收神話、童話、詩詞作品，以及劇本《清明前後》。第 11～17 卷收散文作品，按散文集出版時間先後順序編排，未收集的作品列為集外作品。第 18～27 卷收中國文論，即有關古今中國文學作品的評論及研究文章。第 28 卷收中外神話研究文章。第 29～33 卷收外國文論，即有關古今外國文學作品的評論及研究文章。第 34～35 卷收回憶錄《我走過的道路》。第 36～38 卷收書信。第 39～40 卷收日記。另有補遺兩卷，資料索引一卷。總計 43 卷。這是規模最大，收集最全的總集，是研究茅盾著作的十分完備的參考材料。已於 2006 年全部出版齊全。

　　誠然，茅盾是 20 世紀中國最具有「史詩意識」的作家，是中國現代文學史上最早從事現代長篇小說創作的成功作家之一，「擅長於呈現時間與歷史綿長的活動變遷，並以其為背景來定義個人的或社會的行為及心理模式。」〔註11〕由此，茅盾在長篇小說及「三部曲」、日記體等小說體式建構方面創建了重要的敘事範式，衣披後世，影響深遠。這從現代文體史角度看是非常明確的。大體說來，茅盾確是現代文體史上極有文體創新意識的作家，他在總體上的超越了古舊文體的一系列創作，已為此作了最有力的歷史證明。尤其是茅盾的現代長篇小說文體及其城市文學的繁茂綿密文體，在創作方法和敘事藝術方面，努力將現實主義與自然主義「相錯綜」，賦予作品以宏大宏闊的思維特徵與語言張力以及觀察全面、剖析精細的特點，等等，其所帶來的無可否認的文體創新和真正意義上的文體創造是不能被忽視的。

　　從文體史角度看也需要進行比較分析，比如，茅盾和另一位現代小說大師魯迅的比較就非常容易看出各自的文體創造。簡而言之，魯迅與茅盾在小說創作中發揮了他們最大的藝術才能，成為文學史上開宗立派的人物：魯迅為鄉土小說派或反思小說派的奠基人與最具代表性的作家；茅盾為現代小說社會剖析派或現代史詩小說派的奠基人和最具影響力的作家。魯迅的「啓蒙」意識使其小說帶上了「哲詩」的文體特徵，茅盾的「時代」意識使其小說帶上了「史詩」的文體特徵。魯迅的小說具有含蓄深沉、簡約凝練的文體風格，同時還滲入了較多的抒情與議論，冷峻中內涵著主體燃燒的熱力。茅盾的小說則在強烈的時代意識、堅實的理性認識的影響下，著力於廣闊的藝術時空的構建，大時代的光影與社會心理的分析緊密結合，顯示了闊大而又綿密的敘事風格，勾畫了相當廣闊的時代生活畫卷。其小說結構的宏偉與描寫手法的細緻渾然一體，並竭力求實求真求細求深，表現在語言上則是精細、清晰、周密，滴水不漏、一絲不苟，從而避免了當時「革命文學」的概念化、口號化等幼稚病。由此而來的史詩品格使茅盾的小說具有了非凡的氣魄。儘管他的史詩性文學世界並非完美無缺，但在 20 世紀 30 年代還是卓越超群，影響後世的作用也堪稱巨大。茅盾以其文學實踐的創新，開創了中國現代小說史上的一個新流派，這便是由嚴家炎先生命名的「社會剖析派」。如果變換視角，也可稱之為「現代史詩小說派」。這在三、四十年代是以茅盾、吳組緗、

────────────

〔註11〕王德威：《寫實主義小說的虛構：茅盾，老舍，沈從文》，復旦大學出版社 2011 年版，第 13 頁。

沙汀、艾蕪、李劼人、姚雪垠等爲代表的小說流派，在後來也還有著不可忽視的持續的影響。這誠如有的學者指出的那樣：「茅盾式的文體對中國長篇小說的影響很大。周立波的《暴風驟雨》，柳青的《創業史》，周而復的《上海的早晨》，這三部中國當代文學史上的長篇傑作，明顯地受到茅盾的影響。……從 40 年代末到 60 年代初，中國文學進入了長篇小說繁榮的階段，不僅湧現出了大量優秀的長篇小說，而且呈現史詩性的傾向。造成這種文學現象的原因是多方面的，而茅盾式文體的開創不能不是一個文學傳統上的原因。」〔註 12〕其實就在新時期以來「茅盾文學獎」獲獎的那些作品（並不是都能經得住考驗的）中，也多有茅盾小說藝術影響的印痕。比如秦地小說與茅盾便有著相當密切的關係，有三部獲「茅盾文學獎」的長篇小說《平凡的世界》（路遙）、《白鹿原》（陳忠實）、《秦腔》（賈平凹），都有對人物及社會歷史的分析式的、議論式的描述，都有強烈的史詩意識的滲透，都顯示了「剖析社會」的強健的筆觸，甚至在一定程度上，還顯示了高水準的現實主義與自然主義的結合——這其中的自然主義不是孤立的低級的「贅疣」，而是求眞求實、還原生活的極化表達的體現，這與近些年來流行的名爲新寫實主義而實爲重構的自然主義有所不同，因爲前者有明顯的史詩品格，後者卻沒有，甚至有意弱化「史詩」品格。

儘管無論是上世紀 30 年代還是近些年來，在對《子夜》的研究中，都一直存在著較多的爭議，但無論傾向於肯定者還是傾向於否定者，都無法否定《子夜》在歷史上還是現實中確有其重要的影響。有學者指出：「由《子夜》、《林家鋪子》和《農村三部曲》構成了一種可以稱之爲『茅盾傳統』的東西，他對其後中國文學的發展的影響也許超過了被人們當作旗幟的魯迅傳統。」「從吳蓀甫到喬光樸，再到李向南，身份的懸殊差異中隱藏著內在的一致性。」〔註 13〕由此未必導向肯定性評價，但卻客觀揭示了「茅盾傳統」的存在及生生不息。近期有學者指出：「茅盾傳統」對中國新文學具有「範式意義」，這種傳統最突出地體現在三個方面：其一是積澱深厚的現實主義傳統。茅盾作爲中國新文學中堅持現實主義傳統的傑出代表，就在於他從理論自覺性與創作實踐自覺性兩個層面把握現實主義，爲中國新文學開創了一

〔註 12〕 金燕玉：《茅盾小說類型及其影響》，《茅盾研究》第 5 輯，文化藝術出版社 1991 年版。

〔註 13〕 汪暉：《關於〈子夜〉的幾個問題》，《中國現代文學研究叢刊》1989 年第 1 期。

種充分反映「時代性」與「社會化」的現實主義傳統。其二是氣勢闊大的「史詩傳統」。由茅盾所開創的「史詩」型小說，在宏大而嚴謹的藝術結構中顯出磅礡的氣勢，也無形中開闊了中國新文學的氣派。其三是注重社會分析的理性化「敘事傳統。而茅盾首創社會剖析小說流派——社會剖析派。「茅盾傳統」的意義在於：它在歷史的規定情境中始終扮演著極其重要的角色，它在中國新文學史上所起的不是一般意義上的「代表作」作用，恰恰顯示出其處於主流地位的意義與價值。同時，這一傳統以其蘊有闊大的氣勢和厚重的思想力，堅持現實主義的純正性等，提升了中國新文學的品位與價值，爲中國新文學的發展做出了創造性貢獻。〔註14〕文學世界本是藝術個性可以自由生長的園地，茅盾的文學實踐自然也是在「種自己的園地」，何況他的歷史影響業已產生，特別是他的史詩品格與藝術範式對當代中國小說創作的影響確實影響顯著，曾經在一個時期裏實際超過了「魯迅傳統」，而今雖有變化，但仍在延續著，只是方式複雜些、蹟象幽微些罷了。

　　我以爲，即使是文學大師也有其身後的「命運曲線」，不會一直上揚的，有些起伏變化倒是頗爲正常的現象。但一方面有人消解、遺忘，一方面也就有人重構和弘揚。學者許建輝研究員對姚雪垠和茅盾都很熟悉，且多有研究。她注意到茅公和姚雪垠的書信結集，認眞闡釋了這部名爲「談藝書簡」一書的豐富意涵。尤其對茅公習慣性卻也很眞誠的謙遜表達，進行了頗有意味的闡揚——

　　　　書讀至此，眞是說不出的欽敬！「謙遜」一語，平日裏常說常聽，打了成千上萬次交道，惟到此時才似乎眞正認識了它！一代文學宗師，其成就像山一樣橫在世上，愛恨毀譽任隨你，你卻無論如何都無法不面對它！可這座山卻竟然讓他「常自汗顏」。這就是大師，這就是大師風範！因爲他太知道學問的博大精深，太知道山外有山天外有天，所以學問越多越是惶恐，縱然對自己一手扶持的學生，也仍然恭恭敬敬不敢有半點得意驕狂。那不是一種刻意的表現，那是發自內心的對文化對學問的恭敬與崇拜。學而知不足，這才是謙遜的眞正內涵。〔註15〕

事實上，茅盾在給其他友人的信箚中也多有謙遜之辭，在《我走過的道路》

〔註14〕王嘉良：《論「茅盾傳統」及其對中國新文學的範式意義》，《浙江學刊》2001
　　　年第 5 期。
〔註15〕許建輝：《讀〈談藝書簡〉仰茅公大師風範》，《當代小說》2009 年第 9 期。

中也有總結性的「謙遜」之辭：「我今年實足年齡 84，如果 10 歲而知人事，則 74 年的所作所爲，實多內疚。……中年稍經憂患，雖有抱負，早成泡影。不得已而舞文弄墨，當年又有『避席畏聞文字獄，著書都爲稻粱謀』之情勢，其不足觀，自不待言。」〔註 16〕其實，一切都要看實際情況。對於有的「大師」之自我吹噓，是要警惕的；對於茅公的謙虛之辭，倒也是需要辨析的。我們看到和即將看到的事實是：茅盾的的重要作品依然在世界範圍內傳播，並不時獲得新的進展；對其作品的研究也在一些國家繼續進行，以他爲專題或與之相關的學術會議也在召開。尤其是伴隨著中國文化國力的逐步提升，那些要瞭解中國、瞭解中國文學和文化轉型歷史的人們，就要認眞面對茅盾所留下的文化遺產或文本世界。我還相信，隨著人們對自然生態重視程度的提高，人們對精神生態的重要意義也會有新的認識，而在這樣的人文思潮中，人們對有益於人類精神生態建設的文化名人、文學大師的興趣也會得到提升。這些名人和大師作爲能夠讓人以感恩的心情牢牢記在心間的人，應該說是非常幸福的。而茅盾無疑就是這樣具有「再生」潛能的人。

（本文系 2001 年「茅盾與當代中國」國際學術討論會交流論文，有較大改動）

〔註 16〕茅盾：《我走過的道路·序》，《我走過的道路》（上），人民文學出版社 1981 年版，第 1 頁。

4. 論魯迅與茅盾的當代性

　　魯迅與茅盾都是具有當代性的文學大師，在接受中生成的「魯迅文化」與「茅盾文化」，在文化積累、文化再生及針砭時弊諸方面，都具有不可忽視的當代價值與意義；在當代多元文化動態發展的視野裏，應以理性態度來把握魯迅與茅盾的當代性，從論爭話語、人格特徵、人生形態及文學影響等方面切實理解其當代性的「存在」，而文學大師的當代性亦即意味著自我生命的延續和對當下文化創造的參與。

一

　　無論在現代學術史上，還是在近些年的文化批評與文學評論中，關於魯迅與茅盾的激烈爭論或懸殊評價總是存在的。即使在大陸曾經竭力將魯迅與茅盾「神聖化」的時候，在海外也有截然相反、評價迥異的研究。儘管其中難免也會有別樣的扭曲，卻畢竟有一些堪稱紮實的學術研究，並在相宜之時對大陸學界產生了不可忽視的影響。這種影響主要體現於新時期以來的相關研究中，加之實事求是傳統的恢復和實踐，使魯迅研究與茅盾研究取得了相當豐富的收穫，並從這些新的研究和闡釋中，體現出了魯迅與茅盾的當代價值。

　　但不可忽視的是，受各種複雜思潮的影響，也掀起了貶魯亦抑茅的衝擊波。就新時期以來的情況看，這股衝擊波大抵經歷了「三部曲」：一是貶其藝術，將現實主義視為過時之物，用純藝術和現代派的放大鏡來審視的結果，或說魯迅既無大的傑作又很快趨於創作力的衰竭，或說茅盾理性過剩、主題先行而少有成功的作品；二是貶其人格，往往借破除神化或聖化魯迅與茅盾

為口實，而蓄意將他們庸俗化乃至醜化，或謂魯迅心理黑暗、刻薄多疑，或稱茅盾損人利己、官癮十足，並常常在材料並不充足的情況下，用潛意識理論來主觀揣測魯迅與茅盾的所謂隱秘心理，頗有以小人之心度君子之腹的嫌疑；三是整體否定、堅決拋棄，雖然骨子裏幾乎是仇視魯迅與茅盾，但表面上卻要借著反思或創新的名義，於重評重估中行顛覆決裂之實。有時似乎也手下留情，只是不承認他們是什麼大家、大師而已，有時則措辭尖刻尖銳，稱魯迅是「一塊老石頭」，要讓他滾一邊去。至於對茅盾，更是不屑一顧，簡直將他當做了極左政治在文藝界的代表。尤其是在「實行」的拜物主義、金錢主義和「虛妄」的文化保守主義猖獗的情形下，加之海外一些漢學家的負面影響，魯迅與茅盾所遭到的責難和冷遇，也便成了自然而然、見多不怪的事情。

如今，在有些人那裡魯迅與茅盾都成了告別或放逐的對象了，甚至在有的渾身「後現代」的人那裡，還要被莫名其妙地罵上幾聲。豈不知就在他們刻意地「耍酷」、「瀟灑」的時候，他們沒有意識到魯迅才是「真的好酷！」茅盾才是「真的瀟灑！」事實上，在更多人看來，魯迅並沒有遠去，他就真實地活在人們的心中，但已經不再是塗滿紅色釉彩的神像，甚至也不單純是作家或戰士，而是一個充滿魅力的故事很多的人，一個讓人景仰也讓人親近的人，一個性格豐富而又複雜得讓人說不清道不完的文化名人；茅盾的情形與此有些類似，真誠地懷念他、研究他的人也自會在心中衡量出他的輕重，他的風度、氣質真的是倜儻風流、儒雅大方，他的自強精進、奮發有為，也著實令人生敬，遠非一般追奇逐怪而自命不凡者所能企及。

自然，魯迅與茅盾在自己的歷史上，也曾經是相當普通的無名的少年兒童，甚至也都有擺脫不了的失去父親與家道中衰等純粹「私人化」的悲哀，但他們的不懈追求與歷史機遇的慷慨饋贈，使他們有幸成了新文化運動中的弄潮兒，並相繼成為真正「重量級」的大作家，這早已成為無法改變的歷史。但如西哲所言，所有的歷史都是當代史。處於當代多元文化格局中的人們，必然都要從自己的文化視境中看待魯迅與茅盾。因此，看法不同甚至針鋒相對都是不奇怪的。問題在於，有些觀點有違基本的歷史事實，或表現出明顯的歪曲甚至別有用心的目的，則需要甄別與辨析。比如，較之於過早去世的魯迅，茅盾及其代表作（如《子夜》）的理性特徵，尤其是其為官的晚年經歷似乎招致了較多的指責和批評，好像他的貼近時代的思考和高壽居然為他加多了恥辱，由此使他在有些人的印象中，已不再像魯迅那樣依然是英傑文豪，

他的鼻梁上被意外地抹了不少白粉，儼然有些類乎丑角了。倘若眞的如此，這兩位生前結緣很深的現實主義作家，倒彷彿成了相對立的人物，一個重於泰山，一個卻輕如鴻毛了。

事實果眞如此嗎？或者說，我們究竟應怎樣看待魯迅與茅盾呢？

如果讓筆者簡潔地回答，這就是：魯迅與茅盾都是具有當代性的文學大師，這也意味著他們自我生命的延續和對當下文化創造的參與。魯迅是中國20世紀最重要的文化巨人，就其總體特色而言，則是偉大的文學家與偉大的思想家的相當完美的結合；茅盾也當得起中國20世紀傑出的文化巨匠，就其總體特色而言，則是偉大的文學家與重要的政治家相當完美的結合。他們都是中國歷史上難得的「文學大師」，而非「文學小師」，更非「文學劣師」，都有著相當大的世界性影響。即使他們自身存在這樣那樣的矛盾或不足，也實難遮蔽其應有的光輝，也足可引爲今人與後人的鏡鑒。而他們的思想文化遺產及其在文化史、文學史、學術史上產生的種種影響，客觀上也已形成相當引人注目的文化現象，從主導方面看也已成爲後人應予珍惜的思想文化資源。將魯迅及魯迅研究、茅盾及茅盾研究視爲文化性存在，名之爲「魯迅文化」和「茅盾文化」，在一定意義上講是成立的。

而作爲思想化的重要資源，於文化積累、文化再生及針砭時弊諸方面，「魯迅文化」和「茅盾文化」的價值與意義也是不宜輕估的。新時期以來的歷史發展實際業已證明了這點。正是這新時期接續上了自近代以來便萌發的立人立國的現代化之夢。五四時代的強音再度響徹雲霄，透入人們的心底。魯迅研究和茅盾研究也迎來了各自的新時期，取得了令人欣慰的學術成果。而從這些與時俱進的研究中，也可以看出魯迅與茅盾在話語中的「復活」，在文化中的「生存」，以及在復活與生存中體現出的活生生的當代性。比如魯迅面對文化衝突的「獨立意識」與茅盾感應時代需求的「秘書意識」皆非常鮮明，同時作爲他們主體意識的重要組成部分，對其人生和創作都產生了重大影響，其個性構成、創作特色及其缺欠不足均與此相關，應引起我們高度重視（相比較也可以說魯迅的自由意識或個性意識強於茅盾，茅盾的秘書意識或服務意識強於魯迅。但他們都追求穿透現實、超越文學，成爲廣義上的「文化工作者」）。而這樣兩種意識的當代延宕，還在模塑著這樣兩類作家，他們都爲社會所需，作用各有側重。值得說明的是，魯迅與茅盾都共同忠誠於他們的「時代」，由此使其人與文就都具有堂堂正氣，故他們不是如某些人說的那樣，是精神上或人格上的奴隸。

二

　　我們應該持有理性態度，從學理層面來關注大師的當代性。古今中外的大師，大多都是具有強烈的「當代關懷」情結的人，研究他們的意義除了歷史意義也應有當代意義，而這意義即生成於與此相關的「當代關懷」，研究者的認識、體驗、情感等主體性因素在這方面當會得到必要的發揮。此外也有必要確認，有無「當代性」誠是檢驗能否成為大師的一條重要的標準，大師的當代性影響也可以反過來成為大師之所以存在的確證。比如從茅盾與新中國文學（特別是與 17 年文學及新時期文學），茅盾與中國資產階級命運的思考和描寫（特別是對民族資本家的悲劇和異化人生的描寫），茅盾與人生派或社會剖析派，茅盾與現代長篇小說及茅盾文學獎，茅盾與當代文學評論，茅盾與地域文學，茅盾與都市文學，茅盾與女性文學等方面，稍具文學史常識者皆可清晰地看到茅盾存在的當代性。所以在我們看來，具有如此成就和廣泛影響者，自然可以也應該被目為大師。而魯迅的當代輻射面無疑更廣，特別是在廣義的社會批判、文化反思與精神重建（國民性改造）等方面，以之為師的人也正有增無減。儘管圍繞魯迅及其雜文、茅盾及茅盾文學獎的爭議很大，但人們確實感到魯迅與茅盾憑藉自身與歷史的綜合實力，早已進入了動態發展的文學「現場」，而成為爭議人物本身，就非常生動地證明了他們的「在場」。當然，本著理性精神，我們還應該看到大師的相對性。大師並非萬能，特別是從多元文化格局來審視，大師只能是相對意義上的大師，不可能覆蓋所有文學流派，並為所有後來人承認。而具體言說大師，也往往只能在特定層面上展開。如從文體創造角度看，可以說魯迅與茅盾是小說藝術大師，茅盾更是現代長篇小說的大師，魯迅更是現代短篇小說的大師，但卻不能說他們是現代詩歌大師或戲劇大師；從文學流派或風格來看，可以說魯迅和茅盾主要是現實主義大師，但不能說他們是浪漫主義大師，等等。顯然，我們只能在某種相應的語境中從某種意義上來談論魯迅與茅盾的「大師」身份。

　　我們注意到，儘管前些年有人在為 20 世紀中國文學大師重新排什麼座次，但人們通常還是在文學史上將魯迅、郭沫若和茅盾並提的，所謂「魯、郭、茅」是也。「三大家」之說畢竟給人留下了太深的印象。雖然有人執意要改變這種「格局」，但從「歷史」存在的真實情況看，這種現代文壇「三大家」的稱謂確是歷史（現代史特別是現代政治文化史）形成的，並不以人的意志為轉移。只要從 20 世紀中國歷史、文化史，尤其是政治文化史的角度來考察

文學，就不能不較多地關注他們的巨大存在。但在文學接受史的意義上，尤其是在某些人的接受過程中，卻會發生調整或變形。然而無論如何，魯迅與茅盾總是非常引人注目的兩位作家，特別是以爲人生的現實主義創作名世的廣有影響的兩位作家。魯迅被很多人稱爲「偉大的文學家、偉大的思想家、偉大的革命家」，以一人之身而顯示了三大家整合的分量；茅盾也被不少人視爲偉大的作家、偉大的政治活動家與偉大的理論批評家，譽之者也是不遺餘力的。但這些定論似乎受到了越來越多的懷疑與挑戰。

　　也許是由於人們對「文化大革命」極其反感的緣故，當今社會是不太喜歡「偉大」這類辭彙的，對原來被稱爲偉大的人和事，大多開始予以顛覆。其實，所謂「偉大」者，也是相對而言的。不是有很普通的良母表達了母愛就被稱爲偉大的母親嗎？不是有人因爲偶然事故中的勇於犧牲就被稱爲偉大的英雄嗎？不是有人唱了些流行歌曲就被尊爲偉大的天王嗎？所以稱魯迅與茅盾是偉大的文學家實在沒有必要惹某些人產生那麼多的不滿，儘管後者似乎嚴肅得多。就在這種既消解「偉大」又濫用「偉大」的時代語境中，我們注意到，即使是那種採取「抽象肯定，具體否定」之類的遊戲方式將茅盾逐出文學文類（如小說、散文等）大師行列的人，也不得不承認，「茅盾在文學理論、批評、創作和領導等幾乎各方面都影響巨大，如果總體上排『文學大師』，他是鮮有匹敵的，第二位置應當之無愧。」〔註1〕

　　請看，這裡不僅承認茅盾是「文學大師」，而且還被放在第二位！可見本欲將茅盾大加貶低甚至掃地出門的人，也不得不在「多項全能」的名義下，仍給茅盾留個重要的位置。不過，在小說、散文（包括雜文）等具體文體創作的大師行列中蹤蹟全無的人，居然也會被普遍視爲文學大師麼？這實際是那些看似遊戲而實有些狡猾的人留下的並不簡單的問題。近期報載《文學界話說王朔金庸》〔註2〕一文，其中介紹了批評家吳亮的高見：「國內好多人捧金庸，是打鬼借鍾馗，比如王一川是用金庸打茅盾，打擊了一大片，這是武林中的宗派鬥爭。」原來如此！可見問題確實非同小可，是值得特別注意的。這樣的排座次居然也帶有「派」的味道，其實也有「冷落當官的」之類的動機，與「精英意識」和「民間立場」都有深切的關係。自然也與外國（特別

〔註1〕　王一川：《二十世紀中國文學大師文庫・小說卷》（上），引語，海口：海南出
　　　　版社，1995。
〔註2〕　趙晉華撰文，載《中華讀書報》，1999年12月1日。

是西方）人的看法密切相關。有的人已經習慣將老外的態度爲態度，要看著洋大人的眼色行事，其殖民主義文化心態也必然會影響到對中國作家的評論。在這樣的人看來，20 世紀是西方的世紀，西方即代表著世界，其流行的價值觀彷彿也就成了唯一的尺度。衡量中國作家是否爲文學大師也要看老外的態度。於是就將學舌的結果體現在重排座次上了。現在問題還不在於要不要反思文學史和那些座次，而在於以怎樣的態度（如嚴肅的還是遊戲的，學術的還是非學術的等）去反思和研究。

不爲這種否定魯迅與茅盾的思潮所動而堅持有關研究確是難能可貴的，敬重魯迅與茅盾自然也是無可非議的，在研究魯迅與茅盾時固然也要越深越細越好，但卻不應該依循那種神化、聖化抑或無微不至的理路。這方面的教訓已經很多，後來者不應重蹈覆轍。可以肯定地說，基於迷信而產生的崇拜與利用，無論來自官方還是民間，無論對領袖還是對作家，其實也都隱含著某種危險與危機。尤其是在這個異常複雜的時代，面對什麼樣的人和事都條件反射似的令人想到「複雜」二字。談論魯迅與茅盾，自然也就要顧及「全人」，不能只看到他們的「半張臉」。

三

作爲文學大師的魯迅與茅盾，其存在的「當代性」自然也體現於人格及文格方面。倘從生命存在的眞相看大師，則凡爲大師者必爲複雜化的存在，而複雜化的存在必然蘊涵各種矛盾，但複雜意味著豐富，矛盾意味著活躍，由此透示著某種深受當代人所欣賞的魅力。魯迅與茅盾的人本及文本沒有從當代視野中隱去，原因之一即在於此。於是就有了「回到魯迅那裡去」的求實求眞的探索，就有了對魯迅「反抗絕望」精神特徵的深入細緻的發掘，還有了對魯迅個性心理包括性愛心理的分析報告，如王富仁的《中國反封建思想革命的一面鏡子》、錢理群的《心靈的探尋》、汪暉的《反抗絕望》、孫郁的《20 世紀中國最憂患的靈魂》、張福貴的《慣性的終結：魯迅文化選擇的歷史價值》、王乾坤的《魯迅的生命哲學》、郜元寶的《魯迅六講》等研究著作，就在確確實實更爲貼近魯迅本身的同時，也更深切地感受到了研究對象的莫可名狀的沉重及其豐富而又複雜的文化意蘊。此外，在近些年來推出的大型的《魯迅研究書系》（袁良駿主編）以及孫郁、黃喬生主編的《回望魯迅》叢書中，都可以使人們看到一個非常複雜而又豐富的魯迅。事實上，基於現實

生活和外來影響所生成的多元化的思想文化空間，爲人們提供了較多的自由
言說的權利，這也就爲從各種角度、各種層次來認知魯迅、體察魯迅提供了
可能，從而能夠於眾聲喧嘩中時或聽到相當新穎的聲音。一些研究者的獨立
思考能力在增強，由反思、細讀、透析導致了一系列新銳的發現，特別是在
魯迅本體、作品本書的研究方面，多有創獲，深層的東西發掘得越來越多。
譬如對魯迅「立人」思想及其啓蒙性、現代性的研究，對魯迅創作文體的研
究，對魯迅美學、詩學思想的發掘、對魯迅文化心態的分析，對魯迅「中間
物」哲思的尋繹，對魯迅情感世界的叩詢，以及對魯迅與現代主義關係的追
索等等，均有新的探索與收穫，格外鮮明地顯示了魯迅的複雜性與豐富性。

　　値得注意的是，與魯迅研究相彷彿，自新時期以來，人們在認識和發掘
著茅盾的「豐富與複雜」的同時，也在努力去瞭解茅盾的「矛盾與困惑」。也
許，當代人的人格最明顯的特徵是矛盾，而這樣的「當代」人格在魯迅與茅
盾身上可以說就體現得非常鮮明。過去，由於某些言語的遮蔽，以及茅盾自
己的迴避，我們總覺得以「茅盾」爲筆名的這位作家並不那麼「矛盾」。在觀
念中多以爲茅盾是理性很強大的人，很少表現出自己的矛盾，即使表現出來
也是短暫的。然而事實上並非如此，茅盾的矛盾即使沒有魯迅那樣「深廣」，
卻也是相當顯著和深刻的。就茅盾一生所遭逢的矛盾而言，確實可以做這樣
的概括：初嘗矛盾的茅盾；陷入矛盾的茅盾；逃離矛盾的茅盾；矛盾一生的
茅盾。對於這樣一個乾乾脆脆以「矛盾」爲自己命名〔註3〕的現代中國文化名
人，在筆者看來，値得研究的東西還有很多。即使僅僅談他的「矛盾」（從他
原來的坦然承認矛盾到他後來有意無意地遮掩矛盾）也是個難以一時說盡的
話題。他的矛盾，他的苦惱，他的失意，他的無奈，甚至他的失誤，他的虛
飾或包裝等，也都可以本著實事求是的原則來進行深入的探討。過去，人們
對後來似乎總是在有意迴避矛盾的茅盾，出於愛戴或其他原因，很少談他的
矛盾。好像茅盾也因此而「單純」或「單調」多了。其實，這並不是茅盾的
「眞實」或眞實的「茅盾」。從比較直觀的層面看，也許茅盾的複雜會比魯迅
更明顯一些。因爲一般說來，魯迅總是那樣冷靜冷峻、深刻深沉，而茅盾卻
在不少的情況下，特別是在五四時期和旅日前後，既熱烈而又沉靜，既浮露
而又深刻，既激進而又正統，既細緻而又粗心，既博大而又淺薄，他謹慎、
隨和，但有時卻也大膽任性並固執己見，這些都生動地表明茅盾是個矛盾的

〔註3〕 茅盾：《我走過的道路》（中），北京：人民文學出版社 1984 年版，第 6 頁。

人：他在中西文化之間矛盾，他在理性與感性之間矛盾，他在文學與政治之間矛盾，他在自我表現與社會再現之間矛盾，他在家庭義務與浪漫感情之間矛盾。他的矛盾也體現了社會與人生的普遍矛盾，但如今似乎被這個更加矛盾的世界遺忘了。然而世間總還有為其「矛盾」所吸引的人在，他們對茅盾的理解，卻並不因為茅盾或他人的「單純單調」的說明而總是「單純單調」下去；茅盾的矛盾複雜和豐富多彩的人生，其人生遭際中的喜怒哀樂、興衰榮辱、悲歡離合等等，對他本人來說雖然都成過去，但更多更深地瞭解茅盾，對當代人們更好地認識人生、把握人生畢竟還是有啓發意義的。

四

自然，矛盾複雜而又多所探索和創造的人生，肯定是相當沉重的人生。由此我們可以形成一個基本判斷，即魯迅與茅盾都是「沉重型」的人，而非「輕浮型」的人！我們所說魯迅與茅盾是「沉重型」的人，有著多層含意：1、人生體驗的沉重感：他們的生活經歷以及生活方式、工作方式等，都可以說明這點，儘管他們也偶有消閒和娛樂，但他們在憂患中辛勤工作卻畫就了他們主體的形象；2、個人理想與人生規範的沉重選擇：使命感的強烈，新道德的確立，為人生、為進步的信念等，是魯迅與茅盾在文化、文學事業追求上自覺的擔承；3、多方兼顧和尋求平衡的人生建構：魯迅與茅盾在人生與藝術上，總是力求兼顧現實性和超越性、思想性和藝術性、感性與理性、自我與社會的統一，使得自己的人生不能不沉重；4、歷史貢獻的沉重：他們在歷史上作出的重大貢獻是無法否認的，作為重量級文人與作家的歷史性存在，特別是魯迅，分量尤其「沉重」，注定是世界性的文化偉人；5、魯迅與茅盾之教訓的沉重：他們既非「完人」，就會有不足和失誤，又因為是文化界的「大人物」，影響很大，其身後被利用也有目共睹，所以教訓確屬沉重。從魯迅與茅盾本身來說，他們對自身存在的不足是有自知之明的，嚴格的自我解剖和提醒他人嚴格鑑別，表現出了他們的誠實。為了這種誠實，也令人肅然起敬。

但對他們不敬且要「清理」他們的人的存在與繁衍，正表明他們被「罵」的日子似乎很難終結。國內如王朔者流對魯迅的誤讀，最明顯的一個特徵就是把魯迅的「沉重」讀解成了「虛偽」，化作了輕飄飄的玩笑，言語間還不無諷刺之意，於是轉為中國版「後現代」的輕浮輕薄和平面化世俗化，這是對「沉重」型人生的崇高、責任和使命等實際人生內容的卸載與消解。比如他

在《我看魯迅》[註4]中轉述魯迅《狗的駁詰》的意象內容和出自《我們現在怎樣做父親》中的名言，便用了「痞子文學」常用的語調，結果魯迅式的「沉重」被輕而易舉卻又是非常殘酷地消解掉了。在港臺與海外也有人刻意要消解魯迅的「沉重」。如知名散文家董橋就嫻於運用這種方法。他在《甲寅日記一葉》、《叫魯迅太沉重》等文中，就道出了一個「不沉重的魯迅」，一個「古意盎然」和「嚮往遊仙」的魯迅。而作爲文化戰士、文化偉人的魯迅卻遠去了、淡化了。[註5]這樣的魯迅可以使他們放心，可以引爲同志，沒有「生命承受之重」的日子，大家都輕鬆自在，今天天氣哈哈哈，這個世界也就變得更加愜意和美好了。近些年來，魯迅的親友及其後人也有人樂於描述一個輕鬆隨俗的魯迅。這種迴避沉重人生而一味追求輕鬆人生的選擇，雖然對於個體而言是擁有這種權利的，但對於現實中的整體而言，卻近乎「瞞和騙」，對醜惡的現實、腐化的靈魂往往起到遮蔽與保護的作用。魯迅當年對性靈文學、閒適文學的批評早已揭示了這些文學的消極作用，對今天的人們可以說仍有警示的意義。對茅盾的人生道路，特別是他的超文學的人生選擇，一些人給予了指責。這裡有只取一點不及其餘的局限，更有對政治文化盲目拒斥的狹隘，彷彿只有他們心目中純而又純的文學女神才是人生的一切。也有人稱茅盾的文學創作陷入了自我顚覆的境地，茅盾的政治選擇和理性表現是悲劇性的存在，如此認定的人同樣將茅盾的人生視爲過於沉重的人生，其文學也有著太沉重的東西，於是也要通過自己特殊的解釋方法，將茅盾文學與人生中的沉重按自己主觀的願望進行「卸載」。如果由這種批評思路能夠總結出茅盾人生與文學中存在的嚴重教訓，那是正當的，必要的，但由此導致對責任、使命、道德、理性等人生意義和「爲人生的文學」價值的「卸載」，那卻是相當危險的。

在如今做個有良心的作家確實很不容易，趨「錢」附「性」的所謂文學大有壟斷市場之勢。不少頂著作家頭銜的人，根本不關心現實生活的眞實和人民利益的需要，總寫些不著邊際的東西。他們或寫些已故文人的浪漫故事，或寫些帝王將相的陳年舊事，或炮製一些男女亂愛的風流情事，或堆砌一些三教九流的灰色瑣事，如此等等，皆可信手寫來，不假思索，戲說生活，閒話人生，玩弄文藝，其樂何如？然而由此對良心的放逐，卻必然會產生不可

[註4]　載於《收穫》，2000 年第 2 期。
[註5]　房向東：《魯迅：最受誣衊的人》，上海：上海書店出版社 2000 年版，第 311
　　　～314 頁。

忽視的社會影響：將有更多的人受到污染，變得沒心沒肺，喪心病狂，靈魂被名繮利鎖縛住，軀體也被物欲橫流淹沒。從這種「沒良心」「喪良知」的作家身上，我們也可以發現一種實實在在的「公害」的存在，對此，我們很容易想到魯迅與茅盾的存在，因爲用他們的文學精神誠可以醫治這樣的良心匱乏症。文學如此，人生也一樣。如今流行著的不是對魯迅與茅盾的「沉重型」人生或帶有犧牲意味的崇高精神的認同，而是這樣的「遊戲人生」亦即「追求好玩」的生活規則：今日有酒今日醉，今日有性今日樂；今日有錢今日花，今日有肉今日咥；今日有權今日用，今日有福今日享。在奉行這種人生原則的人看來，一切爲了自己，趕緊消費、及時行樂的思想，才是惟一的「現代思想」和「人的學說」！尤其奇怪的是，有更多的人居然將這些視爲「先鋒」和「前衛」，視爲當今社會最先進的東西，因爲這些東西可以引人走向輕鬆和快樂，特別是物質性、本能性的感官享樂。這些所謂人生原則，在魯迅與茅盾的「沉重型」人生選擇面前，的確顯示出了異乎尋常的「生命之輕」！如果說由魯迅與茅盾等一代新文化先驅確實爲我們留下了「現代文化傳統」，那麼這種新型傳統的「負重、莊重」特徵，無疑是值得我們充分珍視的。而作爲更新意義上的中國民族文化，中國現代民族文化也形成了自己不易被顛覆的優秀「傳統」，身處這一現代傳統「主場」或「核心」位置的魯迅與茅盾，則必將在後人的「繼承」中獲得新的生命。

五

誠然，從魯迅與茅盾在當代的實際影響來看，可以明確看出其作爲文學大師的當代性。一般說來，大師的存在確實爲後人提供了重要的精神資源，有形無形地影響著後人，同時也使他們有足夠的材料和話題來闡釋和發揮。從主導方面看，以魯迅與茅盾爲人生楷模與文化追求的嚮導，對提高民族文化素質和個人生存品質，確會有不小的助益。僅從他們成爲「談資」而言——當魯迅與茅盾都成了歷史人物之後，就更成了可以自由言說的對象，對啓動人們的當代性思考（包括有關的文學思考）也實有裨益。

比如李澤厚認爲：「魯迅喜歡安特也夫，喜歡迦爾洵，也喜歡廚川白村。魯迅對世界的荒謬、怪誕、陰冷感，對死和生的強烈感受是那樣的銳敏和深刻，不僅使魯迅在創作和欣賞的文藝特色和審美興味（例如對繪畫）上，有著明顯的現代特徵，既不同於郭沫若那種浮泛叫喊自我擴張的浪漫主義，也

不同於茅盾那種刻意描繪卻同樣浮淺的寫實主義，而且也使魯迅終其一生的孤獨和悲涼具有形而上學的哲理意味。」〔註6〕這種非常明顯的揚魯抑茅傾向是很有代表性的。儘管我們並不同意這裡對茅盾的貶低（因爲李澤厚一方面提倡著個性與主體性，一方面卻只能欣賞魯迅的個性而對茅盾的個性則視而不見），但卻認爲這類觀點可以激發人們進一步的思考。比如著名漢學家王德威也立意「重估」，但卻能夠看到魯迅與茅盾的聯繫和區別：「新崛起的作家中能以獨特的視景回應魯迅創作言談模式的，不在少數。而筆者以爲茅盾、老舍、沈從文三人的作品，最值得我們重新評估。在以往的批評規範下，這些作家或被劃爲魯迅傳統的實踐者，或被輕視爲缺乏魯迅般的批判精神。實則他們對風格形式的試煉，對題材人物的構想，已在在豐富了魯迅以降的中國小說面貌。總是依賴魯迅作品的風格來貶抑他們的成績，難免要招致故步自封之譏。」「比較起來，三位作家裏以魯迅與茅盾的傳承關係最爲親密。這不只是因爲茅盾將魯迅式的新小說習作觀念化，爲現代中國寫實（暨自然主義）的理論奠定基礎，也是因爲茅、魯二人在『左聯』時期互通聲息，關係密切之故。如果我們視魯迅爲文學革命的號手，則茅盾堪膺革命文學的健將。二人對以後半世紀中國小說的發展，各有啓蒙性意義。……茅盾早期長篇小說中敘事聲音的展開，人物動機的轉換，場景的調配等處理，均非魯迅所能企及。尤其掌握群眾場面及素描人物內心風景上，茅盾均有獨特之處。」〔註7〕像這樣的審慎之論顯然更接近歷史的眞實，也遠比實際出於某種成見而來的揚魯貶茅或借人「打」茅的做法更明智。近些年來，有一種出於「同情」而對魯迅與茅盾晚年深表惋惜的話語也很流行，以爲如果沒有他們晚年的轉變，他們便會完成他們的「偉大」。這似乎較單純地「罵」他們要有力得多，感人得多，這種「同情」只要不是別有用心，應該說是有些道理的，但筆者以爲，這大約仍是將人生單一化了，多是採用了「純文學」或「唯美」的眼光來打量魯迅與茅盾，所以其自身的局限仍是不言而喻的。何況，既然提倡著多元多樣的文化觀、文學觀，既然可以容忍或接受那麼些「多元」，爲什麼就偏要嫌棄魯迅與茅盾這「一元」或「二元」呢？

　　無論有些人多麼嫌棄魯迅與茅盾，他們作爲一代「文學大師」而不是「文學小師」，其身後的文學事業畢竟會有人繼承。僅就具體行爲而言，魯迅與茅

〔註6〕　李澤厚：《中國現代思想史論》，北京：東方出版社 1987 年版，第 115 頁。
〔註7〕　王德威：《魯迅之後》，《魯迅研究年刊》1990 年卷，中國和平出版社 1990 年版，第 331 頁。

盾也都曾為了大力培養文學新人，付出過許多時間精力。不少作家直接得到過他們的幫助。魯迅儘管文學生涯短些，但幾乎從他登上文壇的同時，就有文學青年來不斷請益，其中也有像許廣平、呂雲章這樣的女大學生。而後來就又有像丁玲、蕭紅這樣的女作家，深得其文學精神的沾溉。他所幫助的文學後來人（尤其是鄉土小說、左翼文學的作家群）中，有許多在文學史上都很有成就，包括像茅盾這樣具有開宗立派實力的作家也自認為，確得到過魯迅文學的滋養。而受到過茅盾文學影響的人其實也有很多，就拿在創作上還不太著名的葉君健來說，他的被翻譯成二十來種外文的小說《山村》，就有茅盾影響的影子。〔註8〕我們知道，茅盾初以評論家、編輯家身份進入文壇，所做的工作，原本就是以「為他人做嫁衣」為主要職業的，後來更是注意培養文學新人，在這方面，可以說也貫徹了他的一生。據有的學者統計，茅盾一生所評論的作家多達 300 多人，大致可以分成三代或四代。這些評論大多對作家和讀者都有所幫助。其中，除了「五四」以來的老作家以外，三四十年代出現的不少重要的文學新人，他大都品評過；解放後湧現的文學新人，茅盾也滿腔熱忱地予以品評，其中不少文學新人都是因為茅盾的發現、賞識和推崇而躍入文壇、立住腳跟的。由此而來也便有了許多動人的故事。〔註9〕除非可以輕易抹殺那些有真情實意的回憶錄，否則這類動人的故事還會流傳下去，並通過作品的影響和作家之間的緣分，使茅盾的文學精神得以不死。

是的，文化事業、文學事業也是靠薪火傳遞才擁有未來的，而在未來光輝的反照中，我們也總會依稀看到魯迅與茅盾的身影。記得丁玲在《悼念茅盾同志》一文中說：他「是一位辛勤培植的園丁，把希望和關心傾注在文壇上的新秀。他寫了很多獎勵後進的文章，評價新作家，推崇新作品。許多被他讚譽過的後輩，都會為自己的創作而懷念他，為自己能有所進步而感謝他」。這顯然也表達了那一代文學新人共同的心聲。像這樣的近乎感恩的聲音，自然對茅盾文學評論的負作用有所遮蔽，但其真誠卻不必懷疑。而這類聲音在回憶魯迅悼念魯迅的文章中自然可以找到更多。近期由魯迅博物館等單位編輯、北京出版社推出的 240 萬字的多卷本《魯迅回憶錄》，就記載了大量的這方面的事例。像胡風在文藝思想、精神獨立等方面對魯迅的繼承，蕭紅在鄉土文學、剖析國民等方面對魯迅的師承，蕭軍在以惡抗惡、精神剛強

〔註8〕 葉念先：《父親與茅盾、老舍及巴金》，《文學自由談》1999 年第 4 期。
〔註9〕 參見羅宗義《回眸集》，北京：團結出版社 1990 年版。

等方面受魯迅的影響，都是人們所熟悉的例證。

　　即使從近些年來人們對魯迅的「接受」來看，「走進當代的魯迅」的身影也高大清晰，不僅「魯迅式」的知識分子和研究魯迅的學者在探究與弘揚魯迅的精神文化，一些作家也在自覺不自覺中承續著魯迅的文學範式，發展著魯迅的文學追求，在改造和重建國民靈魂方面竭盡全力（如王蒙、莫言、陳忠實等），而大中學生對魯迅的瞭解和喜愛，更是給人一種令人鼓舞和心動的希望。如《當代作家談魯迅》、《當代作家談魯迅（續）》、《魯迅新畫像》、《我心中的魯迅——北京市中學生徵文選》等專書，以及網上關於魯迅的許多資料與言說，也頗能確證魯迅的當代影響。而這種當代影響還確實走向了世界。如諾貝爾文學獎得主日本作家大江健三郎說：「我現在寫作隨筆的最根本動機，也是爲了拯救日本人、亞洲乃至世界的明天。而用最優美的文體和深刻思考寫出這樣的隨筆、世界文學中永遠不可能被忘卻的巨匠是魯迅先生。在我有生之年，我希望向魯迅先生靠近，哪怕只能挨近一點點。」他還特別強調：「這是我文學和人生的最大願望。」〔註10〕隨著人們對自然生態重視程度的提高，人們對精神生態的重要意義也有了新的認識。在這樣的人文思潮中，人們對有益於人類精神生態建設的文化名人、文學大師的興趣也會得到提升。我們堅信，在 20 世紀大師的行列裏，魯迅與茅盾可以說是相當突出的兩位；從當代精神生態的平衡來看，也非常需要魯迅與茅盾的「存在」；其久遠的影響和被懷念、探討甚至爭論的「命運」，也使他們的身後不至於過於寂寞。

　　（原刊於《唐都學刊》2001 年第 2 期；人大報刊《中國現當代文學》2001年第 7 期複印）

〔註10〕大江健三郎：《我怎樣寫隨筆》，《中華讀書報》2000 年 9 月 27 日。

5. 接受視閾與經典建構

　　茅盾與讀者的「接受」或「受容」關係極為密切。他的「讀者意識」之強烈，遠遠超過了某些概念或理性的束縛。由此，茅盾作為與時俱進的傑出作家進入了廣大讀者的「接受視閾」，並由此接受了嚴酷的時空考驗，逐漸被較多的人認定為文學經典作家。

　　倘從「接受視閾」來看文學史上的經典作家作品，便要承認「經典」既是歷史生成的，也是通過不斷「接受」建構而成的，因此具有歷史的和動態的特徵。而持有不同的文學史觀或審美觀的學者，也可以像作家從事創作那樣，在從心中到筆端的「文心雕龍」過程中，往往也能各顯神通，創構出或推舉出不同的經典建構序列或層次，即使對待同一位文學史上重要的或活躍的作家，是否視其為「經典」作家及如何把握論析也會頗多爭議。在文藝領域，仁者智者式的爭議可謂此起彼伏。而爭議多包括作品細節也時有爭議，往往是個「好現象」，因為有爭議恰是「經典」作家之「存在」的一個基本特徵。

　　茅盾就是這樣一位迄今仍時有「爭議」的作家。但在我們看來，茅盾在中國現代文學史上著名作家、批評家及文學活動家的經典地位的確立，既是由他自身的成就所決定的，也離不開歷來文學史和研究界對他的評價和定位，並且伴隨著一個值得重視和反思的評估過程。然而就在這種不斷經典化的過程中，某些刻意彰顯的東西卻造成了對作家本體某種程度上的遮蔽和扭曲。在此，筆者擬在建國後至 20 世紀末這一時間框架內，主要從「學院派」的文學史（大陸中國現代文學史，或二十世紀中國文學史）書寫和茅盾研究

兩個方面，以札記形式或從實證出發，簡要考察有關茅盾的接受歷史，並對所發現的若干問題進行說明及分析。

應該指出，關於茅盾的研究和評價從 20 世紀 20 年代就已展開，具體評價經歷了從開始的褒貶不一到 30、40 年代的基本肯定，其後進入一個「神化」且單一化的階段，再到 90 年代前後的爭議不休。〔註1〕其間文學史觀的變遷及接受視閾的調整導致了具體評價的差異與不同。自然，這僅僅是一個大致的判斷。

整個解放前的茅盾研究，基本上是單篇的、零散的、隨感式的評論，缺少系統、綜合之作。〔註2〕倒是一些文學史著已經把茅盾作為重要作家介紹。如陳子展出版於 1930 年的《最近三十年中國文學史》，在第十一章「文學革命運動（下）」介紹小說創作時說：「其中以郭沫若、蔣光慈、洪靈菲、錢杏邨、乃至茅盾諸家的作品，尤為留心這個『大時代』轉變的青年男女所愛讀。」〔註3〕此外，朱自清的《中國新文學研究綱要》（提綱式），王哲甫的 1933 年出版的《中國新文學運動史》和 1935 年良友圖書公司出版的十卷本《中國新文學大系》中，茅盾都占到了相當的分量。就當時來講，政治形勢動盪多變，而新文學本身又處在發展當中，因此，系統、歷史地研究文學和作家的工作則有待建國以後才能充分開展。

新中國的成立和新制度的確立，為文學研究提供了便利條件，但同時也提出了新的要求。尤其是戰爭文化心理遺留和階級鬥爭需要，共同強化了文學研究中的政治影響。隨著新文學史進入大學課堂成為一門新的學科，教育部在 1950 年組織制定了《〈中國新文學史〉教學大綱》，把新文學史的編著納

〔註1〕 從學術史角度看，作為作家的茅盾研究，始於 1928 年 2 月《清華周刊》第 29 卷第 2 期刊載涉評茅盾小說的文章——白暉的《近來的幾篇小說》。迄今已有 85 年的歷史。期間因為各種原因，產生了諸多爭議。然而在文學藝術領域，爭議往往意味著被關注，也意味著有更為複雜的意蘊需要潛心的探求。比如茅盾早期的《蝕》三部曲、《子夜》、《林家舖子》等代表作，就爭議頗多，就恰恰證明了這些作品的豐富性和複雜性。

〔註2〕 據大成舊刊電子資料庫所查「茅盾」題名的數十篇文章，多為一般介紹或消息類文字，即使題名為宏觀類文章，細讀也屬於印象批評，如錢杏邨的《茅盾與現實》、賀玉波的《茅盾創作的考察》、李長之的《論茅盾的三部曲》、趙景深的《記茅盾》等等，考論結合的學術型很強或系統性顯著的論文幾乎不見蹤影。能達到茅盾自己所撰述的作家論水準的，也難以見到，這是頗為遺憾的。

〔註3〕 陳炳坤：《最近三十年中國文學史》，太平洋書店 1930 年版，第 271 頁。

入體制內，成爲有組織、有領導的活動。加上新文學本身的特殊性（從誕生就與中國現代政治革命密切相關，在發展過程中又與新興政權聯繫緊密），使得文學史編著中政治砝碼不斷加重，並自然波及到對作家作品的具體評價。

王瑤的《中國新文學史稿》（上冊 1951 年 9 月開明書店出版，下冊 1953 年 8 月新文藝出版社出版）是建國後第一部新文學史。該書沒有設立作家專章，卻分兩個階段集中介紹茅盾的小說創作。在指出理論界對《蝕》批評的機械性和作品中客觀存在的悲觀和幽怨的同時，明確認定《子夜》「是《吶喊》以後最成功的創作」，抗戰時期則特別提到茅盾的《第一階段的故事》、《霜葉紅似二月花》和《腐蝕》三部小說，對《腐蝕》評價很高，認爲它不只在主題上有高度的政治性，寫作藝術也是很成功的，「是可以與《子夜》並列的名作，對讀者發生過很好的政治影響。」〔註4〕如此判斷，可謂見識不凡。

1955 年出版的丁易著《中國現代文學史略》和 1956 年出版的劉綬松的《中國新文學史初稿》都只爲魯迅設置了專章，丁著第九章「茅盾和『左聯』時期的革命文學作家」集中談到茅盾的創作。指出《蝕》反映了當時青年的思想實際和性格描寫的成功，又批評了對正面形象的忽視和作品中的悲觀色彩；稱《子夜》爲「中國現代文學史上一部巨著」；肯定了《腐蝕》的政治價值和進步意義。劉著則明確稱茅盾爲「很重要的小說作家」，介紹文學研究會時把茅盾放在發起人之首位（實際爲第七位），並引用他的七篇論文來說明該團體的性質和主張。小說創作關注點仍是《蝕》、《子夜》和《腐蝕》，認爲《蝕》沒有刻畫正面的積極人物，《子夜》是《阿 Q 正傳》後出現的一部傑出的現實主義巨著，肯定《腐蝕》之餘又不忘指出其在人物形象上的缺點。相比較，1952 年出版的蔡儀的《中國新文學史講話》和 1955 年出版的張畢來的《新文學史綱》（第一卷），更帶有鮮明的階級論的色彩。前者認爲《蝕》是革命的小資產階級文學的代表作品，後者稱茅盾是「客觀上走了無產階級的道路」的「小資產階級作家」。〔註5〕這一觀點在較長時期裏有著很大的影響。

1957 年教育部公佈了《中國文學史教學大綱》，確立了作家論型的文學史體例，明確規定要爲魯迅、郭沫若、茅盾設立專章。同年出版的孫中田、何善周等著的《中國現代文學史》首次爲茅盾設立專章，稱之爲「新文化運動

〔註4〕 王瑤：《中國新文學史稿》（下），新文藝出版社 1953 年版，第 87～88 頁。
〔註5〕 張畢來：《新文學史綱》（第一卷），作家出版社 1955 年版，第 197 頁。

的光輝旗手——魯迅的戰友」，並認為茅盾是五四以來在文學戰線上「傑出的作家和堅強的戰士」，〔註6〕著重介紹其小說創作。而這種專章設置形式也多為以後的現代文學史所沿用，從文學史篇章結構角度確立了茅盾的傑出地位。

著名的茅盾研究專家葉子銘先生說過：「在解放後的作家研究中，除魯迅外，茅盾恐怕是最多的一個。」〔註7〕這一時期的茅盾研究主要集中在綜合性的研究專著與論文、作品評論、茅盾著譯目錄與資料的搜集和整理三方面。專著有吳奔星的《茅盾小說講話》（1954），王西彥的《論〈子夜〉》（1958），邵伯周的《茅盾的文學道路》（1959），葉子銘的《論茅盾四十年的文學道路》（1959），艾揚的《茅盾及其〈子夜〉等分析》（1960）等五部。其中吳奔星的著作是建國後第一部比較系統的茅盾研究專著，有開拓之功；邵伯周、葉子銘的兩部專著對茅盾的文藝思想及作品中的成就和不足有比較實事求是的分析，受時代主潮影響，這兩部著作將重心放在茅盾文學活動、文藝思想與中國革命的多重關聯上，自然也就帶上了那一時代的特殊烙印。孫中田的《試論茅盾的創作》、丁爾綱的《試論茅盾的〈農村三步曲〉》、黃侯興的《試論茅盾的短篇小說創作》等論文，對於茅盾的小說創作給予了初步的、綜合性的評析。張畢來、吳奔星、林誌浩、樊駿、丁爾綱等中青年研究者，圍繞《子夜》、《林家鋪子》、「農村三部曲」、《風景談》、《白楊禮贊》等名著、名篇著文評析。其間也出現了葉子銘的《談〈子夜〉的結構藝術》、黎舟的《茅盾創作中的民族資產階級形象》等注重藝術分析的論文。如葉子銘的文章指出《子夜》將「複雜的人物、事件、茅盾衝突，連接組成了一幅30年代初期半殖民地半封建的中國都市生活圖畫」。由此，葉先生進行了細緻而又全面的論述，並給予了如下的判斷——

> 《子夜》這樣一部人物眾多、線索紛繁、內容複雜的作品，為
> 什麼能組織得有條不紊，渾然一體。其成功的秘密究竟在哪裏呢？
> 我認為，主要地就在於作者能嚴格地遵循著結構藝術的一條最基本
> 的規律，即根據主題的需要，根據中心人物性格發展的邏輯，來安
> 排各種人物事件、矛盾衝突和環境場面，因而能從複雜的內容裏突
> 出中心，從紛繁的線索中見出主次，做到波瀾起伏而有條不紊。同

〔註6〕 孫中田、何善周、思基、張芬、張泗洋：《中國現代文學史》，吉林人民出版社1957年版，第343頁。

〔註7〕 徐瑞岳主編：《中國現代文學研究史綱》，江蘇教育出版社2001年版，第975頁。

時，作者又善於根據矛盾衝突的各種不同發展階段的情況，運用借
題牽線，烘托對比，虛實處理，前後照應等等藝術手法，來巧妙地
安排故事情節，做到引人入勝而不落陳套。如果借用李漁的話說，
就是做到了「立主腦」，「密針線」，「脫窠臼」。我想，這就是《之夜》
結構藝術上的最主要的成功經驗。〔註8〕

由於「文革」期間的學術研究基本停止，上述考察的主要是從建國後到六十
年代初一段時間對茅盾的接受情況。很顯然，受特定時代氛圍的影響，無論
是文學史還是具體評論，關於茅盾的評價都帶有明顯的政治性傾向，這不免
在突出茅盾某種特徵的同時，也制約了茅盾研究向縱深發展。其中，從政治
文化角度的考量，尤其是由於國家意識形態的參與，茅盾在現代文學史中首
次獲得了單列章節的待遇，文學史編著者和茅盾研究者也開始了在這一框架
內進行政治的或藝術的闡釋工作。和茅盾研究中小說作品研究一支獨秀的局
面相呼應，在五六十年代的現代文學史中小說創作已經成爲評述茅盾的主要
內容，關於其代表作品的認識、評價也基本一致，茅盾在現代文學史上小說
家的經典地位開始更加凸顯。

　　「文革」結束後對新文學以及茅盾的研究、總結工作於 70 年代末逐步
展開。對新文學研究和文學史書寫來說，1979 年當是一個重要年份。這一年
先後有四部現代文學史出版，影響較大的是唐弢主編的三卷本《中國現代文
學史》（第三卷由唐弢、嚴家炎主編，1980 年出版）的出版。書中章節設置
爲魯迅兩章，郭、茅各一章，巴、老、曹共一章。稱茅盾是現代中國一位卓
越的作家，分思想發展與初期創作、《子夜》、短篇小說、散文四節對其評述。
認爲《子夜》是我國現代文學一部傑出的革命現實主義長篇，同時指出了正
面形象的不足，抗戰時期仍從政治角度稱讚《腐蝕》。同年出版的田仲濟、
孫昌熙主編的《中國現代文學史》、林誌浩主編的《中國現代文學史》（上下
冊，下冊 1980 年出版）、北京大學等九院校共同編寫的《中國現代文學史》
等都爲茅盾設立了專章，具體評價和唐弢本無大的差別。

　　1984 年中國青年出版社出版的黃修己的《中國現代文學簡史》，是早期具
有「重寫文學史」意味的史著，其中關於茅盾的論述也有所創新。如介紹茅
盾小說時用了「《子夜》和社會分析小說」的標題，這種命名本身就頗爲耐人
尋味，其後嚴家炎在《中國小說流派史》中正式提出了「社會剖析派小說」

〔註8〕 葉子銘：《談《子夜》的結構藝術》，《江海學刊》1962 年第 11 期。

的流派概念，這樣的命名或總結，非常有利於凸顯茅盾的特殊性和文學史意義。黃著還認爲，茅盾抗戰期間的《霜葉紅似二月花》對家庭生活的精彩描寫，在藝術上不遜色於《子夜》，而此前並無人作過如此高的評價。這也給讀者留下了很深的印象，並對相關研究產生了積極的影響。

80 年代末，「重寫文學史」和「二十世紀中國文學」的觀念提出後，文學史編寫出現了一些新的變化。力倡重寫文學史的王曉明，在《中國現代文學研究叢刊》1988 年第 1 期上發表了《一個引人深思的矛盾——論茅盾的小說創作》，就昭示著這種變化。而這些變化中很重要的一點，就是對茅盾文學創作藝術性及批評家身份的關注在加強。當時廣有影響的《中國現代文學三十年》（1987 年出版，錢理群、溫儒敏、吳福輝、王超冰著）在作家編排上魯迅兩章，郭、茅、巴、老、曹各一章。茅盾專章共五節，四節是小說創作，稱茅盾爲自覺的長篇小說藝術家，對魯迅所開創的中國現代小說的表現形式作了新的開拓。指出茅盾創造了「民族資本家」與「時代女性」兩個形象系列。最後一節文藝理論和批評，強調茅盾是中國現代批評的開創者之一。最後總結道：茅盾是「中國現代文學史上繼魯迅之後，與郭沫若同樣具有最廣泛影響的革命現實主義作家與批評家」。〔註9〕到了 1998 年的修訂本出現了兩個變動。一是點出茅盾開創了「社會剖析小說」新的文學範式，二是最後的總結：「以他爲首，構成 30 年代之後的『革命文學傳統』，與從『五四』發源的『魯迅傳統』既有聯繫，又有區別。而此區別，正是茅盾的獨創性和他更能代表正宗的左翼文學之所在。」〔註10〕這種修訂顯出了著者的歷史自覺意識和學術的發展。郭志剛、孫中田主編的 1993 年版《中國現代文學史》在茅盾專章中分四節介紹其文藝思想和小說，稱茅盾是中國現代文學史上偉大的作家和社會活動家，「社會剖析派」的代表作家。程光煒等主編的《中國現代文學史》（中國人民大學出版社 2000 年版），則進一步指出了茅盾小說不同於傳統長篇小說的結構方式，也區別於同時代作家作品的敘事和結構形式，及其影響下的社會剖析派。

此外，孔範今主編的《二十世紀中國文學史》（山東文藝出版社 1997 年 6 月版）中，茅盾占到一節。簡述創作歷程後，重點介紹了認爲是其代表作的

〔註 9〕 錢理群、溫儒敏、吳福輝、王超冰：《中國現代文學三十年》，上海文藝出版社 1987 年版，第 256 頁。

〔註 10〕 錢理群、溫儒敏、吳福輝：《中國現代文學三十年》，北京大學出版社 1998 年版，第 237 頁。

《蝕》、《子夜》和《春蠶》等，並提到茅盾的兩大貢獻：創建現代都市文學，開創「時代女性」和「資本家」兩大人物形象系列。朱棟霖等主編的《中國現代文學史（1917～1997）》（高等教育出版社 1999 年 8 月版）中，單列《子夜》一節，在指出其優點和缺憾之餘，還進而總結了中國現代小說文體創造的三條路線，把茅盾視爲以學習西方小說的藝術形式和技巧爲主，適當吸收我國傳統的表現手法一類的代表。黃修己主編的《20 世紀中國文學史》（中山大學出版社 1998 年版），重點評介了茅盾小說創作的社會剖析特徵和藝術成就，言簡意賅，觀點鮮明。

由此可見，儘管時或有人蓄意否定茅盾的文學成就，甚至別有用心地肆意貶低其人格（這與客觀指出人格弱點有別），但從主導方面看，自從 20 世紀 70 年代末以來，茅盾在中國現代文學史上的地位仍然相當牢固。與此前不同的是，編著者對茅盾的闡釋已不完全拘泥於既有規範，而是時有突破，盡力發掘茅盾的特殊性及其在現代文學史上的獨特性，努力展現茅盾這一「符碼」背後的豐富內涵。但總體來講，建國以來新文學史有關茅盾的敘述，從入選作品範圍看相對固定化，從評論內容看在深度和廣度上有所欠缺，從評價模式看突破不大。具體表現在：文學史對茅盾的介紹，時間貫穿整個現代文學尤以第二個十年最爲集中。第一個十年以理論批評爲主，突出「爲人生」和現實主義的文學觀，後兩個十年以小說創作爲主，主要成就是《子夜》，其次是《腐蝕》、《蝕》、《春蠶》、《林家鋪子》，再次是《虹》、《三人行》、《霜葉紅似二月花》、《第一階段的故事》等。創作優點大致有：反映時代社會的深刻、主題的革命性、人物的典型性、結構的宏大、史詩性及心理描寫的突出等；關於不足之處，較早的批評主要有：正面形象薄弱、悲觀色彩濃重、反映時代革命的片面化等，新時期以來又有題材的政治性、人物的理念化、主題先行等批評話語產生。至此，文學史著作對茅盾的定位大致是傑出的小說家、重要的批評家、散文作家，三者的重要性一般是依次遞減的。而對其批評則往往是局部的，點到即止。

反觀這一時期的茅盾研究，與建國早期的名著研究和少量的綜合式研究成果相比，無論是量上還是質上都有相當大的提高，並有填補空白的成果。尤其是 1981 年 4 月胡耀邦代表黨中央在茅盾追悼大會上所作的悼詞和 1983 年 3 月中國茅盾研究學會的成立，極大地推動了茅盾研究工作的開展。〔註11〕

〔註11〕特別是茅盾研究會的「堅守」，如今已是第七屆，每一屆都在力所能及的範圍

從那時到 20 世紀末，茅盾研究在茅盾理論思想和美學研究，茅盾小說文體和「社會剖析派」的研究，茅盾與中外文化、外國作家和文學思潮、地域文化、民間文化的研究，茅盾的翻譯、編輯和兒童文學研究，以及對茅盾的心理學、經濟學、社會學研究等方面，在深度和廣度上都有新的拓展，取得了相當豐碩的成果。如葉子銘、孫中田、莊鍾慶、王嘉良等的茅盾創作歷程研究，黃侯興、王嘉良、萬平近、丁爾綱等對茅盾小說的研究，楊建民、朱德發、楊揚等對茅盾文藝思想的研究，曹萬生、駱寒超、史瑤等對茅盾美學思想的研究，邵伯周、王建中、丁柏栓、羅守義等對茅盾文學批評的研究，李岫、黎舟、戈寶權等對茅盾與外國文學的研究，邵伯周、李標晶、丁爾綱、沈衛威等對茅盾傳記的研究，以及金燕玉等對茅盾與兒童文學的研究，丁亞平對茅盾批評心理的研究，李頻對茅盾編輯生涯和思想的研究，還有鍾桂松、錢振綱等對茅盾研究之研究，查國華、孔海珠、許建輝等對茅盾「文獻學」方面的發掘等等，都為茅盾研究做出了可貴的貢獻。同時國外關於茅盾的研究也漸次開展，如前蘇聯的 F·索羅金，美國的夏志清、陳蘇珊，捷克斯洛伐克的普實克、高利克，日本的尾阪德司、松井博光、是永信、北岡正子等，韓國的朴興炳、朴雲錫、朴宰雨等，都對茅盾及其作品進行過介紹和研究，提出了有借鑒價值的學術觀點，在茅盾研究方面均有可圈可點的著述。其中還出現了專門的博士論文，如韓國朴雲錫的《茅盾文學思想研究》（1990 年漢城大學），法國林誌偉的《左拉與茅盾：朝向新文學理論》等，都提出了新穎的觀點。儘管文化背景的不同難免造成學術觀點的分歧，但至少說明茅盾在現代文學史上的大家地位及其國際影響是不容忽視的。

　　據統計，迄今研究茅盾的著作已有百餘冊，這裡不可能逐一介紹和評說（這個工作很有意義，只是筆者難以勝任），筆者在此僅擬介紹幾本專著，雖然有隨機抽取的局限，卻也可以在看到其學術價值的同時，亦能瞭解茅盾研究中存在的一些不足之處：

　　——丁亞平著《一個批評家的心路歷程》（上海文藝出版社 1990 年版）。該著選題及研究方法都極其新穎別致，它「採用心理研究的視角、開放的比較和聯繫的方法，」「在歷史、現實及未來的比較追問中確立『茅盾之所以

內做了許多推動茅盾研究的具體工作。特別是近些年來，文學研究和茅盾研究都遇到了「時代性」的困局，茅盾研究會的堅守和努力，謀劃和開拓就更具有重要的意義。詳參「中國茅盾研究會」網站（http://www.zgmdyjh.org）。

爲茅盾』，並且成爲文學批評大家的特殊心理構成。」〔註12〕取得了開創性的成果。其對批評家心理動機和批評心理特徵的集中關注，對推動學術文化自身的發展也具有重要的意義。但相關論述也體現了茅盾研究的一個不足之處：即過多地依附於政治和時代標準，強調作爲「社會個體」的茅盾的存在，忽略了作爲「自我本體」的茅盾的存在，具體表現在對茅盾的個體心理開掘不足，「對茅盾本體的獨特意義與價值所在缺乏切中肯綮的分析與論證」。〔註13〕筆者曾指出，從隱在的心靈深處看，也許茅盾的「複雜」程度會比魯迅更甚。因爲一般說來魯迅總是那樣冷靜冷峻、深刻深沉，「而茅盾卻在不少情況下，既熱烈而又沉靜，既浮露而又深刻，既激進而又正統，既細緻而又粗心，他謹愼、隨和，但有時卻也大膽任性並固執己見，」「他在中西文化之間矛盾，他在理性與感性之間矛盾，他在文學與政治之間矛盾，他在自我表現與社會再現之間矛盾，他在家庭義務與浪漫愛情之間矛盾」。〔註14〕而上述矛盾的具體存在及其豐富內涵，常常被研究者所忽視。由此我們得到的只能是一個站在政治廟堂上理性地向下掃視著的茅盾形象，或者是主觀判斷的一個相對「單一」甚至「乏味」的作家形象，其個體的生動、鮮活及其豐富性則無從充分體現。

　　——王嘉良主編《茅盾與 20 世紀中國文化》（天津人民出版社 1997 年版）。該著在 20 世紀的時空構架內分五個階段論述茅盾文化思想的發展，並總結了他對中國文化現代化的貢獻。該書集思廣益，思路開闊，對茅盾研究有拓展之功。由此可以令人想起某些茅盾研究成果及「文學史」存在的另一個不足之處：對茅盾研究的非整體性。眾所周知，茅盾的文學活動時間長達 60 餘年，貫穿整個中國現當代文學。而現行的現代文學史對茅盾的介紹截止到 40 年代末，當代文學史中茅盾則近乎銷聲匿蹟，或僅僅在文學思潮背景中閃現，一些 20 世紀中國文學史也沒有在 20 世紀的時間框架內觀照茅盾，仍局限於 50 年代以前。同時，茅盾研究中對其建國後的文學活動同樣重視不夠，更鮮有把建國前後的茅盾綜合起來研究的成果（傳記除外）。這樣一種研究格局得出的茅盾形象只會是不完整的、甚至是有所偏頗的。

〔註12〕 鍾桂松：《二十世紀茅盾研究史》，浙江人民出版社 2001 年版，第 268 頁。
〔註13〕 王嘉良：《「茅盾傳統」：值得深入探討的歷史命題——對深化茅盾研究的一點思考》，《中國現代文學研究叢刊》1996 年第 3 期。
〔註14〕 李繼凱：全人視境中的觀照——魯迅與茅盾比較論〔M〕，中國社會科學出版社，2003

　　——李繼凱著《全人視境中的觀照——魯迅與茅盾比較論》（中國社會科學出版社 2003 年版）。著者把魯迅、茅盾置於 20 世紀中國文學、文化、政治流變的背景中作以「全人視境」式的綜合比較研究，對兩位大家在文學發展和文化建構中的地位、作用給予了合理而中肯的評價。值得一提的是，該著「全人視境」式的平行比較，不在比較作家的高低劣下，而在凸顯作家的人格、文格，文化和人生選擇的異同，並突出兩人在相同和相異領域內的獨特貢獻。其中對茅盾是偉大文學家與重要政治家的結合，「是新型文化的穩健派、建構派，」「思維特徵主要體現為分析型和觀察（前瞻）型」的總結是獨到而具有說服力的。但這裡又牽出茅盾研究的另一個不足之處：在茅盾與眾多中國現當代作家和文化名人的比較研究方面尚有明顯欠缺，這方面的比較研究仍有廣闊的空間。筆者認為，要想科學而合理地對茅盾在中國現當代文學和文化史上的地位和貢獻進行界定，必須在這一方面繼續深入開拓。唯其如此，方能見出茅盾的不同於他人並影響於他人之處，及其在文學史上的實際地位。

　　事實上，在 2000 年 4 月於西安召開的「全國茅盾研究學術討論會」上，有關學者就如何推動茅盾研究向前發展，也提出了要加強茅盾研究的學術分量，注重茅盾研究史的總結等建議。在某種程度上，也許正是由於茅盾研究的不夠完善，才引起一些青年學者對茅盾經典地位的質疑。許多人與其說是對茅盾的評價過高產生反感，倒不如說是對以往研究中的遮蔽，扭曲造成的評價「失實」不敢苟同。因此，無論是文學史編著還是茅盾研究，去蔽還原、重建新的闡釋話語當屬一項緊迫任務。不可否認，茅盾在中國現代文學史上經典地位的確立，確有國家意識形態的參與，並且在其影響下形成的既有「規範」和先驗性判斷，也制約了整個茅盾研究的深入發展。但茅盾在 20 世紀中國的創作歷程和他留下的 40 餘卷《茅盾全集》自能證明其意義與價值。後來的研究者當不徒讚歎或批判其所鑄造的成品，而「應予以『爆破』釋放其所存儲的能量，並推進茅公未盡之業」。〔註 15〕

　　一件藝術品的全部意義，「是一個累積過程的結果，亦即歷代無數讀者對此作品批評過程的結果」，「我們要研究某一藝術作品，就必須能夠指出該作品在它自己那個時代的和以後歷代的價值。」〔註 16〕在這個意義上說，經典

〔註 15〕黃繼持：《在茅盾研究的邊緣》，《中國現代文學研究叢刊》1996 年第 3 期。
〔註 16〕勒內・韋勒克，奧斯丁・沃倫：《文學理論》，江蘇教育出版社 2005 年版，第

當是一個反覆評價，不斷建構的過程，作爲「此在」的我們所能把握到的只能是作品的部分意義。有所作爲的文學史應該有經典存在，儘管經典並不能代表文學史的整體風貌和格局。因此，可以說 20 世紀的中國文學如果缺少了茅盾，必將是一種不小的損失。進一步說，有了魯、郭、茅、巴、老、曹，以及沈從文、張愛玲、穆旦、艾青、趙樹理、丁玲、林語堂、王蒙、陳忠實、王安憶、莫言等等，乃是 20 世紀中國文學的幸運，他們以經典作家的身份共同繪就了中國現當代文學「地圖」，我們不應一味計較於他們之間誰前誰後，誰優誰劣，誰能壓倒誰。作家作品尤其是經典作家作品研究重要的是在整合既有資源的基礎上，努力還其本貌，並做出符合當下時代特徵的合理闡釋，同時保留著時間和讀者做出評判的權利。

茅盾研究在學術界或「圈內」也被稱爲「茅盾學」，與「魯迅學」或「紅學」相彷彿，其本身已經被視爲一個重要的具有學術史意義的研究對象。以茅盾命名的國家文學大獎「茅盾文學獎」也已成爲公認的重要文學獎，並作爲一種文學制度或現象而成爲研究課題。對茅盾研究之研究的重視應該繼續加強。目前這方面比較重要成果有鍾桂松的《二十世紀茅盾研究史》，其中列示七章：濫觴時期的多聲部（1928～1937），史詩的輝煌和殘缺（1938～1949），系統平靜的深入和學院派的興起（1950～1966），劫後新生：重鑄輝煌（1977～1980），由感性到理性（1981～1986），挑戰歷史（1987～1992），世紀茅盾（1993～2000）。將二十世紀茅盾研究劃分爲七個階段進行了梳理和分析。進入二十一世紀的這十多年，筆者以爲可視爲第八個階段，細化和反思、比較與拓展，成爲了茅盾研究這一階段的重要特徵。可以說，經過幾代人的不懈努力，近 90 年的茅盾研究已經在作品整理和出版、相關資料搜集及研究、生平與思想探究、作家作品的解讀以及相關的比較研究、傳播研究、文化研究等等方面，都已經通過幾代人的努力取得了相當可觀的研究成果，爲後續研究提供了豐富的學術積累。錢振綱先生選編的《茅盾評說八十年》，注重博采史料和多元聲音，關注學界風雲和人文情懷，一卷在手，啓示多多，對茅盾研究的深入和細化，是有促進作用的。

本書原擬側重於從「文學史」的書寫來觀照「茅盾」的形象，不經意之間卻說到了更多的方面。如果說茅盾在他的時代，與其同時代作家文人相比，其成就是多方面的，研究空間還有待進一步拓展。特別是他的文學創作，比

36～37 頁。

較而言具有自己的高度、深度、廣度和精度，那麼相應的茅盾研究，也應該
以此「四度」爲標杆，以期達到新的學術境界。換言之，學術文化總是不斷
發展的，茅盾研究也是如此。還有很多相關課題有待深入研究，尤其是需要
進行拓展研究和細化研究。

（本文與周惠合作於 2010 年，近期有較多修改）

6. 結緣：茅盾與延安文藝窺探

　　茅盾是東部人，是南方人，但與中國西部卻也結下了深緣，其間的崢嶸歲月、傳奇經歷或歷險及失意，種種體驗，訴諸筆端者也許非常有限，但輒一嘗試追蹤，就會發現茅盾的足蹟原來在偶然與必然之間雖有彷徨，卻總能找到自己奮進的目的地。他與延安的邂逅和結緣，就留下了耐人尋味的話題。

一

　　延安，曾經是茅盾心馳神往的地方，因為那裡是抗戰的真正堡壘，那裡是「蓬勃緊張的地方！」；延安，曾經是茅盾緊張戰鬥過的地方，那短暫而充實的五個來月的時光，既在茅盾的心扉上烙下了深深的印記，也在中國新文化史上添加了生動的一頁；延安，曾經是茅盾夢縈神繞的地方，別離延安後的他常常是：「引領向北國」（《感懷》），「側身北望思悠悠」（《無題》），並動情創作了《白楊禮贊》、《風景談》等名文。同時，我們還看到，聯繫著茅盾與延安的有一條更為明麗而韌長的紐帶，這就是延安文藝，一方面茅盾曾把自己溶解在延安文藝的春潮中，推波助瀾；一方面他又「出乎其外」，對延安文藝作出了許多精湛而深刻的評論，至今看來，還是十珍貴。

　　雖然茅盾在延安尚不足半年，但卻為延安文化藝術事業的建設作出了出色的貢獻。各種集會、講學等社會活動和文化活動且不說，僅就寫作言之，也有各類文章計 15 篇左右，其中絕大多數是談有關文藝問題的，如《關於〈新水滸〉》、《論如何學習文學的民族形式》、《舊形式、民間形式與民族形式》、《中國市民文學概論》（講義）、《談〈水滸〉》以及《為了紀念魯迅的六十生辰》、《關於〈吶喊〉和〈彷徨〉》、《紀念魯迅先生》等文。其實，不僅

僅是在延安期間的這些著述與延安文藝發生了這樣那樣的密切關係，即便就是後來茅盾所寫的眾多的評論文章，亦多有涉評延安文藝的。如《雜談延安的戲劇》、《抗戰期間中國文藝運動的發展》、《門外漢的感想》、《記「魯迅藝術文學院」》（上、下）、《讚頌〈白毛女〉》、《論趙樹理的小說》等等。顯然，茅盾與延安文藝深深結下了不解之緣。

大致上看，當茅盾對延安文藝還僅僅處在瞭解階段的時候，他還不便多對延安文藝界的現狀提出十分具體的意見，因而他就在對延安文藝工作者文化素養的培育、對文藝民族形式問題的探討以及對魯迅方向的繼續宣導和堅持等方面，去努力發揮自己的作用。同時他逐漸加深了對延安文藝的感受與認識，即使離開延安以後對延安文藝運動的發展情況也給予了極大的關注。這樣，作爲具有高度革命責任感和深厚的文藝理論素養的茅盾，在親身感受和深入思考的基礎上，便自覺地對延安文藝作了多方面的評述和介紹。在這些有關於延安文藝的文字中，具體剴切的評論有之，綜觀估價的結論有之；出諸衷心的讚美有之，情切肯綮的批評亦有之。因此大體說，映在茅盾眼裏的延安文藝，已經較完整地呈現了它真切的原貌。

二

對於延安文藝運動，茅盾是持充分肯定和熱烈讚揚態度的。他不僅曾一度投身其中、極力促其健康發展，而且在逐步加深對延安文藝認識的基礎上，自覺地爲宣傳延安文藝、擴大延安文藝在全國的影響，作出了顯著的貢獻。

首先，茅盾認識到，在抗戰這個「時代中軸」的制約下，文藝爲抗戰服務，爲大眾服務，必然是一個帶有根本性的原則。因而他的態度很明朗：贊成、擁護，並積極地投入實踐和宣傳的活動中去。

當時在延安，茅盾既是全國抗敵文協的理事，又是延安文藝隊伍中的一名戰士。他既擔承了幫助延安文藝工作者的義務，又自覺地對毛澤東同志所宣導的創造「民族形式」，向魯迅學習、知識分子應深入工農生活等許多重大主張作出積極的反應。例如，他到延安後不久，即在延安各文藝小組會上發表了題爲《論如何學習文學的民族形式》的長篇演講。在這篇講演中，他首先便旗幟鮮明地表示了對毛澤東同志剛剛發表在《中國文化》上的《新民主主義的政治與新民主主義的文化》（後定名爲《新民主主義論》）以及洛甫《抗戰以來中華民族的新文化運動與今後任務》兩篇文章的擁護。把毛澤東同志

關於新民主主義文化是民族的科學的大眾的等許多光輝論述視爲不可移易的
「指標」。

　　茅盾在離開延安之後，通過深刻的反思導出了更全面而成熟的關於延安
文藝的思想。他寫下了一些包含著對延安文藝帶有某種總結性質的文章。如
《抗戰期間中國文藝運動的發展》、《抗戰文藝運動概略》等，便涉及到了延
安文藝界的組織、文藝思潮、創作活動，經驗教訓等許多方面，不僅對宣傳、
擴大延安文藝的影響，對指導當時進步的作家的創作有顯著作用，而且還具
有重要的理論價值。這裡姑且以茅盾離開延安不久寫下的《雜談延安的戲劇》
一文爲例，藉以略窺一斑。儘管這只是一篇意在向全國廣大讀者介紹延安戲
劇的短文，卻沒有停留在一般性的介紹上，而是把陝北的艱苦、文藝工作者
的韌幹苦幹的精神與這裡特殊的「陽光和空氣」聯繫到一起，把沙漠的美麗
「花朵」，「魔術家」們神奇的創造力與黨的培養、戰友的互助聯繫到一起，
從而揭示了在延安存在著「民主的環境以及對於文化工作的重視──特別是
對於文化工作者思想自由、研究自由的尊重」這樣鐵的事實。這無疑既與國
統區的情況形成了鮮明的對照，又對各種誤解和敵人的誣衊是一個有力的反
駁。再者，茅盾在介紹延安各種劇團的時候，對它們的勞績也作了恰當的評
價，如對「烽火社」的評論就貫徹了文藝爲人民大眾的原則，而又不盲目地
一味讚美，具有高度實事求是的精神。

　　其次，由於當時是「學習魯迅革命精神，驅逐日寇出中國」的時代，「魯
迅的方向」與民族的解放十分緊密地結合了起來，所以延安文藝界廣泛開展
了紀念魯迅、宣傳魯迅的活動。茅盾除參加一些群眾性活動之外，還寫下了
一些論及魯迅的文章。如《爲了紀念魯迅的六十生辰》、《關於〈吶喊〉和〈彷
徨〉》，《紀念魯迅先生》等，儘管這些文章在茅盾一生論述魯迅的文字中所佔
份量不大，但卻對當年的延安文藝工作者有著某種特殊的意義。因爲它們更
直接、更及時也更有效地給他們以深刻的啓發和教育，茅盾殷切希望延安文
藝工作者「眞能夠承繼著魯迅先生的勇敢的不屈的精神努力創作和批評，以
固定中國新民主主義文化的文藝堡壘。」出於這樣的願望和目的，茅盾還積
極參加了許多有關紀念魯迅，學習、研究魯迅的活動，爲延安文藝界提高魯
迅研究水準貢獻了自己的力量。

　　茅盾之所以這樣積極、熱情地爲發揚魯迅精神、堅持「魯迅的方向」而
努力，還因爲他十分清晰地看到「二十年來，魯迅先生所走的路，也即是中

國作家們所走的路，除了少數例外」這樣特別重要的一點。他認為這點與延安作家有密切的關係，只有像魯迅那祥，執著地追求進步，樹立先進的世界觀，堅持戰鬥的現實主義，深刻地感受生活，表現生活，與在藝術形式上多方借鑒加以融合，才能很好地以文藝為戰鬥的利器，更好地為抗戰服務。

再次，茅盾在延安期間，曾特別著重於對文藝「民族形式」問題的討論。隨著抗戰的發展，人們已從熱烈地討論文藝的大眾化進到更熱烈地討論民族形式的建立，這確實表明了問題的探討正向縱深推進。但也出現了一些偏激荒謬的論調。茅盾在寫於延安的《舊形式、民間形式與民族形式》等文中。就針對向林冰「民間形式是中心源泉」的觀點作了多方面的駁斥。同時，也在「正確地評價了民間形式，然後能夠綜合研究，善為取擇」這方面，作了較為透徹的論述。茅盾既反對那種盲目崇拜「國貨」的意識，看不到民間形式本身帶有封建落後的印記，又反對那種把民間形式完全抹殺的觀點。與此相應，他對創造「民族形式」的必由之路──學習，作了很為周詳的論述。如在《論如何學習文學的民族形式》一文中，茅盾認為必須向優秀的文藝遺產學習，在他看來，值得學習的民族形式主要是由「市民文學」體現出來的。的確，茅盾例析的《水滸》、《西遊記》、《紅樓夢》，就帶有濃厚的市民色彩。儘管文中對民間藝術更多的方面未作論述，但無疑，從上述的古典作品為代表的「市民文學」中，我們確可以學到許多「民族形式」的精華部分。不惟如此，茅盾尤其注意要「向人民大眾生活去學習」這一點，他要求作家去「使得生活範圍擴大起來，往複雜、往深處去」，把觀察與經驗統一起來，不能在生活的岸邊作旁觀者。要從生活中領會到「真味」，就必然有賴於「進步的宇宙人生觀」，只有這樣，才能創造出反映人民大眾苦樂的作品，也才能相應產生出為人民大眾所喜愛的民族形式，並以這較「現有的民間文學的形式」「更高級更完善」的民族形式去逐步提高人民大眾的審美能力。

當然，儘管茅盾的一些觀點是同時期許多先進文藝工作者所共有的，但茅盾以其特殊的影響力，使這些閃耀著真理光芒的見解更迅速而有力地打入延安文藝工作者的心中，從而發揮了良好的作用；也儘管茅盾早在 1925 年於《論無產階級藝術》等文中便闡述了與此相通的進步文學觀，儘管抗戰初始茅盾就提出過文藝必須為抗戰服務、為人民大眾服務等一系列文藝主張，但茅盾在延安時期的諸如此類的論述，則更具體、更深化了，針對性也更強了，具有重要的實踐價值和理論意義。而且，由此也顯示了茅盾文藝思想某些新

的進展。

又次，茅盾對延安文藝運動的評論，一方面由於親身感受而增強了它的眞實性和深刻性，另一方面又由於對《在延安文藝座談會上的講話》等經典文藝文獻的學習，從而使他的文藝評論趨向更加全面和正確，或者還趨向某種轉型，而這又是與他積極宣傳延安文藝精神以擴大其影響的行爲目的密切相關的。

比如，他在離開延安到重慶不久，便寫下了《抗戰期間中國文藝運動的發展》這篇十分重要的帶有總結性的文章，在當時很有影響的《中蘇文化》上發表。茅盾通過在延安時期的深刻觀察，認爲即使在延安，也要求「我們文藝作品中向來未去淨的歐化的用語句法等等，是必須淘汰的，又由於作者生活經驗的欠缺而把農民裝上知識分子的聲音笑貌等等毛病，也必須克服的。」只有這樣，才能創造出「內容是抗戰的現實」，形式爲「民族形式」的作品來。顯然，沒有延安之行，茅盾的感受與認識就難以這樣眞切、深刻，並且也不會在 1941 年初便這樣明晰地表達出來。後來，隨著時間的延長，尤其是通過對《講話》的學習，茅盾對延安文藝運動的認識更加提高了一步。在上述文章中，他還只是比較一般地把延安視爲文藝戰線的「重心」之一，以及過去對民間形式的評價還略偏低。而在 1946 年寫的《抗戰文藝運動概略》中，他那如椽的史筆便已標明：「在整個抗戰時期解放區文藝運動的司令臺還是在陝北（延安）」，進而指明了延安文藝運動的特殊歷史地位；茅盾還說，「陝北和解放區的文藝運動主要是在堅持大眾化路線以後這才有了輝煌的發展的」，除了作家們在「文藝大眾化」的道路上迅猛前進之外，翻了身的人民大眾也開始用「萬古常新」的民間形式來進行藝術創造了。茅盾對此作了充分的肯定。不僅如此，茅盾還在許多文章中，對延安或受其影響很大的作家作品予以多方面的評論。所有這些，在全國文藝界產生了積極而深遠的影響。

三

茅盾對延安文藝，堅持從實際出發，採取了揚抑兼得的科學評論方法；在具體評論中，能夠正確處理好普及與提高的關係，立論審愼精當。

這從他對延安文藝運動的總體性評論上便可以看得出來。他認爲抗戰文藝基本可以延安「整風運動」爲界分爲前後期。前期有著明顯的局限性，而「到了後期，因爲『整風』普及與提高不復視爲兩橛。而得到辯證的統一了。

於是新的作風，豁然開展，異采煥發，不但爲抗戰文藝運動揭開了全新的燦爛的一頁，而且爲今後的民族文藝的健全的進展指出了正確的方向，樹立了輝煌的典範了」〔註1〕。顯然這是合乎歷史實際的允當之論。

總的看，在對待延安文藝的具體評述中，茅盾既有熱烈讚美、申表其佳的「鼓吹篇」，又有直言相告、不假諱飾的「針砭篇」，但目的只有一個，那就是要使延安文藝更健康地發展、成熟起來，更好地發揮「司令臺」的巨大作用。

評價事物總須有尺度。茅盾在對延安文藝（當然並不限此）的評價上便自覺地運用了這祥一個尺度：「內容問題，無疑的必須是抗戰的現實。……這是一個中心軸，一切依此軸而旋轉。這是一個無情的尺度，凡是助長民眾的覺悟，培養民眾的力量，解除民眾在抗戰時期生活苦痛的一切行爲和措施，應該得到讚美，」「至於形式問題，由從前的『大眾化』而更進一階段，即所謂『民族形式』」。的確，在抗戰期間，內容上的抗戰現實與形式上的民族形式的完美結合，便是時代賦予的評價作品的最佳尺度，也顯然，這個尺度本身便充滿了革命現實主義的精神。

在具體評論中，茅盾總是能夠很好地運用這一最佳尺度。

茅盾對延安文藝評論的範圍是很廣的。對戲劇（平劇、話劇、秧歌劇等），小說（長、中、短篇），詩歌（敘事長詩、短詩、歌謠等），甚至木刻，音樂與民間藝人的許多藝術樣式，他都給予程度不同的關注，作出了或詳或略的評論。他不僅注意對作家作品加以評論，即使對邊區工人的創作也真誠地表示了他的「喜悅和希望」，對工人作品內容的進步與形式上的粗壯質樸的美都給予了肯定；他不僅對延安平劇、秧歌劇作了多次評論，而且對「歌頌了農民大翻身的中國第一部歌劇」《白毛女》也給予了熱烈的「讚頌」；他不僅對延安大型文藝作品多有評述，而且對艱苦中誕生的延安木刻也給予了很高的評價：「這些木刻便是大輅的始基的椎輪」！

茅盾對延安根據地的作家以及沐浴著延安精神的光照而成長起來的其他解放區的作家，評論頗多。比如詩歌方面的艾青、田間、柯仲平、李季等，小說方面的趙樹理，柯藍、馬烽、西戎等，戲劇方面的如魯迅平劇院的藝術家們甚至「烽火社」的「小鬼」們，以及木刻方面的古元，音樂方面的冼星

〔註1〕 茅盾：《茅盾文藝雜論集》（下集），上海文藝出版社 1981 年版，第 1193 頁。筆者在本文中的引文未另注明者，皆引自該論集。

海等。對於這些富有創造性的人們，在茅盾的筆下，充溢著揄揚、讚美之情。並善於抓住他們主要的特徵給以準確的評論。如評論艾青、田間，柯仲平，便能抓住他們各自向民歌學習而形成的「風格」，給予恰當的比較分析。

我們知道，茅盾向來是很善於進行作家作品評論的，這種優勢力量在對延安文藝作家作品的評論中也得到了很好的發揮。這點在他對趙樹理進行的評論中表現得很充分。除了在其他文章中有片斷涉論趙樹理的文字之外，茅盾還專門寫了兩篇評論趙樹理小說的文章《關於〈李有才板話〉》、《論趙樹理的小說》。這不能不說是一個頗爲特出的現象，很能說明茅盾對趙樹理及其作品的重視。從他的評論中，實際已可看到他是把趙樹理作爲延安文藝的一個典型代表來看待的。譬如對《李有才板話》的評論，既能分別從內容與形式上予以條分縷析的中肯評述，又能準確地指出趙樹理的創作在解放區文藝新形式開拓歷程中的巨大意義：「無疑的，這是標誌了向大眾化的前進的一步，這也是標誌了進向民族形式的一步」。茅盾在《論趙樹理的小說》一文中，著重對《李家莊的變遷》作了評述。他正確地指出：「趙樹理先生不是無所用心地來描寫山村的變遷的，他的愛憎極爲強烈而分明。他站在人民的立場，他不諱飾農民的落後性，……在鬥爭中，農民是不但能夠克服了落後性，而且發揮出創造的才能。這一眞理，許多作家可以在理智上承受，但很少作家能夠從作品中賦以形象，最大的原因還在於他們不曾投身於這樣鬥爭的實生活」；「《李家莊的變遷》不但是表現解放區生活的一部成功的小說，並且也是『整風』以後文藝作品所達到的高度水準之一例證。」在文中，茅盾不僅從作品的內容上、文學史的地位上著眼，高度評價了趙樹理的小說，還充分注意到了趙樹理藝術形式的大眾化特徵及其廣泛的意義：「沒有浮泛的堆砌，沒有纖巧的雕琢，樸質而醇厚，是這部書技巧方面很值得稱道的成功。這是走向民族形式的一個里程碑，解放區以外的作者們足資借鏡」。除此之外，茅盾還指明了趙樹理藝術成功的主要途徑在於他「生活在人民中，工作在人民中，而且是向人民學習，善於吸收人民的生動素樸而富於形象化的語言之精華」，這無疑從根本上抓住了趙樹理創作與人民生活血肉相聯的特徵。從茅盾的論述中，我們不難看到，他立足於對趙樹理進行忠實的評論，使我們看到的則是延安文藝的方向以及在全國範圍內的普遍而重要的意義。充分顯示了他那種高屋建瓴，簡當精闢的評論特色。

然而，茅盾決不是那種盲目唱著讚歌的評論家。當他對延安「文藝通訊

員」這些「文藝學徒」進行評論時,他不是單純地給以贊許。更不是大潑冷水,而是切實指出他們的基礎甚差,仍須艱苦磨煉以求技巧的上達。我們從他在延安寫下的《一點小小的意見》這篇談鍊句的短文中,就可以看出他關心文學青年成長的殷切心情。再如前面曾提到的茅盾對工人作品的「讀後感」,除了「喜悅」之外,還有「希望」的兩次「進言」:一不要盲目地追求所謂技巧,二要補救其偏枯與不足,創造出新的合於「勞動的律動」。在對待作家的創作上,茅盾提出了更高的要求。如他對柯仲平的創作,便直言其「用民歌風格來寫抗戰題材的長詩就不怎麼出色」,因爲缺乏一種「莊嚴與雄偉」的氣概,所以他指出:「柯仲平的沒有太成功的道路還是值得繼續去試探的」。這樣很有分寸感的針砭,當然是容易令人心服的。

茅盾對那種在創作上衣服是農民、臉面是知識分子之類的現象十分注意,在他剛剛離開延安不久寫下的《抗戰期間中國文藝運動的發展》中就提出了忠告。後來,在《抗戰文藝運動概略》中又指出:「在延安方面的,最初一二年內還在『全國性』和『正規化』的錯誤觀念下努力想繼續弄那弄慣的一套」,這的確是道出了歷史的眞實。再者,茅盾在肯定延安文藝獲得了巨大成就的同時,又不無遺憾地指出在解放區「還未產生紀念碑似的傑作」,這當然是從極高的意義上說的,而且也是對整個解放區工作者更大的激勵和鞭策,表現了他對延安文藝更高的期待。

茅盾與革命聖地延安尤其是延安文藝有著極其深厚而難解的緣分,茅盾的延安之行眞正是「不虛此行」的,這不僅從他當年積極投身延安文藝運動的史實中可以看出,而且從他那些與延安文藝運動有關的文字(本書未涉及他解放後闡揚延安文藝精神的文字)中也可以看出。這些著述,無疑是他大量的理論著述中一個重要的組成部分。對此我們通過必要的學習和研究,並考察茅盾與延安的各方面密切的關係,不僅對我們瞭解延安文藝運動有所幫助,對「發揚延安文藝革命傳統,開創文藝新局面」有積極的現實意義,而且,我們由此還可以清晰地看到茅盾另一個偉大的側面:他不僅僅是延安文藝運動積極的觀察者、建設者,更其重要的還是一位出色的宣傳者和評論者!

(原刊於《抗戰文藝研究》1985 年第 4 期,略有補充)

7. 溝通：茅盾創作活動中的「讀者意識」

　　文學爲了讀者而存在，作爲作家倘沒有自己的讀者意識，那簡直是不可思議的。本書即擬從「讀者」角度來觀照現代文學，通過對作家群體讀者意識的分析，來看他們創作動機以及創作的發展方向，從而宏觀地把握中國現代文學史上的「主導」發展趨向及其與「讀者」（上帝？）的內在關聯，故特別選取在理論與創作上極有代表性的作家茅盾，作爲本書重點剖析的對象，借個案分析來說明一些重要的創作心理方面的問題。

一

　　我們認爲，從縱向的視角考察，就會發現中國現代文學 30 年（1919～1949）嬗遞變化的一個非常有力的支點，即特定時空條件制約下的「讀者需求」，這種讀者需求作爲對文學生產的一種無聲的指令，給中國現代文學的發展以及作家的創作心理以巨大的影響，這種影響幾乎怎樣估計都不會嫌其更大、更深。也就是說，讀者特定的現實與精神的需求，成了中國現代文學發展的軸心和作家創作心理中的「硬核」，使現代作家萌生了與此相應的「讀者意識」並受制於這種「讀者意識」。但大略地說來，中國現代作家的讀者意識也有三次比較明顯的變化。

　　第一次。「五四」時期的讀者需要集中體現爲「啓蒙」的需要，故而作家的讀者意識相應地指向那些在當時能夠接受並產生這種「啓蒙」需要的讀者，即當時的知識者尤其是青年學生。這些人當時最急迫的需求即是「啓蒙」，即借助西方文化爲參照糸來反對中國傳統的封建文化，而其最有力的理由便是這種陳舊的文明導致了中國近現代的沉淪，於是愛國成了這些渴望「啓蒙」

的新人的光輝旗幟。但他們能夠進行的、也最爲迫切的是希圖經過努力儘快使「自我」獲得自由——求學的自由，戀愛的自由，言論的自由等等，因此他們衝破禁錮「個性」的封建文化堡壘的意願與衝動匯成了特定的時代思潮，形成了特定的讀者需要。這種讀者需要爲那些本身也有此種需要的作家（或文學青年）所深知，由此就在實際上造成了「五四」時期文學創作與讀者需要的一種平衡關係：個性解放、人道主義成爲最突出的主題，新的藝術形式也往往只適於「讀書人」中熱衷「啓蒙」運動的青年學生以及他們的導師。

第二次。第一次國內革命戰爭失敗後，亦即新文學史上的第二個十年，這一時期「啓蒙」的主題（或讀者需要）由於嚴酷的階級鬥爭的衝擊而趨向隱蔽，「革命文學」的宣導與發展實際正是適應人們對現實革命的迫切需要而發生的；在這時自覺或被裹挾參加革命、擁護革命的，除了相當多的青年學生之外，工農的比例大大增加了，他們中的部分人也產生了對文學的需要，其他社會階層面對日趨興盛的、莫能迴避的革命浪潮，也產生了對革命及其文學的巨大關切。因而，當這些社會性的亦即讀者性的需要對創作發生影響時，革命文學或呼喚革命，抨擊現實之類的作品便應運而生。即使作爲文學，她已無法超然、修飾，她還那麼幼稚、單調，也只好來滿足當時的人們那特具「革命」味的精神胃口了。顯然，到這時期，讀者群體的構成已較「五四」時擴大了。「啓蒙」講求文化層次性，講求對新學說、新文化以及新詞語的可接受性，而「革命」則講求實際生活體驗，講求是否有階級的苦難和革命的要求，對文化水準要求不似「五四」時那麼嚴格了，因而在第二個新文學的十年，文學的「大眾化」已被提出來，並在理論上、實踐上作了初步努力。

第三次。戰爭的巨大陰影降臨在整個中華民族頭上的時候，被逼壓、被激動的人們就再也不是部分的人了，於是全民族的絕大多數人都幾乎在同一天感悟到文學必須爲抗戰服務：「動員全國的老百姓」這句政治的或軍事的律令，也成了文學創作的無聲命令：當時人人渴仰的，幾乎只有「戰爭」的甘露——一次勝利的消息，幾位英雄的事蹟，對不抗日者的揭露，多少人又參了軍，日本鬼子也有動搖分子等等諸如此類的信息，就是賽過陽光雨露的精神慰藉！就彷彿是饑渴甚爲厲害的人把樹皮和污水也能當美味瓊漿吞飲一樣，在抗戰時期的廣大讀者實際是不太留心藝術本身是否完美的。文學創作在當時就最崇尚「大眾化」——即是否能夠爲最多數的人所接受；因爲他們——抗戰正依靠他們哩——自然而然地產生了這種對文學的要求。如果你的

創作不能爲大眾所喜聞樂見，不能容易地被接受，那麼你的作品就會被冷落，甚至被批判。這些情況的發生，都基於人民群眾的「戰爭」心嚮導致了「抗戰第一」「普及第一」這樣的「讀者要求」。很明顯，「大眾化」程度隨「戰爭」而升級，也影響了文學的發展與變化。

　　簡言之，從「啓蒙」到「革命」再到「戰爭」，讀者需求的遞嬗變化恰恰左右了中國現代文學發展的格局的重新建構，以及作家的「讀者意識」的形成與變化。當然讀者面的逐漸擴大在特定歷史進程中無疑是有積極意義的。但是，在人們有了充分的自由去要求文學的時代，再去返顧這段歷史，就會看到中國現代史上的中國人出於受特定時代的限制，產生了怎樣單一化的或趨向單一化的讀者需求，致使中國現代文學在贏得了最大量的讀者的時候卻未能產生最大量的優秀作品。故而，有人甚至把現代文學稱爲「淺易文學」、「趨時文學」。當然，這種說法畢竟存在著以偏概全的毛病。

二

　　如果從橫向考察，在中國現代文學史上也曾出現過作傢具有多元「讀者意識」的狀況。這大致是由「人以群分」而形成的；

　　現實主義的作家群──以魯迅、茅盾、趙樹理爲最突出的代表（三人分別主要代表前述的「啓蒙」、「革命」、「戰爭」三種讀者需求及相應的讀者意識，但三人又有共同的趨向）。

　　浪漫主義的作家群──他們基本也貫穿了中國現代文學史，但其間的讀者意識有過較大的變化。代表者可推郭沫若、郁達夫、蔣光慈與孫犁等。他們的創作雖有現實主義成分，但主要情調都是浪漫主義的，帶有幻美的、理想化的特徵。他們的讀者經歷過由「知音型」向「大眾型」的轉型。

　　現代主義的作家群──他們未能貫穿整個現代文學史，往往曇花一現即告消沉，這原因就是他們的讀者意識不適合「中國國情」。他們學習西方現代派，從思想情緒到表現技巧，但這些對苦難而落後了大半個世紀（甚至更多）的中國人來說，是不可解的，難以接受的。因而從事現代主義文學創作的作家大都帶有「嘗試」性的「讀者意識」：如果還有人喜歡，自然還要寫的，如無人問津或受到批評即告作罷，像許傑、戴望舒等人，或對心理分析方法試驗一下，或對象徵主義試驗一下，但都未堅持下去。也有具有現代主義傾向的作家堅持的時間長些，如李金髮、施蟄存，他們的讀者意識則基本

是「知音型」的,是「小圈子型」的,本人在創作時就並未希冀得到「大眾」的賞鑒或「革命者」的讚佩。他們在這種追求中往往是孤獨的,難乎為繼的,事實上他們在中國現代文學史上始終都未能「紅火」過,寂寞乃至寂滅正是現代主義文藝在中國現代文學上的特殊命運。

「鴛鴦蝴蝶派」作家群——這是一派「讀者意識」相當強烈的作家群,他們創作的動機就在於迎合小市民(廣大的)的口味,然後從他們尚般實的口袋裏請出「孔方兄」來。故而他們施展了一切媚取讀者的花頭與技巧,把文學徹底庸俗化、趣味化與金錢化,是這一流派的讀者意識中最具消極性的東西。然而該派也並非鐵板一塊或「清一色」的墮落,其中也有可供披沙撿金的有價值的東西:適應讀者而又能顧及社會效益,二者兼顧,方能兩全其美:(如張恨水)既滿足了讀者,也使自己的勞動有對等的收穫,說白了,也就是能夠較好地維持生計,以便繼續從事創作。通俗文學的流行其中包含著複雜的東西,從「讀者意識」角度看,必須提倡和要求作家不要向「鴛鴦」派的消極的東西學習,而要向其有價值的東西學習。

現代文學史上主要有上述四大作家群體,他們的讀者意識彼此各有不同,促成了他們在創作上的相應的特徵以及在文學史上的特殊地位。從中明顯可以看到,在中國現代文學史上現實主義作家群的「讀者意識」最貼合讀者需要,故越來越受歡迎,從而成為現代文學乃至整個新文學的主潮;而浪漫主義就略為遜色;現代主義在中國現代文學史上雖屬別致新穎,但顯得不合時宜,故不久壽,也無多成;「鴛鴦蝴蝶」遭到「革命」與「戰爭」的衝擊而顯出蒼白的本色,當然也未能一領風騷,相反卻時常成了過街的老鼠。

歷史已成過去,而現代作家心目中的讀者曾經扮演的角色似乎至今仍然值得審視。以下特以茅盾為例,對他的讀者意識做一些細緻的分析。

三

讀者意識是生成的,而非天賦的。它主要以人的社會性或社會之愛為基礎,通過廣泛而多樣的閱讀活動建構而成。因而個人閱讀的體驗是積澱讀者意識的重要來源,並且,不同的閱讀習慣和體驗往往會形成不同的讀者意識。

我們知道,在未成作家之前,茅盾的閱讀就是多方面的。中國古典、外國原著,當代創作、舊派新派,茅盾都有廣泛的涉獵。在閱讀中國古典作品方面,他除童少年多所接觸的之外,在北京求學期間以及進「商務」鑽「涵

芬樓」時，對經史子集、詩文詞賦，皆常時寓目，孜孜不倦，但比較而言，與其後來的創作取向、風格更爲接近的，或更直接些的，卻是他對外國文學的閱讀。這種閱讀，決不是望名而趨或漫無目的的，而主要是根據自己對中國現實的感受和「爲人生」的志向，有選擇地進行閱讀，所以從一開始，茅盾便偏於喜愛外國文學中寫實主義的作品。左拉、托爾斯泰、巴爾扎克、莫泊桑等等，爲他酷愛；弱小民族的作品也經常是他關注的重心。他的譯作多是弱小民族作家的作品，正說明他的閱讀是有選擇性的閱讀，是有現實針對性的閱讀。

這點更充分地體現在他對當時新文學作家作品的巨大關注上。魯迅，是他第一個高度重視和悉心研讀的中國新文學作家。在《評四五六月的創作》《讀〈吶喊〉》等評論中，就生動地表現了新文壇初期的一幕「伯牙子期」的知音神會的情形。在趨向現實主義的道路上，「魯茅」連袂起始於他們天南地北、身離而神合的五四時期。後來茅盾曾這樣說：「比他（指魯迅──引者）年輕16歲的我，不消說是從他那裡吸取了精神食糧。我常常想，每讀一次魯迅的作品，便欣然有得，再讀，三讀乃至數讀以後，依然感到一次比一次有更多更大的收穫。」〔註1〕應該說，這「收穫」中也就有「讀者意識」的增強，使他深深感到優秀的中國新文學作品對讀者的「價值」，以及作家所承擔的對讀者的「責任」。

在關注新文壇各種創作現象的同時，茅盾對舊派的作品也是多有寓目的，正是在比較性的閱讀中，他敏感到舊派文學的嚴重弊病。譬如他對當時已盛行文壇幾十年的鴛鴦蝴蝶派，就由對照性的閱讀領悟到該派創作在較大程度上存在的庸俗、無聊和嚴重的公式化。也只有這樣的認識才給了他改革鴛派作家長期把持的《小說月報》的信心和勇氣。作爲編者的茅盾，在當時文壇文藝期刊很少而《小說月報》又是大刊的情況下，實際已成爲溝通當時作者、讀者的極爲重要的人物，這就勢必促使他更熱衷於閱讀，更善於鑒賞，成爲 S·斐慈所說的「精通的讀者」（informed-reader）。從而具有更顯明的讀者意識。當時的《小說月報》之所以要改革，在「商務」老闆當然主要是出於「商務」（經濟）之需要，而在茅盾及其同人，則不是出於這種招來生意的讀者意識，而是出於嚴肅的爲人生的讀者意識。「爲人生」在這裡實際可以置

〔註1〕茅盾：《精神的糧食》，1937年3月1日刊於日本東京《改造》雜志第19卷第3號，又見嚴紹璗譯文，刊於《新觀察》1981年第18期。

換爲「爲讀者」,「爲人生而藝術」的編輯與創作的宗旨,實際昭示的正是新文學最爲重要的一種新型意識,即由魯迅、茅盾等前驅所奠定的現實主義的讀者意識。

茅盾不僅是一位熱誠的讀者和編者,而且還是一位引人注目、活躍新文壇的「超越型讀者」,亦即 M・里弗丹爾所說的「超讀者」(super-reader)——批評家。這種「角色」是茅盾之爲茅盾的重要部分,是他生命、事業過程中的並不亞於其爲作家的一個重要側面。也許,從《茅盾論中國現代作家作品》(樂黛雲編選,北京大學出版社)中可以看出茅盾充任這一「角色」的剪影。有人說,茅盾作爲文藝批評家、理論家是由自己的創作昇華而來的,是「由經驗上昇到理論」的,其實,在他自己尚無創作體驗(或極少這種體驗)的「五四」時期,就已經成爲無愧於這一稱謂的文藝批評家、理論家了。從他早期的美學思想和批評實踐中,我們不難發現他始終直接間接地注意到讀者的存在及其對文藝創作的制約作用,並以其鮮明的讀者意識構成了他美學思想與批評活動的一個關節點,以及由此構成的一種理論體系的「扇面」,這主要包括以下幾點。

其一,藝術評論的目的性。茅盾在他早期的「爲人生」的藝術觀念中,特別注重藝術評論的目的性,反對「爲批評而批評」、「爲理論而理論」的傾向。他最早的一些評論文章,如《現在文學家的責任是什麼?》《新舊文學平議之平議》《〈小說月報〉改革宣言》《新文學研究者的責任與努力》《評四五六月的創作》等等,對「創作」的引導性意向是不言自明的。應該說,茅盾從來沒有把文藝批評或理論看成純粹形而上的思辯產物,而始終把它們置於與創作互有饋贈的關係之中。所以他曾在一封信中認爲:「批評和藝術的進步,相激勵相攻錯而成;苟其完全脫離感情作用而用文學批評的眼光來批評的,雖其評爲失當,我們亦應認其有價值,極願聞之。」〔註2〕他自己的評論總是針對當時文壇現象有感而發,具體的作家作品評析更是鞭闢入裏,一針見血,所以對新文學初期創作的回饋作用就頗爲顯著。譬如,茅盾當時的評論就曾對魯迅的創作活動產生過積極的回饋作用。

其二,藝術創作的超越性。出於「爲人生」的文學主張,茅盾的美學思想勢必帶有鮮明的功利性,但又具有超越一般功利性以及注重形式美的特點。茅盾的藝術觀念經常能夠超越狹隘的功利觀,從而在藝術上有較高的建

〔註2〕 茅盾《討論創作致鄭振鐸先生信》,《小說月報》12 卷 2 號,1921 年。

樹。茅盾認爲，新文學作品應從單純的「裝飾品」、「消遣品」的屈辱地位中振拔出來，大者說，文藝應成爲「溝通人類感情代全人類呼籲的唯一工具，從此，世界上不同色的人種可以融化可以調和」〔註3〕；小些說，文藝應爲本民族生活的反映，在「五四」時期，「文學家的大責任便是創造並確立中國的國民文學」〔註4〕。顯然在茅盾的意識域限之中，文學被賦予了超越一般所謂「鬥爭」「任務」的神聖而博大的使命，同時爲了完成這一使命和滿足讀者審美的需要，竭力主張通過有力的「藝術手腕」來抓住讀者、感染讀者、征服讀者。儘管茅盾沒有專門寫過「讀者論」之類的文章，但卻在他眾多的文章中滲透了一種非常執著的讀者意識亦即以「讀者」爲中介把使命與藝術眞正統一起來的美學意識。這在他的《回顧》《論無產階級藝術》《從牯嶺到東京》《讀〈地泉〉》等文章中就有許多具體的表述。另外，從他對魯迅的「新形式」創造的推崇、對「海外文壇」藝術新消息的源源引進，也都可以看出茅盾對藝術眞諦的領悟和莫大的熱忱。

　　其三，與讀者聯繫的密切性。在藝術活動中，茅盾與讀者建立了廣泛而密切的聯繫，並從這種聯繫中鞏固了自己的讀者意識。譬如，在他作爲一個編者的時候，他就屢屢與讀者利用通信的方式來討論文學問題，評價各類作品。有一些信就公開發表在當年的《小說月報》上。有時茅盾本人也應讀者的要求來寫文章，如「當《民國日報》《覺悟》欄發表曉風先生對於《小說月報》的批評，提出希望我們能報告國內文壇的消息時，我們就打算來做這件事」。於是茅盾又在《小說月報》上開闢了「國內文壇消息」的新欄目，並且由對國內文壇的關注，更與讀者和作者建立了平等交流的關係。在《評四五六月的創作》一文中，茅盾就有這樣的表述：「過去的三個月中的創作我最佩服的是魯迅的《故鄉》（《新青年》九卷一號），現在我冒昧來說幾句讀了《故鄉》後的感想，說的不見得就對，請著者和讀者都要嚴格的審查一下」。「時間不便我詳詳細細做一點，只得拿這一點薄弱的意見與讀者討論，我很抱歉」，這些決不是無謂的自謙和多餘的交待，而是茅盾逐漸增強了讀者意識的具體體現。

　　其四，讀者心理的透視性。逐漸增強了的讀者意識促使茅盾形成了自己評論的一種重要特色，即在具體的評論中，經常從讀者角度，尤其是從對讀

〔註3〕《茅盾文藝雜論集》（上），上海文藝出版社1981年版，第22頁。
〔註4〕《茅盾文藝雜論集》（上），上海文藝出版社1981年版，第22頁。

者心理的透視出發來評析作家作品。譬如茅盾的《讀〈吶喊〉》一文，可說滿篇皆是「讀者心理」的描述或揣測，從而構成了一種獨具風貌的「深層文學評論」。他一開始就抓住《狂人日記》給人的「極新奇可怪」的印象作為話題，十分精到、細緻地分析了初讀、回味、再讀的鑒賞心理，尤其是對國粹派初對《狂人日記》的「沉默」作了精彩的分析，他說：「當時未聞國粹家惶駭相告，大概總是因為《狂人日記》只是一篇不通的小說，未曾注意，始終沒有看見罷了」；「我想當日如果竟有若干國粹派讀者把這《狂人日記》反覆讀至五六遍之多，那我就敢斷定他們（國粹派）一定不會默默的看它（《狂人日記》）的生辰了。因為這篇文章，除了古怪而不足為訓的體式外，還頗有些『離經叛道』的思想」。儘管這裡有臆測（「我想」）的成分和武斷（「不足為訓的體式」）之處，但茅盾的善察人心的讀者意識還是鮮明地表現了出來。這在他對其他作家作品分析時，也表現得相當充分，如對「五四」時期愛情小說之多，而且存在模式化傾向的分析，對盧隱、許地山、王魯彥、徐志摩等作家作品的分析，就經常從讀者反應、讀者需要的心理角度作出論斷，因而顯得相當深切、中肯，易為人們所接受。

四

茅盾通過「叩文學之門」前後的閱讀與理論等活動，逐漸在心理觀念上建構起了深厚的讀者意識，而這種讀者意識自然溝通了他的閱讀與創作活動，並在他的創作活動中起到了支配性的作用。

在藝術領域內，人們越來越認識到，文藝是一種獨特的精神系統，各種闡釋或揭示文藝系統的「文藝坐標系」都要顯豁地標出「讀者」的位置以及相應的作用。這種重視「讀者」的文藝思想隨著接受美學的產生，而被推到了極端。正如有的研究者指出的那樣，這種文藝理論有「偏愛讀者主體而忽視作家主體的傾向」，然而惟其如此，讀者與作家、作品以及客觀生活的多向多維的聯繫在這裡才得到了充分而清晰的闡述。茅盾雖無系統的接受美學思想，但其讀者意識卻與此有多方面的相通之處。值得注意的是，正是因由讀者的存在及作用而內化形成的讀者意識，導致了作家動機的發生和相應的藝術構思。在創作行為未完成之前，作家一般總是或顯或隱地要預測讀者方面的情況，預測「暗隱的讀者」對自己創作著的文本可能作出的反映。這種主要在作家主體心理內部的「預演」性的回饋信息對創作活動是有很大的控製

作用的。鑒於這種創作回饋的內在「預演」特性，故略稱為創作中的「預饋」，以區別於一般所說的「從客觀外界饋回」，即由「現實的讀者」所饋回的信息以調控作家再創作的「回饋」。這裡所說的「預饋」體現了創作主體的能動性，而「回饋」則主要體現了創作主體的受動性，但二者都是通過「讀者意識」才發生作用的。

讓我們在此先來考察一下茅盾在其「讀者意識」的控制下的「預饋」現象，這種現象主要從創作的醞釀階段和進行階段體現出來。

創作醞釀階段。

茅盾創作初期首先引起世人注目的作品是《蝕》三部曲。在醞釀它們時作者就已在意識上與讀者建立了密切的關係：「想找個人談談」的欲求轉化為創作的衝動（《回顧》），同時又以讀者的評價作為自己創作成敗的檢驗尺規：「《幻滅》《動搖》《追求》這三篇中的女子雖然很多，我所著力描寫的，卻只有二型：靜女士，方太太，屬於同型；慧女士，孫舞陽，章秋柳，屬於又一的同型。……如果讀者並不覺得她們可愛可同情，那便是作者描寫的失敗。」〔註5〕在創作《蝕》前後，茅盾預測到讀者對象及其回饋效應，可以用他的這段話來概括：「我相信我們的新文藝需要一個廣大的讀者對象，我們不得不從青年學生擴廣到小資產階級的市民。我們要聲訴他們的痛苦，我們要激動他們的情熱。」〔註6〕這種鮮明而執著的讀者意識在較長一段時期內構成了對自己創作對象世界的基本預測，創作也就受到了這些「期待中的讀者」的支配與影響。當然，也有時基於「預饋」的作用中止了某種藝術構思，如茅盾曾準備「寫一篇歷史小說，寫中國歷史上第一次農民起義」，但因考慮到有可能脫離讀者群眾，產生消極的閱讀效應而「中斷了我的研探故紙堆的工作，決定不寫歷史小說了」〔註7〕。

茅盾在創作上形成的某些特色，也與他對讀者心理需要的預測密切相關。當他預饋感應中的讀者主要是知識分子、小市民時，他的創作就多是《蝕》《虹》式的；他的《第一階段的故事》則是其「期待中的讀者」的面擴大到一般民眾時所導致的產物。茅盾創作上為人們所普遍注意的一些特點，如在創作上追求強烈的時代性，宏闊的藝術結構和場面描寫，綿密的心理分析等

〔註5〕　茅盾：《茅盾論創作》，上海文藝出版社1980年版，第28頁。
〔註6〕　茅盾：《從牯嶺到東京》，上海文藝出版社1980年版，第28頁。
〔註7〕　茅盾：《茅盾文集》第7卷的《後記》，人民文學出版社1959年版。

等，皆與慮及讀者的各種心理需求有著十分密切的關係。如茅盾曾在抗戰期間寫的《對於文壇的一種風氣的看法》一文中，詳細闡發了長篇之為讀者喜愛的原因。他不是以出版商眼光來看讀者需求的，而是從時代需求的角度看讀者喜讀長篇的「健康心理」的。茅盾喜作長篇，可說始終是與來自讀者的「社會的要求」關聯著的。顯然，生活體驗給茅盾提供了創作的源泉，讀者需求則給茅盾提供了創作的動力。

創作進行階段（包括修改）。

茅盾在創作過程中，也時或利用預饋的信息來處理故事情節、變換表現手法。在《子夜》的寫作過程中，原有構思隨著寫作過程中發生的種種情況而不得不有很大的刪落。然而茅盾還是努力用一些「暗示和側面的襯托」的手法，把一些刪落的內容多多少少顯示出一些來，並且相信「讀者在字裏行間也可以看出革命者的活動來。比如同黃色工會鬥爭等事實，黃色工會幾個字是不能提的」，在他寫吳老太爺從農村走到都市受到強烈刺激而死時，也相信「諸位如果讀過某一經濟傑作（暗指《資本論》——引者）的，便知道這是指什麼」〔註8〕。從「古老僵屍」風化的隱喻性構思中預饋到讀者的可接受性，沒有這一點作支撐，茅盾恐怕不會這樣寫的。

有時，在具體創作過程中預饋的信息源可能只是某種特定的讀者，如冰心心目中的「小讀者」，巴金心目中的「大哥」，魯迅心目中的「猛士」，由此導致他們在寫作過程中分別披露「童心」，傾訴衷情、添上「花環」等等。茅盾在某些作品創作的過程中，其預饋的讀者的特定性也影響到他的具體操作。如他在創作《第一階段的故事》過程中，儘管開始醞釀此作時曾從香港讀者方面作過較詳細的預測並擬定了寫作的「方針」，但作者曾說：「寫到一半時，我已完全明白，我是寫失敗了。失敗在內容，也在形式」，惟其如此的原因是「這一本書不大能為那時的香港讀者所接受了」〔註9〕。那麼怎麼處理呢？茅盾限於各種條件，只能找了個藉口「草草結束了這本書」，雖曾欲修改，苦無暇顧及。因而在茅盾這裡，既有據預饋信息而調節創作的成功描寫（如吳老太爺之死），又有不無遺憾的草率操作（如上例的「草草結束」）。

〔註8〕 茅盾：《〈子夜〉是怎樣寫成的》，《茅盾論創作》，上海文藝出版社1980年版，第58頁。

〔註9〕 茅盾：《〈第一階段的故事〉新版後記》，《茅盾論創作》，上海文藝出版社1980年版，第74頁。

　　在創作過程中，「讀者意識」的滲透也表現在對作品本書的「空白」的製造上。接受美學家伊瑟爾曾說：「沒有未定的成份，沒有本書中的空白，我們就不可能發揮想像。」〔註10〕茅盾在創作過程中經常忖度讀者的「期待視野」，尤其是注重當時讀者群體的審美趣味和接受水準，爲他們（實際的讀者）而創作。但又不局限於此。而力圖以含蓄蘊藉的筆致，重視現實而又超越現實的藝術表現（如《野薔薇》中的一些短篇，《虹》的整體構思與表達，甚至《子夜》中的「虛構」與「空白」之處也不少，結尾就很耐人尋味），來激發讀者的想像力，誘導他們投入能動的藝術欣賞再創造的過程中去。

　　以「讀者意識」爲聯繫中介，茅盾創作活動中產生了許多信息回饋的現象，這方面的情形往往比信息預饋更重要。因爲「預饋」帶有作家主觀猜想的成分，而「回饋」則是藝術實踐饋回的眞實信息，對創作活動有著更直接、更有效的調控作用。

　　我們知道，任何作品在她問世之際，都要面臨著讀者接受與否的嚴峻考驗，信息理論、藝術社會學和接受美學都揭示出：作品的眞正完成有待讀者參與，而不只是孤立的作家對本書結構的完成，在這裡，讀者接受的信息與作家傳達的信息實際已構成了一個雙向性的環流系統。因而「藝術與社會的關係可以互爲主體和客體」，二者具有「互動」的辯證關係〔註11〕。我們下面著重探討的，則主要是讀者的信息回饋給茅盾創作活動所帶來的影響。

　　由於讀者有類型、個體上的差別，所饋回的信息作用於作家心理的形式及過程也自然會多種多樣。於是在信息回饋上，就有了直接、間接、快捷、遲緩、多量、微量等諸多的區別與不同。通常情況下，作爲作家貼近的親友往往是作家比較直接、快當、富足的創作回饋的信息源。茅盾就曾屢次提到朋友對他志趣和創作的重大影響。如一些朋友曾把他引到熱衷於社會運動的道路上去，但也有些朋友把他引至文學上來，把作爲友人讀者的心中話和盤托出，勸他「專心做小說」。可以說，茅盾從事創作的前五年的「一百萬字的小說」這樣的豐收成果，就與這些「近距離讀者」的信息回饋有著密切的關係〔註12〕。他曾說：「我的小說是《幻滅》，這是個中篇，寫於 1927 年秋

〔註10〕轉引自 H・R・姚斯、R・C・霍拉勃著：《接受美學與接受理論・出版者前言》，周寧、金元浦譯，遼寧人民出版社 1987 年版。

〔註11〕阿諾德・豪澤爾：《藝術社會學》，居延安譯編，學林出版社，1987 年，第 35 頁。

〔註12〕茅盾：《我的回顧》，《茅盾全集》，第 19 卷，人民文學出版社，1991 年，第 406 頁。

天。其後，一半由於友人的鼓勵，一半也由於我沒有在社會上找到公開職業之可能，只得賣文維持生活，於是又寫了第二和第三個中篇——《動搖》和《追求》。」〔註13〕有時朋友也會勸他在藝術體裁樣式上再作些新的嘗試，如他的「小說式的戲劇」《清明前後》，即是聽從朋友「勸告」，「決定要學著使一回刀」的產物。有時朋友還會直接地「臨場」以對茅盾的創作施加影響。據可靠的史料，瞿秋白就曾與茅盾共商《子夜》寫作大綱，提出了一些修改意見，並在讀《子夜》手稿時，繼續直接地發表自己的看法和建議，這種「臨場」的信息回饋對茅盾創作是有明顯影響的。譬如在一些藝術處理上聽從了瞿秋白的建議，把吳蓀甫乘坐的臥車改名以更切合主人的身份；為更有效地表現吳蓀甫行將失敗前煩躁不安的心理，設置了合乎吳氏性格和規定情景中人物心理變態（強姦女僕）的情節等等。值得重視的是，有時作為某刊物或出版部門的編輯朋友，更容易給茅盾的創作帶來影響。約稿、催稿往往就是一種充滿熱情的督促，而及時把作品反應帶給作者則更是一條有效的回饋通道。如在40年代初，茅盾在桂林時曾應《當代文學》主編熊佛西之約，「想到借用《聖經》中的故事來一點指桑罵槐的小把戲，《耶穌之死》是這樣產生的。至於那時的讀者看了這篇以後，是否也有個會心的微笑，那我就不知道了。《當代文學》的主編熊佛西是看了出來的，他還怕逃不過檢查官的眼睛，因結果居然逃過了；於是在熊佛西的鼓勵之下，我又寫了《參孫的復仇》」〔註14〕。如果說「指桑罵槐」是茅盾創作心理中的「預饋」性信息，那麼「逃過」了檢查和熊氏的「鼓勵」就是「回饋」性信息，對茅盾的再創作顯然起到了重要的影響作用。

這種類似的情形也發生在茅盾的另外一些作品創作過程中，尤其是長篇小說分章分節在報刊上發表，使茅盾能夠根據讀者方面不斷回饋的信息來繼續或改變自己的藝術思維。如《腐蝕》的創作過程，就始終與讀者有著密切的關係。從創作方式上的選擇——邊寫邊發表的連續性，到小說結構和結局的設置，都是出於讀者需求方面的考慮：前者的「不能中斷」，是因為「中斷了會引起讀者的責難」，後者的「拖」長和給女主人公以出路，原因在兩個方面：讀者的強烈請求和期刊發行部為了讀者閱讀的方便而提出的要求。結果是，這些回饋信息調控了茅盾繼續創作的行為。「我不能不接受這兩方面提出的對於我的要求。結果是在原定結構上再生枝節，而且給了趙惠明一條自新

〔註13〕茅盾：《茅盾論創作》，上海文藝出版社1980年版，第19頁。
〔註14〕茅盾：《茅盾文集》第八卷《後記》，人民文學出版社1959年版。

之路」。

　　自然，在創作的信息回饋之中，也有對茅盾的批評。這裡且以錢杏邨的批評爲例，說明文藝批評這一「回饋器」對茅盾創作的影響作用（儘管有明顯的消極性）。

　　如眾所知，茅盾初期創作，曾受到過「太陽社」一些同人的嚴厲批評，尤其是錢杏邨。他曾在《茅盾與現實》中對茅盾前期創作作了綜合性的考察，這裡有對《蝕》三部曲和《野薔薇》的詳細批評，又有對茅盾當時的文學主張的剖析；既指出作者的作品充滿了「灰暗沉重的現實」，容易對讀者產生消極作用，又指出這與作家個人思想感情的密切關係。他在評論《幻滅》《動搖》時頗有耐心，對作品的思想和藝術作了較委婉的批評，並誠懇地向作者進言：「作者的形式與內容，都有改正的必要。因爲作者的意識還不是無產階級的」，這種勸告中自然也滲入了嚴肅的提醒，表達了部分讀者的願望。進而，錢杏邨在文中還說：「《動搖》以後怎麼辦呢？我們希望作者在第三部創作裏把他們（指《幻滅》《動搖》中的一些主要人物——引者）重行穩定起來。或者把這樣的不徹底的改良主義人物送到墳墓裏去，他們本已是陳死人了。」當然，茅盾在「第三部創作」即《追求》裏並來接受和滿足這種「希望」——這本身就表明了他對類似批評的不歡迎。於是，錢氏對《追求》的批評較以前更爲嚴厲了。在他看來，茅盾未能改變創作的悲觀傾向，因而「這種作品我們是不需要的，是不革命的」，「我的態度較之批評《幻滅》與《動搖》時變了一點，這是對的，因爲在我最近的經驗之中，覺得批評的態度要嚴整，不能太寬容」。但茅盾接著發表的《野薔薇》中的幾篇小說，以及在《從牯嶺到東京》等文中爲自己所作的辯護，卻使錢氏愈加失望，以致迸發出了這樣激憤的結語：「你幻滅動搖的沒落的人們呀，若果你們再這樣的沒落下去時，我們就把這一句話送給你們作爲墓誌罷」，「我們再不能對你們有什麼希望」。

　　這一種在當時文壇很有代表性的回饋批評，對茅盾後來的創作倒確實起過一定的調控作用。茅盾在《虹》中初步體現出來的創作傾向上的轉變，固然原因很多，但與上述批評的強刺激或「激將法」式的批評仍有著潛在的聯繫；甚至後來茅盾在《三人行》《路》《大澤鄉》等作品中特別強化「革命」性，以致在格調上與「太陽社」的代表性作家蔣光慈發生了疊合現象。這種轉變中的趨同現象並不完全是自發的，在相當大的程度上說，則是由上述這種批評誘發的。

五

我們還必須看到，茅盾的讀者意識在與變動不居的外在世界相互作用的過程中，無論在其創作實踐上，還是在其理論思維上，都表現出了一種發展變化的態勢。換言之，茅盾讀者意識的變化引起了他創作上的相應變化。

倘從動態考察的角度，結合茅盾創作與評論的實際，就可看出其讀者意識在現代 30 年間已有數次較爲明顯的變化。這從茅盾創作歷程來看，大致有這樣三個階段：

（一）創作初期

這一時期茅盾的讀者意識鮮明地表現在《從牯嶺到東京》和在此前後的一系列創作中。在這個時期他個人心中的鬱積亟待向著他人傾吐，對人生經驗的體悟促使他尋覓著知音。他是在極爲孤寂的心境中投入創作的，這似乎就加強了他用筆墨尋覓知音的急切性。而尋覓知音的前提是自身的坦誠，是對讀者的信賴。因而在《蝕》三部曲等作品中，流露出了較多的主觀情緒。然而由於作者本已在思想情感傾向上與其心中孕育的人物交融到了一起，並成爲藝術「召喚結構」的主導部分，所以茅盾期待著讀者對他筆下人物的「同情」，其潛隱的心曲也正是「嚶其鳴兮，求其友聲」；至於對讀者界的意見紛紜，茅盾表示「請讀者自己下斷語」，不願越俎代庖。但他還是不自覺地作了一些自我剖白，希冀著更多的人瞭解他，瞭解他的作品·在這種心情支配下，他表述了自己對創作的忠誠，對自我感覺、體驗的忠誠，寧可「說老實話」；「我有點幻滅，我悲觀，我消沉，我都很老實的表現在三篇小說裏」，而不願「嘴上說得勇敢些，像一個慷慨激昂之士」。在這時期，茅盾專注於頑強地表現自己的真切感受，但他所一再強調的、表現的，可以說正是一種以尋覓知音爲前提的「自我意識」。他曾說過：「《追求》剛在發表中，還沒聽得什麼意見。但據看到第一二章的朋友說，是太沉悶。他們都是愛我的，他們都希望我有震懾一時的傑作出來，他們不大願意我有這纏綿幽怨的調子。我感謝他們的厚愛。然而同時我仍舊要固執地說，我自己很愛這一篇，並非愛它做得好，乃是愛它表現了我的生活中的一個苦悶的時期。」因而，《追求》等作品成爲茅盾這一時期之「我」的「紀念」，相應地，它所贏得的讀者也就多是具有類似思想情緒的人們。

進而，茅盾還從當時文壇創作實際出發，批評了創作中概念化的傾向，

主張以眞誠的作品，藝術性強的作品來爭取讀者，而不要簡單地以小資產階級、無產階級等政治術語來定性、來規範創作。茅盾當時這樣說過：「我敢嚴正的說，許多對於目下的『新作品』搖頭的人們，實在是誠意地贊成革命文藝的，他們並沒有你們所想像的小資產階級的惰性或執拗，他們最初對於那些『新作品』是抱有熱烈的期望的，然而他們終於搖頭，就因爲『新作品』終於自己暴露了不能擺脫『標語口號文學』的拘囿」。顯然，茅盾在這裡是從讀者接受的角度來「檢驗」創作的，這無疑是抓住了問題的要害，從而必然導出強化作品藝術性和顧及當時讀者實際狀況及其需求的結論。

關於「革命文藝的讀者的對象」，茅盾作了較爲深入的思考，他認爲「一種新形式新精神的文藝而如果沒有相對的讀者界，則此文藝非萎枯便只能成爲歷史上的奇蹟，不能成爲推動時代的精神產物」。於是他考察了當時讀者的現狀：廣大被壓迫的勞苦群眾由於文化水準低而難以接受當時的號稱「爲你們而作」的新文藝作品。這種現象，魯迅也曾在許多地方談到，即由於「文字」符號關卡的阻隔，使眞正的「大眾化」作家作品很難產生。從實際出發，爲當時「實際的讀者」而創作，這正是現實主義創作精神的一種體現。因而茅盾明確說：「我總覺得我們也該有些作品是爲了我們現在事實上的讀者對象而作的」，即爲占「全國十分之六」的小資產階級聲訴苦痛，以贏得更多的讀者。「五四」文學和當時的「革命文藝」均未眞正走進群眾中去，只是青年學生或一部分青年學生的讀物，「所以然的緣故，即在新文藝忘記了描寫它的天然的讀者對象」，相應的對策是：「現在爲『新文藝』——或是勇敢點說『革命文藝』的前途計，第一要條在使它從青年學生中間出來走入小資產階級群眾，在這小資產階級群眾中植立了腿跟。」爲此就要努力使作品在選材、結構、語言等方面具有更大的藝術張力。

儘管茅盾的《從牯嶺到東京》所表露的讀者意識，還只是依自己前期創作經驗爲基礎的，但從中表現出的一些基本精神，如崇尚從實際出發、從讀者出發來思考文藝問題、來選擇文學題材、創作方法和藝術技巧等等，卻是始終爲茅盾所堅持的。這從此後茅盾的創作總是隨著讀者世界和現實環境的變化而變化的線索中，便可看出來。我們看到，此後茅盾的創作主要是沿著這樣兩條線索伸延的：一條是繼續把描寫小資產階級納入藝術視界之中，這主要由他的創作盛期體現出來；一條是沿著文藝大眾化的方向前進，在這一方向上努力實際並不順利，但在抗日戰爭時期亦即茅盾創作的持續期，卻表現得相當突出。而這兩條線索一個明顯的紐結點，就是茅盾心縈神繫在讀者

對象身上的讀者意識。

（二）創作盛期

茅盾初期的創作傾向及讀者觀念受到了錢杏邨、克生等人的批評。克生在《茅盾與〈動搖〉》中說：「至於爲著想要找多數的讀者，便說當把文藝寫去適合讀者的某種病態心理。我想這種論調，是再滑稽沒有的吧。」這裡顯然有對茅盾的誤解之處：在茅盾那裡，表現自我與贏得更多讀者這兩方面已經融合在一起了，並非像克生理解那樣是對立的；茅盾也不是一般意義所說的去迎合讀者。他早在 1922 年就說過：「……想叫文學去遷就民眾，——換句話說，專以民眾的賞鑒力爲標準而降低文學的品格以就之——卻萬萬不可！」〔註 15〕因而指稱茅盾迎合讀者的批評並不合乎茅盾的創作意識或態度。

但是，茅盾的創作及其讀者意識還是多少受到了這些批評的影響，在趨向「積極」「明朗」「堅定」的努力中，不斷吸取失敗的教訓，迎來了他的創作盛期，並在理論上也表現出了一些新的讀者意識。在《中國蘇維埃革命與普羅文學之建設》一文中，茅盾首先介紹了蘇聯革命文藝的突出成就，引爲我們的「榻本」，繼之從題材多樣化，既可以把筆觸伸進蘇區的土壤，也可以把筆觸伸到統治者各派的內幕和小資產階級動搖的心態中去。在總的傾向上，從眾多的方面聚合結凝的藝術作品「要成爲工農大眾的教科書」！由此，他從讀者（工農大眾）能否接受或是否樂於接受的角度，看到了 1930 年前後新文壇存在著的嚴重的概念化傾向，並給予堅決的摒棄。在他看來，社會現象是複雜多樣的；而藝術中的「臉譜主義」卻把「人」簡單化；讀者的心理需要是多方面的，而「教訓主義」卻無形中把藝術當作了「高頭講章」。這種「拗曲現實」和缺乏眞情實感的創作無疑會「很嚴重地使得作品對於讀者的感動力大大地減削」。

正是基於這些對生活複雜性（主要是人自身的複雜）和讀者需求的理解，茅盾在自己這一時期的創作心理中突出地體現了這樣兩個特點。

一是具有呈現爲凸圓形的藝術相容意識。從他對題材的選擇上看，茅盾拓寬了自己的視野，藝術筆觸既伸向大都市的上層社會，又伸向鄉鎮僻壤，從而建造起以《子夜》爲主體，以《林家鋪子》、《農村三部曲》等爲側翼的群體建築；從人物描寫上看，既有塑造極爲成功的民族資產階級的代表人物

〔註15〕茅盾：《茅盾書簡初編》，浙江文藝出版社 1984 年版，第 70 頁。

吳蓀甫，又有小商人林老闆和破產中的小農老通寶和王阿大；既有腐敗透頂的趙伯韜和荒誕滑稽的馮雲卿，又有新儒林中的種種人物，以及「強悍」的工賊和成長著的反抗者，等等。在藝術方法上，既突出革命現實主義，又兼采了象徵主義、意識流、浪漫主義的某些表現手法，從各種角度看，總有最突出的部分，又相容了其他眾多的方面，構成了茅盾創作盛期的豐富的藝術世界。

二是在對藝術辯證法的把握上更重視了「度」的斟酌。在茅盾初期創作中，基於對生活的苦悶、「動搖」的感受，在創作上也就出現了一種搖擺失度的現象。譬如在《蝕》中流露的較多悲觀失望情緒，儘管在表現作家自我意識與個性上很有意義，但畢竟對生活的理解與把握不夠全面，不能很好地順應時代進步的需要。而當他理智地對此加以糾偏的時候，《三人行》《路》《大澤鄉》等作品的理念化又標明了他的另一種失度。與此不同，在創作盛期，他對藝術的尺度更加重視，在對「度」的斟酌上費神更大，把握得更趨穩妥了。《子夜》的構思題綱之詳細和根據生活體驗以及客觀條件而作的變動和調整便是顯著的例證。還有「農村三部曲」等一系列作品的構思，在處理人物之間的關係、具體的心理刻畫、作品的藝術結構以及語言的錘鍊等方面都很謹慎，完全沒有了前期創作中曾出現的「信筆所之」和「刻意為之」的放縱或勉強的創作現象。從而真正實現了爭取「廣大的讀者對象」的願望。當然，即使在這一時期，茅盾的創作也仍有失誤的地方，譬如《子夜》中對工人和革命黨人的一些描寫就不充分，而且有故意揭示隱情以吸引讀者的過分造作的筆觸，情節的設置也有些不盡合理。

（三）創作持續期

主要指茅盾抗戰時期的創作。在這一時期茅盾仍然保持了他在創作盛期突現出來的「相容意識」和「度的斟酌」的心理定勢，仍然注意盡量使創作內容豐富、形式多樣。既寫《腐蝕》《清明前後》這樣的心理小說和小說化的戲劇，又寫紀實或抒情的《見聞雜記》《風景談》和《白楊禮讚》；既有緊貼現實的《走上崗位》，又有回溯往昔的《霜葉紅似二月花》；既有對罪惡的實寫，又有對理想的展望；既有典雅悠然的筆墨，又有通俗平直的記敘；既有歌頌的小號，又有抨擊的鼓音……然而，最值得注意的是，從理論上看，茅盾從創作盛期乃至在 20 年代中葉就曾提倡無產階級文學，主張文藝大眾化，在抗戰期間更是順應歷史的要求而積極地予以提倡；從創作上看，情形與此

似乎並不那麼吻合，儘管他在一些作品中盡量使文字通俗化，章節也接近章回體，但這類作品在藝術上卻不夠理想。而標示著茅盾在抗戰期間最高藝術成就的一些作品如《腐蝕》《霜葉紅似二月花》《白楊禮贊》等，在當時皆難以「大眾化」名之。這是否是茅盾趨向「大眾化」的讀者意識干擾了他的創作？還是另有什麼原因？

六

　　大致說來，一部中國現代文學史，新文學作品的主要讀者群體結構，有這樣三次主要的變化，一次是「五四」時期，把文學從狹窄的士大夫文人圈子解放出來，成為一代覺醒的青年和廣大的學生的讀物，白話文的大力提倡，無疑使文學符號較古典文言更易於讀解、闡釋了；但這仍然不夠，在 30 年代上半葉，許多新文學作品已經「不脛而走」地來到市民和工人中間，魯迅的雜文、茅盾的小說、田漢的戲劇、臧克家的詩歌，都已達到了這樣廣大的讀者層；但這還是不夠，在抗戰期間的文藝大眾化運動，已力圖使新文學的讀者擴大到廣大農村讀者層。解放區文藝在這方面遙遙地走前面。顯然，由於現實生活的發展變化，影響了新文學讀者對象的構成，從而反過來也影響到作家的創作。也就是讀者接受狀況的變化影響到了現代文學格局的變化。然而是否能據此來貶低抗戰期間國統區的包括茅盾當時的一些「非大眾化」的創作呢？我們以為不能。這主要是因為，文藝大眾化有個變化的問題。用接受美學的文學史觀點來看，現時的「大眾化」（「現時的讀者」眾多）可能是未來的「小眾化」（「未來的讀者」很少）；與此相反，現時的「小眾化」，也可能變成未來的「大眾化」。這兩種情形在茅盾創作顯然都有。如果姚斯所說的「讀者已成為一部新的文學史的仲裁人」〔註 16〕還有相當的道理的話，那麼，就要承認今天和未來的讀者對茅盾作品的「接受」情況肯定較以前會有所變化。因而「茅盾形象」並不是一成不變的。當然，在目前看來，茅盾的一些作品如《蝕》《虹》《野薔薇》《子夜》《林家鋪子》《霜葉紅似二月花》《腐蝕》等仍擁有眾多的讀者（其中有的作品曾被「批臭」、被「冷落」過）。但也有一些作品如《路》《三人行》《第一階段的故事》《清明前後》，甚至是「農村三部曲」等，卻普遍地受到讀者界程度不同的忽視。之所以如此，主要原

〔註 16〕H・R・姚斯、R・C・霍拉勃著：《接受美學與接受理論・出版者前言》，周寧、金元浦譯，遼寧人民出版社 1987 年版，第 443 頁。

因之一也就在於茅盾在創作這些作品時，往往沒有超出特定的時空條件限制來建構自己的讀者意識，過多地爲當時的讀者（包括批評者）所左右，而對「隱在讀者」（主要是未來的讀者）的期待視野缺乏潛心的預測，對文藝的超越性與永恒性有所忽略。而這，也往往是現代革命作家或現實主義作家所面臨的一個眞正的難題。

　　另外還須看到，大凡創作總要多少體現作家的創作個性，而創作個性本身就意味著作家的主客觀方面的限制性。因而，茅盾在長期生活與藝術實踐中培養成的創作個性，使他難以在當時的文藝大眾化運動中沿著「趙樹理方向」大踏步前進，這完全是可以理解的，即使對此他曾勉力爲之，略有小成，在今天看來，也似不應像一些論者那樣大加肯定。因爲茅盾就是茅盾，趙樹理就是趙樹理，新文學的魅力正得之於新文學創造者們創作個性的魅力，是他們創作個性本身的藝術光輝，誘使一批又一批也許並不相同的讀者在他們精神個性的魂靈上親吻！

　　　　　（原刊於《陝西師範大學學報》1990 年第 4 期，有修訂）

8. 另一種選擇：知止當止

在漢家天下還沒有「起家」的時候，漢劉邦曾被困於陝西南部的「漢中」，幸而得到了謀士張良和大將韓信等人的全力相助，才明修棧道、暗渡陳倉，偷襲關中，逼退項羽，決戰垓下，創建漢朝，於是有了漢族、漢家、漢語、漢人、漢文化等燦爛的名詞或話語。但功高蓋世的謀士張良急流勇退，謂之知機，退隱山林，知止當止，後人立有張良廟，將「知止」刻於摩崖以警示後人。這是智者的明智之舉。戀棧或心存幻想的韓信呢，結果被疑被殺，教訓可謂極爲慘重。

戰場和情場都是人生場，也有許多互通的地方。茅盾一生謹言慎行，凡事多爲三思而後行，所以總的看是一位事業上很有成就的「成功人士」，行止有當，表現出了智慧人生的一面。而茅公在情場上的「知止當止」也是一種客觀事實，卻向來詬病者多。筆者也曾撰寫短文小有批評，但如今思來，卻可以重新反思或討論一下。

筆者曾化名「蘇航」寫過題爲《茅盾〈我走過的道路〉的遺憾》[註1] 短文：

> 茅盾晚年沉浸於對往事的回憶中，精心寫作《我走過的道路》這部大型的自傳，其內容豐富、材料翔實，已贏得了不少研究專家的稱讚。但從傳記文學的角度來看，三卷本的《道路》（上、中、下）可謂是一部「遺憾」之作。這「遺憾」在茅盾本人，也許只是未能親筆寫完（病逝）與記憶時有不及之處，但對國內外的讀者來說，這「遺憾」則主要來自其文學性的不足。

〔註 1〕 原作爲「補白」刊於《陝西師範大學學報》1990 年第 2 期。

這種情形一經與盧梭《懺悔錄》相比較，就更其明顯。就傳記文學的一般特性而言，它應該格外講求對傳記對象的生命歷程、情感歷程的「記錄」，它應該在整體意義上「再現」生命的真實及其相關生活的真實，以此它才可能與政治、歷史、文化等方面的撰述區別開來。自然，素來崇尚現實主義的茅盾與講求「絕對真實」的盧梭是有一致之處的，如他在自傳的《序》中便強調說：「所記事物，務求真實。言語對答，或偶添藻飾，但且不因華失真」。然而事實上，理性化的抽繹或理智的篩選，一方面使茅盾在「真實」地記述自己的理性生活方面有條不紊，眉目十分清晰，內涉大量的歷史、政治、文化的尤其是文藝的事件，排列陳述，彷彿打開了一扇博物館的大門，另一方面，對眾多事件的排列敘述，對諸多理論活動與著述的介紹援引，以及對個人情感生活及「實多內疚」處的較大程度的迴避，又都表明茅盾在做自傳時理性化過強，有意識地抑制了情感方面的活動，遂將「我走過的道路」的「景點」僅僅做了選擇性很強的攝照。

最後還想提醒讀者注意：茅公《道路》不僅未能充分展示自己靈魂的全貌，而且只寫至 1948 年冬，這本身就意味著一種「遺憾」，而這「遺憾」又遠遠不僅限於茅公一人。

固然，相形之下或與盧梭等哲人相比，茅盾在追求愛情過程中所表現出的顧慮重重和隱然退縮，就使他很難持久地進入浪漫真愛的境界了。但他的家庭觀念之重，亦即為了慈母和孩子，也為了自己一度很想離異的妻子，總之是面對現實、反覆權衡後他決定：為了已有的家而放棄自己的浪漫之戀！這大概也會使人想起曾經風行一時的《廊橋遺夢》中的男女主人公的熱烈到極致的四日之戀和女主人公後來的選擇。茅盾先生與秦德君女士確曾有過這樣類似的熱戀，用驚心動魄來形容並不為過。他們在異國土地上發生的這次熱戀，為時近兩年，秦還兩次懷上了孩子（但都到醫院打胎了）。也許茅盾在感情上較之於廊橋側畔的情人陷得更深一些。但茅盾最終還是選擇了此前的義務與責任。在他的看上去很像「負心漢」的行為中，到底隱含著多少無奈和苦痛，抑或悔恨與絕望，有多少愁思恨縷和文辭寄託，這也許只有他自己才知道。可惜，他終於保持了沉默，但確實留下了「知止當止」的果決，這是人們都已經知道的結果。很多「能人」（男人或女人）在情場亂局中都失意失足了，

進入亂局卻又能全身而退者能有幾人？僅此，茅盾的經歷和意志也是有一定啓發性的吧？！

　　面對愛情與義務的衝突，茅盾的體驗是很深刻的。他曾在《虹》的後記中以幽微之語表達了這種情感指向。一個時期裏，茅盾在小說、散文、書信等文體中都寫到「虹」，一方面當然是在展示其「美」，一方面似乎也在暗示其「幻」。有人還猜想，「虹」的意象也預示著茅盾與當時的女友不久即散的先兆。〔註2〕茅盾的難題在於：既有其舊婚，也有其新戀。他的新戀對象是秦德君。這是一位與傳統女性不同的新女性。只是結局很是不妙，構成了性際關係中別樣的一種景觀。秦德君於 1905 年中秋節生於四川省忠縣，1920年因提倡女子剪髮，男女平等，婦女解放而被學校開除。在吳玉章資助下，隨惲代英、鄧中夏等到了北京，後又到上海從事革命工作。1922 年在鄧中夏幫助下考人南京東南大學教育系學習；次年由鄧介紹加入共產黨。曾爲寧滬一帶工人運動學生運動的通訊聯絡員。她 1925 年轉移到西安的省立女師和女中任教師，繼續做黨的秘密工作；1926 年她任西安市委常委兼婦女部長，西安市婦女協進會主席、陝西省立女子模範學校校長；1927 年任第二集團軍特別黨部常委和女子宣傳隊長。曾隨軍北伐，參加過南北會師的中原戰役。「四・一二」反革命政變後，與組織失去聯繫，乃到上海找尋組織。在上海經陳望道介紹，秦德君與沈雁冰一起東渡日本。當時沈雁冰化名方保宗，秦德君化名王芳。他們一起到日本東京，擬轉道去蘇聯。後因故轉到京都居住待機。兩人在京都同居，到 1929 年日本警方對中共黨員進行搜捕，驅逐，許多當時逃在日本的中共黨員，被遣送回國，沈雁冰與秦德君則是挨到 1930 年 4 月才一同返回上海。後來兩人分手了，〔註3〕《虹》的寫作也沒有繼續下去。關於沈、秦的這段無論如何都難以忘卻的結交，茅盾在《我所走過的道路》中，卻隻字末提，以前的關於研究茅盾的著述中也很少見到，只有胡風回想錄《回憶參加左聯前後（二）》〔註4〕中有相關的一點記述，還有邵伯周的《茅盾評傳》〔註5〕等也記載著幾筆。從當時的情形看，茅盾與秦德君

〔註2〕　鍾桂松編：《永遠的茅盾》，浙江文藝出版社 1998 年版，第 334 頁。
〔註3〕　茅盾與秦德君分手時還曾有約及合影，據胡風說，在他那裏還有這張合影。參見《胡風回憶錄》，人民文學出版社 1993 年版第 21 頁。這張合影如今可以在秦氏《火鳳凰》一書中見到。形如婚照，卻滿面病容。
〔註4〕　《新文學史料》1984 年 1 期。
〔註5〕　四川文藝出版社 1987 年版。90 年代初期出版的《簡明茅盾詞典》也不涉及，更未設「秦德君」條目。

的關係雖然維繫時間不算太長，但是同時代有許多人都知道的。特別是後來兩人一起回到上海，引起相當激烈的糾紛，就更爲眾人所知了。不過後來的情況有了不同：賢者自諱和爲賢者諱的結果是很少有人知道了。在 80 年代，日本的中國文藝研究會的會刊《野草》（第 41 號，1988 年）和香港的《廣角鏡》（總 151 期，1985 年）都刊載了秦德君所寫的回憶錄。其內容是專寫自己與茅盾的交往。其間雖然也有對舊情重溫的溫馨，但更多表露的卻是出於長期的幽怨而來的痛恨，以及出於這種痛恨而來的報復心理（報復行爲早先就有了，如說茅盾是叛徒等）。不過其中確實提供了一些應該珍視的可信的材料。再後來又有其他學者的採訪錄和相應的分析研究（如李廣德、沈衛威等），更有人出來辯護辯論，於是這段個人的情感史又重新浮出水面，引起了較多的關注。丁爾綱在《茅盾評傳》中花了不少篇幅談了這段戀情的始末，總的看比較中肯。其中說：「茅盾與秦德君在特定條件下相愛、同居，後來也在特定條件下分手。兩者都存在必然性。」〔註 6〕當茅盾與秦德君從日本回國後，曾夜訪魯迅。魯迅於日記中記道：「夜，聖陶、沈餘及其夫人來。」沈余是指沈雁冰即茅盾，這是沒有疑問的，但「夫人」是誰，看法就不同了。相比較，也許是秦德君和馬蹄疾的說法更可信些，即是秦德君。世紀老人章克標也認爲是秦氏。魯迅當時寫日記使用「夫人」二字，並非是傳統的用法，就是魯迅本人也是將與自己同居的情人視爲「夫人」的。像這種情形在當時文人圈子中並不是什麼過於稀罕、奇怪的事情。不過，章克標老人說當事人互相指責，而茅盾又有意保持沉默，「那麼局外人也大可不必多事，再去尋問個什麼是非曲直。人間社會的事情，原來是太複雜，太複雜到大家弄不清楚，說不明白。不說，反而好。」〔註 7〕其實說這話的時候，他本人已經說了好些有關的話了。對於認識一個人尤其是著名的作家來說，不瞭解他的情感生活，顯然是不全面的。尤其對作家來說，豐富的感情生活對其生命體驗和藝術創作的意義是很大的，是絕對不應該迴避的。「不說，反而好。」也許只是世紀老人章克標的一句無奈的反話。因爲他本人不僅「說」了，而且還說得「好」。比如他說：「茅盾在其回想錄上，沒有片言隻語提及秦德君，不提及就是他表明的態度吧。想提起而不能提起乎？不想提及乎？不明白。善意地說起來，也許茅盾是除此以外把什麼都傾瀉，底細全倒了出來，而只把這件是他一生中頂頂充滿快樂充滿悲哀的事，他不對任何人吐露，只願意

〔註 6〕 丁爾綱：《茅盾評傳》，重慶出版社 1998 年 10 月版，第 252 頁。
〔註 7〕 章克標：《文苑草木》，上海書店 1996 年版，第 205～206 頁。

把深深的秘密埋藏在胸中。這個也正是他作品的特徵，橫溢著要抓住概括社會形象的散文精神，不過無論怎樣把作品深入地讀下去，讀下去，卻總不能追蹤到他自己的自我表現的眞姿實像。找不到眞姿實像是他的作品共有的特徵。」〔註 8〕這裡「說」的也許並不是句句合乎實情，但將茅盾的情感生活與其作品的表現方式聯繫起來「說」，卻是合乎邏輯也合乎人情的。不過，這也就容易使人想到茅盾在《我走過的道路》的序言中所說的「所記事物，務求眞實，言語對答，或偶添藻飾，但切不因華失眞。」顯然並沒有得到徹底的實行，因此也就容易引起更多的懷疑，連其文獻價值也會受到不好的影響。名爲「我走過的道路」，卻較少談到自己的情感歷程，無論如何，這總是一個較大的遺憾，並在這方面顯然失去了作爲老五四人和眞正現代人的風度。反而授人以柄，留下更多的麻煩。

至於發生茅盾這樣的移情別戀的原因，自然是很多的，行旅中的孤獨，異國的寂寞，作家的敏感，異性的魅力，新鮮的誘惑，志趣的接近，方便的條件，甚至還有男性的弱點等等，但對茅盾這樣修養已深、性格已成的人來說，在這方面總是非常愼重的。之所以發生這樣的事，對已有的家庭生活的不滿足當無疑是重要的原因之一（茅盾與秦德君相戀時告訴她自己之所以離開家往日本，就是因爲與妻不合，這話即使不全是實話，也不會全是瞎話）。茅盾與妻子的結合，也像魯迅娶朱安一樣，是尊母命而非出於愛情。結婚時，孔德沚「只認得孔字，還有一到十的數目字」，弄不清「北京離烏鎮遠呢，還是上海離烏鎮遠」，可以說基本是個文盲（後來有了不小的改變，但也有限，比如當其女兒沈霞早逝後，她寫了一篇短文來悼念自己的愛女，這是她一生中唯一的一篇文章，其中還有不少錯別字，尚未達到發表水準吧？茅盾爲何不爲之潤色並推薦發表呢？）。所以夫妻之間很難說有多少共同語言。但茅盾當時正全神貫注於他的「事業」，又持有帶傳統色彩的「結婚不應以戀愛爲要素」的婚戀觀，所以能夠接受這椿連茅盾母親都知道是不相稱的婚姻。那麼他的內心深處眞的滿意於這婚姻嗎？從未度完蜜月即離開妻子和婚後三年未育這兩件事看，茅盾確實是懷有不滿的，但他的這種不滿還不是那樣強烈，他也比較善於調節自己的心態，比較善於掩蓋自己的情緒，還很注意愛惜自己的羽毛。但不滿就是不滿，隨著時間的推移，在相宜的機會來臨時就會顯示出來。在這樣說的時候，我們千萬不要忘了茅盾是相當理智的人，即使是

〔註 8〕 章克標：《文苑草木》，上海書店 1996 年版，第 200～201 頁。

在戀愛，也會注意選擇適當的時機，並在情戀已深時也還是留有自己的「底線」——他是不會像魯迅那樣不顧一切地擺脫已有的婚姻的，他不是沒有這樣的機會與可能，但他的千思萬慮還是使他難以跨出這大膽的一步，相反是把跨出的腳收了回去。

茅盾的理智還表現在，他有著許多接觸各種女性的機會，並且他對女性美也有很強的鑒賞能力，但他卻能很好地控制著自己的言行。他在婚後，在社會活動中認識了許多勇敢浪漫的時代女性，尤其在中央軍事學校武漢分校任教官時，曾專爲女生隊講婦女解放問題，接觸了許多女學生；在一些文化部門和宣傳工作中，尤其是在自己任主筆的報社，茅盾也認識了幾位「單身女同志」，不僅能力很強，而且長得也漂亮。何況當時在大革命時的武漢，除了熱烈緊張的政治性很強的革命工作，還有著很濃的男女戀愛的浪漫氣氛。「革命加戀愛」其實在當時是很時髦也很流行的風尚。這些對茅盾不會毫無影響，只因爲妻子在身邊也更因爲他自己的理智，所以沒有像其他一些人那樣沉入浪漫或移情別戀。但作爲文學素質深厚和身心健康的男人，茅盾也注意有節制地與異性進行接觸，並能注意自己的形象。比如長得文弱清秀的他一向注意修飾，尤其是對於頭髮，常常灑生髮水，香噴噴的，曾被孫伏園戲稱爲「孔太太」，史沫特萊說他像 YOUNG LADY（年輕太太），增田涉說他像「時髦青年」，這樣的文雅書生或「紳士」大概爲女性樂意接近。就茅盾來說，他也確實對他認識的一些異性有著強烈瞭解的願望，不但注意觀察且喜歡與之交談，並時或引起創作的衝動。事實是，這些異性後來有的就被藝術地引入了茅盾的小說。如慧女士、孫舞陽、章秋柳們的音容笑貌，就給讀者留下了難忘的印象，自然這首先是因爲她們（如黃慕蘭、范志超等）給茅盾留下了難忘的印象〔註9〕。值得注意的是，當時就在政治風雲變幻的緊張局勢下，茅盾在撰寫大量政治評論的間隙裏還寫了一篇分量相當重的論文《中國文學內的性欲描寫》，發表於《小說月報》第 17 卷號外，這篇長文內容豐富，雖係長期積累，但也與現實的某種誘因有關，甚至可以說與自己的生命體驗與思考密切相關。此文從變態性欲的病理研究角度，研究中國文學（主要是中國古代文學）中的性欲描寫，歸納出中國性欲小說的幾種怪異特點，指出「禁欲主義的反動」和「性教育的不發達」是性欲小說綿延不絕的原因，這種關

〔註9〕 如茅盾與范志超女士就堪稱患難之交，談心也非常深入。參見茅盾《我走過的道路》（中），人民文學出版社 1984 年版，第 340～342 頁。

於性欲與文學的集中思考能夠與對政治形勢變化的極大關注同時並舉，眞的堪稱一絕，比較直觀地看，也與當時的「革命加戀愛」的並行不悖有密切關係，可以說是這種時尙在茅盾思想上的一種「折光」，抑或也是對其精神生活的一種補償。有了這些或顯或隱的原因，才會發生似乎「偶然」的茅盾與秦德君相戀的纏綿而又糾結的故事，在這裡說什麼「負心漢」或「狐狸精」之類的話顯然是陳腐的，諱莫如深而反對認眞的探討更是愚蠢的。事實上，像茅盾所經歷的感情風波或愛情洗禮及其悲喜哀樂，現代生活中的人們即使不羨慕、不傚仿，有時恐怕也是很難逃避的。因爲正常人的情感反應和現代人將「曾經擁有」與「渴望持久」相容的情感願望，不是越來越式微了，而是越來越強烈了。

　　生存環境與創作心境的關係相當密切。具體的生存環境對作家來說，眞的是息息相關。固然，能夠影響到作家創作心境的各種因素是複雜的，然而影響到作家的喜怒哀樂情感變化的因素，卻更多的就來自他的身邊。對茅盾而言是如此，乃至像我這樣平平常常的有賴於文墨而生存的人，也會深切感到具體生存條件、生存氛圍的重要。對寫作（尤其是創作）活動與過程的影響因素，往往並不是國際政治風雲或國內政壇要事，而是生活中自己親歷的具體而微的人事，尤其是那些容易牽動人的哀樂感情與人的日常生活緊密聯繫的人事。其中，與作家自己距離最近的那些人也許就是影響其創作心境最爲直接也最爲重要的人。明確些說吧，在這樣的人中，作爲作家妻子或愛人的人，可以說顯得就更爲突出一些。茅盾在一個較爲長久的時期裏，所處的社會大環境是「大致相同」的，有一個時期還共同生活在一個城市裏，一度還做過鄰居，有許多社會方面的經歷都是很相似的。然而，他們的具體生活環境，環繞於他們周圍的人和事，卻畢竟有著許多細微而又重要的不同，這便切切實實地影響到了他們的創作。這也就是說，即使像茅盾這樣傑出的作家，其日常的情緒變化也往往並不總是與「重大事件」相聯繫，而是與其身邊的「被圍困」的生存體驗密切相關。人際關係的牽涉，性際關係的負累，被親情、友情乃至怨情、冤情纏繞不已的說不清道不明的感受，往往對作家的創作活動產生著不可忽視的影響。儘管茅盾通常在努力迴避著個人庸常的生存體驗進入筆端，但卻無法擺脫這些切切實實的人生對其創作的影響。

　　影響茅盾創作的動力主要來自時代，有時卻也由於生活中某種情緣的終結或變化。《虹》的寫作就是一個典型的例子。茅盾在《虹·跋》中寫道：「右

十章乃 1929 年 4 月至 7 月所作。當時頗不自量綿薄，欲為中國近十年之壯劇，留一印痕。八月中因移居擱筆，爾後人事倥匆，遂不能復續。忽忽今已逾半載矣。島國多長，晨起濃霧闐牖，入夜多雨打簷，西風半勁時乃有遠寺鐘聲，苦相逼拶。抱火缽打磕睡而已，更無何等興感。／或者屋後山上再現虹之彩影時，將續成此稿。」這段亦顯亦隱的說明，實際真實地道出了因為「移居」（從日本返回國內）、「人事倥傯」（主要應指自己與情人的情緣已斷或已陷入危機），使得這部主要由她提供素材的小說創作失去了原有的創作心境。在寫這跋的時候，茅盾的心境正陷入灰暗悲涼之中，但又在「囈語」式的詩化語詞中表達了自己難以言傳的懷念和期待。遺憾的是，茅盾的「屋後山上」再也沒有出現「虹之彩影」，所以他也就終於沒有「續成此稿」。據說，茅盾後來試圖將《虹》之續篇《霞》勉力寫出，但到底難以如願以償。由此可以看出創作心境對一個作家來說是多麼重要。有一次，茅盾的一個親戚在一封來信中問到《虹》的主人公梅女士是否有模特兒。茅盾回信告訴他是有一個模特兒，叫胡蘭畦，大革命時期是武漢中央軍事政治分校的一名女生。事後茅盾還和家人談起來這件事，他說：「我與胡蘭畦其實只見過一二面，並不熟悉，更不瞭解，只是聽別人介紹過她的經歷。她的經歷的確很曲折很動人。我以胡蘭畦為模特兒，就是借用她的經歷——主要是四川那一段經歷編為故事。而人物的性格，則是從我接觸過、觀察過的眾多時代女性身上綜合而成的。也可以說，胡蘭畦這個模特兒，我主要是採用了她的外殼。作為模特兒，她又是又不是。」〔註 10〕在這裡，茅盾卻理智地迴避了一個重要的事實：這就是他生命歷程中曾經確實發生過的情變及其對自己創作所產生的影響。他在理智上能夠回到「正常」的軌道上來，但在感情深處，卻未必不對自己的那段情感經歷和文學創作水乳交融的情形有所懷念，他將《虹》正式予以出版並為它寫下一些或顯明或隱晦的文字，並且曾經屢次想要加以補續，都表明他對這部著作的某種特殊的感情。何況，這種感情的某種變形還在另一部長篇小說《腐蝕》中也留下了比較清晰的投影。

　　作為一個文學大家，茅盾終究也是個活生生的人，他總是期待在大的規模和高的層面上「實現自己的價值」，他的創作總是能夠給人以出手不凡的印象，但他又總是難以很好地完成自己的宏願。即使就是他那些最著名的作品，如《子夜》、《農村三部曲》、《白楊禮讚》等，在較多的人看來，也都帶有某

〔註10〕韋韜、陳小曼：《父親茅盾的晚年》，上海書店出版社 1998 年版，第 120 頁。

種程度的概念化的痕蹟。〔註 11〕因此，有著大家氣象、大師風度的茅盾，實際就像他的作品那樣，最終沒有很好地圓滿地「完成」自己，這確是作爲作家的茅盾的最大的遺憾。這在茅盾的晚年，也還流露出了這樣的痛苦而又無奈的感情。

　　沒有很好地完成自己的人，在生活中很多很多。但對於茅盾這樣的文學大家來說，總會顯出更大更多的遺憾。茅盾的婚戀經歷實際已構成了重要的婚戀模式，對中國當代的婚戀模式的建構也有啓示的意義。近年來就婚姻法的修改草案出現過比較激烈的爭論。比如在《讀書》雜誌 1999 年第 1 期上就刊登了一組文章，針對有人企圖用法律的名義消滅所謂「第三者」以維護既有婚姻的觀點，發表了比較精當的見解。無疑，更充分的「現代婚戀觀」則是健康、豐富的「現代情愛多元觀」。筆者曾在拙著《伊甸園景觀》〔註 12〕中鄭重提出要有現代的性際關係的觀念。認爲在「性際關係」的概念內涵中即有性際關係的現代建構這樣的思想。其中也強調了現代性愛互惠原則，認爲這也就是現代生活中要遵循的一種性際關係的法則。在「男性中心」意識形態中，似乎總將男性目爲「佔有者」、「獲利者」，相應的，女性便必然地成了「奉獻者」或「犧牲者」，於是後者贏得了現代人的普遍同情，「女性解放」的呼聲也就成了整個 20 世紀最具鼓動性的時代強音，大概還要響徹雲霄地跨到 21 世紀。誠然，在有些情形下確實是如此，但並非總是如此，到了「現代社會」，就更非總是如此了。我總覺得「性際關係」這個概念十分重要。與「兩性關係」、「性關係」和「人際關係」都有重要的不同。「性際關係」包括了「兩性關係」，但也包括了一部分帶有「性」色彩的同性關係；既包括了「性關係」，但又不僅僅是那種本能層面的關係；既體現爲一種人際關係，卻又帶有或多或少或顯或隱的性色彩。因此，如求簡明，可將上述思想列爲如下公式：性關係＜兩性關係＜性際關係＜人際關係。在這樣的「性際關係」的宏闊視野中，可以比較複雜而又靈活地看待人間各種各樣的婚戀現象。其實，無論道學家如何規範婚姻，在人間，尤其是現代社會，情愛多元都是個事實存在。在現代社會中的性際關係確是千姿百態，強求一律實際是做不到的。記得曾與幾位友人閒話人生，一友質疑曰：何以有那麼多才華出眾的男士都選擇了很平庸的妻子？在年齡已高的人還可以理解，爲何在年輕人身上還仍然發生

〔註11〕參見龍泉明等主編：《中國現代文學歷史比較分析》，四川教育出版社 1993 年版，第 322 頁。

〔註12〕與趙炎秋合著，湖南師範大學出版社 1992 年版。

著這樣的事情？余答曰：書呆子在人生的艱難途程中，最易於被一點點溫情所感動，最易於被一點點幫助所「俘虜」。而當他們奮鬥取得了相當的成功之後，深知成功來之不易，愛惜羽毛的理智使他們在情感上又只好壓抑。但在深心中卻未必不期待著自由的理想愛情。這就勢必會造成或顯或隱的「情愛多元」狀況的存在（即使僅僅在精神上）。茅盾顯然知道人生難以「兩全其美」難以兼顧周到，所以經過很痛苦的思考，終於還是「回歸」了，但他的心靈深處也未必沒有珍藏著某種記憶，其《腐蝕》恐怕多少也隱含著他的某種特殊的關切吧。

當時筆者的回答顯然不夠充分，其中有一點就是沒有能聯繫茅盾的事例加以具體地說明。在筆者看來，茅盾堪稱是20世紀中國文學史上名副其實的現實主義文學大師，儘管有些人不承認，但卻無改這一基本的事實；而作為文學大師，其情感世界則必然是非常豐富的，對人世間的性際關係也定然有極其敏感細膩的領略和透察。茅盾的理智或不苟言笑固然是出了名的，甚至在措置其所經歷的性際關係時，也表現出了較多的傳統色彩，但在內心深處，茅盾卻都珍藏著對美好女性的殷切期待，並在實際的人生經歷中，不失時機地與走入自己心靈深處的女性確立了超乎尋常婚姻的情人關係。

茅盾的婚外戀情總體看是屬於地下或半地下狀態的，而且也出於各種原因而夭折。相比較，茅盾和胡適、魯迅等五四那一代人，儘管都曾遭受了舊式婚姻的困擾，其結果也各各不同，但與當今技術商業主義泛濫的已無愛可言的時代中人相比，倒還算是幸福的！因為，他們至少還都深深地領略到了愛情，有的姍姍來遲，如魯迅；有的是確確實實曾經擁有，如茅盾；有的是愛情在婚外平靜地維繫了一生，如胡適。他們至少還不至於因妻子或僅僅是名義妻子的「干擾」，而過分地影響到自己的精神生活和事業追求。他們顯然享有著較大的自由。而如今卻有許多人在承受著不新不舊的異化形態的「妻子」的折磨。這樣的既失傳統美德又失西方現代女性之真傳的「妻子」，便具有了中外交合生成的雙重病態，在折騰他人尤其是自己老公方面，達到了前無古人、後有來者的水準。這頗令人絕望。當女人的自私達到極端時，是非常可怕的。張愛玲筆下的曹七巧、老舍筆下的虎妞等便是顯例。女人自私透頂（即使是出於愛的自私，如曹禺筆下的蘩漪）也會陷入深深的孤僻孤獨之境。但這讓人同情的孤僻孤獨卻也有另一方面，亦即可怕可恥可悲的一面，連自己的父母、丈夫、孩子也會受其傷害（這種報復同時也是自懲），也會使

他們陷於深深的不幸，或在心理上與其產生距離。女人的自私和小心眼的常備不懈，使人間平添了許多苦澀的滋味。這可以說是人類的一種難以擺脫的不幸。想到這裡，我倒深爲茅盾而感到慶幸了。因爲他的終生伴侶不是或基本不是這樣的女人。

（據原刊於《海南師範大學學報》2004 年第 1 期的《人際與性際之間——略論魯迅與茅盾的交友和婚戀》一文改寫）

9. 晚年的生活：珍攝生命

　　近來讀茅公晚年書箚和日記，其間多見的是起居、看病和吃藥方面的記錄。年輕人看這些記錄也許會覺得索然無味吧。由於筆者自己也漸入老境，心有所感，才知道茅公的「寫實」功夫一直到老都未大變。人如何活著？這其實是一個大問題，如何對待社會，茅公用生命做了詮釋；如何對待自己，茅公用生命也做了詮釋。人的生命有長有短，不能強求，但珍攝生命，讓生命長久一些，卻是古今中外、各國各族人民共同的心願。經歷了那麼多磨難，從艱苦歲月中過來的茅公活到了 85 歲高齡，無論從文人生命還是自然生命的角度看，都可以說是一個人生的勝利！茅盾是「人生派」大家，在這方面也爲世人特別是文人們，樹立了一個注意生活的典範，甚至還是一個注重養病、養生的典範。

　　人至晚年，誠是自然規律難以抗拒，但又似乎總多少帶有悲涼的意味。茅盾的晚年也不例外，關鍵是如何去面對。茅盾的晚年固然有相當輝煌或熱鬧的一面，對此已有許多人給予了近乎誇張的描述，抑或做了片面的張揚，但他也有深心的失意、孤獨和人事的憂煩及病苦的折磨，這些也是需要去智慧面對、勇於征服的晚年人生主題。

　　與那些青年殞命、中年喪生的文人相比，茅盾的晚年確是「漫長的晚年」，至少從史無前例的「文革」開始，他便步入了人生的老年階段，日月既難熬又悠閒，寂寞鬱悶又無奈無聊，前文化部長、前著名作家的生命在「文革」中的存在變得相當枯寂，有時也竟是「夜耿耿而不寐兮，魂縈縈而至曙」。很多作家文人在「文革」中去世了，有一批還自殺了。各有各的故事和情非得已的理由，但茅公卻以一種明智和耐力終於「熬出來了」！並在進入垂暮之

年還再次「枯木逢春」，跨越了災難深重的「文化大革命」階段，進入了通常所說的「歷史新時期」。真的是「閱盡人間滄桑」，讓人深為感念，但同時又覺得他算得上是「福壽雙全」「壽比南山」的，特別是與 1936 年就去世的魯迅或為赴約而命喪空難的徐志摩等人相比，茅公的久壽確實隱含了「養生學」的秘密。有人以為，在苦難頻仍、政治變態的歲月裏活著的文人，「壽則多辱」，不如慷慨赴死來的壯烈，也甚至不如自殺來的決絕。這樣的說法其實是反生命的，反自然的，也充其量是一種「義無再辱」的說教，至少，這種說教在明智如茅公者這裏是失效的。

名人晚年自然還有許多事，官方民間都會關注並多有期待，這種情況下就要自己把握住節奏，累死了只是虧待了自己而已。茅公在自己晚年最後的歲月做了最好的安排，就是要為自己寫書，這就是《我走過的道路》，這很符合老年人愛回憶的心理需求及特點。到了可以不為政務所累、不為沉默而沉默的人生階段，書寫了一輩子，到底還是認真回憶一下並為自己留下一本讓自己心安的書為好。

真的很幸運，只有到了歷史「新時期」，茅公才有可能比較從容地去回憶和書寫自己的一生。於是，撰寫回憶錄成了他晚年全身心投入的重要工作。在他住進醫院的最後日子裏，他最牽掛的和精心策劃的也還是自己的回憶錄。不可否認，茅盾晚年沉浸於對往事的回憶中，精心寫作《我走過的道路》這部大型的自傳，其基本內容的豐富及材料的翔實，已贏得了不少研究專家的稱讚。素來崇尚現實主義寫作原則的茅盾，在自傳的《序》中強調說：「所記事物，務求真實。言語對答，或偶添藻飾，但且不因華失真」。〔註 1〕從主導方面看，通過認真的準備和理性化的抽繹，茅盾在記述自己的理性生活方面可謂有條不紊，眉目十分清晰，內涉大量的歷史、政治、文化的尤其是文藝事件，排列陳述，彷彿打開了一扇博物館的大門。儘管難以「周全」，更不能「全息」攝照經歷的一切，但僅就現問世的茅盾自傳（其中也有茅盾家人和友人的相助）而言，已經使得這部傳記具有了自己的鮮明特點，堪稱是中國現代作家最重要的自傳之一。

耐心些，看開些，通達而不焦躁，這是晚年茅盾保持的健康心態。茅盾的性情向來比較平和，遇到極為複雜的局面寧願停下來觀察、思考，也盡量避免冒進、冒險，只做自己力所能及的事情。即使到了很難不激動的時候，

〔註 1〕 茅盾：《我走過的道路·序》，《我走過的道路》，人民文學出版社 1981 年版。

他也還是能夠比較平靜地面對。「文革」剛結束不久，連茅盾家人都希望他能在一些問題上較早表露自己的政治態度，但他告訴家人要學會耐心等待。儘管他認為天安門事件和鄧小平被打倒這兩件事是非平反不可的，不平反就會失去民心，但在他看來中央是在盡量尋找一個兩全之策，既能平反，又不至於損害毛主席的威望。他還認為中國的問題太多，面太廣，當時中國的事情是「積重難返」，只能慢慢來。出於這樣的理解，茅盾果真耐心地等待著，在粉碎「四人幫」後的一年中，除了政協召開的會議，他基本上沒有參加什麼社會活動，也沒有寫什麼文章。茅盾和家人閒談時，或給友人寫信時，也常談及「四人幫」在文藝界的禍害，講到他們提倡的「三突出」「三陪襯」等荒謬的創作原則。他認為要打破「四人幫」設下的禁區，首先要重新貫徹「百花齊放、百家爭鳴」的方針，要多一點文藝民主。不過他還是強調：要慢慢來。他在 1976 年底給姚雪垠的一封信中寫道：「來函論目前文藝評論、文藝創作上一些積重難返的弊病，概乎言之，實有同感。在這方面肅清『四人幫』的流毒，還有許多工作要做，得慢慢來。論《紅樓夢》一段話，正是『四人幫』，尤其是江青，歪曲主席原意的又一例證。把曹雪芹當初腦子裏一點影子也沒有的資產階級上昇期的意識形態和封建地主階級滅亡期的意識，兩者之間的鬥爭，硬套上大觀園的癡嗔愛憎，真是集公式化、概念化之大成，非形而上學為何？」〔註2〕等到局勢明朗了茅盾也才有了動作，而且每有動作，皆為三思而行。即使在他批判「四人幫」的「文藝黑線專政論」時，也是慎之又慎；同時，他也積極穩妥地為那些因各種政治運動而被迫害的作家、藝術家的平反，盡著自己的心力。為此他寫信、游說，終於為許多作家文人的平反和第四次文代會的召開，做出了自己的貢獻。

　　顧家護家，也許是老人晚年最重要的事情之一。茅盾晚年對家庭依然看得很重，工作忙也不忘做些家務活，並在「文革」的失意中，努力盡其作為爺爺的責任。早年他忙於寫作和各種各樣的活動，很少照顧自己的孩子，現在似乎得到了補償的機會。比如他最疼愛孫女小鋼的一個原因，就與他曾失去愛女（沈霞，小名亞男）的痛苦記憶有關，他似乎想把當年沒有來得及在女兒身上傾注的愛，如今在孫女身上得到彌補。他曾親自編寫教材，教授孫輩的國文。在生活中，茅盾是相當典型的中國男人，不僅很看重自己的家，而且居家過日子也很注意節約。他自奉甚儉，惜紙惜物，絕不鋪張浪費，飯

〔註2〕　孫中田、周明編：《茅盾書簡》，浙江文藝出版社1984年版，第380～381頁。

後的水果常是與妻子兩人分吃一個蘋果或其他水果，多年如一日。

人到晚年，最容易受到疾病的折磨。而疾病對人的損害，也許只有深受疾病折磨的步入晚年的人才能夠深切地體察。要積極配合治療，不諱疾忌醫，這對老人是非常重要的。可惜很多老人做不到，便過早結束了自己的生命。茅盾的一生，對疾病有極為痛切、深刻的印象，其父親的早逝使他產生的刻骨銘心的痛苦，也對他的人生道路產生了非常大的影響。同樣，疾病對他自己的身心所產生的影響也絕對不可以忽視。他對待治療疾病很重視，治病常常可以壓倒世俗事務。到了晚年，疾病難以避免，除了積極治療，他還比較注重「說病」和「養病」，這對緩解疾病對自己身心的損害頗有裨益。比如茅盾在晚年的許多書信中，都談到自己的病況，幾乎成了一種常規的「嘮叨」。但從這嘮叨中，筆者卻分明感到病人的傾訴對疾病帶來痛苦的化解作用。不錯，茅盾確曾因為生病或主要由於病的緣故，而耽誤了某種大事。比如，茅盾曾往廬山欲由此到南昌參加起義，但不巧犯了來勢兇猛的腹瀉，一夜間瀉了七八次，第二天就躺倒動不了了，也正是由於腹瀉甚遽、行動不便的緣故，使他滯留下來而未能及時趕到南昌去，脫黨大致也是由此開始的；還有一次是他在故鄉省親時，卻忽然傳來了魯迅在上海去世的消息，本應立即返回上海的他，卻因為當時痔瘡大痛並出血而未能馬上動身（要乘小火輪再轉火車等才能到上海），於是為魯迅送行的隊伍中便少了茅盾的身影。〔註3〕但是否在病中的茅盾即使「拼命」也無法戰勝疾病而參與大事？其實茅盾對待生命本身的理解更實際，呵護生命的理性自覺也更到位一些。茅盾雖是長期患病之人，但他一是身體的底子較好，再就是他很看重治療，而且還能注意保持良好的生活習慣和及時的休息，加之後來治療條件較好，所以他的高壽是不奇怪的。據茅盾的家人介紹，茅盾晚年有多種疾病。這從茅盾晚年日記中也可以看出。無論身處順境逆境，他都沒有那種強烈的「趕緊做」的急切和焦慮，「說病」和「養病」成為養生、護生的重要內容，寫作的重要性顯然已經有所削弱。這也許確實對晚年茅盾的工作尤其是創作產生了消極的影響，即使寫回憶錄也沒有按原計劃寫完，又像他以前的一些長篇小說那

〔註3〕 筆者原來看到這樣的介紹文字以及茅盾自己的有關回憶，總是覺得有些好笑，覺得這肯定是託辭而已。及至近年集中看了一些關於腸胃病方面的書（家人曾染此病）之後，筆者才知道嚴重的腹瀉和痔瘡（包括肛病）是多麼纏人，多麼會誤事情。對茅盾的因為病而影響到大事（因此而招致的誤解還真不少，包括像胡風這樣的明智之人對此也有一定的誤解）才有了感同身受的理解。

樣，成了未完成的雕像。只是後來幸而有家人的全力補救，才少留下了一些遺憾。但說到底，人能較好地生活，安全第一，健康第一，絕對不是虛言，珍攝生命，過好日子，原本就是人們奮鬥努力的目標啊！正是由於能夠積極養生和治療，茅盾才能夠用生命穿越幾乎一個世紀的時光，欣然接受老詩人臧克家寫來的祝茅盾 80 大壽的祝壽詩，其詩云：「著書豈只爲稻糧？遵命前驅筆作槍。並駕迅翁張左翼，並肩郭老戰文場。光焰炯炯灼子夜，野火星星燎大荒。雨露時時花競發，清風晚節老梅香。」茅公在接到這首賀壽詩後曾覆信，表示深切感謝的同時且愧曰：「薄才涼德，何以克當？惟當懸此爲奮進之目標耳。」〔註4〕接下來就是關切老友們的病況，令人感到老人之間的那種關切和溫馨。過了一年，他又接到了新的賀詩：「筆陣馳驅六十載，功垂青史仰高岑。平生厚誼兼師友，晚歲書函泛古今。少作虛邀妙監賞，暮琴幸獲子期心。手澆桃李千行綠，點綴春光滿上林。」而這首詩的作者是老作家姚雪垠，爲賀茅盾先生 81 歲高壽而作。作者換了，溫馨的問候則一。

　　這種慰藉晚年的溫馨也會體現在他和異性老友「清閣大姊」之間的交流上。暮歲殘年，老伴仙去，孤身面對愈來愈近、來日無多的垂暮，也需要各種各樣的心靈慰藉。老年的茅公和著名女作家趙清閣之間，就多曾互致問候，亦借書畫往來以慰藉遠念，他在奔走醫院的間隙，還曾用一隻眼（另一隻已失明）和一支筆給老友「清閣大姊」寫信訴說一切，且叮嚀再三：「素食大佳，望能堅持……」，「敢祝閣下老病此次霍然後，不再復發。臨穎匆匆，不盡。即頌痊安！」〔註5〕字裏行間，老者相憐之情，令人動容也。他對臧克家等老友囑咐「病中望靜養，少用腦力」，對清閣大姊則囑咐「素食大佳，望能堅持」，這都是老年養生、養病的眞經，無疑也來自茅公自己的寶貴經驗。

　　如有暇，我當將 80 歲以上的老作家進行一次養生學意義上的研究。這也可以算是筆者的一個老之將至的心願吧。

2013 年 3 月 6 日，記於終南山側畔

〔註4〕　茅盾：《茅盾全集》第 38 卷，人民文學出版社 1997 年版，第 1 頁。
〔註5〕　茅盾：《茅盾全集》第 38 卷，人民文學出版社 1997 年版，第 3 頁。

下篇　舞文弄墨及其他

10. 略談《水藻行》與《大地》

　　茅盾著名短篇小說《水藻行》，在 30 年代與賽珍珠著名長篇小說《大地》發生了有意味的交集，其間顯示的作家創作心理，也有值得關注之處。

一、中國新文學史上一段小小的「插曲」

　　對於賽珍珠（Peare S.Buck），現在大約很少有人提起她了。然而就是這位美國的女作家，卻給 30 年代的中國文壇帶來了一股不大不小的衝擊波：她的取材於中國蘇北農村的長篇小說《大地》〔註1〕攜著太平洋彼岸的西風吹到了中國的「大地」，引起了一陣可謂熱烈的反響。不惟如此，此風也吹到了東鄰日本，連日本老作家新居格先生也對《大地》推崇備至。〔註2〕特別值得我們注意的是，在中國以魯迅、茅盾為代表的進步文化陣營，對此不僅沒有保持緘默，相反而是認真對待的。魯迅、胡風、謝冰瑩等人在不同的場合從理論上對《大地》作了分析和批評。如魯迅說「中國的事情，總是中國人做來，才可以見真相，即如布克夫人（指賽珍珠——引者），上海曾大歡迎，她亦自謂視中國如祖國，然而看她的作品，畢竟是一位生長在中國的女教士的立場而已，所以她之稱許『寄廬』，也無足怪，因為她所覺得的，還不過點浮面的情形。只有我們做起來，方能留下一個真相。」〔註3〕茅盾則在《田家樂》（見

〔註1〕 該書由作者於 1928 年寫出。1931 年在美國出版。1932 年起有多種中文譯本行世。後來作為《大地》續集的《兒子們》和《分裂的家庭》也均在中國流行一時。特別是在賽珍珠於 1938 年獲得諾貝爾文學獎之後，也在中國大地掀起了熱浪。

〔註2〕 謝冰瑩：《關於〈大地〉——答一個不認識的友人》，《中流》第二期，第136頁。

〔註3〕 魯迅：《魯迅書信集·516致姚克》，北京：人民文學出版社，1976年。

《話匣子》）一文中對《大地》作過這樣的評價：「這部『東方小說』的英文
小說用中國一句成語來說就是『隔靴搔癢』。」於是茅盾有意識地針對賽書的
創作傾向，從創作實踐上對其進行有效的抵制和反撥，這就是《水藻行》的
誕生，並且跨向東瀛，首先展示在日本的讀者面前。〔註4〕

二、茅盾的《水藻行》以及與《大地》的比較

茅公在他晚年所著的《我走過的道路》一書中，對《水藻行》的寫作緣
起、經過和作品內容等方面談得頗為詳細，字裏行間，顯示了他對《水藻行》
的重視，流露了明顯的追懷不已的欣慰之情。

據茅公回憶，寫作《水藻行》的觸機是魯迅先生的一封信。1936 年初日
本《改造》雜誌社社長山本完彥先生給魯迅來信，約編一部分中國作家的作
品，其中要茅盾提供一篇。魯迅即寫信告知茅盾，並表示如是新作，他也許
能幫助譯成日文。結果茅盾當即表示寫一篇新的，把早經孕育的《水藻行》
迅速寫出交給了魯迅。只因魯迅那時差不多一直病著，未及譯出，魯迅便把
它寄給了曾譯過《阿 Q 正傳》的山上正義由他代譯。〔註5〕後來《水藻行》作
為魯迅編的總題為「中國傑作小說」中的一篇，在《改造》雜誌上發表。接
著在國內也發表了。日本《改造》登載《水藻行》那一期（1937 年 5 月號，5
月 1 日發行）的編者按，對茅盾來稿表示非常高興：「我們能得到中國文壇最
偉大的人物茅盾先生寄來的佳作實在是件快事，茅盾肩負著繼魯迅之後的中
國文化的振興重任。」在國內發表是被編入《煙雲集》，該書由上海良友圖書
印刷公司出版發行，時間是 1937 年 5 月 20 日。

《水藻行》確是茅盾的一篇重要的農村題材作品。它不僅是茅盾以外國讀
者為對象並首先在外國發表的唯一的一篇小說，而且從這篇小說還「凝聚著魯
迅先生的心血」這一情況看，魯迅對茅盾此舉完全是持首肯態度的〔註6〕。不
過，以往我們對茅盾的《水藻行》不夠重視，研究未能深入。因此，通過文學

〔註4〕 茅盾：《我走過的道路》（中），人民文學出版社 1984 年版，第 353 頁。

〔註5〕 參見上書第 353 頁至 356 頁。關於《水藻行》是否由魯迅譯為日文，目前說
法不一致，如《茅盾研究資料》（孫中田，查國華編）中便主張由魯迅所譯之
說，現姑取茅盾自說。

〔註6〕 茅盾《我走過的道路》，北京：人民文學出版社，1988 年，第 356 頁，又見魯
迅：《〈中國傑作小說〉小引》，《魯迅全集・集外集拾遺補編》，北京：人民文
學出版社，1981 年。

的比較分析，或可以加深我們的認識。

（一）從作品的基本內容方面考察

日本有一位研究者曾這樣指出過：如果拿茅盾的《子夜》與布克夫人的《大地》作對比，那麼「《大地》自始至終只不過是映在外國人眼裏的、引起好奇心的中國的略圖而已，而《子夜》卻是中國人用刀子刺入自己的肉體，用迸出的鮮血作墨水，一邊呻吟一邊描繪出來的中國現實社會的解剖圖」。〔註7〕這段話在相當程度上也可以移作《大地》與《水藻行》的比較觀。即就作品的「深刻性」言之，《大地》實難及《水藻行》。當年胡風曾專門撰文對《大地》進行了詳細的評論，其中就對有關「風物志」方面的大量描寫作了概括：「旱災水災，匪亂兵災（戰爭）；迷信和對於神佛的心理；節令的風俗，婚、喪、生子等的風俗，耕種、收穫等的農作方式；人力車夫生活；乞丐生活，大家庭生活（親屬關係），吃鴉片煙的惡習，禮教觀念；重男輕女的觀念，殺嬰和人口買賣，蓄婢納妾……〔註8〕。在相當程度上這竟成了作者的寫作目的，而未能簡繁得當地使這些描寫為塑造人物服務，即使就其以主人公王龍為中心串寫的故事而言，亦有未必合於生活的邏輯的地方。其情節線索大致是：王龍娶妻——勤勞致富——災變逃荒——得錢財——真正發家——地主生涯。其中「勤勞致富」與「掠得錢財」兩處把竈下丫頭阿蘭的「神通」和天賜財源的「福氣」寫得很不真實，偶然性成分太多，留有明顯的人為痕蹟。尤其要指出的是，由於浮面的東西太多，也阻止了作者去深入腠理、看到更本質的東西。連最起碼的階級分化和剝削壓迫的真實圖景都被作家以傳教士的「公平」手腕輕輕地掩住了。不錯，她也注意到了中國大地上的貧弱、落後的現象，但她所表現出來的，終於沒有超出所謂「五鬼鬧中華」之類的水準。如果說賽珍珠在《大地》中也有藝術探求的話，那麼這也就是她所達到的最高層次。

與此不同，茅盾的《水藻行》，雖然不過只有賽書二十分之一略強的長度，但卻是透視生活的力作。如果說《大地》尚是「大地」的浮光掠影，那麼《水藻行》則是「水鄉」的真實寫照；如果說《大地》的作者太滿足於獵奇納穢，那麼茅盾則致力於開掘中國農民的「美點」，同時把這種開掘放在

〔註7〕　〔日〕松井博光：《黎明的文學》，杭州：浙江文藝出版社，1982年，第165頁。
〔註8〕　胡風：《〈大地〉裏的中國》，《胡風評論集》（上），北京：人民文學出版社，1984年，第184頁。

了藝術眞實的基礎之上。總的來看，茅盾所遵循的是現實主義的創作原則，而賽珍珠則是秉持的自然主義（又摻和了不少主觀假想的成分）創作原則。

對此，我們首先可以從作品的人物塑造方面來申述。因為茅盾的寫作動機實際也就集中體現在寫一個「眞正的中國農民」並以此來反撥「王龍式」的農民形象這一點上的。而典型人物往往突出地反映了作者創作的意圖和思想。茅盾說：「我寫這篇小說有一個目的，就是想塑造一個眞正的中國農民的形象，他健康，樂觀，正直，善良，勇敢，他熱愛勞動，他蔑視惡勢力，他也不受封建倫常的束縛。他是中國大地上的眞正主人。我想告訴外國的讀者們：中國的農民是這樣的，而不是像賽珍珠在《大地》中所描寫的那個樣子。」〔註9〕事實確是如此，比如王龍與財喜的「命運」就大相徑庭。一個主要靠「天運」、機緣終於發了家，而另一個無論怎樣拼命勞作也擺脫不了貧魔的纏繞；一個不僅娶妻生子，還至於嫖妓納妾，「福」大意滿，另一個卻無有家室，借居親戚家的羊棚之中，些微的情愛也強被扭曲。從王龍身上，的確表現了他的「八字比別人好」這一法則的「威力」。不錯，王龍也有一段「勤勞史」；但那是經不住「天災」打擊的。恰恰在受了重挫之後，在淪落他鄉，幾為乞丐的時候，卻意外地掠得大批金洋和珠寶，憑藉這些淌來之物，王龍很快由富農而地主地抖起來了。顯然，這裡發家的「王龍」並不是落難中的「王龍」的必然發展。若說是因為有阿蘭這樣能幹的女人，那《水藻行》中的秀生大娘也十分能幹，為何就不濟事呢？在那黑暗的年代裏，究竟誰能代表著中國農民的共同命運呢？顯然不是王龍而是財喜。如果把「半截子農民」王龍當成中國農民的典型（事實上當時有許多人這麼認為）那則是不合情理的。相比較，財喜的強健與能幹，恐怕更在王龍之上，而且對天災人禍他都敢於抗爭。但冬日的寒威畢竟不是他個人的勤勞勇敢所能驅逐的。他只有在大地上苦苦掙扎，他沒有王龍那樣的「運氣」。然而這卻是符合事實，尊重歷史的描寫，所以只有財喜才配稱「眞正的中國農民」的形象。

為何會產生如此不同的描寫呢？其關鍵倒不在於對中國農村生活的熟悉程度上有差異，而在於他們對生活的理解有著根本的不同。我們知道，雖然茅盾不是「農家子」，但歷史已經把他造就成了「無產階級中人」！〔註10〕他的立場態度再不是一般地同情農民的境遇，而是要站在比農民立場更進步

〔註9〕 茅盾：《我走過的道路》（中），北京：人民文學出版社，1988 年，第 355 頁。
〔註10〕 茅盾：《茅盾文藝雜論集・現成的希望》，上海：上海文藝出版社，1981 年。

的無產階級的立場上來反映農民命運的。因而也就與具有傳教士眼光的賽珍珠發生了根本的歧異。比如，在賽女士的意識中，某種特殊的「優越感」會使她發出這樣的議論來：「外國人的丟角子（指給拉車的王龍和行乞的阿興以施捨──引者）是出於慈悲心，並不是因為不知道拿銅板來給乞丐比角子更合適的緣故，這一層，王龍和他的妻都沒有覺得」。大概正是由於這種「慈悲心」，才使作者偏離了藝術真實的軌道的吧。

就典型塑造來說，還可以從對主人公「私」生活的描寫上，看出二者的差異來。如前所述，王龍作為「半截子農民」，其後期已過上了財主生涯。不知不覺，《大地》的後半部在性愛的描寫上傾注了大量的筆墨，雖然客觀上也有一些暴露的作用。但那蕪雜的「展覽」式的描寫把這種作用吞沒了，一種不夠健康的審美情調不自覺地便流露了出來。如對王龍與兒子因由取悅女人而互相產生醋意的渲染，就是如此。也許茅盾是受了《大地》的「啓示」和「專門寫給外國讀者」意識的支配，在《水藻行》中也寫了一個重要的「性愛」情節：堂叔財喜愛上了堂姪媳秀生大娘。如果只作皮相觀，這情節也近乎荒唐，但其實茅盾是有著深刻的用心的。不惟以此來與《大地》中動物般的訴求生活描寫作鮮明的對比，突出不在於「寫什麼」，關鍵在於「怎樣寫」的重要性，而且也顯示了茅盾在審美理想上的一種追求。

這從茅盾關於現實土義地去反映人生的論述中可以得到說明。茅盾很欣賞民歌中許多戀歌的風格：「既不帶有偷香竊玉以戀愛為遊戲的怪相，亦不夾色情狂的邪氣」，顯得十分健康，富有情趣而又婉有風致。〔註11〕他並不反對作品中可以寫性欲，但必須「不以為穢衰，亦不涉輕薄，使讀者只見一件悲哀的人生，忘了他描寫的是性欲」。〔註12〕的確，從《水藻行》對財喜與秀生大娘的關係以及與秀生的矛盾衝突中，使我們看到的便是那觸目驚心的「悲哀的人生」。只要我們想一下，為什麼財喜無以成家，秀生無以治病，秀生大娘無以擇夫，就必然可以深味這一悲劇的意義了。在作品中，當兇惡的鄉長逼使病中的秀生去築路的場面展現在我們面前的時候，就使我們感到，茅盾所描寫的性愛事件已立在了堅固的現實基礎之上，而且也暗示了它的社會歷史的真正含義，使我們對畸形社會的畸形現象有了更為深切的認識。這就明

〔註11〕茅盾：《茅盾文藝雜論集·（打彈弓）》，上海：上海文藝出版社，1981年。
〔註12〕茅盾：《茅盾文藝雜論集·（打彈弓）》，上海：上海文藝出版社，1981年，第83頁。

顯與《大地》中的諸多輕薄描寫相距甚遠了。其主要原因，就在於「作者是站在更高的歷史與審美的高度去評價生活的。」〔註13〕態度極其嚴肅而莊重。即使僅就非常態的「三角敘事」而言，其中也顯示了中國農民超越封建性道德的自然人生態度，雖有困擾，但依然趨向達觀。

總之，如果說賽珍珠還只是描寫了斑斑駁駁的中國農民的灰暗面孔，那麼，茅盾卻刻劃了中國農民剛毅而木訥、耐苦而悲辛的靈魂。

（二）從作品的藝術形式方面的簡略考察

《大地》與《水藻行》在藝術形式上顯然大有差異：一個是一長篇，而另一則是短篇。但我們似可以引出這樣的藝術判斷：後者做到了以少少許勝多多許。其原因就在於一個大而失當，一個卻能因小取大，達到更高的藝術境界。

作品要達到經得住推敲和時間考驗的程度，必然要求每一細節的真實描寫都須溶匯到作品的有機整體之中。誠然，《大地》也有一些細節寫得較好。如在第一部分中寫阿蘭為客人做好飯菜而自己卻咽乏地睡在竈間的稻草堆上，王龍在吃喜酒的客人故去後方來呼喚她，此時「她從睡夢中忽然擎起臂膀來，彷彿防有人打來，自衛著似的。她終於張開兩眼來，用奇異的、無語的眼光向他看」，這就巧妙地把阿蘭辛酸的過去和已做新娘的現在揉和到了一起，而且也暗示了她將來仍復為屈從者的命運。其他如對王龍熱愛土地、憐愛啞女的細節描寫，也都有些動人的力量，但《大地》畢竟以其許多的細節不真實或係「皮毛」的描寫而破壞了作品整體的有機統一性，從而大大削弱了它的藝術成就。正如現代作家謝冰瑩曾指出的那樣：「……她那描寫的，僅僅是中國農村社會現象的皮毛，而且有些竟連皮毛的描寫，也都不確實的。」〔註14〕如作者寫到王龍一家在饑荒中無法撐持的時候，遂議定殺耕牛充饑，而王龍怯而不忍動手，「於是阿蘭跟蹌地走出去，拿了竈間裏的菜刀，在那牲口的脖子上割了一大刀，就將它的性命結果了。她拿了碗盛了血，煮成塊兒給他們吃，又將那大大的屍體剝了皮，砍成一塊塊……」，一切都由阿蘭弄好了，全家老少六口人共吃，只一會便吃得淨盡，連骨髓也吃掉了。顯然這裡的描寫失真太刺目了。諸如此類的描寫在書中是頗有不少。有些描

〔註13〕劉再復：《關於「人物性格二重組合原理」答問》，《讀書》，1984 年第 11 期。
〔註14〕謝冰瑩：《關於〈大地〉——答一個不認識的友人》，見《中流》第二期，第136 頁。

寫則屬於作者幻想出來的，沒有生活根基。譬如衰老的王龍之於少年婢女梨花的親昵關係的描寫，就很造作，因為作者很難把梨花的單純、怯弱與她的病態心理真切地調合在一起。

而茅盾的《水藻行》的細節描寫卻是相當成功的。不僅真實、富有彈性，包孕深刻的內容，而且能夠彼此和諧地聯綴成一個有機的整體。如在描寫財喜駕船前往打撈蘊草的途中，帶著強健勞動者特有的那種酣暢粗放的氣概，面對著大自然的景物，財喜「哦——呵！」地「發了一聲長嘯」。就在這聲長嘯中彷彿使人看到了財喜那股神情奮發、雄健勁挺的姿態來，同時又領略了作為一個粗獷農民那種欲語無詞的表達歡欣的情狀。這又與他在打撈中所唱的那首「姐兒年紀十八九……」的民歌相照應，也與歸途中「提足了胸中的元氣發一聲長嘯」的描寫相映帶，一步步揭示了人物性格深層的內蘊。主調上是肯定財喜的開朗、樂觀、堅強而又熱愛勞動，同時又於次調的配置上揭示了財喜粗莽、逞強和愚魯的一面，而這些又是非常和諧熨貼地表現出來的，顯得既精鍊而又明快，能給人留下深刻的印象。再如剛剛為了情愛問題財喜與秀生發生了難以互諒的爭吵，但既已形成的至密關係又使他們情知難以分離。所以作者絲毫不迴避描寫矛盾衝突，但又把握了更為本質的方面。因而，當財喜看到雪中的秀生萎縮在船上時，自然會把自己的破棉襖蓋在秀生的身上。對這一個小小動作的描寫，作者寄寓了深刻的含意，彷彿搭起了一座小小的拱橋，既聯著他們的矛盾衝突，又聯著他們的同命相依；既聯著財喜忘我勞動的場面，又聯著為秀生奔走抓藥和斥逐鄉長的行動，渾然而成一片真實的藝術世界。這樣的描寫遠非大堆蕪雜的「記實」描寫所能比擬。確如魯迅先生當年在介紹《水藻行》等一批短篇小說給日本讀者時說的那樣：「……儘管這些作品還稱不上什麼傑作，要是比起最近流行的外國人寫的，以中國事情為題材的東西來，卻並不顯得更低劣。從真實這點來看，應該說是很優秀的。」〔註15〕

另外，我們還可以從藝術構思、寫景以及作品的格調等方面來看出二者的差異來。從構思的角度講，賽珍珠基本上是採取以一個粗略故事串聯民俗風物的模式，所以大量地掇拾瑣屑的風物、民俗的材料，這與她要取悅西方讀者，以「異域風情」來滿足他們的好奇心理這一創作動機是相一致的。而

〔註15〕魯迅：《中國傑出小說小引》，《魯迅全集・集外集拾遺補編》，北京：人民文學出版社，1981年。

這又是與她要賺錢以養活女兒的動機聯繫在一起的。固然對致力描寫風物的做法不應全盤否定，但在《大地》中已基本顯現為主導傾向，而真正的故事本身倒淡化了。以致於幾乎造成了近似這樣的結果：有一篇題為《大地》主角的漫畫，所畫的不是人而是辮子、小腳、尿壺、鴉片煙槍等等。〔註16〕

　　茅盾本是擅長中長篇小說創作的作家，對他來說，短篇小說的構思和具體操作有著不下於中長篇的難度。但在《水藻行》中，則做到了在短小的篇幅中舉措得宜地安排藝術意象。這篇小說的整個背景略呈「虛化」狀態，不似《春蠶》那樣具體、真切。這不僅沒有讓讀者困惑反而使人覺得這裡寫的就是中國農村的過去和當時的現實，與《大地》所描寫的時代背景相當或更加寬廣。在這樣的背景上正可以擺上跨度大、伸張力強的人物形象。因此，我們認為茅盾在構思和寫作這篇小說時，運用了象徵的方法。從作品的具體描寫中，我們可以看到，茅盾主要通過對財喜、秀生、秀生大娘這一患難之家的解剖式的描繪，含有象徵意味地展示了中國農民的「全貌」：身心俱健的充滿希望的農民與身心交病的頹喪無能的農民以及含辛茹苦、具有傳統美德的農村婦女正是中國農民的三大部分。無疑，作為身心俱健的對生活充滿希望和信心的財喜，在作品中最為鮮明突出，也最能反映中國農民的本質特徵。中國農民雖然並不是最先進的階級，但卻是充滿希望的階級。作為一個階級，決不會走上王龍那樣的道路。而財喜呢？卻以其諸多的優良品質顯示了趨向於未來光明世界的表徵。而這種「真正的中國農民的樣子」，不是早已為歷史所印證了嗎！

　　就寫景方面看，《大地》中並不多卻又多流於平沓。而《水藻行》中則有較多的寫景，而且都光鮮潤澤，塗上了一層淡淡的象徵色彩。如開篇就寫道：「連刮了兩天的西北風，這小小的農村裏就連狗吠也不大聽得見。天空，一望無際的鉛色，只在極東的地平線上有暈黃的一片，無力然而執拗地、似乎想把那鉛色的天蓋慢慢地熔開。」這實在就是全篇的底色。那「鉛色」的「天」與「暈黃」的雲，是否有所蓄指？是否就是那一時代與農民形象的藝術點化？這樣的筆致的確具有迷人般的藝術魅力。

　　就作品的格調言之，《大地》低沉，伴有過多的噪音，那鋪陳而來的面貌，就象生活本身的散文。而《水藻行》響亮，伴有頓挫的樂音；那宛如長篇歌

〔註16〕胡風：《〈大地〉裏的中國》，《胡風評論集》（上），北京：人民文學出版社，1984年，第184頁。

行的面貌，就像濃縮而成的詩劇。從《水藻行》所描寫的故事的戲劇性和人物動作、對話的精鍊描寫中，我們完全可以看到那種詩的特質並且深深地為它所吸引！

　　從《水藻行》與《大地》的對應關係中，我們找到了一個窺視偉大作家茅盾精神世界的小小的視窗。首先我們可以看到的，是他對中國人民……（包括對廣大的農民）的深厚的感情。他的藝術實踐足以證明他有一顆滾燙的赤子之心。他傾力保護著中國人民的整體形象免受絲毫的誤解和損害。這是藝術家的忠誠與神聖的責任感完美統一的表現，堪為後人的楷模。其次，從茅盾的創作實踐中，我們也不難領悟到「我們自己做」的真正含義。這並不是要搞什麼藝術上的「關門主義」，恰恰相反，倒是打破封閉的一次有意義的嘗試。因為茅盾的藝術實踐已經昭示著：跨越國界的世界文學，將在各種各樣的創作競爭與借鑒中得到迅速的發展，而民族文學的發展也有賴於在廣泛的世界聯繫中去獲得發展並找到自己的位置。

（原刊於《湖州師專學報》1985 年第 3 期，略有補充）

11. 「村中憂患繫春蠶」——談談《春蠶》中對老通寶的心理描寫

　　傑出的現實主義作家茅盾，在不斷探索中，於 30 年代初期，迎來了創作上的金秋季節。劃時代的長篇巨著《子夜》誕生了，而同時孕育的農村題材也化作了以《春蠶》爲代表的一系列錦繡篇章，這就牢牢奠定了茅盾在中國新文學史上的重要地位。正如姚雪垠同志在一首頌揚茅公偉績的詩中吟詠的那樣：「……匡山離去忠言發，滬瀆歸來著作耽。海上魚龍翻《子夜》，村中憂患繫《春蠶》。蕭條世界遍烽火，更向洪流分苦甘。」〔註 1〕在「子夜」之時，中國民族資產階級尚是內外交困，必然走向衰頹和破產的道路，那麼農民則更是「憂患」重重，掙扎在災難的深淵之中了。

　　《春蠶》寫於 1932 年，非常及時而又深刻地描寫了當時中國極爲奇特的社會怪象——豐收成災！各種國內外的奇異的政治、經濟因素釀成了一場人間荒誕劇。作家顯然在爲中國的命運、農民的命運而憂患不已！

　　確實，「春蠶」維繫著村中蠶農的命運，卻由此伴隨著無盡的憂患。茅盾正是通過養育「春蠶」的「始末記」，也把老通寶的「憂患」刻畫得淋漓盡致。由小映大，見微知著，人們可以透過老通寶的「憂患」，看到三十年代初期中國農民的悲苦命運和精神世界。

　　描寫老通寶觸景生情，情隨物遷的心境變化，並扣緊他由眼前情景而激發的豐富聯想，從而再現了老通寶的內心世界。這是茅盾刻畫老通寶的心理活動的一個突出藝術表現手法。這在《春蠶》的第一部分中體現得最爲明顯。

〔註 1〕　姚海天編：《茅盾、姚雪垠談藝書簡》，人民文學出版社 2006 年版，第 14 頁。

在這一部分中，大致寫了三種情景，相應地刻畫出了老通寶的三番心理變化。

其一，是由春景中纖工揮汗勞作引發的。小說一開始便寫老通寶坐在「塘路」邊的石頭上看到了清明春光中纖手揮汗如雨的情景，觸動了他心中的「熱」源——熱愛勞動、盼望養好春蠶。正是這種農民的酷愛勞動的根性使他起了「技癢」的感覺。他馬上意識到「熱」的增加，逼出了一句內心獨白：「真是天也變了！」時令的變化，對養蠶的關切，使老通寶由河塘之景，移目桑林黃廠，繼而又思量起「絲廠都關門」的消息。當然，從感情上、願望上以及他的經驗上，老通寶是固執地「不肯相信」這類不吉利的消息的。在茅盾的筆下，由景而情，由情而思，其筆觸愈來愈伸進了人物的心靈深處。當老通寶看著「桑拳上怒苗的小綠葉兒」時，一方面似有如縷的埋怨天熱的情緒，但另方面他畢竟「同時有幾分驚異，有幾分快活」，再由這「快活」聯想到「少壯」時的如意，回溯過去，又必然想到家庭的興衰史。茅盾在這些地方，往往僅借助極簡潔的景物描寫，便引出了主人公大量的心理活動，而且循著人物心理活動的內在線索，層層深入地展示了人物因景而生發的回憶、沉思和情緒等方面的心理變化，使讀者不僅看到了眼前老通寶豐富的內心活動，還可以看到作為老通寶心理活動基礎的過去時光與廣闊的現實生活。

其二，是由小火輪的出現而引起的。老通寶直覺地感到了「世界」的變化，痛切地感到了家庭的衰落，然而他徒有「憂患」，卻終不明白原因在什麼地方。正在他苦苦思索的時候，他那苦惱的心境由幾聲小火輪的嘶鳴引見的另一情景，投上了更加濃重的陰影。茅盾通過精心提煉的「小火輪」這一細節描寫，對深化老通寶的性格、展示老通寶更為複雜的內心世界有著十分重要的作用。恰恰應了老通寶「世界到底變了」的感覺，老通寶清清楚楚地看到了輪船對鄉下人的侵害。並且那「軋軋的輪機聲和洋油臭」也強烈地刺激著老通寶的感官。更由於這一情景調動了老通寶「向來仇恨小輪船這一類洋鬼子的東西」的樸素感情和飽含創痛的經驗，所以這時老通寶已是「滿臉恨意」了。就是這個「洋」字，牽動了老通寶無數的心緒，他聯想起了前輩的「銅鈿都被洋鬼子騙去了」的「經驗」與現實中所見的洋貨充斥市場、捐稅繁重有加的情形聯在一起，因此老通寶「恨」洋鬼子確是「不是沒有理由的」！然而，這只是一方面，另一方面，老通寶又確實很不明白「洋鬼子怎樣就騙了錢去」，只是一味主張恨一切「洋」字號的東西，甚至由此導致他恨洋種的繭子而幾乎成病，與兒輩產生了矛盾。想著這許多不遂心意的事，不由得使

他感到「活得厭了」。茅盾在這裡既細緻而又全面地把握住了老通寶的心理特徵，既適當地再現了老通寶內心深處閃射出的對帝國主義的自我反抗和仇恨情緒的火花，又使讀者不難看到，正是這種排斥「洋」字號東西成癖的堅定意向，反而還成了鑄就他頑固、保守、狹隘性格的一個重要因素！

其三，是由孫兒小寶的出現引發的。乖覺天真的小寶因喊老通寶吃飯來到了「塘路」邊，由此我們看到，當祖孫二人同「賞」桑林嫩葉時，那又是另一番光景。這是茅盾刻畫老通寶心理的一處極精彩的地方。老通寶審視著新生的桑葉尖兒，心中已在想：「今年的蠶花，光景是好年成」，小寶則蹦跳地拍著手唱道：「清明削口，春蠶娘娘拍手！」這一來恰好迎合了老通寶的心理，他的皺臉露出了笑容，他的手撫到了小寶的「和尚頭」，他的老心裏「勃然又生出新的希望來了」。

當然，這三種情景、三番心理變化又是和諧統一的。它們都被茅盾統攝在對老通寶「心態」與清明之景的貫通融合的描寫之中。其內容既豐富繁複、巧於變化，又特別自然舒展，毫無板滯、生硬之處。從而十分真切細膩地再現了老通寶的心靈，同時也完成了「蠶事」「誓師」前的序曲的譜寫。

心理刻劃與人物行動的巧妙契合，使人物內外一致、靈肉統一，這是茅盾刻畫老通寶心理的又一藝術手法。在心理學中，通常把意識與行動的統一視為一個重要的原則。確實，人們的行動與動機從來都有不可分割的關係，老通寶當然也不例外。

首先，茅盾巧妙地把人物怎樣想與怎樣做揉合在一起來寫，自然地便使人物「活」了起來。茅盾通過第一部分的心理描寫，已寫出了老通寶對養蠶的「大希望」，所以在「蠶事」的「動員令在各個方面發動了」之後，老通寶便投入了異常辛勞的操作中，他除了「指揮」兒輩勞動之外，自己也不服老地大幹起來。先是修「蠶臺」，喘著氣地修著，還時而望望「掛在竹竿上的三張蠶種」，這一筆頗為含蓄，揭示了老通寶時刻關切春蠶、思謀怎樣使今年「蠶花」更好的內在的心理流動與變化，也暗示春蠶這小小的生命，恰恰是老通寶吃苦耐勞的動力源泉。此後，在「收蠶」時，在「大眠」時，在短缺桑葉時，在「收繭」之後卻賣不掉時，老通寶的忘掉飢餓、睡眠，抵押桑地換取桑葉，幾百里水路之外去賣繭等等行動，都由茅盾生動細膩地描寫了出來，使我們分明看到了老通寶這些行動背後的思想意識和特有的性格特徵。他始終是那樣地相信：「只要蠶花熟……」，為了這性命攸關的「蠶花」

熟，他便可以不顧一切地苦幹一番。並且由此老通寶性格中一個重要的方面，即堅韌耐勞、果斷頑強也得到生動的表現。

其次，茅盾抓住老通寶的迷信心理，對其相應的行動也作了細緻的描繪，從而揭示了老通寶性格中的另一重要方面，即迷信、保守落後的一面。也顯示了老通寶心理上的複雜特徵。在小說開始不久，我們「領略」了他想不通為什麼「陳老爺家」的「敗」會牽連到他家，以及什麼小長毛「投胎」、多多頭是否有「敗家相」等等濃重的迷信意識。因此，他便長期為小長毛「拜懺念佛燒紙錠」和後來對多多頭的嚴加制約。在「蠶事」大搏鬥中，他出於自己熱切的願望，虔誠地烙守著一切迷信的風俗習慣，那股虔誠勁兒是非同一般的。你看，在「窩種」的第二天，老通寶「拿一個大蒜頭塗上一些泥，放在蠶房的牆腳邊；這也是年年的慣例，但今番老通寶更加虔誠，手也抖了。」也由於深深的迷信，老通寶還認定荷花是「白虎星」，從而不把她當人看；在採繭之後，他還要「謝『蠶花利市』」，即謝蠶神。如此等等，說明傳統的迷信思想及活動成了老通寶生活中很突出的一部分。另外，茅盾還描寫了老通寶對「洋」字的「七世冤家」般的態度。這種態度，固然反映了老通寶具有一些樸實的反帝思想，但一味地排斥，極端憎恨往往又引導他陷入迷茫和頑固的行動中去，對事物客觀上的好與壞也失去了起碼的審辨能力。實際也陷入了迷信的亂陣。中國農民的愚昧落後從來都是與迷信緊緊摻合在一起的。茅盾筆下的老通寶迷信的心理，無疑具有極廣泛的典型意義。

再次，由於人物的行動不可能是絕對孤立的，必然要與周圍的人產生這樣或那樣的關係，因此，茅盾便通過老通寶與其他一些人的特定矛盾衝突的關係，鮮明地揭示老通寶的心理特質，顯示與他人的不同之處。他與小兒子多多頭，自始至終都處在某種不一致的情狀下，無論是對人（如對荷花的態度上），還是對事（如對養育春蠶的態度上），都判然有別，這是很明顯的，故不多說。我們且來看茅盾對老通寶與四大娘特定的矛盾衝突關係的描寫，茅盾先是借老通寶「塘路」邊的心理活動描寫，交代了矛盾所在。接下便通過四大娘這方面的描寫來加以印證。為著蠶種問題，你聽她答六寶姑娘的話：「老糊塗的聽得帶一個洋字就好像見了七世冤家！洋錢，也是洋，他倒又要了！」通過四大娘的口，不僅生動地表現了二人心理的矛盾衝突，而且生動地揭示了老通寶心理上嚴重的不能彌合的矛盾。對老通寶來說，傳統的觀念在他心目中是很牢固的，他要維持公公的權威，然而在蠶種問題上，四大娘

竟與他吵了架,兒輩又都是一致的。儘管老通寶爲此很惱火,但卻不得不有所隱忍,作出一些讓步,家中終於看了一張洋蠶種。心理現象也是現實的反映。老通寶雖然固守著傳統的意識,但也清楚看到了四大娘在家庭中地位的重要。尤其在蠶事上,四大娘擔承著「窩種」、做絲等極重要的任務,在「誓師典禮」般的「收蠶」儀式上,四大娘也扮演特別重要的角色。如此等等,便決定了老通寶在心理的天平上,不得不在四大娘身上多加些砝碼,從而對四大娘有所倚重了。雖然四大娘與他的擡扛使他的臉都氣紫了,卻不能有什麼激烈的動作,這與他自知衰老與「勢單力薄」也很有關係。所以後來在抵押桑地這樣的大事上,也要與四大娘商量,這又格外顯示了四大娘作爲鎮上張財發的女兒的某種優越性來。由此可見,茅盾確是體察入微地窺見了人物的內心世界,從而很微妙地把它展現了出來。

人物的心理活動自然與生理變化有著不可分割的聯繫。茅盾在《春蠶》中,很注意攝取人物在特定情景中的臉色、眼神、微細的動作等來揭示人物的心理狀態。儘管用筆很省簡,卻包含著豐富的心理內涵。這是茅盾在《春蠶》中刻畫老通寶心理的第三個藝術手法。

確實,《春蠶》中「憂」的氛圍是這樣濃厚,使我們怎麼也不會忘記老通寶那乾皺凝愁的臉面。這種憂患,這種愁苦,茅盾通過對老通寶幾「氣」的描寫,便生動地表現了出來。他「氣」阿多看女人們吵架,先是臉色「板」起,繼之咆哮,那「火紅的眼睛一直盯住了阿多的身體……」,一說明「氣」的程度在逐步升級,很快達到了高峰。這樣寫,既顯示了老通寶暴躁易怒的個性,又顯示了他對荷花的成見之深,對多多頭的「屢教不改」、有違「庭訓」的憤怒之烈,而這一切又都時時受制於他的那種「只要蠶花熟」便可重振家業的根本意志。他還「氣」四大娘與他擡扛,氣得臉都「紫」了,一個「紫」字,活現出老通寶的「自尊」受到了怎樣的損害。他還「氣」荷花偷進了他家的蠶房,這一氣非同小可,只見他「直跺腳」,這時大約眼也會紅,臉也會紫,又加碼「跺」起腳來,這就更深切地表現出他對「白虎星」荷花的忌恨,他還「氣」繭子賣不出去和阿多對他的抱怨。繭子賣不出去,已使他「捶胸跺腳」,阿多抱怨,無異火上燒油,直氣得他語噎氣短,難說一句話。最後,他還「氣」「遠征」的失敗。這一「氣」真正宣告了「春蠶」豐收成災悲劇的完成。老通寶在船上就氣得生了大病,兩個兒子扶他到家。無論他是怎樣的堅韌頑強,也支持不住這沉重的打擊。大病的老通寶,從此

走上了更加窮窘的道路。

可是，憂與樂從來都是那樣地難捨難分。茅盾還捕捉住了老通寶難得的兒「笑」。如當小寶唱起歌謠給了他一個「好兆頭」，心中油然歡樂起來，於是皺臉上「露」出了笑容。其他還如在春蠶「上山」時暢意的笑，收繭後不信「謬」說而自信能賣掉繭子的「笑」等，都笑得這麼真誠而短暫，彷彿愁雲慘霧中透出的幾縷天光，使人看到了老通寶那富於變化的內心世界的又一種氣象。

總之，在《春蠶》中，茅盾充分運用了生動細膩的足能透視人物靈魂的心理刻畫的藝術手法，對成功地塑造老通寶這一著名的農民形象，起到了很重要的作用，從而使老通寶形神兼備、內外統一，格外豐滿動人。由此也充分體現了茅盾對農民精神世界所作的可貴探索。無疑，這對於我們從事新時期農民形象的塑造，仍具有學習和借鑒的意義。

（原刊於《名作欣賞》1985 年第 3 期，人大複印報刊資料《茅盾研究》1985 第 2 期）

12. 論茅盾小說中農村題材描寫的得與失

　　面對 20 世紀世界性的大變局和中國農民的命運變遷，現實主義作家的使命感油然而生。但作爲中國民族主體的農民命運實難把握，無論怎樣描寫都似乎難以周全，茅盾的經歷和認知也有其難以避免的局限性。引得在對農民的描寫上有得有失實際是正常現象。本書即擬主要從農民形象塑造的角度，來看茅盾小說中農村題材描寫的得與失。

一

　　不妨先作一縱向考察。

（一）且從「摸索而碰壁」[註1] 談起

　　在茅盾最早的小說《蝕》三部曲所展示的大革命時期的巨幅畫卷之中，便出現了農民的身影。如《動搖》就描寫了農民們建立農會、抗租抗稅，「肩著梭標」開進城鎮以及鬥爭陷入混亂、自戕的眞實圖景。如果說這還只是「採英拾貝」的背景式描寫的話，那麼《泥濘》（1929 年 4 月）這篇寫於日本的小說，則是茅盾眞正專寫農村的作品；如果說《動搖》中的農民形象已帶上了一些「陰影」，那麼在《泥濘》中這種「陰影」又就有了擴大。清一色的落後不堪的農民形象使茅盾自己也意識到這「失敗」了。由此，也給他添加了「不敢」描寫農村的創作心理障礙。但伴隨著思想上的變化和「試試以古喻今的

〔註 1〕 茅盾：《我的回顧》，《茅盾全集》，第 19 卷，人民文學出版社 1991 年版，第406 頁。

路」〔註2〕的進展，通過《大澤鄉》、《豹子頭林沖》、《石碣》等反映歷史上農民抗爭的短篇小說的創作，這一心理障礙則有所克服。

我們大體可把《泥濘》及其以前的對農民的有關描寫視爲「摸索而碰壁」的「摸索期」的產物，而《大澤鄉》等歷史小說則可視爲「迂迴而進」的「初變期」的產物。由此可看出茅盾在描寫農民方面初步的發展和變化。

接著，茅盾就開始積極構思一部「農村與都市的『交響曲』」。然而，恰恰在這個關口上，他在農村描寫方面受到了嚴重的挫折。於是，在預設爲「交響曲」的《子夜》中只留下了「第四章」及若干側筆描寫作爲這一「失利」的見證。但茅盾沒有氣餒，既然「交響曲」不能在一個嚴整的體系中去完成，何妨「變通」爲「東山唱歌西山和」呢？於是以「農村三部曲」爲代表的一系列農村題材作品與《子夜》結下了「鉅細高低，相依爲命」的至密關係。由此可見，茅盾在踏進「豐收年」的門檻之際，又復演了「摸索而碰壁」、「迂迴而再進」的生動的一幕。

（二）不是「農家子」〔註3〕，卻有「豐收年」

雖然在《子夜》的構思與初寫階段，茅盾在農村描寫方面受到了挫折，但實際上，從 1932 年下半年開始，他便進入了農村題材創作的收穫季節。這一標誌便是敘事散文《故鄉雜記》（1932 年 6 月）、小說《騷動》（即《子夜》第四章，1932 年 7 月，單獨發表）和《春蠶》（1932 年 11 月）的接連問世。緊接著在小說與散文這兩種體裁上，農村題材的描寫更是呈現出了碩果累累的景象。1933、1934 兩年，被茅盾快慰稱作「是我寫農村題材的『豐收年』，」。當然，事實上還是以「農村三部曲」（《春蠶》、《秋收》、《殘冬》）爲代表的短篇小說，較描寫農村的散文取得了更高一些的藝術成就。

顯然，茅盾這一階段的收穫最爲引人注目。因爲它使人們看到，茅盾是那樣善於以史詩般的筆觸，展示廣闊的社會面貌；精於以鋒利的雕刀，鏤刻農民的藝術形象；也諳於以皴染勾描的手法，描寫生動的江南風情，確實呈現出了追攀《子夜》、呼應《子夜》的情勢，充分顯示了他藝術上進入成熟期的特徵。

〔註2〕 茅盾：《我走過的道路》（中），人民文學出版社 1984 年版，第 59 頁。
〔註3〕 茅盾：《我怎樣寫〈春蠶〉》，《茅盾論創作》，上海文藝出版社 1980 年版，第 65 頁。

（三）「懊惱」與「慚愧」

「豐收年」雖然過去，但並不意味著茅盾停止了對農村題材描寫的探索和努力。事實上，茅盾創作農村題材作品的巨大熱情，在「豐收年」之後並未消失，而是持續地保持著。他仍時或勉力涉筆農村題材，寫出了如《水藻行》、《霜葉紅似二月花》（按，指該長篇中的有關章節，約占全書三分之一，曾題為《秋潦》單獨發表，具有「相當的獨立性」。〔註4〕）、《報施》等小說。我們可稱這一時期為茅盾農村題材描寫上的「延續期」。

《水藻行》（1936年2月）的誕生本身就有一段不平凡的經歷〔註5〕，尤其是它那含蓄深刻的意義和獨特的藝術面貌，都足以引起我們的注意。《霜葉紅似二月花》（1942）中有關章節主要描寫了農民受到資本主義勢力和封建地主勢力的侵害、欺詐和利用的悲劇命運，展現了農民群體自發鬥爭的生動場面。不過，農民形象大都比較模糊。

作為「延續期」重要收穫的《水藻行》、《霜葉紅似二月花》，就寫作時間說，分別是在全面抗戰前夕和相持階段。顯然，這裡沒有描寫出在血肉飛迸、殊死搏鬥的民族戰爭中「中國的最平凡而其實是最偉大的老百姓」，茅盾曾為此表示「懊惱而亦感慚愧」〔註6〕。不過，《報施》（1943年7月）對此是有描寫的，但小說只側筆勾勒了一個關心抗戰並投身其中而聞名於民間的農民陳海清的形象，卻未作正面描寫。其他農民形象也都不夠鮮明。因此，就描寫「最偉大的老百姓」而言，也近於聊勝於無。所以茅盾的「懊惱」「慚愧」，在相當意義上並非屬於自謙。

或許，這也是他對自己整個創作歷程「回顧」的一種「苛責」罷：農民形象系列在他的民族資本家、時代「女性」的系列人物面前，不是有些單弱麼？然而儘管如此，茅盾在農村題材描寫上踏出的足印，於艱辛中還是顯現著為世人矚目的「偉大」。

二

前面所言還必須再從橫向研究中方能得到證明。

〔註4〕 莊鍾慶：《茅盾的創作歷程》，人民文學出版社1982年版，第321頁。
〔註5〕 茅盾：《我走過的道路》（中），人民文學出版社1984年版，第353頁。
〔註6〕 茅盾：《談我的研究》，詳見《茅盾論創作》，上海文藝出版社1980年版。

（一）「『人』──是我寫小說的第一目標」。〔註7〕

可以說，在茅盾的農村題材描寫上，每當他能夠很好地貫徹把「人」作為描寫的「第一目標」這個原則時，成就就大，反之則小。說得詳細些便是，當茅盾對「人」觀察精微並特別注重於農民形象的塑造時，其所獲得的藝術成就就很大或較突出；而當他不那麼重視對農民形象的塑造或沒有正確地、有區別地描寫農民時，相對而言，成就就較小或竟基本歸於失敗。

最能體現茅盾在研究「人」方面的深刻透闢、與時代的脈搏息息相通的「農村三部曲」，標誌著茅盾把農民作為他描寫的「第一標準」獲得了卓越的成就。尤其是對老通寶這樣舊式農民的典型塑造，達到了罕有的藝術境界。這突出表現在：首先，是把老通寶置於極其廣闊的時代背景上。我們很容易看到，老通寶與吳蓀甫、林老闆一樣被罩上了「破產者」的冷光，充當了連環破產悲劇的劇中人；在茅盾筆下的都市、鄉鎮、村莊連成一片的巨大而完整的「時代鏡面」中，老通寶當之無愧是極為重要的一個主角。其次，是具體描寫上的真切、細緻與多層次性。老通寶既對養蠶有「大希望」，行動上也有大幹勁。尤其是那一顆飽經風霜的心靈仍是那麼勃勃地而又躁急地跳動著。我們看到，他時而心生希望，難得地笑一下，旋即又為蠶事的憂患所壓倒，苦惱異常。他對蠶事的經營態度之認真、虔誠簡直達到了無以復加的程度，以致於他對各種各樣的人採取了不同的態度，對多多頭的譴責，對荷花的忌恨，對四大娘的不滿，都充分顯示了他那種含辛茹苦、堅韌耐勞而又心地狹窄、暴躁易怒的性格。在《秋收》中，老通寶的性格有了進一步的發展，一方面他迷信、頑固、保守的性格顯得更加突出了，另一方面畢竟因為嚴酷事實的教訓，對多多頭所持態度已「開明了」，這更加強了老通寶性格的豐富性與完整性，使其具有了更大的典型意義。

貫串於「農村三部曲」的一個重要人物──多多頭，則是一個初步覺醒並勇敢地投入了反抗鬥爭的青年農民形象。他與其父老通寶之間，明顯呈現了「代溝」的現象。當然，他並非是「小長毛」轉世，生就長了「反骨」，只因為他少有因襲的重負，動盪急劇的社會變化和青春的活力促使他大膽地觀察、認真地思考眼前的現實問題。如果說，在「農村三部曲」一開始出現的多多頭，還是一個從勞動中汲取快樂，開朗而單純，時而又耽於戲謔的農村青年的話，那麼，他漸漸地便從一味俯首勞動中越來越高地擡起頭來，放開

〔註7〕 茅盾：《茅盾論創作》，上海文藝出版社 1980 年，第 475 頁。

眼界，敏感地對現實變化作出有利於自己階級的反應──他要看看前面是否有路。他不信「鬼禁忌」、老傳統，他要自己思考；走上反抗的路，領頭搶米、吃大戶、襲擊「三甲聯合隊」；對受歧視的荷花，除了同情、寬容之外，他還想弄明白這種不平等的原因。總之，茅盾通過多多頭由「春」而「冬」的變化，寫出了基本上屬於新型農民的多多頭的逐步覺醒並走上反抗之路的全過程。

再譬如《水藻行》中最主要的人物形象財喜，也是一個很成功的農民形象。茅盾立意要「塑造一個真正的中國農民的形象」，這個形象的特徵是「他健康，樂觀，正直，善良，勇敢，他熱愛勞動，蔑視惡勢力，也不受封建倫常的束縛。他是中國大地上的真正主人」。〔註8〕作品中的財喜，應該說，正是這樣的農民。從作品的具體描寫中，我們看到，茅盾主要通過對財喜、秀生、秀生大娘這一患難之家的解剖式的描繪，富有象徵意味地展示了中國農民的全貌：身心俱健、充滿希望的農民與身心交病、頹喪無能的農民以及含辛茹苦、具有傳統美德的農村婦女正是中國農民的三大部分。無疑，身心俱健、對生活充滿希望和信心的財喜，在作品中最為鮮明突出。與秀生的病羸相比，財喜勞作奮力，賽若駿馬健牛；與秀生的長年萎靡相比，財喜充滿著旺盛的活力和果敢的意志。他支持著這個處在崩潰邊緣的家庭，卻從不以恩人自居，更無意於要侵佔這個家，而只是著意於使秀生、秀生大娘「好好活著」。為此他奔波操勞，毫無怨辭。雪巾為秀生披上從自己身上剛剛扒下的破棉衣，早早起身為秀生去抓藥，趕走逼迫秀生出工的鄉長等行為，無不顯示了他正直、善良而又勇敢的性格。

當然，我們不能設想茅盾是在塑造「完人」式的農民形象。人們之所以一向很少談及《水藻行》，其中很重要的原因，大概便在於其中有關於「亂倫」的描寫，財喜與堂侄媳竟發生了性愛關係，這似乎對財喜的形象有根本性的損害。對此，我們這裡想多說幾句，表示一下不同的看法：其一，財喜最主要的美好品格已從上述的那些行動中體現了出來。其二，即使就財喜與秀生大娘的性愛關係來說，也必須作具體分析，並不能全盤否定。首先，財喜的這種行為確也體現出了他「不受封建倫常束縛」的一面，但同時他又有為情欲所縛而顯得粗莽放縱的一面。其次，我們必須注意這一事件背後真正的社會歷史內涵。正如恩格斯所說：「一切已往的道德論歸根到底都是當時

<hr />

〔註8〕　茅盾：《我走過的道路》（中），人民文學出版社1984年版，第353頁。

的社會經濟狀況的產物。」〔註9〕如果我們考察一下：爲什麼財喜無以成家，秀生無以治病，秀生大娘無以擇夫，那麼就會獲得更深刻一些的認識。再次，尤其是那時充斥於社會的婚姻方面的陋俗、惡俗，比如買賣婚姻、招養夫婚、典妻婚、冥婚、共妻婚等等，當時尚「合理」地存在於民間。那些有錢的人或鄉間浪子潑皮均可以胡作非爲，「暗門子」星羅棋佈……。在這樣的社會現實和風俗的包圍中，財喜相信他與秀生大娘的愛情是純眞的，也是有一定道理的。又次，從審美角度看，茅盾筆下的財喜由此也顯得性格複雜化了，從而也更加眞實動人。因爲人的性格總不是單一或單方面的，而是具有兩重組合特徵的。就財喜的性格世界而言，從整體上看，大致是美惡並舉，若從關於「亂倫」的描寫上看，則可以說是「美醜泯絕」〔註10〕。總之，我們決不能拘執、狹隘地看待財喜這個農民形象，應從全面深入的分析中去引出結論。

僅從以上簡略分析中，不難看出，茅盾是把「第一目標」積極付諸創作實踐的，而且取得了相當豐碩的成果。但是，我們也應看到，在某些情況下，茅盾在寫「人」方面，還確有比較明顯的不足之處。

如有時茅盾把藝術的筆觸更多地運用於對某種社會現象或場景的描寫，對「人」的刻劃相對便減弱了，沒有很好地把寫事與寫人統一起來。如《當鋪前》，給人印象較深的是那幅當鋪前的「窮人圖」，而主人公王阿大卻很容易滑過人們的注意；《霜葉紅似二月花》對場面刻劃也多用了心力，只寫出了一些「剪影式」的農民形象。有時茅盾由於主客觀方面條件的限制，沒能「正確而有爲」〔註11〕地描寫農民，比如《泥濘》就是這樣。有時茅盾對筆下人物之間的差異性處理不好，專去表現「集體」形象，在某種程度上受了概念化的影響，如《大澤鄉》可說就是如此，在以上幾種情況下，往往就會影響作品的藝術成就。

（二）「小說就是小說。」〔註12〕

茅盾這話說得斬釘截鐵！茅盾在農村題材描寫上，顯示了兩大特點。

第一，充分注意發揮藝術的美感效用，努力加強「藝術手腕」的表現

〔註9〕 《馬克思恩格斯選集》，人民文學出版社1972年版，第3卷第321頁。
〔註10〕 劉再復：《論人物性格的二重組合原理》，《文學評論》，1984年第3期。
〔註11〕 茅盾：《我的回顧》，《茅盾全集》，第19卷，人民文學出版社1991年版，第406頁。
〔註12〕 茅盾：《王魯彥論》，見《茅盾論創作》，上海：上海文藝出版社1980年版。

力。首先，表現在典型化方法的成功運用上。茅盾以現實主義的創作原則
指導自己的小說創作，把塑造藝術典型視作最重要的使命。他說「人物是
本位」〔註13〕。他對生活的觀察、概括、提煉，都以鎔鑄人物形象為歸宿。
《春蠶》的創作便是一個突出的例證。我們知道，茅盾生平所接觸的農民中，
以故家裏常見的「丫姑老爺」為最熟悉。他們的所思所感與所痛，茅盾早就
有深刻的體察。後來當「豐收成災」作為一種歷史怪事而顯得刺目的時候，
茅盾就以更高、更寬的視角，把「丫姑老爺」的形象充分典型化，使由「丫
姑老爺」為模特兒而來的老通寶的形象，具有了極其廣泛的典型意義。其次，
要使人物成為「圓活的藝術」，則必須很好地調動各種具體有效的藝術技巧。
比如心理刻劃，向來是茅盾最擅長的表現手法之一。對老通寶、林沖等人物
的心理刻劃之真切細膩固不待言，就是如《當鋪前》這樣在人物塑造上尚未
達到「上品」的小說，在細節描寫、環境渲染中也有透闢巧妙的心理刻劃。
如第一場景中寫王阿大於黑夜將明的嚴寒中出門去當衣服：作者寫了王阿大
對著一包爛衣服而泛起的悲苦回憶，同時又寫了王阿大的悲歡哭泣與手的抖
顫，以及出門時把自己破夾襖脫下扔給老婆等細節，真正是達到了字字融
情、筆筆有韻的佳境。茅盾描寫人物，當然不會忽視社會環境的描寫。如對
老通寶順應民俗習慣而以大蒜頭預卜吉凶或呼荷花為「白虎星」的描寫，也
充分顯示了環境描寫的真切和具有濃鬱鄉土特色的特徵。至於通過個性化語
言揭示人物性格，這對茅盾來說應是困難的事。多少人都在寫人物對話時露
出了知識分子的「臉面」，儘管「衣服」是農民的。茅盾卻終能克服了困難，
很生動地寫出了人物的聲腔口吻。這在像四大娘、六寶、荷花這類出現在「農
村三部曲」中的婦女形象身上也表現了出來。一般來說，勞動婦女往往都帶
上點大自然的粗獷氣息，顯出幾分潑辣勁兒，但四大娘說起話來潑辣中含有
老成持重的特點，六寶潑辣中含有熱情、嫉妒的特點，荷花則於潑辣中含有
輕浮而又開朗的特點，人們聞其聲則可知並非是雷同的形象。說起小說的結
構來，「農村三部曲」最有特色，即各自獨立成篇，又明顯地連綿相關。尤
其由於這種「連續性」的存在，使得小說的內蘊較之於各個獨立的單篇則更
為豐富、深刻了，同時也顯示出作者在塑造農民形象上的某些發展和變化。

　　第二，既重視世界觀對創作的指導作用，又堅持與「概念化」作不懈的
鬥爭。在茅盾的文藝思想及作品中，滲透了理性的精神。其理性的強光時常

〔註13〕茅盾：《創作的準備》，上海：生活・讀書・新知三聯書店，1951 年版。

把人們的眼睛映得雪亮。他說過，沒有進步的世界觀，作家無異於「明眼的瞎子」；〔註14〕他甚至說他自己「老是先從一個社會科學的命題開始」〔註15〕去構思小說。但我們又不能不看到，茅盾誠為藝術的忠臣，對「概念化」作無畏鬥爭的戰士。他不僅對別人作品中出現的概念化傾向當即加以針砭，對自己更是嚴於解剖。否則，他就不會有效地、很快地摒除殘存在《大澤鄉》等作品中的「概念化」氣息，寫出像「農村三部曲」、《水藻行》那樣具有很強藝術魅力的佳作。

的確，由於茅盾能高度重視「藝術手腕」的磨練，並與「概念化」，作不懈的鬥爭，所以他創造出了一系列成功的農民形象，使我們至今仍為之驚歎不已。不惟我們如此，一些外國學者也深深感到了這點。如日本出版的第一本茅盾研究專著《黎明的文學》就這樣讚譽道：「老通寶一家包括小孩子在內的三代人，不僅寫得個個栩栩如生，而且通過一家暗示出這個村莊的悲慘命運。」〔註16〕然而，嚴格地說，在寫人方面也還存在著一定不足。從大處說，就是茅盾筆下，農民多還是舊式農民，對具有新式農民特徵的人物刻劃，也基本停留在對其自發鬥爭的描寫上，顯示了一定的局限。從小處說，也就是每每在寫農民作出激烈反抗的行動時，在藝術處理上還未十分熨帖。如《殘冬》中寫到多多頭對所謂「真命天子」送一聲輕蔑的「滾你的吧」和《水藻行》中寫財喜怒斥鄉長：「你這狗，給我滾出去！」，這兩個情景雖然有力地表現了主人公反抗叛逆的精神，然而倘若仔細推敲一下，便會在讚許中感到一點遺憾。前者未有很好地鋪墊便落筆到多多頭們的「夜襲」上，使人似乎感到有點突兀；後者在沒有交代財喜是否考慮了「替工」的情況下，便寫出財喜暴發式的舉動，中間也似乎脫了一個小環節。當然，這些畢竟是很次要的。因為就總體上看，茅盾始終堅持了「小說就是小說，不是『宣傳大綱』」這一創作原則。

事實證明，那種以為茅盾對農村題材的描寫是概念化說教，是愈來愈「馬克思上義化」，因而藝術價值不大的說法固然是歪曲，但我們也應科學地來看待這方面存在的不足之處。

〔註14〕茅盾：《創作的準備》，上海：生活・讀書・新知三聯書店，1951年。。

〔註15〕茅盾：《我怎樣寫〈春蠶〉》，《茅盾論創作》，上海文藝出版社1980年版，第65頁。

〔註16〕〔日〕松井博光：《黎明的文學》，杭州：浙江人民出版社，1982年，第176頁，高鵬譯。

三

　　有比較方能鑒別。茅盾的農村題材描寫的得與失，也可在多種比較中更清晰地看出來。

　　首先，是自身比較，即拿茅盾的農村題材與其他題材的描寫作比較。在這裡我們想談這樣兩點：其一，茅盾的農村題材描寫，無疑拓展了他的藝術天地，使都市、鄉鎮、村莊打成一片，展現了一面眞實意義上的「大陸式」的「時代鏡子」。顯然，三足失一，將會使這面「時代鏡子」在「全盤」意義上減色不少；但從總體看，較之於對小資產階級知識分子和民族資本家的描寫，茅盾對農民的描寫一方面顯示出了獨特、嶄新的藝術面貌，另一方面也顯示出了某種有意爲之、勉力爲之的特徵，有時甚至有勉爲其難的意味。因爲茅盾由「不敢寫農村」而終於敢寫了，這轉變是在極其強烈的理智力量促使下完成的。就在《大澤鄉》等歷史小說寫作之前，茅盾「想改換題材和描寫方法的意志」就「很堅強」了〔註17〕。從茅盾的實際創作來看，勉力爲之，知難而進，令人殊覺可貴；然而勉強爲之，操之較急，也往往給他農村題材的描寫帶來了一些令人無法迴避的不足與缺陷。其二，通過農村題材的描寫，茅盾在藝術上衝破了「自己所造成的殼子」，創建了新的藝術風格。茅盾曾認定他早期的創作形成了一個「套子」模式，因此他決意「從自己所造成的殼子裏鑽出來」。〔註18〕農村題材的創作就可以說是他「鑽出來」的結果。我們從他的農村題材的代表作「農村三部曲」中，雖然也可以看到在某些方面與過去的創作有著明顯的繼承關係，但更易於看到許多新的變化。比如，與前期作品的那種「綿綿幽怨和激昂奮發的調子同時並在」〔註19〕的近似抒情詩般的風格不同，「農村三部曲」則以莊重深沉與渾厚遒勁相交融的近似史詩般的風格見稱。「農村三部曲」遵循著現實主義的創作原則，以兩代人的生活史展示了中國大地上發生的深刻變化。三個季節，三種氛圍，三番變化，舒展而自如地彙來眾多的事象與人物，既沉穩凝重而又勁挺明快，既憂患含憤而又情趣盎然。尤其是，與前期以大革命時代的社會畫面爲背景，著力捕捉青年知識分子思想感情的升沉變化不同，「農村三部曲」則從帝國主義侵略造成

〔註17〕茅盾：《我的回顧》，《茅盾全集》，第 19 卷，人民文學出版社 1991 年版，第406 頁。
〔註18〕茅盾：《我走過的道路》（中），北京：人民文學出版社，1981 年。
〔註19〕茅盾：《從牯嶺到東京》，上海文藝出版社 1980 年版，第 28 頁。

中國愈趨殖民地化的大背景上，既著眼農民的經濟地位的變更，特定時代條件下的悲劇命運，又細膩地揭示了農民的內心世界，即能夠從緊張的事件和人物之間的矛盾衝突中，精細地鏤刻出人物性格特徵，從而使人物具有了圓雕般的藝術生命力。總之，經歷了艱辛的藝術探索和追求，茅盾終於又獲得了一枚嶄新的像布封所說的那樣的「印章」。

其次，與以前的作家比較。這主要可與魯迅作比較。在新文學史上，魯迅，茅盾作為兩位傑出的現實主義大師，對中國農民有著共同的關切和深摯的愛。但他們描寫農民有先後之分。而後來者茅盾在農村題材領域裏的耕耘和收穫，無疑是對魯迅在這一題材領域開創的現實主義傳統的繼承和發揚。由此也顯示著新文學的發展與變化，茅盾與魯迅相比，畢竟因為時代與個性的不同，顯示了明顯的差別。魯迅，寫的主要是鄉間昏昧中難得變動的人生，挖掘最深的是「國民劣根性」，「怒其不爭」是他對農民抱有的最具獨特性的情感態度；茅盾，寫出的主要是三十年代初期廣大農民陷入破產悲劇的命運，展現了十分廣闊的社會畫面和已在變動的人生，「讚其已爭」可算是他對當時農民抱有的獨特情感態度。就人物形象的特徵來說，魯迅寫出的主要是「古國中的老兒女」，如七斤、閏土、阿 Q、祥林嫂等；茅盾寫出的然也以舊式農民為多，但這些農民身上明顯具有了新的質素，譬如阿 Q 對「假洋鬼子」的「腹誹」與老通寶聽得一個洋字就像見了「七世冤家」的情緒，實質內容就不相同，況且，他已寫出了那麼多具有新一代特性的農民形象，如多多頭、陸福慶、六寶、財喜等。就人物描寫的手法看，魯迅以簡筆勾勒見長，而茅盾則以工筆精描見勝，兩人均能做到逼真傳神。但傳神的深度也有差異，在這點，魯迅以寫人「靈魂的深」〔註20〕見長，而茅盾則側重於透過人物形象的折射，力求顯現社會的「廣」。就藝術格調說，魯迅的冷峻最為逼人，茅盾的熱烈也令人鼓舞。如此等等，都足以顯示茅盾的農村題材描寫是獨具一格的。當然，與魯迅有著某些局限一樣，茅盾也有其明顯的局限。這在前面論述中已經有所說明。

最後，與同期作家的比較。茅盾不僅在反映當時「豐收成災」這一社會現象的小說創作上，首先作出了表率，而且正由於有老通寶、多多頭等出色的典型形象的塑造，使得「農村三部曲」等作品沒有落入當時許多「豐收成

〔註20〕魯迅：《集外集·〈窮人〉小引》，《魯迅集外集》，人民文學出版社 1998 年版，第 91 頁。

災」作品「同能」的案臼。如老通寶與雲普叔（《豐收》）比，雖然在不覺悟
這方面相接近，但老通寶的典型意義卻更加深刻、寬廣。《多收了三五斗》中
憤怒的農民形象則不夠典型，而多多頭這類具有亮色的農民形象，在相當程
度上暗示了一個由無到有並趨向成熟、「遍地開花」的創作方向。當然，茅盾
由於生活經驗不足，限制了他在農村題材領域作出更大規模的開拓，與同期
某些作家比，這可視為一個弱點。

但無論怎樣說，茅盾關於農村題材的描寫，都是一種獨特而重要的文學
現象，理應受到我們高度的重視和認真的研究。

（原刊於《徐州師範學院學報》1985 年第 4 期）

13. 論魯迅、茅盾農村題材創作的定向性

魯迅、茅盾這兩位現實主義大師，儘管他們的整個藝術生命並不僅僅屬於或並不主要屬於農民，但他們的確都曾把自己的全副心靈主動地投向農民，充滿激情地寫下一篇又一篇農村題材的作品（主要是短篇小說和敘事散文），並分別成為本世紀二十年代上半葉與三十年代上半葉該類創作中的具有獨創性、代表性的作家。本書擬就他們作為創作主體與創作客體（農民）於心理上、文學上所發生的關係作一簡略的考察，著重探討作家這類創作的定向性問題。

一

首先來看魯迅、茅盾農村題材創作行為發生的定向性。蘇聯美學家卡崗認為：作家主體的能動性有這樣幾種體現，其一，為了改造客體而定向於它（「它」指客體，下同）；其二，為了認識客體而定向於它；其三，為了評價客體的價值而定向於它；其四，為了聯繫其他主體而定同於它；其五，融合以上諸方面的心理傾向或活動即導向藝術活動〔註1〕。這裡儘管有局限於理性層次之嫌，但畢竟明確指出了作家的心向對創作行為發生的關鍵性作用。應當說，魯迅、茅盾農村題材創作行為的發生也就主要是以諸多的心理「定向」因素為基礎或動因的。

事物的發生總有其一定的過程。大致說來，魯迅、茅盾農村題材創作行為發生的定向性的形成也經歷了奠基、醞釀、形成這麼一個過程。

〔註1〕 〔蘇〕莫伊謝依·薩莫伊洛維奇·卡崗：《美學和系統方法》，中國文聯出版公司 1985 年版，第 208 頁。

在魯迅、茅盾踏上文學道路之前（魯 1881～1906；茅 1896～1916），他們的生活內容主要有兩個方面：故鄉滋養與異地求學。他們的童、少年都是在故鄉度過的。故鄉賦予了他們最初的一切，或可以說故鄉的一切就像天然妙手，把這兩位並非是「農家子」的心靈作了一番十分精緻的塑造，初步構成了他們感受和理解生活的心理「格局」（又譯「圖式」，皮亞傑語）。譬如，無論就社區還是家庭而言，他們仍具有著諸多接觸農民、瞭解農村，熟悉農村文化的有利條件，從而輸入或收納豐富的生活信息，為他們日後的創作尤其是農村題材創作打下堅實的基礎。魯迅當年是不出戶也可與章運水交上朋友，街上的各色傭工如「阿Q」、「小D」之類也司空見慣；尤其是「家道中衰」的經歷，使他與農民建立了更為密切的心理聯繫；「花鳥」般的意象消褪了，置換而來的是受著各種苦痛的農民形象。茅盾也於鄉鎮之上「天天接觸到農民」，鎮上的繭行、桑市，家中的女傭和常來走動並談得攏的丫姑老爺，全家鍾愛的蠶兒和滿眼的桑田阡陌、河汊農舍等等，同樣通過無形的媒介把農民的窮愁苦樂點點點滴滴地注入到他的心田，使他的心靈「圖式」中也貯藏了許多有關農村生活的信息，從而影響到後來的自我發展和創作。況且，活生生的民族文化籠罩了一切，也必然制約著作為「中國人」的自我塑造。大禹遺風、烏鎮傳說、古代典籍、野史雜記、民間戲劇、故事等等。或雅或俗，或粗或細，都充盈著豐厚的農業民族心理意識，對魯迅、茅盾的「塑造」作用也是明顯的，致使他們於晚年仍深切地感受到「思鄉的蠱惑」（魯迅語）〔註2〕和「隔不斷的鄉思」（茅盾語）。周揚同志曾說「中國是一個落後的農業國，絕大多數的作家和土地與農民都保持著密切的聯繫」〔註3〕。在一定意義上可以認為，舉世矚目的「黃土文化」對包括魯迅、茅盾在內的現代作家的滋育和吸附，造成了描寫中國農民的經久不衰的重要的新文學現象。然而單憑古老的「黃土文化」難以孕育出新的生命，魯迅、茅盾的異地求學把他們帶入了中西文化撞擊、混融的時代浪潮之中。儘管這只是一種開始，卻對他們以嶄新的「自我」出現在新文壇上有著極其重要的意義。如魯迅在南京求學時開始接受進化論，循向而進，在日本又開始了對「國民性」問題的探索；茅盾在北京求學期間，更加嫻熟地掌握了外語這種人生鬥爭的武器，為他當時直接接觸西方文化和以後大量評介外國文學作品提供了必不

〔註2〕 此語雖係魯迅1927年底所說，但也具有「一生」的意味。
〔註3〕 周揚：《周揚文集》（一），人民文學出版社1984年版，第266頁。

可少的條件。簡言之，只有進到「跨文化」的層次，而不只是接受民族文化的塑造才可能有新文學上的魯迅和茅盾。因為傳統的中國文化觀念中的「自我」基本上是順應型的而不是自信型的，只強調「宗祖思維」而將前人奉為聖賢，一味強調向祖先、家族文化的認同或順應。為此產生了一系列嚴酷的族規家法。而這種缺乏個性精神和理想自我意識的傳統文化，與魯迅、茅盾的自我發展顯然齟齬不合，所以儘管他們在更廣泛的意義上仍受著民族文化的深刻影響，但卻終生都對傳統文化的惰性方面持嚴厲的批判態度。

　　這在他們開始文學活動到連續創作之前（魯迅，1906～1918 年 5 月；茅盾，1916～1927 年 9 月）便已表現得相當突出，也正是在這一時期他們開始醞釀農村題材創作的。在對民族命運和文化的關注、反省的前提下，他們都作了大量的譯介工作，從中獲益良多；又熱誠而頻繁地投身到社會活動中去，從實踐中尋找通向人民和拯救人民的道路；時或初探創作的門徑，從中便透露了逐漸貼近底層民眾的心音。在魯迅，可以從他的「棄醫從文」、翻譯《域外小說集》（與周作人合譯）、撰寫《摩羅詩力說》、經歷辛亥革命等等一系列事件或活動中，看出他指向中國農民的「心向」路標。他後來農村題材創作中的許多思想主題、情感意緒，乃至他的藝術觀念和審美情趣也都在這一階段得到了醞釀與建構。如「幻燈片」事件就折射出「阿 Q 的影像」已在魯迅的意識深層拱動；《摩羅詩力說》中所寫的「中落之冑」的炫耀也彷彿就是阿 Q「先前比你闊」的先聲；對「辛亥革命」的獨特感受在《懷舊》中也得到了第一次藝術的凝聚等等。茅盾於「叩文學之門」的初始階段，譯介甚勤，其中頗多農村題材作品，如《伏爾加與村人的兒子米古拉》、《茄具客》、《暮》、《老牛》等等。於評論方面似更出色，既對著名的俄羅斯作家托爾斯泰、波蘭作家萊芒特等在描寫農民方面的卓越成就給予評述，又對國內的農村題材創作尤其是魯迅的創作給予關注和評論。《春季創作壇漫評》、《評四五六月的創作》、《論無產階級的藝術》等綜論性的文章也清晰地傳達出了他對描寫農民的熱切呼籲、精闢的見解和神往的心情。1921 年所寫的《不幸的人》以及「五卅」期間寫下的多篇散文，也已初步表現了他關注現實底層人民痛苦和宣導抗爭的精神特徵。況且，茅盾一直十分傾心於社會政治運動的意向和實踐，使他從由工農參於的「漩渦中心」裏獲得了許多關於農村革命的材料〔註 4〕。諸如此類的選擇、接受與行動，都以魯迅、茅盾前一時期

〔註 4〕　參見 1927 年 5 月份的《漢口民國日報》刊載的由茅盾所寫的多篇社論，如《肇

的主體圖式為基礎，又不斷同化新的生活信息，鑄造新的感知格局或能力，從而不同程度地加速了他們趨向描寫農民的心理進程，並漸至把他們的這種心理趨向轉化為一種定向和一系列的實際創作行動。

幾乎就在魯迅、茅盾開始連續創作之時（魯 1918 年 5 月，茅 1927 年 9 月），他們便開始了對農村題材創作的探索和嘗試，但只有經過「五四」時期（魯）、「左聯」（茅）時期創作上的持續努力，他們農村題材創作行為的發生才顯現出一種定向性，才充分表明了他們這種創作行為發生的非偶然性和相對的穩定性。魯迅在《狂人日記》中就描寫了一些「村人」的側影；《孔乙己》中有對「短衣幫」的素描勾勒。這種背景或局部性的描寫在《藥》中被置換成整體性的描繪，底層的掙扎者成了作品中的主要角色；以下寫出的《明天》、《故鄉》、《阿 Q 正傳》等等小說，便確立了其創作行為發生的定向性。茅盾由中篇小說《動搖》對農民的片斷性描寫，到「農村三部曲」等一系列創作的完成，也克服了一度因《泥濘》（1929 年 4 月）的「失敗」而產生的某種畏難情緒，從而由對農民的局部性描寫進到整體性貓寫，由單一描寫進到連續性描寫，以此顯示了相應的定向性。

當然，作為人的心理過程，知、情、意是互相作用、不斷發展的，由此制約著行為的發生，如從橫向上考察，也必然是眾多具體因素整合的結果。這裡不便就此展開詳細論述，僅擬情感因素對魯迅、茅盾農村題材創作行為的發生的推動作用略說幾句。如眾所知，藝術創作行為的發生是以動機的萌發為其前導的，而創作動機通常就以情感的衝動為其表現：「在藝術創作上可以這樣說，能夠激起一個藝術家情感或情緒的東西，也就能激起他的創作動機，二者經常是同一的」〔註5〕。魯迅和茅盾由自己的生活經歷激發起了對農民的深厚的感情。如魯迅所說：「我的母親的母家是農村，使我能夠間或和許多農民相親近，逐漸知道他們是畢生受著壓迫，很多苦痛，和花鳥不一樣了」〔註6〕；茅盾也說：那些「丫姑爺」，「他們倒不把我當外人，我能夠聽到他們對我所抱的理想的質疑和反應，一句話，我能看到他們的內心，並從他們口裏知道了農村中一般農民的所思所感與所痛」〔註7〕。顯然正是這樣的源頭活

固農工群眾與工商業者的革命同盟》、《整理革命勢力》等等。
〔註5〕 楊文虎：《創作動機的發生》，《上海文學》，1985 年第 1 期。
〔註6〕 魯迅：《英譯本〈短篇小說集〉自序》，見《集外集拾遺》，人民文學出版社 1973 年版。
〔註7〕 茅盾：《我怎樣寫〈春蠶〉》，《茅盾論創作》，上海文藝出版社 1980 年版，第

水流泄出一條澄碧清澈的情感之渠，滿蓄著愛與憎的張力，從而導致了他們創作行爲的發生。即使是個人的日常情感生活，也會對作家的創作生涯產生這樣那樣的影響。如魯迅、茅盾曾程度不同地受到過舊式婚姻的困擾（後來經努力都有所改變），這在他們的創作上也打下了清晰的印記。他們十分敏感於婦女命運的問題，也都關注下層婦女的婚姻問題，不能說這與作家自己沒有密切的關係。而魯迅在這方面則更爲明顯些，對於舊式婦女、舊式婚姻的痛苦印象，促使他孕育了更多的農村婦女形象。誠然，僅憑情感還難說就有創作發生，但它卻可以融化其他的因索，匯合成一觸即發的心理潛流。魯迅、茅盾與農民的情感聯繫也是如此。

二

　　創作行爲既已發生，其本身也具有定向性問題。這種定向性主要是由作家的創作意向、情感傾向或創作個性體現出來的。顯然，導致創作行爲發生的心理潛流在行爲發生後並未中斷，而是外化或物化爲藝術作品，具有個性傾向或個人特徵的作家「自我」也就得到了相應的表現。如果這種「自我」是相對完整而不是支離破碎的，是具有一貫性而非變化無常的，那麼這種「自我」的情志、審美理想、觀察與表現生活的特有方式等等就會顯示出一定的方向性。這與心理學上說的行爲具有方向性是一致的，但又更爲內在和細緻，並且更注重作家個人行爲的特殊性，亦即他的創作個性。

　　筆者曾寫過《論魯迅、茅盾農村題材創作的情理交融》〔註8〕一文，從情與理的角度對魯迅、茅盾的創作個性在農村題材創作上的體現作了論述。該文認爲，魯迅、茅盾都是「理智型藝術家」，在農村題材創作上也都體現出了自己的理智個性：魯迅側重於對農民的精神世界進行藝術的探索，著力描繪出了農民的愚昧、冷漠、甘爲奴隸及相應的凝固性生活的藝術畫面，集中到一點，即魯迅寫出了「靈魂深處未變」，把藝術思維的目的方向引往宣導反封建（間接體現反帝意向）的思想革命；茅盾側重於對農民的經濟生活及政治性的行爲作眞實的反映，著力描繪出農民貧困而蘊熱能、破產而趨反抗的動態性生活的藝術畫面，集中到一點，即茅盾寫出了「社會萌生初變」，主要把藝術思維的目的方向引往宣導反帝反封建的社會革命。對「沉默的國民魂靈」

65頁。
〔註8〕刊於《陝西師範大學學報》（哲社版），1986年第3期。

的集中關注與對始動性社會生活的追攝透視，分別構成了魯迅、茅盾的穩定性心理結構。從創作論上來看，魯迅與茅盾充滿個性的藝術創造所顯示出來的定向性特徵相互之間具有一種互補關係，他們恰好把中國農民的二重性有側重地表現了出來，從而昭示著兩種描寫農民的創作指向，或樹立了兩種描寫農民的範式。文章還強調，「理而情」是魯迅、茅盾創作的藝術精魂，也是他們農村題材創作上體現出來的總體特徵。情感運動的結果是在創作上體現出他們的情感個性。魯迅以「哀」與「怒」的交織顯示出了他的情感個性，如「冰谷的火」，冷得炙人，茅盾以「哀」與「喜」的交織顯示了他的獨特情感個性，如「哀絲豪竹」，淚中有激情。他們對農民的情感態度總的來看可分四個層次：哀痛、憤怒、溫和、熱愛，以其不同的方式組成了各自情感個性的基本結構。明顯的是，從情感的傾向性與理智潛在的制約關係上看，魯迅由「怒」表現出了某種否定意向，茅盾則由「喜」表現出了某種肯定意向（均有很強的分寸感）。

當然，伴隨著作家創作行為的發生和完成，展現在人們面前的也正是浸透了作家理性和情感的以「人」為中心的藝術畫面，對於現實主義的敘事作品來說尤其是如此。藝術形象藝術美的載體，在對形象的經營或塑造上也都會程度不同地標示著作家創作個性的存在。魯迅、茅盾的農村題材創作也就是這樣。簡括地說，在藝術想像方而，魯迅的「反思」性強些，茅盾的「疾思」性（即感應與表現迅速）強些；在典型概括方而，魯迅以深刻的歷史感與現實感見長，茅盾以強烈的時事感與未來感而突出；魯迅筆下的農民形象多具有某種「模糊」性徵（與土地的關係較疏遠或不太密切的非道地的農民）和「醜」的審美特徵，茅盾筆下的農民形象則具有某種「清晰」的特徵和「美」（初變形態）的審美特徵，等等。即使從作品的語言與結構、敘事觀點或描寫技巧上，也很容易看出魯迅、茅盾之間的差異，看出其中創作個性的制約作用。從作家「怎樣寫」的富有個性的表現中，很容易看到作家創作活動的定向運行。

知其然也應知其所以然，那麼魯迅、茅盾由農村題材創作體現出來的創作個性的形成原因也就不應避而不談了。

赫拉普欽科曾說：「作家的個人及其創作個性，是由他那具有充分具體性和獨特性的生活經驗所形成的」〔註9〕。正是由於魯迅、茅盾起自童少年的生

〔註9〕 赫拉普欽科：《作家的創作個性與文學的發展》，上海人民出版社 1977 年版，

活經驗的各自有異，才形成了他們不同的創作個性。如從認識的發展線索上看，少年魯迅在經歷了「家道中衰」的路途上，見到了世人的眞面目，培植了他對世人心靈隱蔽世界的敏感和透視力；繼至青年，魯迅對「國民性」問題產生了長久的興趣，並逐步對「國民劣根性」的亟需改造加深了認識。於是他的農村題材創作（不限於此）便浸透著他那獨特的改造國民劣根性的強烈意識。比較言之，茅盾少年時代的生活較魯迅平順一些，對世人的病態心理體會便不如魯迅那樣深切。但「自我」是可以更新、充實的，青年茅盾就與「五四」熱潮融爲一休，並在政治上進步迅速，進至中年，革命實際鬥爭，使他更貼近了當時受苦受難的「大地」。國際、國內的經濟恐慌和衰敗，多重的盤剝壓迫和風起雲湧的土地革命運動等等，無疑都給茅盾以強烈的刺激和巨大的影響，使他同化、順應生活的重心自然放在了農民的破產與反抗方面，與魯迅有所不同。再如，伴隨著他們生活的各自的情感歷程、性格氣質，也對他們創作個性的形成有著重要的作用。激情、熱情是人追求自己的對象的本質力量，實現自我也要憑藉激情的翅翼。藝術創作尤其需要情感的力量。如前曾提到的舊式婚姻，曾是籠罩許多現代作家心頭的巨大陰影。由於其對魯迅的影響較重，便促使魯迅或自覺或不自覺地對舊式農村婦女給予關注和相應的藝術表現。單四嫂子、七斤嫂、祥林嫂、吳媽等這些婦女形象在一定意義上也與他的這樣心理情緒相聯繫：舊式婚姻加濃加重了他那哀怒交織的複雜情感，觀察封建之毒和病態人心也更敏銳、眞切；導致他的性格氣質趨向抑鬱、內向、深沈，在很大程度上把「家道中衰」時節的心靈創傷「定型」了下來，孤寂、冷峻、堅韌，近距離地觀察、體認舊式女性的心理意識既加深了自己的思考，又獲得了投入創作的情感驅力和方便條件，從而由「叫出無所可愛的悲哀」達到「顯示靈魂的深」。而茅盾，由於他所蒙受舊式婚姻侵害的程度較輕，且又迅速有所改變，使他體嘗著有愛的婚姻生活，故而他所關注和攝入作品的多是有愛可言的農村婦女形象（如四大娘之於阿四，六寶之於多多頭，秀生大娘之於財喜等），流露了他那平和而熱烈、細膩而莊靜的性格氣質。這種近於黏液質的性格氣質與魯迅的近於抑鬱質的性格氣質不同，給他的農村題材創作帶上了一抹純淨湛藍的光彩。

如果相對的把魯迅、茅盾少年時節對農民的情感態度視爲一種「自然態」話，那麼不妨把經過熔煉昇華了的、從他們作品中流露出來的情感態度視爲

中譯本第 92 頁。

一種「更新態」。從二者的遞進聯繫之中，既易於見出他們對農民情感態度的發展與變化，又可以較容易看到他們之間存在的差異與不同。大體說，魯迅情感的「自然態」與「更新態」之間的聯繫既較明顯而且變化也較大。顯然，只有當他從小培植的「哀」情（也有童稚式的歡樂）與中年富於更多的理性的「憤怒」之情緊密交織的時候，他的情感才有了較大的更新和變化。如果說少年魯迅在看到人間不平時主要以「哀」向著民眾、以「怒」向著壓迫者的話，那麼，在後來的創作上，除了保持這種自然的傾向性之外，他還以「怒」向著農民身上的諸多精神疾患燃燒起來了。同時就在這憤怒之火中，反倒更燒出了他那一片至誠的愛的心機，於是構成了他創作上最為獨特的情感特徵。茅盾情感的「自然態」與「更新態」之間的聯繫沒有魯迅那樣明顯，而且在情感表現形態上變化也較小（儘管其內涵有很大的充實和豐富）。他少年時節與農民的情感聯繫較魯迅還嫌薄弱，但後來的革命活動卻成為他這方面情感的強化劑，並且進一步昇華，真正使新思想與新感情融為一體。從而成為他這類創作的堅實基礎。於是在他的創作中就會看到他對「大澤鄉」農民暴風雨般起義的熱烈禮贊，對老通寶（《春蠶》）、黃老爹（《泥濘》）、祝大（《秋潦》）等等農民不幸命運的哀歎和同情，對像多多頭、財喜這樣的具有自強和鬥爭精神的農民的揄揚等。由此也表明茅盾從小逐漸增殖著的對「泥土氣息」的愛，沒有發生像魯迅那樣轉化一把怒火似的變形，使他情感的「自然態」與「更新態」之間在表現形態上保持著基本上的和諧一致，即由愛而流露為喜與讚，使他的作品在一定程度上帶有一種熱烈而明快的色調。另外，也可以從民族傳統和外國文學的雙重影響上來看魯迅、茅盾創作個性的形成。沒有任何作家能夠擺脫民族文化對自己的陶染和塑造，即使是世界進入近現代的開放、交匯的新世紀也是如此。魯迅、茅盾也不例外。他們既對民族文化有接受、順應的一面，同時又有翻新、超越的一面。魯迅從小就與民間文藝和諷刺文學發生了密切的關係，培養了透察封建主義的醜惡和長於諷刺批判的能力。茅盾從小酷嗜「西遊」、「水滸」、「紅樓」，培養了自己富於幻想、抗爭、反叛的思想性格和闊大、從容、舒放的藝術品質。但自從他們接受這種傳統文化薰陶的封閉式環境打破以後，在他們滿眼飄過「歐風美雨」之際，他們的感知「格局」便得到了重新建構，從而獲得了超越由民族文化塑造的「舊我」，由主動擇取、拿來自然進展到更新自己的傳統觀念。這樣就可看到

這樣的情形：魯迅對弱小民族作品的鍾愛，尤其對俄羅斯文學的濃厚興趣和借鑒（如對果戈理、契訶夫、陀斯妥耶夫斯基、安待萊夫等），使他的創作在寫出靈魂的真實、挖出意識深層的隱情而又時或帶上冷峻的諷刺等方面，有效地培植了自己的個性。茅盾則一直希求能夠在外國文學中找到那些可以給人以希望、出路的作品，同時主張逐步改變國內文苑灰頹的氣象；所以他既求助於左拉的寫實，又讚佩巴爾扎克對經濟的洞悉，更熱衷於托爾斯泰和羅曼·羅蘭對人生的真切體驗和朝向理想的強烈追求（儘管這些作家都有種種局限，但都對茅盾有積極的影響），對高爾基和皮涅克等人的革命作品也由衷敬佩和神往等等。這些顯然對他的創作個性有著「塑造」作用。

　　當然影響或形成作家創作個性的因素是很多的，除上述之外。如還有作家所處的時代背景、作家人生觀的面貌乃至某些偶然因素等等，難以盡述。但是，單一的元素再活躍或多量，都無法構成富有創造力的作家個性的世界。魯迅、茅盾由他們創作中顯現出來的個性活力，就有賴於他們各自富有獨特生活經驗和文化心理的主體。而主體的確立，既是不斷建構的結果，又是眾多而非單一的主客觀因素相互作用和調適、整合的結果。

三

　　考察魯迅、茅盾農村題材創作的定向性問題，並非為了滿足思辨的興趣而是因其確有重要的現實意義。

　　譬如，探討其創作行為發生的定向性可以使我們瞭解到，魯迅、茅盾農村題材創作行為的發生是個不斷建構的過程，他們的生命歷程實際在三個層次（奠基、醞釀和形成）上不斷建構了主體自身，由此才導致橫向上心理定勢的形成和行為的發生。從中可以瞭解到，藝術創作確係作家心靈歷史的產物，而非神賜之物。魯迅、茅盾就在自我成長和創作行為發生的過程中扮演著自我導向的能動性角色，把生活的信息內化為自己的文化心理結構，又以此同化著新的生活信息和進入藝術的創作，這樣才使他們從「非農家子」蛻變為優秀的農村題材作家。從理論上講，也說明對作家創作行為的「前史」的研究有其必要性，只要對有代表性的作家創作心理作盡可能全面而細緻的探討，從中就會逐漸認識並歸納出文藝創作上的某些規律。如對「非農家子」作家寫不寫農民完全依賴主體與客體的心理建構水準的高低的考察，就證明在藝術領域裏大講血統論、先驗論、階級論（機械式）的荒謬性。

　　對魯迅、茅盾農村題材創作行爲自身定向性的探討更具有實際的認識與實踐的意義。如上所說，魯迅、茅盾的創作在一定意義上已經爲描寫中國農民程度不同地樹立了兩種指向或範式。如果把視野擴大一點，我們便會看到，迄今爲止，在描寫中國農民方面，「現實主義」的藝術確實顯示著獨特的優越性，並大體遵循著這樣兩種創作範式：其一，是側重揭示「靈魂深處沉滯未變」，主要由魯迅所創建；其二，側重揭示「社會發生初變或巨變」，主要由茅盾、趙樹理等作家所樹立。很顯然，魯迅的告語「吾輩診同胞病頗得七八」和茅盾的志在把民族性中蘊藏著的「善美的特點」「發揮光大」都在今天仍激起悠長的回聲。再者，從魯迅、茅盾具有定向性的創作實踐中也可看出，藝術具有一種神奇的力量，能把人類的理性化作一片情海，揚起瑰麗而聖潔的波浪，去滌蕩這生生不息的環宇。作家的理性與情感本應結爲情投意合的一對伉儷，形成「理而情」的融合體而不應有導致二者離異的偏廢，作家的意向與情感傾向應具有高度的一致性。而魯迅、茅盾對自我創作個性的執著追求和表現，顯然對有志於在文藝創作上「實現自我」的人來說，也具有一定啓發的意義。

　　當然魯迅、茅盾農村題材創作的定向性也有自身的局限性。從心理學意義上講，所謂個性本來就是社會個體人的性格、氣質、素養等綜合體現出來的一種「偏側性」，沒有與眾不同的地方，即無以「個性」名之，在藝術創作上，創作個性也正是創作主體與客體有限統一的產物，它的呈現是「專美」，而不可能是「兼美」，玫瑰花不會散發出紫羅蘭的馨香。所謂「局限性」往往正是作家創作個性光照不及的地方。即如茅盾對社會變化的精密觀察、剖析，感應生活的敏捷以及視野的廣闊和表現上的細膩等個性表現，自然應予稱揚。但正如列寧所說：「一個人的缺點彷彿是他的優點的繼續」〔註10〕，茅盾在極力強化自己創作上的時代性、客觀性的同時，卻在寫「魂靈」、抒情感方面往往不能和其他一些作家包括魯迅相比擬，由於魯迅在創作上致力開掘人物的精神世界，尤其注重追索歷史積澱的舊文明、劣根性在藝術表現上較多地融入了象徵主義的成分，所以在顯示靈魂的深、冷炙、嚴峻而又充滿理性激情的批判與揭露方面，突出地表現出了自己的創作個性，但同時，也就在對生活中動態性的變化多少有些觀照不夠，對群眾和未來有時流露出躓近絕望的苦悶與暗淡的情緒。所以我們只能把魯迅、茅盾視爲新文學苑圍中的兩

〔註10〕列寧：《列寧全集》第 33 卷，人民文學出版社 1985 年版，第 144 頁。

朵碩大而並非十全十美的花朵，受其創作指向或範式影響的作家也至多形成了兩條彩色的河流，並不能以他們來涵蓋整個新文學包括農村題材創作。悅人心目的千變萬化和精神表現個體性的林林總總，無疑是富有生機的春天的象徵，倘若對我國「新時期」文學尤其是各呈其妍的農村題材創作投去深深的一瞥，也就會得到這種清晰的印象。

（原刊於《浙江學刊》1987 年 2 期）

14. 論魯迅、茅盾農村題材創作的情理交融

　　魯迅在散文《無常》中曾說到，鄉間「下等人」所喜愛的「無常」（「無常戲」的主角）有這麼一個重要的性格特點，即「理而情」。值得注意的是，這來自民間露天戲劇舞臺上的「無常」戲似乎給我們帶來了這樣的信息：「無常」的這一性格倒與藝術的稟性暗合。我們認為，魯迅、茅盾的農村題材創作就充分體現出了這樣一個道是「無常」卻「有常」的「理而情」的總體特徵，並從中鮮明地體現著他們各自創作個性的一些主要方面，呈現出了作為「理智型藝術家」所具有的理智個性與情感個性以及二者有機交融的美學境界。

一

　　如按個性心理類型劃分，魯迅、茅盾當為「理智型藝術家」。過去我們著重從社會歷史、政治經濟等角度去探討他們的創作活動及其作品的內容，實際已經為這一觀點作了相當充分的詮釋。對他們的農村題材創作的一系列研究也證明了這點。

　　本書首先注意的是，儘管魯迅、茅盾同屬於「理智型藝術家」，在創作上有許多相通、相近之處，然而細察之，卻不難看出他們各自都有自己的理智個性。

　　體現在農村題材創作上，魯迅側重於對農民的精神世界進行藝術的探索，著力描繪出農民的愚昧、麻木，甘為奴隸及與之相應的凝固性生活的藝

術畫面，並主要把藝術思維的目的方向導向宣導反封建（間接體現反帝意向）的思想革命；茅盾則側重於對農民的經濟政治生活作眞實的反映，著力表現出農民貧困而內蘊熱能、破產而趨反抗的動態性生話的藝術畫面，並主要把藝術思維的目的方向引往宣導反帝反封建的社會革命。換言之，魯迅和茅盾是分別以揭示「靈魂深處未變」與「社會萌生初變」作爲自己藝術光華的輻射中心，並從這裡向四面八方展開自己的藝術畫幅的，從而分別表現出了他們強烈的「變革」精神和由獨特思考所創獲的淵邃精深和準確切實的理智個性，使他們的作品潛沉下了異常堅實的內核。

從「創作論」的角度來看，無論是魯迅的「宣導思想革命」，還是茅盾的「宣導社會革命」，都不是他們農村題材創作的全部內涵，他們各自的突出題旨還是另一方創作的重要補充，由此各自有所側重而又「全面」地反映了社會面貌。雖然如此，我們還是應該循著他們最爲獨出的思考方向去探求，方能更貼切一些地看到他們富於審美個性的獨特思想意識。

魯迅一九三三年曾明確地說過：「說到『爲什麼』做小說罷，我仍抱著十多年前的啓蒙主義，以爲必須是『爲人生』，而且要改良這人生」。「所以我的取材，多採自病態社會的不幸的人們中，意思是在揭出病苦，引起療救的注意」。〔註1〕這裡突出地表明了他創作上題材與主題的特異之處，而這在他的農村題材創作上表現得更其鮮明。茅盾則竭力主張「從周圍的人生中抉取偉大的時代意義的題材」〔註2〕「企圖展示了農村破產的實際，以及促成這破產的種種原因，在這破產過程中農民意識的變動，等等」〔註3〕。茅盾既如此主張，也是身體力行的。

在藝術創作中充滿著「選擇」，而這「選擇」自然是作家主體本質與潛能的一種外化方式。魯迅、茅盾與農民在藝術上的聯繫也正說明了這點。

首先，從題材的時間性這一角度看。魯迅主要是攝取辛亥革命前後到「五四」前後這段歷史期間的農村生活，茅盾則主要是三十年代初期的農村生活。從這裡約略可以看到魯迅「回憶」性強與茅盾「即時」性強的特點。而從作品實際延展的時域中，則更能清晰地看到，魯迅從早期經驗中提取的素材就較茅盾爲多。魯迅農村題材創作基本上選擇的是「舊題材」，帶上了一些「朝

〔註1〕 魯迅：《我怎麼做起小說來》，北京：人民文學出版社，1973 年。
〔註2〕 茅盾：《創作不振之原因及其出路》，《北斗》，第二卷一號，1932 年 1 月 20 日。
〔註3〕 茅盾：《西柳集》，詳見《茅盾論創作》，上海：上海書店，1987 年。

花夕拾」的味道。他從辛亥革命前後的「昨日黃花」的衰色頹顏之中，驚人地開掘出了我們民族「前天」的歷史直至「今日」的悲劇，使作品具有了深廣的歷史意義和現實意義。這正是魯迅從現實出發「返回古代去」，執著地「刨祖墳」所創獲的藝術結晶。從阿 Q 到莊木三，從單四嫂子到愛姑，魯迅對中國千百年來封建「鐵屋子」中生殖著的「國民劣根性」以及封建等級觀念和封建禮教所釀造的弊害給予了最廣泛的也是最深刻的揭露和批判。茅盾所選取的農村題材則主要是「今日」之朝花，帶露折花似為茅盾所擅長；他過去「記憶」庫藏中的素材則作重要的補充材料。他集中關注著當時發生在中國大地上的經濟破產、政治腐敗、農民們由破產而帶來的巨大災難和走向覺醒反抗的一幕幕情景，致力於初步「建立我們描寫農村革命作品的題材」。〔註4〕如果說魯迅的農村題材創作主要以歷史性「反思」與現實性「沉思」見長，那麼茅盾則主要以現實性的「疾思」和鮮明的「未來」意識而顯得突出。

其次，從題材的空間性這一角度來看。魯迅、茅盾的農村題材創作雖都是遵循即小見大的典型概括規則的，但兩相比較，魯迅更傾向於「小」，而茅盾更傾向於「大」。普通的、平凡的而且是「鄉間暗陬」中的老中國兒女的生活，成了魯迅筆下常見的題材，寫出的也就多是「幾乎無事的悲劇」。魯迅很善於從鼻尖一樣狹小的「人生」中，牽出聯繫中國民族整個有機體的根根神經、從而揭櫫「國民性」，展示了廣闊的藝術空間。而茅盾則多攝取那種具有經濟、政治性質的題材，可說是人間「有事的悲劇」，這一類題材往往令人觸目驚心。當時茅盾正欲完成他「農村與都市的『交響曲』」的宏偉藍圖。他的農村題材創作與他的「都市文學」具有著非同一般的銜接性與交融性，從而烘托出「大陸式」的宏大主題。

再次，從題材的特定性質來看，農民與土地的關係以及由這種天然的至密關係派生出的生活圖景，必然都要為魯迅、茅盾所涉寫，但是，在他們的筆下卻出現了不同的情況：魯迅顯然對此未置諸藝術處理的主要地位，而茅盾幾乎在每一篇農村題材的作品中，都把這種「關係」當作藝術的一個聚焦點。魯迅在《故鄉》中表現出了閏土在土地上掙扎的悲苦命運，「閏土」之名就是因為他是「閏月生的，五行缺土，所以他的父親叫他閏土」，似在透露著農民渴盼得到土地的心音。然而魯迅用了遠過於此的筆墨更精心地構描今昔閏土對照的畫圖，尤其是那幅「辛苦麻木」的「石像」與「香爐燭臺」特異

〔註4〕茅盾：《中蘇維埃革命與普羅文學》，《文學導報》，第 1 卷第 8 期。

的組合圖——刻在「我」心靈上的深湛而痛苦的印痕。這種情形在魯迅的其他農村題材作品中都以不同的方式存在著。茅盾則顯然與此有所不同。如果說閏土更以精神上的「破產」——健康神情的喪失和信神、等級觀念的滋長給人以最強有力的沖激的話，那麼茅盾筆下的老通寶則更以物質上的「破產」及由此牽出的社會根源震懾人心，同時也可以看到伴隨著老通寶對土地幻夢的「破產」，他那痛苦的靈魂在掙扎中而漸萌覺醒。從《泥濘》（1929）到《秋潦》（1942）〔註5〕，茅盾展示給讀者的，絕大多數正是以「土地」為紐結點的社會生活畫面。在這裡展示了農民與地主、軍閥、資本家，此村農民與彼村農民等多重矛盾和鬥爭。茅盾對農民與土地關係的關注說明他對經濟、政治關係的社會問題較魯迅更自覺地加以重視了。

這種思想意識上的區別在選擇寫怎樣的人上也表現了出來。我們看到，魯迅筆下的農民，在規定的藝術情景中，都保持了與土地「疏遠」一些的關係，而茅盾的則是「拉緊」了的密切關係。由此導致魯迅筆下的「農民」帶上了一定的模糊性，即多為不地道的農民，如阿Q、七斤、祥林嫂等等；茅盾筆下的農民則具有十分清晰的地地道道農民的特徵，作者抓住這種特徵並把它有意識地突現出來，以此毫不含糊地表明：這裡寫的是中國農民。如老通寶、多多頭、王阿大、財喜等等，甚至他筆下出現的豹子頭林沖、闊左成民，都鮮明地體現著作者這樣的創作意向：中國農民是這樣的或應該是這樣的！而魯迅清晰呈現的創作意向則是要寫「國民」、寫出「國民性」或「國民的魂靈」，這看似游離了「農民」，實際不僅包括了「農民」，還給「農民」增添了藝術的砝碼，使其倍加增強了藝術表現的力量。

由「農民」而及他們的生活，如前所說，魯迅主要攝寫的是「靈魂深處未變」的凝固性的生活圖景，而茅盾著力表現的則是鄉村中帶有「始動」或「初變」形態的社會生活，其主要表現即在於他寫出了農民革命的初步或萌芽。當然魯迅也寫到農民「動」的一面，甚至有阿Q式的革命。但那可以說只是生活表層上的有變，骨子裏卻未曾變動。其主要標誌是社會文化心理結構未變：農民的「辮子」意識與「小腳」崇拜等等，都還一仍其舊。與這種農民生活中「動」的空幻性（如《阿Q正傳》）或收斂性（如《風波》）不同，茅盾筆下的農民生活的動勢和初變形態是明顯的。請看那，「吃大戶」、「搶米

〔註5〕《秋潦》為《霜葉紅似二月花》的後五章，曾單獨發表，有其自身的獨立性。參見《茅盾全集》，第六卷，第245頁。

囤」、「夜襲三甲聯合隊」、齊砸「嘟嘟」嘶鳴的小火輪、怒逐欺凌農人的頑劣鄉長的阿多、財喜等農民與魯迅筆下最富反抗性的愛姑也有了明顯的距離。愛姑畢竟還是那種動而復斂的生活中的一員。茅盾不僅寫出了這種「始動」或「初變」的真實生活，而且使這種生活帶上了明顯的延展性或放射性。即昭示了生活進一步向動和變的方面轉化。他在《殘冬》發表後不久寫下的散文《冬天》中就表達了這樣的信念：「冬天的寒冷愈甚，就是冬的運命快要告終，『春』，已在叩門」。可以說這既是他內心的表白，也是對《殘冬》等農村題材創作的一個極好的注腳。從這裡我們看到，魯迅願望中的「從新開始」，在茅盾這裡則「『春』，已在叩門」。如果說魯迅還只是朦朧地意識到有「路」（《故鄉》），那麼茅盾卻已鮮明地昭示了迎春的道路（《殘冬》）；如果說魯迅在農村題材創作上主要體現了「醫道」精神，力主診斷、療救，那麼茅盾則主要體現了「師道」精神，力主正面啟發與引導。這樣，魯迅便主要在「魂靈」的摸索上，察其未變之實，於剖露其「劣根性」的努力中，顯示了他的思想獨特和精深；茅盾則主要在「社會」的探測上，察其初變之態，於再現其「變動性」的努力中，顯示了他認識上的獨特與切實。從這裡，我們不難看到魯迅、茅盾在農村題材創作上，體現了各自的理智個性。

二

我們認為，「理而情」恰是一個藝術真諦。它表徵著情理二者的合金乃是真正的藝術精魂。因為一般說來，在藝術諸要素之間，「情」處在中介的特殊地位，外向地與形象和藝術方式緊密相連；內向地則與「理」直接相通，並融合成為藝術的內在要素或藝術要表現的真正內容，所以也是真正的藝術之魂。

魯迅、茅盾的農村題材創作就具有這樣的藝術之魂。

儘管我們可以坦然地承認魯迅、茅盾是「理智型藝術家」，其創作上的理性精神非常突出，但同時必須充分注意，在他們作品中還匯入了能夠溶化這些「理性」的情感，顯示出了他們各自豐富而複雜的情感形態，從而體現出了他們各自獨特的情感個性。

應當說，魯迅、茅盾都對中國農民抱有極大的同情和熾熱的愛，同時滲合著許多複雜的情感因素；在作品中又都是內蘊、含蓄而非外爍、傾泄著的。

但魯迅以「哀」與「怒」的交織顯示出了他獨特的情感個性，如「冰谷的火」，冷得炙人；而茅盾則以「哀」與「喜」的交織顯示了與魯迅有別的情感特徵，如「哀絲豪竹」，淚中有激情。並且不難看到，一方面他們的「理性」沉澱於情感之中，使各自的情感獲得相應的深度和傾向性，另一方面這種沉澱了理性的情感既給他們頒發了進入藝術創作領域的通行證，又促成了「理而情」的深度融合，達到了藝術的昇華，從而使他們的理性獲得了繆斯的性靈，具有了相應的藝術價值和感人至深的藝術力量。

魯迅說過：「像熱烈地擁抱著所愛一樣，更熱烈地擁抱著所憎——恰如赫爾庫來斯（Hercules）緊抱巨人安太烏斯（Antaeus）一樣，因為要折斷他的肋骨」。〔註6〕可以說，當年魯迅就非同尋常地熱烈擁抱著他的所憎——「國民劣根性」，並以此為中心，匯來了他複雜而充盈的感情：憎而怒，哀而憐，這一切又無不「總根於愛」。我們從這裡正可以看出他對「國民性」問題行進藝術探索的那種「執著如怨鬼」、「沒有已時」〔註7〕的堅韌個性，看到他那顆掛滿冰凌卻又燃燒不止的心靈！

這顆心靈通常都是避居在以灰暗為其表徵的農民形象身後的。鄉間「出場」的人物七斤，就是只知道「雷公」、「蜈蚣精」、「夜叉」，皇帝要「辮子」、「十八個銅釘」的破碗……這樣的一個人，他居然憑這些還贏得了村人及潑悍妻子的「尊敬」！阿Q這位口喊「手執鋼鞭……」者，實卻空空兩手，但又能無往而不勝——他有應世的法寶，就是「精神勝利法」；看他自發地親近「革命」了，但又與「革命」甚為隔膜。這樣的農民和他們所處的環境，都深深地陷在愚昧、麻木、冷漠的大澤中，這裡是一片真正的荒原，這裡的人們以安於奴隸地位的「常態」而扮演著「哀莫大於心死」的悲劇；這裡似乎從未增殖一點綠色的生命，哪怕只有一點苗頭，旋即復歸它那荒涼空曠、黑雲低垂的原貌！這怎能不引起偉大的愛國主義者、急進的革命民主主義者的魯迅沉痛的「哀」與強烈的「怒」呢！如果說「哀其不幸，怒其不爭」這種深廣的「憂憤」是魯迅常秉的對待農民的情感態度，那這也主要是哀其不爭之不幸，怒其不幸而不爭。其實，這裡的「不爭」是指兩種情況而言的，一種是「閏土型」的無意於抗爭的「不爭」、一種是「愛姑型」的不能抗爭到底的「不爭」。這兩種情形都足以使魯迅怒極，所以他一方面順應生活本身去寫

〔註6〕 魯迅：《且介亭雜文文集》，北京：人民文學出版社，1973年。
〔註7〕 魯迅：《魯迅全集》，北京：人民文學出版社，1981年，第三卷第48頁。

實，一方面又執著地從「石像」般靜定的面孔上和貌似「強者」的魂靈中看出並挖出那爲害無窮的奴隸根性。爲此他的心一次又一次地劇烈絞痛起來，從閏土的禮拜神明和愛姑溫婉情態的復歸中，我們分明可以聽到魯迅那沈雷一般的哀音與怒吼。

茅盾懷著崇高的責任感，敏銳地感發蘊含於生活變動之中的信息，以滿腔熱情和強烈的新鮮感投入創作，莊重而敏捷地把向還發燙的生活和他內心的溫熱一起捧獻給當時的廣大讀者。我們不難感受到，茅盾在農村題材創作上，既深切地爲農民悲苦的破產命運而哀痛，又於憂患之中萌發了欣喜的春芽。因爲就在這「村中憂患」綿綿之中，他又看到了農民們已不只是束手待斃而是奮起反抗，至少他已清清楚楚地看到了這種由自發向自覺反抗移行的喜人趨勢。他在散文《鄉村雜景》裏說道：「我愛的，是鄉村的濃鬱的『泥土氣息』，不像都市那樣歇斯底列、神經衰弱，鄉村是沉著的、執拗的，起步雖慢可是堅定的。」〔註8〕顯然這裡暗示著茅盾對農民性格的獨特理解與把握。由此也表明了，茅盾的「哀」固無涯，但「喜」（喜其所爭）卻有其內在的規定性，由「喜」而生出的「贊」也於熱烈之中沒有失去一定的分寸感。即均有「度」上的限制與把握，與那種盲目的樂觀、「革命的羅曼蒂克」判然有別。他筆下的農民從老通寶、阿四到阿多，從王阿大（《當鋪前》）、財喜（《水藻行》）到祝大（《秋潦》），在趨向抗爭方面，都顯示著層次或程度上的不同，也透示著茅盾「愛」的緣由：農民們必將次第而進，愈來愈快地走上自覺反抗的道路！

就實際情況考察，魯迅、茅盾對農民的情感態度似可分出這樣四個層次：哀痛、憤怒、溫和、熱愛。總的看，這四個層次上的情感態度固然都爲他們所具有，但卻各有不同。「哀其不幸」在魯迅已達到了痛心疾首的程度，並由此躍進到「憤怒」這一層次了。而他的「怒其不爭」不僅較那位「摩羅」拜倫有質的區別，與茅盾在描寫那些落後的農民時流露出來的哀惋、痛惜和憤怒的情感也有明顯程度上和具體內容上的差別。因爲在這裡茅盾更接近「溫和」這一層次了。顯然，在「五四」時期，魯迅的先覺性與當時以及他記憶中農民的蒙昧性，在心理上形成了一種鮮明的反差，使他產生了一種「距離感」。不過應該說，魯迅的情感態度在那種極爲畸形而龐雜的社會擠壓下，竟被「扭曲」一些了：他不得不以憎以怒，以巨大的哀憫來表露他對民眾的愛！

〔註8〕　茅盾：《茅盾散文速寫集》，北京：人民文學出版社，1980 年，第 126 頁。

然而，在當時，事實上有距離地審視更能看清楚對象的本身，湧發的情感也更帶有穩定性。於是我們看到，魯迅保持著一位真正「醫生」般的冷靜或嚴酷，果決而凝重地執起解剖刀，看準了瘡癬，毫不容情地切入、剜除……，情之所至，以致時或流露出了諷刺的筆調。這正是「怒其不爭」之情外化的一種結果。比較看，由於三十年代初農民階級有向上浮動的變化，也由於茅盾自覺地向農民移行接近，相對而言，距離感減弱了，而「擺平」的心理體驗給他的創作帶來了更多的溫和與莊重，尤其是在這種情感態度的基礎上，便易於對農民們踏上追求解放的道路而流露出欣喜之情。在這一層次上，魯迅的「溫和」往往是和從「記憶」中抄出的早年意象相關聯的，並且主要是用來反襯現實黑暗、昏昧、無聊的，更增添了哀怒交織的情感。《故鄉》中今昔情景的強烈對照就潛流著作者的這種情感，在《社戲》中甚至也不例外。至於「愛」，這不僅是他們創作的總根，他們情感的最高層次，還是他們「實現自我」的突出表現，顯示了他們與人民融為一體的偉大人格和寬厚的人道主義精神。不過，在這一層次上他們之間也有不同：一是與現實生活的內在聯繫有所不同，魯迅的愛不僅是與恨（類似恨鐵不成鋼之恨）交匯成哀怒的情感波濤，而且魯迅當時對中國農民之愛的現實依據還十分微弱或渺茫，即農民的可愛之處大多還處在掩抑狀態之中；而茅盾的愛已較多地正面表達了出來，借對一些農民身上「美點」的展示，抒發了自己肯定性的熱愛之情，尤其是茅盾已有了一些所愛的具體現實依據：農民們的「美點」不是萎縮、收斂的，而是伸張、增殖的了，二是呈現的色彩與表達方式有異，如前所述，讀著魯迅的《藥》、《風波》、《祝福》、《明天》等作品，即會感到一種「火的冰」一般的冷炙，要穿透冰衣，讀者才能感到魯迅那顆燃燒著愛的心靈。讀茅盾的「農村三部曲」、《騷動》、《秋潦》、《水藻行》等作品，則不難感受到有一種哀痛峻嚴與激昂奮發的調子並在的愛的律動，使人彷彿耳畔鳴響起了「哀絲豪竹」，感到一股淚中充滿激情的沖激力。此外還可以體察到，魯迅在農村題材創作上流露出了他的冷凝、抑鬱、淵邃的精神氣質；茅盾卻較多地流露了他特有的沉靜、精細而又「熱惹惹的」〔註9〕，剛健明朗而又含蓄凝重的精神氣質。

換言之，魯迅、茅盾在農村題材創作中體現出來的情感個性的主要特徵及其多層次的複雜性，組成了他們各自獨特情感個性的基本結構，依其表現的

〔註9〕 茅盾：《西柳集》，詳見《茅盾創作論》，上海：上海書店，1987 年。

強弱、倚重及獨特性來表示則是，魯迅為：哀痛（強）——憤怒（強，倚重）——溫和（弱）——熱愛（強，變形）——→總體具有獨特性；茅盾為：哀痛（強）——憤怒（弱）——溫和（強，倚重）——熱愛（強，常態）——→總體具有獨特性。顯而易見，以上所說實際已是情理一體化的表述了。成功的藝術家的情理共生、交融、昇華的心理過程，本來就是難以分拆得開的。不過，魯迅的意蘊更深藏些，而情感流露反倒外顯些，這些從他作品中富於更多的哲理、心理內涵和較多的「自傳」色彩與抒情筆調上可以得到印證。而茅盾的作品所展示的藝術圖景似更宏大些，國際、國內的陰霾和農民們的掙扎、破產、反抗往往以相應較大的篇幅表現出來，在對涉及的經濟、政治諸關係的形象再現之中，滲透了他的喜怒哀樂，但在表面上幾乎從來不露痕蹟。因此可以說，與魯迅在作品中還表露了較多的「自我」情感體驗不同，茅盾則更多地把這種「自我」情感體驗與時代的命運、民眾的命運「同化」了，把「自我」情感從作品的表層推向深層，從而與「理」更接近了。再者我們當然會注意到，情感的傾向性往往是由理智來制約的，魯迅的「怒」、茅盾的「喜」既主要表示出他們情感個性的差別，從中亦可見出他們理智個性的差異。魯迅的「怒」所外化的情感就帶有明顯的否定意向（帶有激情的理性批判），而「喜」在茅盾這裡的外化情感則帶有明顯的肯定意向（但很講求分寸）。

此外我們還注意到，正由於魯迅、茅盾在創作上一方面努力「求助於常醒的理解力」，另一方面又「求助於深厚的心胸和灌注生氣的情感」〔註10〕，達到了「理而情」渾然一體的境界，情感因素的活躍運動和原動力作用，時或引發他們創作上靈感的激起和非自覺性現象的產生，這也正說明理性是沉澱在情感的深處或極深層的，而情感卻以它的難以抑制的力量推動著他們創作活動的發生與進行。

我們知道，魯迅、茅盾都對「靈感」說不以為然，常常聲明自己是與之無緣的。其實他們的創作並非與「靈感」無涉。拿魯迅《阿 Q 正傳》和茅盾《春蠶》的創作來說，就存在「靈感」發生的痕蹟：阿 Q 在魯迅心中藏有多年了，但一向並沒有寫出來的意思，不意經由「催產士」孫伏園的「一提」，還真「提」起了魯迅巨大的創作熱情，當晚魯迅便提筆，而且筆凋頗合「開心話」的情調，這便說明一時的外部觸媒誘發了魯迅的創作靈感；同樣，茅盾即使意志堅強地追求著農村題材的創作，但也只有在找到「春蠶」時，才

〔註10〕黑格爾：《美學》，北京：中國文聯出版社，1982 年，第一卷第399 頁。

驀然獲得重大的突破，而且，那靈感之潮的湧發就與他看到的一則報紙新聞有關。〔註11〕更何況在《春蠶》發表後，由於回饋信息的積極推動，使他意興盎然地寫下了原來並不曾想到的《秋收》、《殘冬》等作品。

在前而我們已經談到過魯迅、茅盾的創作活動與他們故鄉的密切關係。的確，故鄉成了他們農村題材的「創作家園」。在三十年代初期，茅盾曾屢次返回過故鄉，這不僅使他爆發了巨大的熱情，迎來了豐收的季節，而且幾乎每一篇作品（包括散文），都是他過去記憶中的印象與目前強烈感受相交合、碰撞所產生的靈感之果；魯迅更會由現實的刺激而猛然引發「辛亥革命」前後甚至更早以前對故鄉生活的印象，在「我」貫通昨日與今日的「故鄉」之際，生出無盡的悲哀與憤怒的情感，終至援筆抒寫，竟「不暇顧及」「我的吶喊是勇猛或是悲哀，是可憎或是可笑」了。〔註12〕

再者，我們對魯迅、茅盾創作上的「非自覺性」現象也要給予足夠的注意。

一種情形是，在創作上有時出現了預先未曾料到或無意識參於創造的現象。比如魯迅寫阿 Q 走向「大團圓」，當有人問難時，他才去仔細追想當時構思和寫作的情形，明言「沒有想到」，但由於生活邏輯如此，自己不自覺地循之而動，所以「這也無法」〔註13〕。至於對阿 Q 形象所深蘊的內涵，魯迅也未必全部深思熟慮、十分明晰了；對祥林嫂身受「四權」捆縛與迫害的事理他也未必要加以全部有意識地表現。何況他對「寫農民」這一行為本身的自我意識也有非自覺的成分。因為當時他是專注於摸索國民的魂靈，並非特指「農民」或局限於「農民」的。也就是說，由於他主要是自覺地從宣導反封建的思想革命出發去探索「國民性」，所以儘管他對農民之於中國革命的重要性也有深刻入微的感受，但還未能上昇到清晰而全面的，如後來以毛澤東同志為代表的中國共產黨人那樣的認識程度。然而由於作家創作主體的自覺與非自覺、意識與無意識部分都投入了創作活動，從忠誠於實際生活的現實主義原則出發，這就使魯迅在相當的程度上能夠真實地描寫出反映那些牽動著

〔註11〕茅盾：《關於文藝創作中一些問題的解答》，《茅盾文藝評論集》（上），第 168 頁，並參見李準《從生活中提煉》，《文藝知識》，1959 年 4 月號。

〔註12〕魯迅：《南腔北調集·〈自選集〉自序》，見《魯迅全集》，北京：人民文學出版社，1981 年。

〔註13〕魯迅：《〈阿 Q 正傳〉的成因》，詳見《魯迅全集》，北京：人民文學出版社，1981 年。

農民問題各個方面的完整的藝術畫面，產生了「形象大於思想」的現象：著力剖露國民劣根性卻也寫出了一些農民的美點；未曾以階級分析觀點來認識自己筆下的人物，但人物的階級屬性卻由形象本身得到了一定的說明等等。總之，魯迅決沒有任意削生活之「足」，來適自己理性認識之「履」，這才真正是現實主義的勝利。

另一種情形是，有時於「自然而然地從心中流露」〔註14〕的狀態中，就包孕了一些「非自覺性」因素。從魯迅、茅盾農村題材創作的總體過程來看，他們是自覺的，但他們「自覺」到非常「自然」的地步時，就像血管中流血、噴泉中噴水一般，無須明顯的理性支配、意志努力、便情不自禁地寫出了作品，比如茅盾極善於觀察，並養成了給社會「畫相」的習慣，久而久之，習慣成自然，以致使他每到一地，都決不會空手而歸。他的農村題材創作大都是這樣「自然而然」自覺而又有些不自覺地產生的。

這裡有必要強調的是，其一，情感因素在魯迅、茅盾的農村題材創作中起著舉足輕重的作用，這事實是決不能有絲毫忽視的，它一方面溶化著理性，一方面又呼喚著靈感；一方面使創作的自覺性奏響強勁的主旋律，一方面又使非自覺性彈起動聽的和絃或伴音。其二，當然在魯迅、茅盾的農村題材創作上，有時也存在著情與理未能很好融合、未能達到高度的藝術昇華的現象。如魯迅對「國民性」的認識還帶有模糊性，對其劣根性的極大關注無形中強化了「怒」的情感定勢，由此在很次要的程度上，使「愛」與「怒」之間產生了矛盾，流露了稍多一點的「陰冷」情調；而茅盾在《泥濘》中流露出來的「冷」以及《大澤鄉》等作品流露出來的「熱」都有點失調之嫌：過分任其情感的自流（如《泥濘》的悲觀、傷感）或過分強調理性的自覺控制（如《大澤鄉》的概念化痕蹟）都會給創作帶來某種損害。

三

魯迅、茅盾從農村題材創作中體現出來的「理而情」個性特徵是鮮明的，限於篇本書不擬對其多元而複雜的成因作出相應的說明，僅就以上所述，引出如下一些初步的結論和有益的啟示。

魯迅、茅盾都是「理智型藝術家」。在他們農村題材創作上也流露出了強

〔註14〕魯迅：《革命時代的文學》，詳見《魯迅全集》，北京：人民文學出版社，1981年。

烈的理性精神。從中我們可以清晰地看到他們各自的理智個性：魯迅主要集中寫出了農民（國民）「靈魂深處未變」，把藝術思維的目的方向引往宣導反封建（間接體現反帝意向）的思想革命；茅盾主要集中寫出了「社會萌生初變」，把藝術思維的目的方嚮導向宣導反帝反封建的社會革命。對「沉默的國民魂靈」的集中關注與對始動性社會生活的追攝透視，分別構成了魯迅、茅盾的穩定性心理結構。

如果從縱向即文學史的角度看，魯迅、茅盾充滿個性的藝術創造本身就體現了兩人的一種傳承關係。這表明，不僅藝術的繁榮有賴創作個性的發展，而且藝術的發展更有賴於創作個性的更新與「繁榮」，無論時空距離的遠近，作為一位優秀的作家都不能對於先己而出的傑出作家亦步亦趨地模仿、因襲，而必須執著地建構自己的藝術個性，甚至不惜衝破「舊我」的框架。面對魯迅這位描寫農民的聖手，茅盾有的不僅僅是繼承、仿傚，更重要的則是能夠克盡所能，竭力求新、尋找自我，只有這樣，才真正對魯迅開闢的描寫中國農民這一現實主義「新傳統」加以繼承和發展，為新文學史作出自己寶貴的貢獻。如果從橫向上即創作論的角度來看，除了也有繼承與創新的客觀要求之外，則魯迅、茅盾在農村題材創作上還存在著一種互補關係。即一方的突出題旨還是另一方創作的重要補充，他們恰好把中國農民階級的二重性各有側重地分別表現了出來（他們沒有割裂生活而是各據個性「改造」了生活），從而昭示著兩種描寫農民的創作指向，或樹立了兩種描寫農民的範式。即無論是側重描寫農民身上的缺陷、宣導思想意識更新、著力刻劃心靈，深刻揭示「靈魂深處沉滯未變」，還是側重（微弱側重也包括在內）描寫農民身上的美點、推動社會迅速變革、著力反映社會變化，及時捕捉「社會發生初變或巨變」這樣兩種創作傾向都有其合理性與可能性，同時也昭示著把「寫心靈」與「寫變革」完美統一、平衡起來的創作方向。顯然魯迅、茅盾的創作個性，都是「含有普遍性的獨特性」，在新文學（包括新時期文學）創作中均具有一定的歷史意義和現實意義。

「理而情」是魯迅、茅盾創作的藝術精魂，也是他們農村題材創作體現出來的總體特徵。情感因素在他們的創作中占著舉足輕重的地位，在農村題材創作上也生動地體現了他們的情感個性。魯迅以「哀」與「怒」的交織、茅盾以「哀」與「喜」的交織，分別顯示了他們的獨特的情感個性，並在哀痛、憤怒、溫和、熱愛等四個層次上建立了自己情感個性的基本結構。本書

尤其注意的是他們創作上「理而情」的沉澱與昇華、融合與結凝的總體特徵及其藝術表現。同時也注意到，正由於情感的巨大作用，在魯迅、茅盾農村題材創作上也都存在著靈感發生與非自覺情態等創作心理現象。

魯迅、茅盾的藝術實踐表明，人民之所以需要藝術，主要就在於它有一種力量，能把人類的理性化作爲一片情海，揚起瑰麗而聖潔的波浪，去滌蕩這生生不息的環宇。但當某些提出向「理智和法則」挑戰的人們，一股勁地撲向「情感」的懷抱時，卻應該悟到「理而情」這一「有常」而樸素的道理：在優秀的藝術作品中，情感與理性本應結爲情投意合的一對伉儷，任何留此舍彼、試圖割裂它們的做法都是徒勞的。至於情之所至而產生的靈感與非自覺性現象，對之採取不承認主義固然是不妥當的（也包括魯迅、茅盾自己的某些說法），當然更不能把它們推向極端，把魯迅、茅盾的創作活動歸結爲靈感或非自覺性的產物，或相反，把魯迅、茅盾的創作用靈感、非自覺性的尺規來一一衡量，一旦不合則予以否定。當然我們也不能諱言他們在農村題材創作上，有時情理並未達到高度完美的融合，二者之間存在著明顯的矛盾，致使產生了一些缺欠，不過這也同樣可以引爲鑒鏡。顯然，作爲新文壇上兩面光輝的旗幟，魯迅、茅盾創作上的主導精神並未像某些人蓄意貶抑的那樣，消退了光彩奪目的顏色。因爲僅僅從他們與中國農民在心理上、文學上的聯繫中，我們就可以不斷獲得一些有益的引導和啓示。

（原刊於《陝西師範大學學報》1986 年第 3 期，人大複印報刊資料《魯迅研究》1986 年 5 期全文複印）

15. 著書亦爲稻粱謀——略論物質文化視境中的魯迅與茅盾

　　從文學上看，魯迅與茅盾都屬於眞正的現實主義派，從生活上看，也基本如此。爲社會、國家他們講求現實，爲個人、爲家庭他們也很講求現實。這其中一個重要方面，就體現爲他們的人生目標也有物質文化層面的追求，他們的精神創造活動也與人間煙火包括個人生存需要有著密切的關係。

　　事實上，在「時間就是金錢」的時代語境中，如果說科技就是生產力，那麼也可以說物質就是生命力。沒有物質支撐，人類一切都無從談起。其實，20 世紀中國不僅發生了「人的覺醒」，而且也發生了相當徹底的「物的覺醒」，從而使中國人普遍生成了較爲深厚的「物質文化意識」，走出或基本擺脫了「精神勝利」的圍城，「唯物」主義贏得了重要地位；從物質文化生活的角度來紮實地研究 20 世紀中國文學，研究那些曾經叱吒風雲的文化名人或作家，作爲學術課題也確有必要「立項」；正是在物質與生命的關聯中，人生場上的魯迅與茅盾也要將物質視爲他們的「生命線」，且與他們的精神追求一樣，爲他們生命存在劃定一條粗重的底線。奉獻、犧牲是他們的崇高選擇，但獲取、消費也是他們的正當追求。作爲現代職業化文人，他們始終是在「物質」與「良知」之間努力維持和發展自我生命的。說到底，對歷史上的魯迅與茅盾來說，物質也是他們的「生命線」。茅盾在《我走過的道路·序》中說自己「不得已而舞文弄墨，當年又有『避席畏聞文字獄，著書都爲稻粱謀』之情勢，其不足觀，自不待言。」〔註1〕此語固有謙虛成分，但也

〔註 1〕 茅盾：《我走過的道路·序》，《我走過的道路》，人民文學出版社 1981 年版。

並不全與事實相悖。必須承認，在白色恐怖下的生存策略與文化策略絕對必要，同時只有注意策略的人方能運用頭腦並趨於成熟和臻於成功。茅盾的現實「策略」使他的「從文」也與魯迅一樣，在爲國爲民的視野中既有利在天下的「稻粱謀」，也有基於爲己爲私的現實需要而對物質條件方面的持續追求。因爲對作爲人而非神的魯迅與茅盾來說，「我以我血薦軒轅」的血源與命脈也並不會憑空而來，即使著書爲文本身，也需要起碼的條件（如糧食和圖書等）來維繫，〔註2〕因此「賣文爲生」便構成了魯迅與茅盾長期的基本生活方式，著書與稻粱也存在著「互動」關係。

一

整體而言，物質文化與 20 世紀中國文學可謂關係非常密切。早在中國人尋求突圍之路的近代，其眼光就不由自主地注意到了「經濟基礎」，應該說這種注重物質文化的思維取向顯示了難得的明智。但這種關於物質文化的思維卻相當單一，希求「船堅炮利」，開展「洋務運動」，能生產的東西逐漸多了起來，但卻仍然失敗，於是思維開始從「物質文化」向「制度文化」與「精神文化」層面擴展，探路的觸角也才漸漸有了系統機制與全面功能。但到了 20 世紀末期，中國人的「物質文化思維」才由弱到強，真正達到了一個高峰階段。這在主導方面無疑是件好事。對物質的關注必然生成實效意識，對物質文化的追求和創造自然也會對作家生活與創作產生影響。他們對現實性社會需要的高度重視使 20 世紀中國文學顯現出了自己的特色，也顯現出了自己的局限。在鴉片戰爭以後的一個較長時期裏，被迫走上「洋務運動」道路的中國人與新時期以來自覺發起「新洋務運動」（主動的改革開放已顯示了某種根本變化）的中國人，可以說懷著大致相同的渴望與激情，但整體的物質文化思維圖式卻有較大的差別，即前者比較單一和狹隘，後者則比較全面和開闊；前者意味著簡單有限的模仿，後者卻意味著開放前提下的創造。在舊洋務運動的文化背景上，推行著的文化主張是「中學爲體，西學爲用。」在這種僅僅將西學有價值的部分視爲物質文化的思維格局中，我們自然看不到變革制度文化和精神文化的必要性與緊迫性，也自然仍舊覺得我們自己的文化文學天下第一，制度秩序也井井有條，由此而來社會變革與文學變革也就遭

〔註2〕 參見魯迅：《致曹聚仁》，1933 年 6 月 18 日，《魯迅全集》第 12 卷，第 183 頁。

到了「忽視」。而在開放時代的「新洋務運動」興起與發展的過程中，文學的先鋒性與邊緣化也不可避免地成爲人們格外關注的文化現象。雖然文學曾經是思想解放與改革開放的急先鋒，其作用的顯著是舉世罕見的。但近些年來文學被物質文化浪潮推擠到邊緣位置卻是不爭的事實。不過，並不處於時代的風口浪尖或領先地位的文學，卻也由此開始贏得了更加充分的自由，由此而來的多樣化和自由化也讓人感到了別樣的愜意。

　　在注重物質文化的思維滲透下，務求實效的文學實用目的，對五四文學、左翼文學、抗戰文學、解放文學、建設文學等等，都產生了前所未有的重要影響。這在 20 世紀中國文學史上有著大量的例證，由此也形成了以「務實派」文學爲主流文化代表的歷史現象。但特別應該注意的是，我們在大半個世紀裏還並沒有真正形成建立在堅實物質文化基礎上的務實派。物質生活的貧困、現實社會的變動對 20 世紀中國作家的巨大吸附力和制約力，使他們對文學的現實主義有著更大的熱情和更多的實踐，也實際取得了不少優秀的創作成果。但從內容上看還主要是描寫經濟貧困與政治反抗的鏈式（因果）生活，而這樣的生活景觀顯然很難透出社會物質文化的現代建設方面的信息。作家自身的窮苦體驗往往也使他們在作品中更多地關注物質生活及當下現實需要，而對人之靈魂的深廣與複雜則缺乏充分而又精彩的揭示。同時因受「物質──政治」鏈式生活的制約，遂對政治革命給予青睞，也使「土改小說」、「新民謠」等輝煌一時。從世紀之初孫中山先生領導的民主主義革命，到 1927 年大革命失敗後的繼續革命，再到中華人民共和國成立後的一系列政治運動，以至於慣性太大直接進入了「文化大革命」，結果情形恰如魯迅曾諷刺的那樣：「革命，革革命，革革革命，革革……」。〔註3〕於是殺伐競起，生靈塗炭，這就是典型的物極必反、事與願違。追求在政治上取得勝利原本是爲了解放更大的生產力，卻出人意料地走到了國民經濟幾乎崩潰的邊緣。於是也就失掉了建立在充分豐富的物質文化基礎上的多彩人生，與之相應的文學整體面貌也就不免顯得較爲單調。直到 20 世紀 80 年代中期以後，中國人的物質文化生活包括飲食文化、旅遊文化和服飾文化等才逐漸有了比較明顯的改觀，現代生活體驗的豐富性才有了明顯的增強，在文學作品中也才有了越來越濃厚的現代生活氣息。各種類型的「先鋒文學」紛紛湧現，便是這種生活「刺激」的結果。不過，從歷史與現實的對比來看，前大半個世紀的文學都

〔註3〕　魯迅：《魯迅全集》第 3 卷，人民文學出版社 1981 年版，第 532 頁。

處於時代的前沿地位，可謂非常突出，但其文學性總體而言卻未必與之相適應，而後的文學性則有越來越強的發展趨勢，在中國人的現代生活格局中文學卻又顯得無足輕重了。這種現象的發生主要還是因為物質文化生活發生了重大的變化，「物質──政治」中心與「經濟──娛樂」中心的社會形態畢竟有著明顯的不同。

物質文化與作家的事業性聯繫，除了衣食住行、書寫工具之外，最為密切的莫過於印刷出版發行方面的現實條件。20 世紀中國的經濟狀況整體看相當差，即使能夠「獨立自主」以後也還屬於「第三世界」。自然這是與發達國家橫向比較而言的。如果進行縱向自我比較，中國的經濟現代化程度還是在不斷提高中，特別是在有些方面，物質生產能力提高的速度較之於中國古代，還真可以說是「一日千里」。現代印刷出版發行作為現代文化工業的發展，就為現代作家群體的形成提供了基本的保障。也正是由於有這樣的現代文化工業，作家的物質文化生活才有了起碼的基礎。特別是版稅與稿費，成了作家生存的物質來源。這個世紀的中國作家生存的空間由於找到了更多的物質支持點而贏得了更多的自由，作家的膽識和批判力度自然也與這自由相關。如果沒有這樣的自由，要談新文學則近乎癡人說夢。僅就商務印書館的存在而言，就為近現代中國的文化產業作出了巨大貢獻，同時也為很多文人作家的「就業上崗」提供了許多機遇。比如文學研究會的《小說月報》即為該館主辦，就吸引了許多投身於新文化運動的作家，扶持了大批文學新人，連遠在北京的魯迅、周作人以及新人沈從文等也積極投稿支持（同時也從中受益）。〔註4〕也正是由於當年南方的物質文化條件越來越優於北方，整個文化重心便向南方轉移。許多著名文人作家的南下除了文化事業上的追求，也肯定有著經濟生活方面的考慮。現代作家的文學創作走向社會的前奏是走向現代傳播媒體，因此他們往往與出版界保持了非常密切的關係。比如魯迅與北新書局，茅盾與商務印書館，郭沫若與泰東圖書局，田漢與中華書局，老舍與晨光出版公司等等，都曾建立了至為密切的關係，相互受益的「雙贏」局面給民族新文化新文學的發展帶來了明顯的促進作用。〔註5〕而他們與本地或異地許多報刊的密切關係以及他們往往也投身於媒體傳播事業的事實，都能表明他們對物質文化生活的介入，已經達到了相當深廣的程度。

〔註4〕 楊揚：《商務印書館：民間出版業的興衰》，上海教育出版社 2000 年版，第 104 頁。
〔註5〕 參見周蔥秀、涂明：《中國近現代文化期刊史》，山西教育出版社 1999 年版。

在我國，曾經很長時間被抑制和破壞了的物質生產體系由於改革開放而獲得了巨大的生命力。伴之而生的以休閒、消遣和享樂爲主的大眾文化或文化工業衝擊和覆蓋著市場，與此相應的爲消費服務的文學與文化市場成功地接軌，也刺激了一些文學新現象的發生，如女性作家群的「軀體寫作」、文學與影視的密切配合、報告文學與企業文化的合謀等等，大眾文化的強勁發展促使審美文化迅速重組：崇高讓位、悲劇下崗和詩意引退，流行的則是低俗盛行、喜劇崛起和散文走俏。在這些文學現象中自然經常會攙雜許多非文學因素，甚至會導致文學與作家的墮落，對純文學藝術的創造也會產生遏制的消極作用。比如帶有拜金主義傾向的消費文化、流行文化的大幅度膨脹，其前所未有的猖獗與肆虐對意識形態的一統江山有很大的顛覆作用，此間可謂是利弊兼有，而影響到精神文化創造的隊伍產生了比較普遍的浮躁、惶惑、自信力喪失、不安於清貧等消極情緒，就對文化建設有負面作用，原本蘊藏於個體的文學創造力因而會受到程度不同的阻遏。自然也不能忽視，隨著文學市場的擴大，也能接納更多的文學經典，具有厚重文化意蘊的文學作品如魯迅的小說、沈從文的小說、九葉派的詩歌、巴金的《隨想錄》、余秋雨的《文化苦旅》、陳忠實的《白鹿原》等等都能佔有較大的市場份額，再版次數和印數之多，表明也擁有大量的讀者。即使是帶有一定官方色彩或學院派特徵的與教育青少年密切配合的「百年百種優秀中國文學圖書」的推出，也受到了市場的歡迎。儘管還說不上暢銷，但社會對好的文學作品畢竟還是有一定的鑒別能力並能給予較多的接受。這說明文化界所說的「雙效」（社會效益和經濟效益）途徑也並不是走不通的。而《亞洲周刊》組織評選的「百年中文小說百強」，在「雙效」的獲取方面，大多也是成功的。在此還應特別強調，新時期以來中國物質文化條件的大爲改觀，使影視、電腦、光碟與網路等媒體在傳播中國文學方面也起到了越來越大的作用。〔註6〕美國學者王德威在注意到「20 世紀中國文學與電影的研究，近年在海外有異軍突起之勢」時指出：「文學暨電影工作者還有他們的觀眾，運用想像、文字、映像所凸顯的中國，其幽微複雜處，遠超過傳統標榜知性研究者的視野

〔註6〕　筆者 2002 年 2 月 15 晚使用 2001 年版 GOOGLE 搜索器，在網上可以搜索到有關魯迅與茅盾的網頁：中文與英文網站中有魯迅 118000 項，茅盾 25900 項；所有網站：魯迅是 265000 項，茅盾是 35800 項。數字都相當驚人，說明他們即使在互聯網時代也是重要的文化性存在，但其中茅盾比魯迅總缺一位數，這似乎也是一種象徵。

極限。」〔註7〕鏡象時代的到來對啓動人們的感官無疑起到了積極作用，但同時對文字性讀物的傳播則產生了一定的抑製作用，文學的閱讀和接受也便出現了新的困難。如今人們更樂意隨著當下洋溢著物欲氣息的流行文化而隨波逐流，文學特別是文學巨著的閱讀便成了奢侈或沉重的事情。

二

既然整個 20 世紀中國對物質文化的追求是如此普遍和深切，像魯迅與茅盾這樣關注現實的「現實主義者」便不可能對此視而不見。然而在很長時期裏，人們面對魯迅與茅盾的一生，倍加關注的卻是他們的精神追求，相對忽視的則是他們的物質追求，尤其是諱言他們與金錢的密切關係。然而，他們的精神追求畢竟少不了一個起碼的支點，這就是某些高雅的人們所不願提及的物質或金錢。魯迅與茅盾都畢竟是人而非神的人間證明，便是他們對「物質」及金錢的理解和重視非同一般，同時在日常生活中也在努力改善物質生活條件。他們不僅是爲了生存，而且要提升這生存的整體水準；他們不僅要工作，而且還要體現出這工作的物質性的回報。作爲人生派優秀代表的他們對「唯物主義」的認同，無疑也建立在自己的切身體驗的基礎上。即使從海德格爾的存在主義觀點上看，人的存在也是「存在於世界之中」，而這樣的世界卻也是由人和物構成的，於是人生在世，就總是要與物打交道，與人打交道。這是人生的必然。這也就意味著，人總是無法擺脫、拒絕世界對自己的控制、束縛。因而，人的存在就是一種「沉淪」的狀態。魯迅與茅盾作爲現實主義作家的入世態度，必然使他們的「此在」呈現爲「沉淪」狀態。但這樣的沉淪既屬於必然，魯迅與茅盾即使想加以擺脫也肯定無計可施。在入世中求發展，在沉淪時求上昇，魯迅的「一要生存，二要溫飽，三要發展」的人生格言，在魯迅與茅盾的人生實踐中可以說得到了非常充分的體現。

魯迅在家道中衰的痛苦經歷中，在南京和日本求學期間的清苦生涯中，在政府欠薪的窘迫日子裏，他就深深體會到了物質或金錢的重要性。魯迅少年時曾經生活於「小康之家」，父親比較無能而祖父卻可以領取官俸，又有地租等其他收入，家境殷實，後來卻因爲「科場案」導致「家道中衰」，靠典當度日的苦日子，給魯迅留下了太深刻的記憶；在自己到北京工作時，他也會

〔註7〕 王德威：《想像中國的方法》，北京三聯書店 1998 年版，第 360 頁。

爲政府的欠薪而憤怒而奮鬥，特別是在北洋軍閥統治時期，因經常欠薪也曾借債度日，不得不多次參加索薪活動，言行的激烈也相當突出，但在北洋軍閥政府的腐敗統治下，這種激烈的爭取也收效甚微〔註8〕；在五四時期，魯迅積極從事白話文的寫作，其文化動機中也包含著「著書亦爲稻粱謀」的因素，魯迅曾對鄉友說過：「我的文字是急於要換飯吃的，白話文容易寫，容易得版稅，換飯吃，古典文字有幾個能解讀。」〔註9〕這話如前述的茅盾所言一樣，也有自謙自貶成分，卻更有「實話實說」的坦誠及「讀者意識」的流露。他對物質的看重，從他對女性解放的思考也可以看出，眾所周知的「娜拉出走之後怎樣」的熱切追問與清醒回答，顯然就融入了他自己對社會與金錢的觀察和體驗。而他在《傷逝》中關於「愛是要有所附麗的」話語，更是發自一位哲人的肺腑之言。後來，他與許廣平相偕南下，其諸多打算中就有非常重要也非常實在的一條：先集中精力掙一些錢來，既可以還清欠債，也可以爲未來生計打下基礎。〔註10〕等到他們在上海同居之後，他們對物質生活的關注更是有增無減。儘管他放棄了做官和教書，但「泉」（錢）〔註11〕卻汩汩而來。因爲當時上海出版事業相當繁榮，文化活動也很活躍，這可以使魯迅有充分的條件去當「自由撰稿人」（在從事文學創作和文學活動時則可視爲職業作家）。其中有一段時間，魯迅幸運地被蔡元培推薦爲南京政府大學院特約撰述員，每月能按時領取 300 元津貼，這是相當可觀的一筆收入。但這種待遇從 1927 年 12 月起只維持到 1931 年底。當時魯迅主要精力是放在自己的寫作上，發表文章甚多，並經常結集出版，有著更爲可觀的版稅和稿費收入。與魯迅一生其他時期比較，魯迅這一時期的日子可以說最爲寬裕，生活也最幸福美滿。雖然這只是相對而言，但卻是基本的歷史事實。那些把魯迅晚年生活描述得昏天黑地、危機四伏、痛苦絕望的文字，大約也是「境由心造」，多有誇張的成分或是別有寄託的。魯迅與許廣平到上海後先居旅館，後又四次搬遷。1933 年春搬至大陸新村九號，這是一幢頗爲現代化的房子，水電氣俱備，是上流人或有錢人才能居住的房子。他雖未大力裝修，卻在置辦家俱和

〔註8〕　參見陳明遠：《文化人與錢》，百花文藝出版社 2001 年版，第 27～32 頁。
〔註9〕　轉引自武德運：《魯迅談話輯錄》，北京圖書館出版社 1998 年版，第 17 頁。
〔註10〕　參見魯迅 1926 年致許廣平、李秉中等人的信，《魯迅全集》第 11 卷。
〔註11〕　「泉」是「錢」的古名，《金史·食貨志三》解釋說：「錢之爲泉也，貴流通而不可塞。」在《魯迅日記》中多用「泉」代「錢」。

日用品方面，走在消費者比較靠前的位置，比如他能買電風扇、留聲機等，這在當時都不是一般市民能夠消費的東西。而他更主要的消費是大量買書、經常治病、結交朋友、資助事業、贍養母親和養家糊口等，愈到晚年，魯迅和兒子海嬰都在治病方面花去了許多錢，爲了調節身心還經常看電影。蘇雪林曾在《與蔡子民先生論魯迅書》中說「當上海書業景氣時代，魯迅個人版稅，年達萬元。其人表面敝衣破履，充分平民化，腰纏則久已累累……彼在上海安享豐厚之版稅稿費，又復染指於支配下之某項經費」，「治病則謁日醫，療養則赴鐮倉，且聞將以扶桑三島爲終老之地」。〔註12〕這裡誇大其詞雖然明顯，用意也屬來者不善，但所說的事情卻並非都是向壁虛構。比如魯迅 1933年的收入就達到了萬元以上，有時的消費水準也相當高。即使是最愛講述魯迅艱苦奮鬥精神的許廣平，也在《魯迅先生的娛樂》中說過：「如果作爲揮霍或浪費的話，魯迅先生一生最奢華的生活怕是坐汽車，看電影。」〔註13〕在一段時間裏，魯迅的這種呼朋喚友坐汽車看電影的舉動，頗爲惹人注目，在當時也頗令人稱羨。

然而，魯迅對自己的經濟收支情況卻有很清醒的認識，歸根結底他不是那種揮金如土的爆發戶或腐化墮落的壞分子。他的日記就透露出了這方面的豐富的信息。他的日記裏主要記的就是收支情況，所以在一定意義上也可視其爲一本特殊的「賬薄」。這其實表明他對金錢的「在意」程度也超過了一般人，過去的缺錢的痛苦和現實的花錢的緊迫，也深藏於他的心中。魯迅病逝後，其好友許壽裳認爲其死因主要有三個，即心境的寂寞，精力的剝削和經濟的窘迫，而其中的第三個原因「經濟的壓迫」則爲「最大的致命傷」。這是摯友深知隱情的概括分析，他還介紹說：晚年魯迅的收入只有版稅和賣稿兩種，但版稅苦於收不起〔註14〕，賣稿也很費力，可是開支卻相當多也相當大，

〔註12〕《奔濤》（漢口）第一卷第二期，1937 年 3 月 16 日。蘇雪林也曾說過魯迅與茅盾的好話，如她在《沈從文論》中說：「我們若把茅盾的《春蠶》，《林家鋪子》，丁玲的《法網》，《水》；魯迅的《風波》，《祝福》，《阿Q正傳》等篇，和沈從文作品並讀，便可以辨別出寫作工力的差異來。這就是說茅盾等人的作品好像一股電氣震撼讀者心靈，沈從文的作品，則輕飄飄地抓不著我們癢處。」見《文學》，1934 年 9 月，第 3 卷 3 期。

〔註13〕《1913～1983 魯迅研究學術論著彙編》第 2 卷，中國文聯出版公司 1987 年版，第 1216～1220 頁。

〔註14〕魯迅自己也有話可以爲證，如他在《致周楞伽》（1935 年 12 月 8 日）說自己「最近一個時期版稅欠得一塌糊塗，無奈交給其他小書店出版，版稅又都靠

「所有仰事俯畜，旁助朋友，以及購買印行圖書等費盡出於此。」由於經濟並不寬裕，要顧及的方面很多，所以在治病方面也就盡量注意節約。「他大病中所以不請 D 醫開方，大病後之不轉地療養，『何時行與何處去』，始終躊躇著，就是爲了這經濟的壓迫。」〔註15〕魯迅的學生許欽文在《同魯迅先生最後的晤談》中也介紹了這方面的情況：「還有人責備我，說我以前太不小心，爲什麼不早醫治。不知道我的父親並沒有幾萬幾萬的財產遺留下來的，專管病是先要餓死的。有病要醫，難道我還不曉得！」並且談到魯迅其實也長久考慮過易地療養：「應該調養，我是早知道的；我的病，實在不止一年兩年。不過調養，難道空口說說就可以做到！」〔註16〕關於魯迅與周作人兄弟失和的原因人們有種種說法，但經濟壓力下的糾紛或矛盾無疑是其中最重要的一個原因。對此我認爲周海嬰近期在《魯迅與我七十年》一書中的解釋，確有很大的合理性。〔註17〕承受經濟壓力的生活悲劇確曾在魯迅身上發生。在八道灣住時，魯迅既傳統又理想，要建立大家庭（13 口人），自己拼命掙錢，涓滴交公，每月 300 元左右，還是不夠使用，經常要借債度日，1921 年 3 月，因周作人生病住院，他一次就借了 700 元，沉重的經濟負擔使他心情煩悶，造成經濟困難的主要原因是羽太信子持家無方，過於浪費，魯迅忍無可忍提出批評，便招來污蔑和陷害，致使兄弟失和，分道揚鑣。一個居心叵測的女人要對付一個善良男人最可能使用的一些方法，魯迅可以說都領教了。魯迅爲此大病了一場，心靈深處的創傷可以說終生未能消除。

茅盾祖父等不善理財，而其曾祖父和母親卻很善於理財持家。由於深受母親影響，更由於父親去世前後的日見困難的生活體驗，使茅盾對經濟問題格外注意，處理也比較細心。有祖傳紙店和貨店，即可以證明沈家確與經商有關，然而沈家又實際對經商的具體操作不多，是以「東家」身份獲取一定利潤的。茅盾父親主要學醫，算是個醫生。然而興趣似乎不專，收入不多，他要買書（多是新知方面的書）還得靠妻子的「填箱錢」〔註18〕，可見也是個不會掙錢的。又早去世，自然家境會漸漸衰落下來。對錢的珍惜使茅盾在

不住。」《魯迅佚文集》（下），群言出版社 2001 年版，第 720 頁。
〔註15〕魯迅博物館等選編：《魯迅回憶錄》，專著上冊，北京出版社 1999 年版，第 299 頁。
〔註16〕轉引自武德運：《魯迅談話輯錄》，北京圖書館出版社 1998 年版，第 21～22 頁。
〔註17〕周海嬰：《魯迅與我七十年》，南海出版公司 2001 年版，第 71～73 頁。
〔註18〕茅盾：《我走過的道路》（上），人民文學出版社 1981 年版，第 28 頁。

外地求學時候，對家中給的不多的零用錢很節約。不過當他為了正當事情需要錢時，他的母親也會努力支持他。如他在湖州中學上三年級時，學校組織到南京參觀「南洋勸業會」，報名需交費 10 元，他當時身上只有半年零用錢，總共十來元，便報了名，又給母親寫信，便得到了母親及時的支持。參觀時大開眼界，購物時卻小心翼翼，只花一元多買了幾枚廉價的雨花石和一部《世說新語》，可以看出他在金錢上的謹慎。他能到北京大學上預科，也幸有外祖母給母親的一千兩及其所生的利息。而找到工作後他對自己的勞動報酬自然也會格外珍惜。比如他初入商務工作時就是如此。值得特別注意的是，茅盾到商務工作一年就積蓄了 200 多元！需知他進商務的前 5 個月是每月 24 元，後七個月是 30 元，一年總計才 330 元。這也就是說一年下來，他只消費了一百多元，其中吃喝等花銷之外還要買書、回家探親等。而當時剛工作的他基本上還沒有什麼稿費。此後兩年工資都在增長，到 1919 年春月薪達到 50 元，寫稿也有了較多的出路，平均每月稿費也有 40 元左右，收入便多起來了。於是自己花錢裝修了一個小房間，為的是一個人安靜，寫作效率更高，相應的收入也可以增加。但他不得不經常熬夜，所以也可以說，為了打牢自己的經濟基礎也是當年茅盾努力工作的一個重要原因。隨著經驗增多，見聞豐富，水準提高，茅盾更加忙碌也更會統籌兼顧。在 1920 年，茅盾月薪增到 60 元，稿費也在增多。連母親信中也提出了這樣的疑問：每月 60 元總夠花了，為什麼還要寫那麼多文章「賺外快」？言下之意懷疑他交女朋友，直到她看到兒子要買許多外文書，這才釋然。當 1921 年茅盾主編《小說月報》時，月薪增到 100 元，足夠全家開銷，於是租了房，接來母親和妻子同住，真正養家糊口起來。為了革命勢必要有犧牲，茅盾為當時黨的刊物《新青年》寫稿，就是義務撰稿。當他從「白天搞文學晚上搞政治」變為「連白天都要搞政治」的時候，他對政治的付出與其熱情是同樣在增高的。當他成為黨組織的「秘書兼會計」時，他的辦事能力、理財能力為集體事業所發揮的作用，是無法忽視的。而當為國民黨中宣部及其下屬機構上海交通局做事時，他在經費支出方面也會考慮得很細，做到有條不紊有根有據。如國民黨右派「清黨」時曾查抄了茅盾主持的中宣部屬下的上海交通局，其中有四冊支票存根，便有力地說明該局確曾積極開展工作，而且緊張有序，這在亂世殊為不易；當時他還曾與柳亞子等籌辦擬名為《國民日報》的上海黨報未果，但勞務費他還

是向上級說明，結果柳亞子等人獲得了報酬，他自己也有 80 元；當他任上海交通局代主任時，經費短缺，他就打報告要辭去職務，結果被正式任命為主任，經費由中央特別費下撥。茅盾的實在和務實作風由此可見一斑，他的經濟頭腦在同時期的革命者中應該說也是相當突出的。而當他最終為了革命決心辭去商務印書館工作時，也坦然接受了商務當局給他的 900 元退職費和百元股票。「君子取財有道」，在魯迅與茅盾身上可以說都得到了很生動的體現。

我們知道，近些年來隨著經濟熱潮和文化研究的興起，對現代中國文化人包括作家的經濟生活學術界也給予了較多的關注。陳明遠的《文化人與錢》[註19]，便是這種關注下出現的一個有代表性的成果。讀後會受到許多啟發，但也存在著一些可疑或不當之處。比如書中對魯迅與金錢關係的理解方面，也出現的一定程度的偏差，將魯迅的戰鬥精神之強大和經濟收入之豐厚作了線性的單一理解。事實上，魯迅有堅強的「硬骨頭」精神固然也需要物質條件的支撐，但有物質條件者卻未必都會骨頭硬。這在魯迅與其二弟的比較中就很容易看出來。關於沈雁冰（茅盾）初入商務印書館時工作與待遇的介紹，也出現了資料把握方面的失誤。書中說：「1916 年 7 月沈雁冰進入商務印書館擔任編輯，起初月薪為 50 元，後來增加為 100 元。」[註20] 嚴格說來，此說誤在 3 處：其一是進商務的時間應為 1916 年 8 月，而非同年 7 月；其二是最初擔任的是「函授見習助教」性質的工作，而非編輯；其三是起初月薪僅為 24 元，而非 50 元。沈雁冰北大預科畢業，因家中經濟窘迫而急於尋找工作，他是 1916 年 8 月持商務印書館北京分館總經理孫伯恒的介紹信，來上海見商務印書館總經理張元濟的。張在 1916 年 9 月 27 日日記「用人」項載：「伯恒來信，薦沈德鴻，復以試辦，月薪廿四元，無寄宿。試辦後彼此融洽，再設法。」茅盾在《我走過的道路》中介紹的時間是 1916 年 8 月上旬，但據商務印書館檔案中保存的職員登記卡，則是 8 月 26 日。沈雁冰何時到崗也許是次要的，但說他到商務後的工資待遇達到 50 元，也確實高出太多。「五四」前後的銀元很「值錢」，毛澤東在北大圖書館打工據他自己說每月就只有 8 元。沈雁冰剛工作就有 24 元之多，按說待遇也還可以。茅盾在《我走過的道路》中介紹進商務的情況甚詳，其中也說初入商務工資是 24 元，到次年正月起工資才增至每月 30 元。從求實求細的角度講，沈雁冰剛到商務時所幹的工作嚴

〔註19〕百花文藝出版社 2001 年 1 月版。
〔註20〕陳明遠：《文化人和錢》，百花文藝出版社 2001 年版，第 55 頁。

格說來並不是編輯，英文部的負責人把他分到下屬的英文函授學校，擔任修改學生課卷的工作。因此從工作性質而言，當時沈雁冰是位教師而非編輯，更準確的說法則是「函授見習助教」，因爲這更合乎實情。這函授學校是商務印書館爲了「創收」而建立的，這種經營模式在當初很新穎，在今天則司空見慣。一個多月後他被調到中文部同孫毓修合作譯書，是名副其實的譯者，也還很難說是正式的編輯。看來張元濟用人的「試辦」方式相當明智，即使有沈雁冰的表叔盧鑒泉這樣實權人物的介紹，也還需要愼重考察試用，「彼此融洽」，才能放心錄用。由此說來，商務當初接納了沈雁冰，不久還從事業上眞正成全了他，也許因此他很少計較自己的待遇問題。但這也不能說沈雁冰一直會與商務當局「融洽」下去。即就待遇（主要是大家的待遇）而言，也曾起過紛爭。如 1925 年 8 月下旬商務印書館職工發動總罷工，要求提高經濟待遇。王景雲、沈雁冰（當時爲商務印書館黨組織的負責人）、鄭振鐸等 12 人擔任勞方談判代表，與館方代表張元濟、鮑咸昌、王雲五等進行了有理有據的論爭，結果館方接受了勞方的基本要求，罷工取得了勝利。

魯迅與茅盾都與物質和金錢建立了非常密切的關係，不僅在日常生活中，而且在思想觀念中，都有著這些「硬通貨」的強勁滲透。他們的物質文化觀由此也相當引人矚目。比如，魯迅在分析娜拉們命運時用的就是非常「經濟」的觀點，在分析人性時，也多如此，如他認爲拾煤渣的老太婆與煤油大亨難有共同語言，賈府的焦大也不愛林妹妹的，而他越來越認同的階級分析觀點，根子裏也無疑是物質在起決定性作用。茅盾在五四時期爲女性解放尋路時，也認爲「婦女問題是社會改造問題中的一部分，它的發展和社會的經濟組織有很大的關係」，爲此他甚至格外熱心提倡新型家政，通過辦公廚和兒童公育來解放女性，使女性投入社會和工作，從而贏得自己的經濟地位。〔註 21〕自然，茅盾關心更多的是國家民族的命運，特別是國家現代化道路上民族工商業的發展前景，他對此的集中審視，激發了他巨大的創作激情。他的 13 部中長篇敘事作品中直接以經濟生活爲題材和旁及經濟生活的就有 7 部。據此有學者認爲「茅盾是中國現代作家中最爲關注經濟生活的作家。」〔註 22〕茅盾還曾對滿足於混碗飯吃的苟且人生和相應的讀書態度給予了抨

〔註 21〕 參見《茅盾全集》第 14 卷《我們該怎樣預備了去談婦女解放問題》、《家庭服務與經濟獨立》等文。
〔註 22〕 《茅盾與二十世紀》，華夏出版社 1997 年版，第 13 頁。

擊，認爲人應該努力追求「高貴生活」。〔註23〕在五四新文化運動中崛起的魯迅與茅盾，其物質化的語態顯然值得我們格外關注，由此也可以照見他們終生的一個重要的側面。雖然他們都對過度強調物質的近代病態文明保持著警惕，特別是對拜金主義給予了批判，但對於利國利民利人利己的物質文化追求，卻給予了充分積極的肯定和身體力行的體現。

三

在魯迅與茅盾的一生中，對物質的追求是貫穿性的，基礎性的，但物質與金錢的作用在不同的人那裡，卻可以發揮不同的作用，不同的人對物質和金錢的態度也會有這樣那樣的不同。有的人臨財勿苟得，有的人貪財而忘義；有的人可以用物質造福，有的人卻只會讓物質造孽；有的人可以使金錢閃光，有的人卻只會讓金錢犯罪；有的人永遠都是金錢的主人，有的人卻只是金錢的奴隸。而大量的事實證明，在魯迅與茅盾的生命歷程中，物質和金錢於人於己、於公於私可以說發揮的作用是非常巨大的，他們對物質和金錢的態度也有著頗爲接近的務實而又超越的態度，從這裡也可以清晰地看出他們的人格品位與價值觀念，同時，金錢或物質對他們的文學創作和文學活動也產生了不可忽視的影響。

相比較，魯迅在成爲職業作家後的收入比他當官加教書時收入還多些，但有了錢卻不做守財奴，或者花天酒地、揮金如土，而是將錢充分發揮其正當的作用，如維持家用和接濟親友，如購買書籍資料和捐助文化事業，如診病買藥和請客送禮，以及必要的消閒消費，使自己重新過上了「小康水準」的生活，並有條件去做自己喜歡做的事情。茅盾的生活總的看較魯迅平順，即使到了物質條件艱苦的延安，也還是能夠享受著較好的待遇。他沒有像魯迅那樣特別注意「理財」，更沒有像魯迅那樣對錢財「錙銖必較」〔註24〕，記錄和計算的功力令今天經濟時代的男人也多會自歎弗如。但他也幾乎從沒有亂花錢的記錄，他總是注意將錢花在應該花的地方。像魯迅那樣的主要開支項目，也是他的主要開支項目。比如買書讀書就是他的「宿命」。既然一生與書結緣，自然要花錢買書，除去散失的，現存魯迅藏書有四千餘種，一萬四千餘冊。茅盾熱愛買書不似魯迅那樣大多加以記錄，但也是經常買書。當初

〔註23〕《我們爲什麽讀書》，《茅盾全集》第 14 卷，第 51 頁。
〔註24〕李肆：《魯迅在上海的收支與日常生活》，《書屋》2001 年第 2 期。

在上海考北大預科的過程中，他便擠出時間到處進書店，除了「立讀」白看之外還居然費了不少錢買了一部足本石印的《漢魏六朝百三家集》。手不釋卷的讀書習慣貫穿了茅盾的一生。在這方面他與魯迅是很相似的，這方面捨得花錢也是相似的。有時他們為了進步事業是義務效力，如魯迅與茅盾合作編選《草鞋腳》和創刊《譯文》等就是如此或基本如此，為了自己心目中的事業，他們經常慷慨解囊，如從創辦《新生》到晚年，魯迅本人及其同人為了文化和社會的發展，也為了證明自己，開始與自費出版發生了關聯。而茅盾晚年將一生積蓄捐給作協的豪舉，也能體現出一個人的某種本質。

作為現代中國文化人或職業作家，他們的生活方式畢竟有著基本相同之處。在這裡我卻想特別強調這樣一點，即魯迅與茅盾的生存環境與創作心境的關係相當密切。具體的生存環境對作家來說，真的是息息相關。固然，能夠影響到作家創作心境的各種因素是複雜的，然而影響到作家的喜怒哀樂情感變化的因素，卻更多的就來自他的身邊，來自他的日常生活，其中物質生活對精神生活的影響似乎特別值得注意。對魯迅與茅盾來說也同樣如此。在魯迅與茅盾都在上海生活的數年時間裏，他們都成了職業性的作家，與今天流行說的「文化個體戶」有些相似。固然從大的方面說，他們的寫作都是出於對現實變革、社會進步的強烈關注，因此他們的作品都有「戰鬥」或「論戰」的意味，但從「勞動」與「報酬」的必然聯繫來說，魯迅與茅盾也都不可避免地有著「著書也為稻粱謀」的需求。他們都要通過寫作來「養家糊口」，來維持起碼的生存。即使他們自己有著崇高的犧牲精神，但家人的生存要求和難以放棄的責任感，也都會促使他們格外勤奮地投入到廢寢忘食的寫作中。有時這種寫作上的潛在動機的確是不足與外人言傳的，但有時的一稿多投和化名多發，除了客觀上想擴大自己文章的影響面，也不能說就沒有一點是出於自我及家人生存的需要。當魯迅勸住許廣平不要出去找工作的時候，他就自覺地把一副生活的擔子承擔了起來，當他們的孩子出生在上海這個消費水準並不低的大都市的時候，魯迅更是感到了生活的溫馨幸福也是需要有經濟上的保障的，何況，在北京還有他的老母和朱安夫人，也需要他的按期郵寄的生活費來維持正常的生活。同時，為了維持自己的生存尤其是精神生活的需要，也要不斷地購置一些書籍和文物等。總之，對魯迅而言，手中的「金不換」是擔當了大的使命的——這已經被很多人津津樂道地說了很多，但同時也擔當了這樣的似乎並不那麼「崇高」的養家糊口的「小」使命。儘

管許廣平與孔德沚都是相當會勤儉持家的女性，與周作人夫人羽太信子很不相同，但當經濟不寬裕的時候，她們也會像一般家庭主婦或家庭婦女那樣，通過不同的方式提醒家中的「頂梁柱」，要採取一些措施來維持生計。如果我們說魯迅與茅盾的文體或文本的實際，已經給我們透露出了這方面的信息，也許會有人不相信，但事實勝於雄辯，魯迅與茅盾的寫作（包括各種不同類型的創作）確實經常會受到「生計」因素的影響，儘管這種影響有時相當隱蔽也相當次要，但卻畢竟存在著。前述茅盾在《我走過的道路》序言中說的「不得已」與「爲稻粱謀」，應該說也符合實情與人情，稱「不足觀」也實有一定的自知之明。有一位法國女作家在茅盾晚年訪問他，談到當年《子夜》篇幅還不夠長時，茅盾笑答：「那時候是賣文爲生，容不得費時太長呀！」在談到《子夜》修改問題時，他也強調了彼時作家生活的「毫無保障」，〔註25〕因而沒有條件來從容不迫地修改作品。又如魯迅對雜文文體的全力以赴的寫作，對短俏的文體似乎再難擺脫，這裡的原因固然很多，但是否有寫作周期短並相對而言也易於在報刊上發表的因素呢？如果魯迅對那麼大的生活負擔棄置不顧而專心致志去寫長篇小說會怎麼樣呢？魯迅是特別講「現實」、講「今天」的人，他對社會、文化是這麼「觀照」的，對他自己和家人，難道就格外會講理想、講未來麼？茅盾的生活負擔似乎較魯迅輕鬆一些，但當他從廬山潛回家之後，即使是被通緝的人，也還是要想辦法去掙些錢來貼補家用。他說：「我隱居下來，馬上面臨一個實際問題，如何維持生活？找職業是不可能的，只好重新拿起筆來，賣文爲生」〔註26〕他的寫小說，固然有寫時代、抒感情的主客觀方面的需要，但誰又能否認也有茅盾家人的存在對他的有聲無聲的督勉呢？臧克家《祝茅公八秩大壽》云：「著書豈只爲稻糧？遵命前驅筆作槍。」其實這話也可以倒過來說「著書豈只筆作槍？遵命前驅爲稻糧。」不過這後者的「命」當是自我之命、家人之命也。生命需要是勞動的直接動

〔註25〕 蘇姍娜・貝爾納：《走訪茅盾》，《新文學史料》1979年第3期。茅盾還在多處關於「賣文爲生」有近乎同樣的表白。僅在《我走過的道路》（中）裏就有多處，如：「到此時我亡命日本已經一年多了，而原來的計畫——弄通日語，已成爲泡影，這是因爲忙於賣文爲生。我打算回國了。」（P47）茅盾從廬山回上海後，面對生活壓力，「只好蟄居租界，繼續賣文爲生；好在文章寫出來書店老闆還肯要。」（P49）又如談自己要寫長篇歷史小說而不成，只能寫短篇小說《大澤鄉》，原因也是「當時賣文爲生，我無兩、三年之糧」。（P60）等等。

〔註26〕 茅盾：《我走過的道路》（中），人民文學出版社1984年版，第2頁。

機，對茅盾這樣的作家來說無法例外。他的作爲「家長」的責任感顯然使他產生了很大的勇氣，寧願去冒風險，也不能總是閒在家中，從而愧對家人。茅盾的《蝕》三部曲寫得雖然順暢，但慌促寫作的痕蹟還是相當明顯的，並且用一個從未用過的筆名以很快的速度發表，這裡要達到的目的，肯定並不限於只是爲了滿足讀者的需要。還有，茅盾在創作上的遺憾似乎比魯迅還要多，魯迅也有「胎死腹中」的藝術構思，但只要投入創作，總盡量去較爲完滿地加以完成，寧可短些，也要好些。但茅盾的情形與此相去較遠，他的不少長篇小說實際都是沒有完成的，即使是他最爲著名的長篇小說《子夜》，其實也與原來宏大的「紅色的農村與白色的都市的交響曲」的構思，有著很明顯的距離。爲什麼會出現這種現象呢？有人談社會的動蕩不安對茅盾的影響，這自然是不錯的，但茅盾面臨的動蕩並不僅僅限於他本人；有人談現實鬥爭的急切需要使茅盾無暇從容不迫地創作，這自然也是不錯的，但茅盾並不是那種不知道應該在藝術上精益求精的人。那麼，他爲什麼總要把還沒有寫完的作品就拿出來發表呢？爲什麼在作品還有待修改的情況下就讓他出手呢？最讓人覺得可以理解和諒解的原因，就是茅盾和他的家人的生存需要，尤其是他自己創作心境的變化，使他常常在「從容」地進入長篇寫作不久，就越來越感到來自身邊的實實在在的生活「呼喚」所產生的壓力。

錢或經濟實力不僅關係到人的生老病死，也關係到人的思考和表達。說得明白些就是魯迅主要靠自己的勞動自己的工作贏得了生存的條件，不靠某些特殊黨派的豢養或資助，這樣便可以擺脫「拿人的手短，吃人的口軟」的窘迫，可以獨立思考和自由表達。相對而言，彼時新風初開，世道尚亂，卻很明白焚書坑儒是嚴重的封建專制，興文字獄是沉重的人間災難，所以他特別渴望和呼籲社會應該有一個比較自由的出版制度和教育體系。魯迅在 1919 年前後收入約在 300 元/月上下，據經濟學家記載，從 1911 年直到 1920 年，大米 3.4 分/斤，那麼魯迅每月收入即可購買大米近萬斤！即使以今日大米中間價計，魯迅月收入大約也不少於 1.5 萬元。而那時一個四口之家，生活費用只需 40 元。這些文化人或作家有了錢，可以幹自己想幹的事，說自己想說的話。他們的存在便可以在社會良知的驅使下，成爲文明發展的動力。時常聽到人們這樣說起魯迅：假如魯迅必得去給當時政府打工，給軍閥當秘書，連工資、住房、勞保、福利等等全都攥在人家手裏，別說骨頭，嘴也硬不起來的；假如魯迅活到文化大革命，恐怕也會屢遭衝擊，活到反右大概必然在劫

難逃，活到文革更是這樣，他的學生和好友胡風連反右都等不到就成了冤案中的主角。獨立的經濟基礎和文明的政治制度與文化人的命運關係至爲密切，這是很顯然的。在五四時期，《新青年》同仁爲主體的新文化陣營，撰稿多無稿費，他們多有較爲堅實的經濟後盾，成爲 20 世紀中國最具現代特徵和進取精神的一代「中產知識分子」。有了這樣的「中產」作爲基礎，一般地說知識分子的話語權也會得到很好的體現。正如有的學者指出的那樣：「就是這種一不依附於『官』、二不依附於『商』的經濟自由狀況，成爲他們言論自由的後盾。自己有了足夠的薪水錢，才能擺脫財神的束縛；自己有了足夠的發表權，才能超越權勢的羈絆。」〔註 27〕這裡把話說得自然絕對了一些，但強調經濟是基礎的理念卻畢竟是成立的。這與魯迅在《娜拉走後怎樣》中強調經濟權重要性的觀點也很相似：沒有經濟權以維持生存，那麼就很難有眞正的自由，因爲「自由固不是錢所能買到的，但能夠爲錢而賣掉。」〔註 28〕魯迅在給許廣平信中也曾坦言：「我想，一個人要生活必須有生活費，人生勞勞，大抵爲此。」〔註 29〕世間的事情太複雜，魯迅的概括也未必非常全面，但卻顯示了某種精闢與深刻，對女性如此，對男性其實也如此。有了錢可以自費出版或發表自己想發表的東西，可以讓不爲當局歡迎的東西與讀者相遇。魯迅與自費出版的關係就比較密切：從早年到晚年，魯迅本人及其同人爲了文化和社會的發展，也爲了證明自己，有時也有經濟創收上的考慮，開始與自費出版發生了關聯。但他最初「棄醫從文」時創刊《新生》，卻因自己參與集資的款項被人卷走而只好作罷，後來出版時只要需要（如自費出版《吶喊》），爲人爲己，他都有實力拿出錢來，有時甚至還可以印刷相當精美的畫冊。但據此也不能肯定說魯迅「不是爲了稿費而寫作」〔註 30〕，寫作原本是多效勞作，其中肯定也有經濟上的考慮，魯迅的生活與稿費的關係無疑是相當密切的。

　　茅盾的情形與此也非常相似。在建國前的生活中，有了錢可以幹許多自己想幹的事情。比如他可以不再計較稿酬而義務地爲遷至上海的《新青年》和抗戰初期的《吶喊》撰寫稿件；30 年代作家的稿費最高標準是魯迅與茅盾

〔註 27〕陳明遠：《文化人與錢》，百花文藝出版社 2001 年版，第 24 頁。
〔註 28〕參見《魯迅全集》第 1 卷，人民文學出版社 1981 年版，第 159～161 頁。
〔註 29〕《魯迅景宋通訊集》(《兩地書》的原信)，湖南人民出版社 1984 年版，第 134 頁。
〔註 30〕房向東：《肩住黑暗閘門的犧牲者》，上海書店出版社 2001 年版，第 213 頁。

等著名作家，一般每月可以收入 400 元左右，有時還可以有其他收入，所以
此時的茅盾有能力幫助進步文化事業。茅盾也和魯迅一樣對左翼作家聯盟給
予捐助（當時魯迅定期捐助 20 元，茅盾則爲 15 元，這 35 元約等於現在 1000
多元），主要用於左聯內部通訊的印刷費，當主持日常工作的周揚等人陷入生
活困境時，也可以用這錢應急。當幾位青年人創辦天馬書店時，魯迅與茅盾
等人都主張給予支持，各選自選集交該書店出版，稿費則捐作「左聯」的經
費。一個人對金錢的態度應該有超越的層面，不能做金錢的奴隸。茅盾在這
方面做得也是比較好的一位，他在魯迅去世後，爲了團結更多的文學青年，
交流信息，組稿議事等，曾與馮雪峰等商議，採取「星期聚餐會」的形式，
由自己固定做東，每一次集資考慮到青年作家經濟緊張他都多拿錢，這樣的
聚會在當時收到了很好的效果。茅盾在爲黨的刊物寫稿，爲抗戰刊物寫稿，
經常是盡義務；在《清明前後》演出成功後將所獲 40 多萬元的演出稅的一半
用來宴請以趙丹爲首的劇團，等等，這其實也是一種值得稱道的奉獻。自然，
在茅盾的身後，這種奉獻也沒有終止。如國家級的「茅盾文學獎」的淵源就
來自他的個人財產和遺願：茅盾文學獎是茅盾將自己的 25 萬元稿費捐獻出來
設立的，於 1981 年 10 月正式啓動。迄今已歷五界，所評出的長篇小說，總
的看在中國文壇的影響較大。茅盾晚年作爲高官卻未必有厚祿，生活簡樸注
意節約。我們雖然不知道茅盾的準確收入，但可以肯定他已經習慣了「革命
化」的消費方式。一個蘋果切兩半，有時自己還要做家務活。早上起來升爐
子，很麻煩。那時沒有暖氣天然氣，即使有他也未必能享受得到這樣的特權。
參觀茅盾故居，一方面驚羨他擁有那樣的房子和院子，一方面又感歎其家俱
的簡單和陳設的樸素。革命化了，在那樣的體制和社會風氣中，「現代化」的
目標是模糊的，「現代化」的生活也被實際上「革命」了。茅盾生活上的個人
愛好與趣味也逐漸萎縮，年輕時愛好「打扮」的習慣早就在奔赴延安的過程
中逐漸改掉了。我們也注意到，茅盾建國後身居高位，待遇自然較一般人會
好些，即使自奉清廉，也多少是一種精神上的調節，在總體上進入高層已成
爲事實，於是既得利益對思維與寫作的影響也就不可避免地發生了。從寫作
與權力的關係看，魯迅也曾效力於當局（如在教育部任僉事寫下的公文或半
公文），但最主要的方面卻是對權力的挑戰；茅盾的前半輩子大致也是如此，
但後半生卻身難由己，除了有限程度的保留意見和變通操作，主要方面卻是
與權力達成了妥協，其大量的公文或半公文性質的寫作（主要是報告與評論）

便是明證。雖然不能說這些公文或準公文沒有好東西或任何價值，但總的看與文學與良知有這樣那樣的、或多或少的衝突卻也是不能否認的事實。由此而來的歷史教訓自然也是應當記取的。

　　儘管我們從「全人比較研究」角度，也可以看出魯迅與茅盾對待物質和金錢的諸多差異或不同之處，但我們在此最爲關切的卻是他們「著書亦爲稻梁謀」的人生追求和文化（文學）實踐。作爲現代文化名人，他們面對物質和金錢的種種態度與選擇，可以引發許多話題，對於今天的人們來說，無疑也具有較爲豐富的啓示意義。

　　（原刊於《海南師範學院學報》2002 年第 5 期，《中國社會科學文摘》2003年第 1 期轉載）

16. 關於胡風與茅盾的交往、衝突及比較

　　近年來伴隨貶魯風潮也屢遭諷刺的許廣平，曾在《欣慰的紀念》中回憶說：「茅盾先生從東洋回來了，添一支生力軍，多麼可喜呵！……有時遇到國外友人，詢及中國知識界的前驅，先生必舉茅盾先生以告。總不肯自專自是，且時常掛念及茅盾先生身體太弱，還不及自己。」這裡也確實道出了魯迅因與茅盾結交而生成的那份友誼和牽掛。但人們通常容易忽略她接下來的話語：「或對茅盾先生頗有異議時，先生輒不惜唇焦舌敝，再三曉說：『對外對內，急需人才，正宜互相愛護，不可減輕實力，為識者笑而仇者快。』現在則團結益堅，先生當可瞑目了。」〔註1〕這裡說明：魯迅與茅盾又確實有時看法不一致；有異議時雙方都在努力說服對方；所謂「團結益堅」當屬一般告慰之語，與事實頗有出入；魯、茅爭議中所涉及到怎樣對待「人才」的問題，也可以說與胡風有關。魯迅對胡風的肯定和胡風對魯迅的繼承，人們所論已多，但對胡風與茅盾的複雜關係及其來龍去脈卻較少涉論，本書擬對此略加梳理，並從人生和文學的視界進行一些初步的比較分析。

一

　　胡風與茅盾的交往，嚴格說來並不怎樣密切，而彼此熟悉的程度也由於先在的相互印象不佳受到了限制。他們在 1929 年以前就彼此有所耳聞或從文章中有所瞭解，後來經人介紹認識，卻並沒有深交下去，雖然有些時候也可以說是朋友，但卻不是特別有緣和重要的朋友，而是為了事業需要有時必須

〔註1〕　《魯迅回憶錄》（專著上冊），北京出版社，1999 年版，第 368 頁。

合作的「同志」，即使有他們共同敬重的魯迅作為中介，他們的交往也還是密切不起來，還是很難成為肝膽相照、同甘共苦的「戰友」。

胡風與茅盾的相識是由於秦德君的介紹。茅盾（1896～1981）與秦德君（1905～1999）往日本是在1928年7月，他們早在1922年春上海平民女校開創時就已初識。此次相偕同赴日本，也算是有緣相聚。果然到日本後不久就真正走到了一起，同居後不久便是懷孕和打胎，秦返上海打胎後再回日本，在船上巧遇了胡風（張光人，1902～1985）。胡風早在上中學時就認識秦，且對她的婚姻有所瞭解，他對曾作為自己老師之妻的秦和茅盾在一起，心中也許有些詫異甚至反感，所以在見到茅盾時，也只是一般禮節性地打個招呼。胡風晚年在回憶錄中一開篇第一節便說：「我是1929年9月和朱企霞一起去東京的。上船後遇到了秦德君，她是我在南京上中學時的教員穆濟波的夫人，當時見過。1927年大革命時在武昌，我在他們夫婦租住的房子裏借住過，1927年底到1928年初又同在南昌。在船上見到後，知道他已離開了穆，這時和茅盾在京都同居。她這次回國是為茅盾討版稅，看朋友（秦未對他說出回國打胎的實情——引者注）。她告訴我，茅盾看了我在《新生命》雜誌上發表的小說《三年》，覺得很好，她就向茅盾介紹了我的情況。船到長崎暫停時，茅盾從京都坐火車趕來上船接她。他們坐在甲板上談話，我上甲板時遇見了，只是彼此望見點了點頭，我沒有上前去，也就沒有談話。好像是茅盾把她接上岸坐火車回京都去了。」〔註2〕儘管其回憶與秦德君的回憶有些出入，但對當時的情形胡風所記卻比較詳細。秦後來回憶茅盾與胡風的交往時只說：「茅盾到神戶來接我，我給他介紹了張光人，他們就這樣交上了朋友，那是1929年9月。1930年8月在上海，茅盾把我們倆分手前在上海合照的六寸紀念照片送給胡風保存，惟恐放在自己手裏被人毀掉。1966年5月，十年浩劫開始了，胡風由秦城監獄轉移到成都，路過北京，把照片轉送給我。」〔註3〕胡風在與茅盾夫婦等人於1942年初從香港撤退的途中，還曾順便向孔德沚解釋他當年沒有替秦德君給茅盾轉過信，還勸過秦不要大鬧，希望孔不要誤會他。也許，胡風在無意中成了茅盾私生活的知情人和某種程度的介入者。

秦德君說胡與茅「就這樣交上了朋友」，在胡風的回憶錄中也得到了證實。事實上開初時期茅、胡確是因為秦而相識並逐漸增進瞭解而成為「朋友」

〔註2〕 《胡風回憶錄》，人民文學出版社，1997年版，第1頁。
〔註3〕 秦德君等：《火鳳凰》，中央編譯出版社1999年2月版，第74頁。

的，在茅盾是有點愛屋及烏，在胡風則是勉爲其難。因爲胡風曾在上南京東南大學附中時（1923～1925）經常到秦德君家來，與秦之丈夫穆濟波（該附屬中學教員）多有來往，師生關係也較密切。儘管秦與穆的關係向來緊張複雜，但胡風未必瞭解有關眞實情況。所以他對茅盾與秦德君在一起未必會有多少好感。後來茅盾離開了秦德君，當秦、茅、胡三人重逢於抗戰陪都重慶時，秦見茅消瘦憔悴，於心不忍，還想在經濟上幫茅盾，但胡風知道後堅決反對，認爲茅盾對不起秦，不值得幫助。〔註4〕這從他後來將茅盾交他保存的照片給秦而不是還茅的細節，以及拒絕茅盾在日本時的邀請等事情上便可以看出他對茅盾確有一些看法。1929 年，茅盾曾通過秦德君與住在東京的胡風聯繫，希望他來京都玩玩，並交換對於文藝運動的意見。當時面對業已成名且年長的茅盾，年輕的胡風卻沒有接受這一熱情的邀請。1930 年胡風還收到茅盾寄給他的小說《虹》，但他也不喜歡，因爲從《幻滅》等小說就已經給他留下了這樣的印象：「那形象是冷淡的，或者加點刺激的色情，也沒有普通人民的眞情實感的生活。」〔註5〕胡風當時與轉向後的創造社有些類似，深受日本和國內興起的普羅文化和文學運動的影響，觀念左傾，思想激進，所以他當時和創造社、太陽社的人倒有較多的同感，〔註6〕所以覺得茅盾在小說創作和《從牯嶺到東京》中，都流露出了較多的小資情調，與自己有些格格不入。後來，他對茅盾的創作成就也多持懷疑甚至是否定態度，如他支持對茅盾《清明前後》的否定性批評，同意該劇是公式主義產物的看法，在給有關批評者的信中說：「《清》劇本未看，演出未看完……但我把那加進了我的要做的工作程序裏面……」；「低劣的趣味和膚淺的政治興奮佔領了整個出版界和讀者，清明先生成了王者。」〔註7〕

　　這也就是說在胡風看來茅盾在做人方面有問題，在做文章尤其是從事文學創作方面更成問題，而且在政治上也認爲茅盾有時是落伍者，有時是膚淺的政治配合者。儘管「清明先生」成了王者，但他並不佩服。這樣的一些認識自然會影響到他與茅盾的眞誠合作。「左聯」之前他顯然不想與茅盾合作，左聯時期他在實際生活和魯迅的影響下，才格外注重眞正的現實主義，逐漸

〔註4〕　秦德君等：《火鳳凰》，中央編譯出版社 1999 年 2 月版，第 82 頁。
〔註5〕　胡風：《回憶參加左聯前後（二）》，《新文學史料》1984 年第 3 期。
〔註6〕　在日本胡風可以不赴茅盾的約會，但卻與郭沫若有較多的往來也可以說明此點，參見《胡風回憶錄》，人民文學出版社 1997 年版，第 7～8 頁。
〔註7〕　《胡風全集》（九），湖北人民出版社 1999 年版，第 560 頁，第 245 頁。

消除了「左」傾或「拉普」對自己的消極影響，對從五四過來的作家增多了理解，並因爲魯迅與茅盾確是密切朋友的緣故，也才和茅盾有了較多的「事業性」的交往。如胡風就曾回憶了這樣幾點：（1）魯迅逝世後，《文學》出了新詩專號兩期。茅盾直接出面約胡風寫稿。（2）魯迅逝世後，馮雪峰要胡風編輯一個《工作與學習叢刊》，發表魯迅遺文，約魯迅晚年接近的重要作家寫稿，藉以擴大魯迅的影響，執行黨的任務。這是有高度信任的工作，而茅盾也是基本同人之一，特爲它寫了較多的文稿。（3）魯迅逝世後，「茅盾進一步接近我，向我公開了他的住處。他創辦《吶喊》，對抗戰表態。特地要去了我的詩」。（4）爲了抗議國民黨進攻新四軍，他們到了香港。茅盾編《筆談》。他專誠約胡風稿，期期都有署名胡風（還有高荒）的文章。（5）建國後直到「闖禍」，他們相安無事，開會見面時還握手言歡。〔註8〕自然，胡風與茅盾的事業性合作並不限於這些，如茅盾還曾約胡風爲他支持的《文學》新詩專號寫一篇新詩人總論，於是胡便寫了評論艾青的《吹蘆笛的詩人》以回答他的好意；又如茅盾在抗戰初期創辦《文藝陣地》，這個刊名還是胡風建議的，他認爲茅盾編的《文藝陣地》能打陣地戰，而他編的《七月》能打游擊戰，可以形成一種配合。〔註9〕而在實際編輯過程中雖然也有競爭的不快和各自的作家群，但客觀上確實形成了一種配合與互補，對豐富抗戰文學作出了重要的貢獻。

而茅盾在回憶中也如實提到胡風做的一些工作，如胡風擔任「左聯」領導人之一的時候能夠與魯迅保持密切的關係，胡風與魯迅等人商量提出「民族革命戰爭的大眾文學」口號等等，他還曾特別提及胡風曾爲史沫特萊提供過有關《子夜》的綜合性的評論資料一事，儘管是魯迅出面轉託胡風寫的材料，但也表明了胡風對茅盾的幫助和支持。〔註10〕

有學者說胡風和茅盾二人曾是戰友，但誤會較深。確實道出了歷史的基本實情。〔註11〕不過因爲後來的隔閡使他們都不太願意言說他們曾經作爲戰友的一面，而較多地關注彼此之間的分歧並爲自己進行這樣那樣的辯護。其回憶錄之類也基本是在淡化友誼、細說衝突方面下工夫。如茅盾在回憶錄《我

〔註8〕 《胡風晚年作品選》，灕江出版社1987年版，第87～88頁。
〔註9〕 吳奚如也有相近的回憶，參見《憶茅公》，文化藝術出版社1982年版，第170～171頁。
〔註10〕 詳參茅盾：《我走過的道路》（中冊），人民文學出版社1984年版，第302頁。
〔註11〕 參見歐家斤：《茅盾評說》，學林出版社。

走過的道路》中就曾這樣明確說：「我與胡風只有泛泛之交，而且是由於魯迅的關係。……」〔註12〕儘管他們彼此少有共同奮鬥的快樂和默契，但卻畢竟都曾團結在魯迅的周圍，有過一些具體的合作，所以我們首先應該注意和基本肯定他們的事業性合作的「同志」關係，他們畢竟還都是追求社會進步、文藝發展的有志之士，而非雞腸狗肚的小男人。但我們也不能忽視他們之間的不和與衝突，既看到他們在魯迅生前就有所不和或說是面和心難和，而在魯迅死後尤其是四十年代以後，他們的矛盾則在逐步加深，有時還引發了激烈衝突的基本史實，又確有必要在尊重歷史的前提下進行實事求是的比較與反思。

二

人生多變化，衝突乃發生。時代和生活的千變萬化以及個人存在的局限性，使僅僅根據部分信息進行判斷的人常常陷入難以避免的誤解誤會之中。由此而來又必然會衍生各種各樣的衝突和矛盾。胡風和茅盾的情況大致也是如此。

前述的胡風與茅盾的交往也便隱含著一些誤解和隔膜，到左聯時更是形成了明顯的衝突。魯迅生前曾對胡風和茅盾的不睦進行過調節，努力勸說茅盾從珍惜人才的角度理解和團結胡風。茅盾雖然在某些方面努力按魯迅說的去做了，因為他的人生經驗和理性思考都促使他注意團結他人，顧全大局，協調各方面關係，然而恰恰因為他對團結高度重視，才愈加對胡風產生了更多的不滿。他認為胡風是在關鍵時刻攪混水、惹麻煩的人，直到茅盾晚年，他還堅持這樣的看法：「我對胡風沒有好感，覺得他的作風、人品不使人佩服。在當時左翼文藝界的糾紛中，他不是一個團結的因素而是相反。他還在很大程度上影響了魯迅對某些事物真相的判斷，因為他向魯迅介紹的情況常常是帶著濃烈的意氣和成見的。然而魯迅對他卻十分信任，這可以從我向魯迅談到胡風的社會關係比較複雜而魯迅迅速作出的反應中見到。……」〔註13〕當時胡風雖表面上曾是國民黨孫科手下的雇員，實際卻是中共方面的「特科」人員，魯迅即使知道卻也不便對茅盾明言。而茅盾出於政治警覺的提醒卻畢竟因為不瞭解這種「絕密」的實情而產生了誤會，而這誤會又因為受到周揚

〔註12〕茅盾：《我走過的道路》（中冊），人民文學出版社1984年版，第314頁。
〔註13〕同上。

等人的影響長期得不到化解，於是成為心中難解的疙瘩，固化了茅盾對胡風的戒備心理。然而已有學者指出，孫科創辦的中山文化教育館是「有意識地從國民黨分離出來單獨設立的民間的文化教育機關」〔註14〕，胡風在此主要從事翻譯，也並沒有如茅盾所想像的那樣危險或陰險。

誤解是雙方的，胡風對茅盾也存在這方面的情況，如他認為《譯文》的停刊過程中，茅盾起了不好的作用，既有損於魯迅，也對黃源不利：「鄭振鐸起意排除黃源，是從私意出發的。魯迅不能屈服，是由於作家和編輯不能聽憑書店隨意處置的原則立場。在這些糾紛裏面，鄭振鐸們的作為，得取得茅盾同意，但茅盾又不敢出面作主張。黃源是茅盾介紹給魯迅的，但這時候他表面不置可否，實際上卻和鄭振鐸一氣。茅盾的一貫態度是，只要是和他有關係的書店，他總是站在書店一邊，而不是站在作者一邊的。」「這一次，茅盾還是那種態度。有的讀者以為《譯文》停刊與茅盾有關，魯迅為顧全大局（左翼關係），還作了辨正。到《譯文》復刊時，茅盾還是參加了。魯迅深知他的態度，閒談時有時還談到過，說『茅盾會說闊氣話』。」又如，胡風認為茅盾在「兩個口號」論爭時也與魯迅暗中作對：「魯迅答徐懋庸文中說先由幾個人商量，其中有茅盾，這也是馮雪峰把茅盾拉進來加強對抗周揚夏衍們，並不是事實。提出口號時，茅盾全不知情。只是馮雪峰要魯迅這樣提時可能先取得了茅盾的同意。茅盾看出了馮雪峰的弱點，又因以他為後臺的《文學》傅東華、鄭振鐸們和周揚等深相結托，所以他對口號問題採取了曖昧的騎牆態度。」更為嚴重的誤解是胡風認為茅盾在魯迅逝世時表現很成問題，他說：「當魯迅逝世這個消息震動了全國的時候，連國民黨的孔祥熙和上海市長之流都不得不送個輓聯來，在人民面前表示他們並非人民敵人或進步文化的扼殺者。家住杭州的社會朋友郁達夫都趕來沉痛地送葬。茅盾卻在離上海只有三四小時火車路的家鄉住著度假，直到喪事過了三四天後才回上海，空著雙手來看一看許廣平，表示他也知道發生了這件事。不幸我正在那裡，看到他那樣難於開口的窘態，就告訴他，喪事情況，胡愈之是知道的。於是他馬上拿起帽子來說，『我找愈之去』，匆匆走了。我沒有看見過他的追悼文的任何記憶，所以說不出他自己當時是怎樣表示他的心情的。」〔註15〕生活中的誤

〔註14〕 〔日〕千野拓政：《胡風與〈時事類編〉》，朱曉進譯，《中國現代文學研究叢刊》1992 年第 1 期。

〔註15〕 引文均見胡風：《關於 30 年代前期和魯迅有關的 22 條提問》，《新文學史料》，1992 年第 4 期。

會經常都會發生，並導致許多人生的苦悶。即使是「聖人」之類如孔子，生前也往往因誤會或不被理解而苦惱不堪。何況實際生活中沒有什麼完人式的聖人。事實上，前述胡風對茅盾的誤解基本可以得到確認：1、茅盾對《譯文》和黃源的關切其實是和魯迅一樣的，黃源對魯迅與茅盾的關心和提攜也都感念不已，這在當事人黃源那裡也已經得到了充分的認證。〔註16〕2、關於「兩個口號」的論爭，茅盾確曾居間搖擺過，但他作為「調解人」也充分體會到了被夾擊的苦處，所以他既對周揚他們的宗派主義不滿，也對胡風的做法持明確的批評態度，因為他認為他們都在意氣用事，都不利於文藝界尤其是革命文藝界的團結。於是他在《論現在我們的文學運動》、《再說幾句——關於目前文學運動的兩個基問題》等文中曾公開批評了胡風、周揚等人的錯誤。〔註17〕而胡風則說：「魯迅逝世前一兩年間，他（指茅盾）那種站在宗派主義立場上的言行，以致產生了他對魯迅的對立感情。」〔註18〕這種說法就明顯根據不足，對魯、茅交誼之深久缺乏瞭解，而且有絕對按魯迅劃線之嫌。胡風曾借陳荒煤的講話來支持自己的看法，然而陳除了在悼念文章中表達了對茅盾的深切懷念之外，還在 1995 年所寫的《我和茅公的兩次會晤》一文中，通過當年自己曾參加的兩次會議，認識到茅盾對魯迅的敬重和對調解爭論雙方的努力，也增加了他對茅盾的理解和尊敬：「當時他不是黨員，『左聯』也已解散，但他始終熱情關注文藝界的團結，顧全大局，為執行黨的抗日民族統一戰線的政策作了大量的工作，而且始終尊重魯迅，在一些重大問題上力求理解和尊重魯迅的意見。」「到 10 月間，他又終於和魯迅、巴金、郭沫若以及林語堂、包天笑等各方面有代表性的 21 人發表了《文藝界同人為團結禦侮與言論自由宣言》，為結束『兩個口號』的論爭作出了不懈的努力。那種認為茅公腳踏兩條船的誤解，特別是說他和魯迅分裂並爭奪領導權，顯然是一種誣衊！」〔註19〕3、至於胡風對茅盾因為沒有參加魯迅葬禮而心生反感，大加非議，其實是茅盾主要因為痔瘡嚴重而難以成行，我認為茅盾的解釋合乎情理，只要瞭解充分、考慮周全或對嚴重的痔瘡甚至肛漏有較多的

〔註16〕　參見黃源：《沈痛悼念導師雁冰同志》，1981 年 4 月 7 日《浙江日報；《我是怎麼走向文學道路的》，《收穫》1995 年第 6 期。

〔註17〕　參見茅盾《我走過的道路》（中冊），第 323 頁，第 330 頁，第 335～337 頁。

〔註18〕　胡風甚至認為茅盾不適宜做保衛和發揚魯迅精神的工作，自己也很不願意在這方面與他合作，只是由於馮雪峰的堅持，他才與茅盾勉強合作，見《胡風回憶錄》第 69 頁。

〔註19〕　《文學評論》1996 年第 3 期。

知識，就會相信茅盾的解釋。胡風自己後來也曾有因為痔瘡嚴重而不能參加重要活動的經歷，〔註20〕想來應該能夠理解茅盾當年的經歷和解釋，所以他後來在《關於魯迅喪事情況——我所經歷的》文中對上述有關回憶文字作了修改顯然是必要的。

如果說茅盾對胡風有失察誤解的一面，對周揚等人的問題認識錯位，那麼胡風也有基於誤會而產生的某種偏激和固執。他對茅盾的所作所為都可能因為先在的成見而產生不妥或錯誤的看法，如他在回憶錄中說：茅盾在左聯盟員間「是沒有一致的威信的」；「他當書記除開會外，不做任何具體工作，也不採取積極態度。做了大約半年以後，也就是我擔任左聯工作的兩個來月後，他堅決地辭去了書記不幹。那時，他的情形大不同了：他的名字已經常常被人和魯迅並提；他的長篇小說《子夜》已經出版；他認為他在左聯的元老地位已經確立了」；茅盾創建「中國文藝家協會」，「這算得符合了他自己引用的成語『關起門來做皇帝』了」；「茅盾的自然主義傾向和魯迅的社會主義現實主義的戰鬥的實踐道路並不是同一性質的」；「現在，正在醞釀組成全國性的文藝界抗改組織，他視而不見，反而想恢復由左翼成員組成的全國性的似組織又非組織的左翼作家網。由誰做中心呢？當然由他做中心。各地負責的專人由誰指定呢？當然由他指定。」胡風顯然對茅盾的許多事情都有否定性的看法，對其創作和人格也有明顯貶低的傾向。他晚年在給友人的信中貶低茅盾確實很厲害，如說茅盾的所有小說都趕不上路翎的一個短篇小說。這些也說明胡風確實是個詩人及詩人化的評論家，也有其感受、思維和表達上的局限。即使是當年魯迅在竭力為胡風辯護的時候，也曾客觀指出：「胡風也自有他的缺點：神經質、繁瑣，以及在理論上的有些拘泥的傾向，文字的不肯大眾化」〔註21〕。魯迅確實識人深透，不過這些缺點也許還與胡風的特點或優點密切相關，如他的敏感、縝密，堅持自己的理論個性或系統思維，語言上也有自己的習慣或風格等等。所以看一個人，要想攻擊他或讚揚他，從不同角度或不同層面，完全可以得出不同的看法。對茅盾也是這樣，他的謹慎與胡風的強悍，也各有其另外一面，魯迅說胡風的耿直易於招怨，其實茅盾的謹慎小心也同樣易於招怨，如他格外看重左聯內部的團結，想方設法為產生矛盾的雙方調解，然而卻經常事與願違，至多只能起到極為有限的臨時

〔註20〕《胡風回憶錄》，第 172 頁。
〔註21〕魯迅：《答徐懋庸並關於抗日民族統一戰線》。

性作用，還招惹得雙方都對他產生不滿（胡風與周揚對他便是如此）。

　　說胡風與茅盾的種種誤解誤會，當然並不能完全解釋他們之間發生的不和或衝突。作爲同是理論批評家和作家的胡風和茅盾，他們的文學觀和審美觀的不同甚至是對立，當是他們有時「格格不入」的更爲重要的原因。胡風不喜讀茅盾的小說，茅盾也不怎麼喜讀胡風的詩歌，這都與他們的文學愛好、趣味和觀念有關。到抗戰期間，戰爭的烽火使他們曾攜手前進，但也因觀念不同而進行過相當激烈的爭論，胡風用「自然主義」或「客觀主義」來批評茅盾的創作，茅盾則借批評「主觀論」或「唯心主義」來進行反擊，即使有周恩來的調解或組織討論，也難以化解原本可以共存的不同的文藝觀念所發生的衝突。〔註22〕這種文學觀念的衝突實際是正常的現象，就像文學流派的各種衝突或競爭一樣，反而會活躍文學世界。當胡風等對社會剖析派的客觀主義傾向進行批評，茅盾等人對七月派的主觀主義傾向進行批評的時候，客觀上對促進雙方的理論思考和創作實踐也有一定的積極作用。但文藝爭論一旦與政治權利緊密結合，則會發生質變或蛻變，茅盾與胡風就都曾屢次遭到這種政治化的文藝批判，甚至是直接的政治打擊，尤其是胡風。結果這樣的批判和打擊只能帶來對文學的嚴重危害，不是放下創作之筆，就是淪爲階下之囚。但有人認爲胡風後來遭到不公正待遇，是茅盾爲後來的批判胡風作了鋪墊、定好了基調，彷彿胡風案是由茅盾製造的，這則有誇大其詞和移花接木之嫌。比如冀訪說：「北平解放後，1949 年 7 月，全國第一次文代會勝利召開，茅盾代表國統區的文藝工作者作了《在反動派壓迫下鬥爭和發展的革命文藝》的報告，繼承《大眾文藝叢刊》的基調，不指名地批評了胡風文藝思想，這就把問題打成了一個『死結』，並爲後來批判胡風作了鋪墊，定好了基調；原來處於平等地位的爭論的雙方，此時發生了歷史性也頗具『戲劇性』的變化：一方成了文藝工作的領導人，處於發號施令的地位，一方變成了被領導者，屬於聽從指揮的地位……」。〔註23〕在這點上，如前所引，胡風倒是如實認爲：從建國到 1955 年「闖禍」，他倆相安無事。茅盾是文聯副主席、作協主席，胡風是文聯委員和作協常務理事，開會或見面時還握手言歡。其

〔註22〕　參見曉風等：《我的父親胡風》，春風文藝出版社 2001 年版，第 17～18 頁。早在 1945 年初，茅盾等人就對舒蕪《論主觀》進行了尖銳批評，胡風對此不滿，在書信中說：「擡頭的市儈首先向《主觀》開炮，說作者是賣野人頭……」，見《胡風全集》（卷九），湖北人民出版社 1999 年版，第 500 頁。

〔註23〕　冀訪：《哀路翎》，《新文學史料》1995 年第 1 期。

實，嚴格說來，胡風的文藝思想，包括他的「三十萬言書」，也存在過左和激進的東西，茅盾的文學思想，包括他的《夜讀偶記》，也存在著明顯的片面性和簡單化。而當他們都在認為自己最正確的時候，卻在自覺不自覺中為了排斥對方而作出努力。直到他們都到了垂垂老矣的晚年，也仍然不忘記給對方以相當沉重的打擊。在回憶錄中也都較多地指斥了對方。在一定意義上可以說，無論是胡風還是茅盾，他們確實成了 20 世紀中國文學史上一對耐人尋味的既交往又鬥法的「冤家」，對和而不同的多元文藝觀以及雙百精神也都有些隔膜。

儘管作為胡風事件參與者之一的林默涵，在《胡風事件的前前後後》〔註 24〕一文中，曾細緻地回憶了此冤案形成過程，引用了中央給胡風平反通知：這件錯案的責任在中央，沒有突出茅盾的作用；也儘管有學者認為茅盾雖對胡風為人及其文藝思想早有看法，但直到毛澤東加按語，將其上綱為反革命集團，連續發表了批判胡風的 3 批材料後，茅盾才著文聲討，但卻有較多的事實表明，在胡風事件中，茅盾實際還是起到了他自己一定的作用。他在四十年代對胡風文藝思想的批評，特別是在第一次文代會報告中的有關批評，就確曾對胡風造成了較大的壓力。而後來，作為作協主席的茅盾，基本是也唯上是從的，有時甚至對周揚這樣的作協副主席也只能聽之任之。儘管寫文章將胡風當作反黨集團頭目不是他領銜或領先的，對胡風進行大批判也是從上至下的群體行為，但茅盾作為文學大家卻失去了應有的獨立風範，對一場巨大的文字獄沒有表現出應有的敏感和憂慮，相反卻參與其中推波助瀾，這樣的嚴重失誤是值得認真反思而不應迴避的。稍感遺憾的是，他生前還沒有像巴金那樣的書面道歉性文字問世，對整個胡風事件也缺乏全面深入的思考或總結。

三

從人生道路、文學主張和個性風格等方面來看，胡風與茅盾基本可以說是在兩股道上行進。但這兩股道有時是平行的，有時卻也有交叉、重合，所以他們也有相伴同行和正面碰撞，其中的悲劇性人生內涵尤其值得吟味，尤其是胡風強悍的人格和茅盾謹慎的人格在各顯其人生優長的同時，也留下了諸多的人生缺憾或教訓，這自然也體現在他們的文學活動和創作實踐中，從

〔註24〕見《新文學史料》1989 年第 3 期。

而顯現爲兩種不同的文學追求和類型。

我們知道，胡風與茅盾都提倡現實主義或革命的現實主義或社會主義現實主義，但他們各自的理論資源和文學體驗卻有所不同，理論側重點也就有所不同：胡風更多地受到廚川白村、盧卡契、蘇聯文論和魯迅精神的影響，並更多地帶有詩人的氣質和體驗，茅盾則更多地受到左拉、巴爾扎克、托爾斯泰和西方現實主義文論的影響，更多地帶有小說家的觀察和體驗，因此胡風比較傾向於文學的主觀性和抒情性以及主觀戰鬥精神，茅盾比較傾向於文學的客觀性和寫實性以及客觀社會分析。即使同時強調文學的真實性，胡風也更強調心靈的真實，茅盾則更看重社會的真實；即使同是強調作家的重要性，胡風也更突出作家主體的精神燃燒，茅盾則更側重作家冷靜的社會分析。周揚曾將魯迅歸入「雪峰派」和「胡風派」，其實後二者都是比較正統的「魯迅派」。所以在某種程度上講，茅盾與胡風的不同，也有些類似於茅盾與魯迅的不同。比如茅盾傾向於更加理智更加謹慎，其現實感很強，而魯迅卻非常注重獨立精神自主意識，其理想激情明顯。這樣的不同也出現在茅盾與胡風身上。也是由此區別，當他們發生衝突時，胡風便會大批「客觀主義」，茅盾則要狠批「唯心主義」。其實他們的文學思想和愛好都各有所長各有道理，是可以創生各具特色的作品甚至能夠創立文學流派（如七月派和社會剖析派）的。而從他們的理論思考和創作實踐的結合來看，也都有實實在在的創新層面，在這方面，確實是他們與限於隨政治沉浮和轉換的周揚等人根本不同的地方。但實事求是地審視胡風和茅盾，胡風的理論批評更具個性和再生力，其詩歌的藝術成就則不盡人意，而茅盾的文學創作特別是小說創作收穫巨大，也形成了具有深遠影響的藝術範式，但其理論批評相比之下則缺乏足夠大的活力或張力。所以儘管可以說他們都是 20 世紀中國文學史上有所缺憾的大批評家和理論家，著名作家，但具體來看卻還是有著較爲明顯的區別。

在文學論爭及異變的批判中，胡風和茅盾確實都相當充分地顯示了各自的才華和鋒芒，也鮮明地彰顯了各自的個性和風格。比如胡風進行文學批評，只憑作品說話，對已經成名成家的人也不例外，表現出了鮮明的獨立性。儘管他的尖銳和挑戰權威的批評容易招致人的怨恨，即使某些名作家嘖有煩言，他也無所顧忌。人們欣賞胡風具有強悍的人格和對權威的懷疑精神，必要時他還有足夠的挑戰的勇氣，如對毛澤東的《講話》，他就沒有及時表態，不像郭沫若、茅盾、周揚等人那樣，以及時的表態（即使是誠懇的）來達到

政治上的某種目的（即使是無意識的）。當然有時胡風也選擇沉默，卻仍隱含著某種強硬的姿態。如在召開第一次文代會前夕，開始是安排胡風起草關於國統區文藝的總結報告的，但胡風認為自己無法按要求的那樣去吹捧一些名家名人，於是堅辭了。〔註 25〕這時的堅辭顯然不是謙讓，可惜也許這正是對話語權的一次主動放棄，留下了不諳政治的教訓，結果由茅盾按照胡繩等人起草的稿件，最終做了定名為《在反動派壓迫下鬥爭和發展的革命文藝》的長篇報告，其中便自然而然貫徹了茅盾等人的意圖，不點名地批評了胡風的文藝思想和在他影響下的作家作品，也繼續了對「主觀論」的批評。雖然當時胡風難以接受，但在臺下的胡風面對臺上的茅盾卻已無法爭辯，只好一言不發，以堅忍的沉默表達著他的不滿。有時，胡風為了強化自己的觀點，也往往會採取「片面的深刻」或「故意的偏激」的表達方式，這也與人們所熟悉的茅盾的「謹言慎行」和「審時度勢」的表達方式不同。比如胡風處於按捺不住的偏愛，對路翎的評價很高很高，僅次於魯迅：「這個人，是為無產階級和中國勞苦人民付出了嘔心瀝血的感情勞動的，魯迅以外，連我在內沒有任何人做過他那麼多的工作。」〔註 26〕這樣的評論既痛快，卻也嫌武斷。胡風對人對事對文的態度時有偏激之處。正如有的學者認為的那樣，胡風所寫的東西「也有未盡準確的。尤其是，在談及一些人事時，似乎帶著過多的感情色彩，雖說他可以有自己的評價準則，但從被他言及的一方來說，顯然是很難接受的。尤有甚者，他不僅在敘事中流露感情色彩，而且直接評價別人的為人。他這本不是為發表而寫的材料，較之為發表而寫的，一定率直得多，即使評得得當，也未必能為人所樂於接受，何況他可能實在有些偏激，或感情用事呢？」〔註 27〕連「胡風集團」中的骨幹們和他自己的孩子也認為：他不必要地得罪了一些人，他還有傳統的忠君意識，身上也有左的東西甚至是奴性等，而他的「愛之欲其生，恨之欲其死」的偏激態度和語言表達確實也易於招怨。〔註 28〕顯然在整個 20 世紀中國文學批評界或格局中，還不能說胡風的文學批評是最好的，唯一的，最實事求是的，而只是在個性批評的策略

〔註 25〕 參見曉風等：《我的父親胡風》，第 45～49 頁。

〔註 26〕 胡風 1979 年 11 月致曉山信。

〔註 27〕 《新文學史料》1992 年第 4 期。

〔註 28〕 參見李輝：《胡風集團冤案始末》，第 437～438 頁；曉風等：《我的父親胡風》第 184 頁。

和風格上，我們自然可以更多地讚揚胡風或表示自己的喜愛。對茅盾的文學批評，我們也應該採取類似的態度。茅盾的理論批評確有不少建樹，如他的眾多作家論，特別是對魯迅的評論和研究，無疑成就了名副其實的一家之言，他對外國文學理論與創作的譯介也曾起到重要的作用。然而如果說胡風有時「左」得比較厲害，那麼茅盾有時也「左」得夠嗆，如今看來尤其如此。

　　誠然，在追求文學真實方面，胡風與茅盾實際頗有相通之處，胡風在三十萬言書中揭示的公式化、概念化以及所謂「五把刀子」等種種問題，身為文化部長和中國作協主席的茅盾也有所察覺，並在不同場合或文章中有所表露。即使在胡風事件發生之後，他也並沒有停止對概念化、公式化等創作問題的批評。如 1956 年茅盾在全國人大第一屆第三次會議上發言：「觀眾和讀者的普遍責備是兩句話：乾巴巴、千篇一律。乾巴巴的病源在於概念化，千篇一律的病源在於公式化，在於題材的狹窄」；1957 年的茅盾在與老舍等人交談時講道：「現在有沒有悲劇？一般說也可以說有的，如官僚主義是思想方法問題，碰得頭破血流，也可寫得痛快淋漓。」在《1960 年短篇小說漫評》等幾篇評論文章中，茅盾認為許多作品落了俗套，跳不出框框，常常顯得簡單、生硬、花樣不多，有時簡單化甚至造作；1961 年茅盾在魯迅誕辰八十週年紀念大會上做報告，他有意識地強調魯迅作品的意境是多種多樣的，旨在用魯迅針砭當時的現實；1962 年 4 月在紀念《講話》二十週年的文章中，他說文藝工作的「缺點和錯誤」，是因為對「講話」的「生吞活剝」（他甚至在原稿中用了「轟轟烈烈、空空洞洞」八個字來形容當時的文藝界，但發表時被刪去）；在 1962 年 8 月大連會議上茅盾曾說：「……我們的任務更加微妙，我們不能像批判現實主義那樣去寫一個新時代，寫起來是困難些。正因為困難，所以也是光榮，不要性急。有些東西現在不能寫，有些也可以寫，要寫出本質的東西，而且給人以勇氣和樂觀。」〔註29〕然而茅盾以謹慎之態的提醒也幾乎被視為如胡風一樣的異端，而且早在 1964 年就被人算總賬，其罪狀之多也令當時的茅盾就感到頗為恐懼。譬如在一本供內部批判使用的名為《關於茅盾的一些文藝觀點》的出版物中，彙集了茅盾上述的近十幾年的「錯誤言論」，並且加了明確予以否定和批判的按語。而實際上，在「反右」中茅盾亦曾被內部排隊，認為他有「中右嫌疑」，在批判電影《林家舖子》和文革期間，

〔註29〕見陳徒手：《人有病，天知否？》，人民文學出版社 2000 年版，第 387～388
　　　　頁。

茅盾也受到了相當大的衝擊。儘管謹慎的茅盾沒有胡風那種冒然出擊的勇氣，也沒有胡風那種愈挫愈奮的執著，然而他的謹慎隱忍倒也不失爲對待文化暴力或專制的一種姿態（生存順應的現實性與拒絕妥協的精神性是普遍現象，2002 年諾貝爾文學獎獲得者匈牙利作家凱爾泰斯‧伊姆雷，就對脆弱的個人在對抗強大的野蠻強權時痛苦經歷給予了深刻的刻劃，而他自己當年也曾有過順應強權的痛苦體驗），儘管是有某種人格缺憾的姿態。然而茅盾就是茅盾，他不可能變爲胡風或魯迅。

在胡風與茅盾的衝突以及他們的命運中，以及在胡風的某些文章和茅盾的表態文章中，我們也可以領略到幾乎相近的文化暴力和語言暴力，這種暴力的深層根源來自於體制和觀念的滯後。事實上，當語言暴力與強權政治結合時，即使當局者再怎樣自以爲是多麼先進多麼超前多麼理想多麼具有代表性，也無濟於事。胡風案件、反右鬥爭、文化大革命等等，連綿不斷，暴力回圈（具有諷刺意味的是，胡風、茅盾、郭沫若三家人在重慶曾有親如一家的合影，但後來卻發生了激烈衝突和鬥爭），只能說明思想專制和政治專制的高度一體化，會造成多麼嚴重的後果和文化的恐怖主義。

歷史證明，在當年白色恐怖下的文化暴力，與其他顏色恐怖下的文化暴力當具有同樣的破壞性。人們放棄獨立思考的權力，也就是主動出讓話語權，知識分子這樣做當屬可恥之舉，所以卓具見識、堅毅強悍的勇敢者胡風是少見的文化英雄，給予肯定和稱揚是必要的。但在實際生活和文化的發展中，也需要茅盾這樣的穩健派，謹慎，穩定，三思而行，也是保障社會漸進、文化平衡的重要因素。過於強悍的文化指向搞不好只是用一種文化暴力取代另一種文化暴力而已。很顯然，仇恨哲學或暴力回圈也是當今世界最應該用力消解的東西，不要關起門來的專制，也不要跨國的霸權，更不要顏色多變的各種暴力和恐怖，如果只能「發展」到後人類或後後現代的「同歸於盡」式的大毀滅，那麼整個人類都會悔之晚矣。因此細味胡風與茅盾這些文化名人的一切，倒也可以領會更多的文化意義。

（原刊於《中國現代文學研究叢刊》2003 年第 2 期）

17. 茅盾與中國書法文化

　　無心作書家，書藝傳萬代。古代作家文人多如此，現代某些作家實際亦如此。儘管他們的人生之路比古人更寬廣，或選擇職業的機會、兼幹的事情更多，因之這更多的「身份」或社會角色往往使他們比古代作家更「複雜」，但他們都喜歡文學和書法則是古今貫通的。如魯迅、茅盾、沈從文、郭沫若、老舍、李叔同（弘一法師）、徐志摩、趙樹理、聞一多、臧克家、趙清閣等等，莫不如此。誠所謂「無心插柳柳成蔭，有意翰墨書如海。」有心者集中加以審視，確實會感到蔚為大觀！「可以說，由於中國現代作家是中國古今文學和文化之變的橋梁式人物，自小又受過書法文化的薰染和教育，之後又沒有放棄毛筆書寫，故而，他們並沒有割斷與書法文化的血脈關聯，他們的書法手蹟也是一筆相當寶貴的文化遺產。」〔註1〕其實，從宏觀書法文化史角度看，即使採用西式硬筆書寫中文乃至外文，也可以臻於書法的境界。驗之於茅盾，此言是成立的。

　　在中國現代文學史上，長期有「魯、郭、茅、巴、老、曹」之說。這六大家中，固然書法技藝確有高下之分，但喜愛書法且有很多書法藝術形式的墨寶傳世則是相似的。簡而言之，他們都與中國書法文化有著非常密切的關係，都將文學與書法進行了成功的結合，並且都將「在墨蹟中永生」。這就是難以磨滅的墨蹟的力量，使他們獲得遠遠超過自然生命的文化生命！而這生命的獲得，往往是文學與書法以及人格的「合力」使然。他們的「書寫」行為終止了，但他們的「墨蹟」卻流芳百世。而在中國現當代作家浩大的群體中，完全可以說，茅盾是非常傑出的一位，在中國書法文化傳承創新方面，

〔註1〕　參見李繼凱：《書法文化與中國現代作家》，《中國社會科學》2010 年第 4 期。

茅盾也爲我們做出了示範，發揮了典範的「師者」的作用。《茅盾手蹟》〔註2〕的問世，即爲後人提供了範本。而他的大量手稿，也堪稱是文學與書法相結合的典範文本，美不勝收，價值連城，無論從量上看，還是從質上看，都達到了中國現代作家的頂級水準。用書品定格的話，當視爲「第三文本」之極品。

還是在五四時期，有一天毛澤東在《小說月報》上看到了好友孫俍工的小說，遂高興地與之交流。其間孫俍工取出一封信來說：「你看，沈先生已爲此事寫了信來，又約我寫下一篇小說了。」毛澤東一看那十行紙信箋上書寫的端秀遒勁的字蹟，內容是介紹孫之小說《看禾》發表以後，受到了魯迅先生的高度評價。那信尾的署名是「沈雁冰」三字。由此留下了深切的印象，爲後來的交往、共事及書信往來埋下了伏筆。

這「沈雁冰」自然就是後來的茅盾。在文化界、文學界，茅盾的書法確以「端秀遒勁」、「骨骼清奇」、「清雋雅致」的書法而聞名。大致而言，茅盾書法是其「常態」書寫行爲的結晶，很少「刻意」爲之，自然而又瀟灑，頓挫而有力度，清爽卻也飄逸，特別是他的手稿書法，堪稱進入了墨香秀雅、斯文酣暢的藝術世界。他的《子夜》手稿，可謂是20世紀30年代文化藝術界收穫的碩果，那清勁、博雅的硬筆行書，敘事長篇與書法長卷的復合似有一瀉千里之勢，足可以令人流連忘返（即使在初稿書名「夕陽」旁邊書寫的英文，也和他的其他英文手稿一樣飄逸，具有美感）。著名書畫大師劉海粟曾說：「1956年偶見茅盾先生所書《子夜》手稿，近乎工楷，一絲不苟，勁秀中見風采，堪稱典範。」〔註3〕我們還看到，詩書畫的相通往往成爲詩人、書家和畫家共同的追求。如茅盾曾爲高莽畫自己的肖像題詩，云：「風雷歲月催人老，峻阪鹽車未易攀。多謝高郎妙化筆，一泓水墨破衰顏。」〔註4〕這一合作產生的視覺藝術，也可以令人期待這樣的境界：詩中要有畫的意境，最美的詩卻要用最美的的書法形式來表達；畫中也往往可以書上美妙的題畫詩，這樣，將詩書畫在空間、時間及境界、韻味上有機地融爲一體，便化合、交融出一種「中國創造」的復合性藝術。這在其行書自作詩《題白楊圖》條幅中，也有很充分的體現，也是詩書畫在藝術化境中的結合：白楊圖原是茅盾名文的精神創化，此圖如今成爲茅公歌詠的對象，而這詩歌又被茅

〔註2〕 茅盾著，西泠印社2003年版。
〔註3〕 黃若舟：《硬筆書法》，上海人民美術出版社1990年版，「題詞」。
〔註4〕 高莽：《文人剪影》，武漢出版社2001年版，第1頁。

公揮筆書為精彩的條幅，這樣的連環式的審美創造，確實具有很大的藝術魅力！

　　茅盾是樂於同他人合作的文化名人，人脈很好，求字者很多。從他和友人交往信箋中，就可以看到信箋書法之外的一些書法交往方面的信息。有人已經指出：「在茅盾與朋友的通信集中，可以發現有不少朋友在與茅盾的魚雁往還過程中，在問候、請益、探討之餘，幾乎無一例外都有一個請求，以獲得茅公的一幅墨寶為幸。其中不乏像巴金、施蟄存、姚雪垠、周而復、戈寶權、趙清閣這樣的大名家，由此可見，茅盾的文人書法在文人圈子中確實有其不俗的魅力。」〔註5〕正是這樣的文人書法交往，珍藏和傳揚了傳統的書法文化，同時，這也是茅盾書法墨蹟傳播非常廣泛的一個原因。此外，茅盾作為現實主義作家文人，對書法的文化建設作用自然是重視的，也是身體力行的。比如，除了寫稿、寫信，茅盾在建國後的題字題詞就有很多，如《新文學史料》、《文學報》、《魯迅研究年刊》、《上海孤島文學回憶錄》、《小說月報》、《小說選刊》、《啄木鳥》、《湘江文藝》、上海書店、烏鎮電影院以及為許多友人、學校、圖書館的題字題詞等等，幾乎成為其生前一件相當重要的工作了。而他的這些題字題詞等，和相關的文化現象結合為一體，也成為期刊裝幀、教育文化等的一個有機組成部分。再比如，他曾為西子湖畔的「曲院風荷」景點題寫了「曲院風荷」四個字，挺拔秀頎，與西湖之景交融襯托，本身也成為景中之景；他認真題寫的「瞿秋白同志故居」、「廈門園林植物園」、「棲霞樓」等，也有引人入勝之處，與旅遊文化有了交集。而他最為常寫的，也許還是應邀或自願題寫書名，如《唐詩行楷字帖》、《中國新文學作品選》、《魯迅書信新集》、《在法國的日子裏》、《郭小川詩選》、《趙樹理小說選》、《陳復禮攝影集》、《綠葉贊》、《楊虎城傳》、《外國名作家傳》、《故國》、《蝕》、《子夜》、《腐蝕》、《鍛鍊》以及《我走過的道路》等等，經茅公妙手所題，多有點睛之效，令人感到了圖書文化的風雅趣味。

　　從書法文化範疇而言，作家書法可以說是「文人書法」的主體部分，能夠充分體現「文人書法」的特徵。這樣說來，從書法文化研究角度，整理像茅盾這樣的作家書信、傳記或回憶錄等與書法相關的文獻，也將是非常繁重的工作，當予以高度重視。而個別出版社已經出版的茅盾手書古詩文集，畢竟只是其浩瀚書稿中的一個小小的部分。茅盾的手蹟，歷經劫難而保存下來

〔註5〕　管繼平：《民國文人書法性情》，漢語大詞典出版社 2006 年版，第 164 頁。

的，尚有創作的手稿、筆記、摘抄、古詩文注釋、書信、日記以及題簽等等，大約 300 餘萬字。其中廣爲人知的是他的作品手稿，這些手稿卷面整潔，字體雋秀、飄逸，如同一幅幅精美的書法，深受書刊編輯們的喜愛，也被文藝界人士視爲藝術珍品。1996 年，爲紀念茅盾誕辰一百週年，中國青年出版社便出版了《子夜手蹟本》的精印本，並作爲出版社的「典藏」珍本。而後，華寶齋書社出版了一套更完整的精選線裝本《茅盾手蹟》，其「綜合篇」包括茅盾各個時期的不同墨蹟，一函五冊；正版手工宣紙線裝茅盾手蹟「《子夜》篇」，一函三冊。主編爲茅盾兒子韋韜先生，足見貨眞價實，全爲可信的眞蹟留影。這些手蹟被出版界命名爲「文學書法」，而筆者則名之爲「第三文本」。眞蹟誠爲寶貴，能夠在顛沛流離的歲月裏被保存下來，這裡面又有多少故事和文史掌故呢？即使是這般精緻的印刷品，在世人眼中也堪稱是難得的「寶貝」了。

　　在書法界及公眾輿論中，向來有人詬病文人書法特別是現代作家書法的「功底」不足，且看茅盾書法，卻功底十足，獨具風姿，文學和書法同輝，文化名人的巨大效應和功底非凡的書法手蹟，令人幾乎歎爲觀止。茅盾早年深受家學影響，其祖父雖然科場失意，但書法卻聲名鄉里，在烏青二鎮經常爲人題寫匾額、店號、樓名及文書等。其父母也喜歡文墨，能書對聯。上學過程中，也常能得到高人指點，學習書畫和篆刻成爲人生的一個樂趣所在。在進入北京大學學習時，還曾受到沈尹默、沈兼士等人的直接影響，對書法文化有了更多的接觸。他的書法在顏柳楷書的臨習方面下過不少功夫，對書法史上的行草法帖也多所借鑒。即使是其早年在故鄉學習留下的作文本，也被發掘出來，成爲其文章和書法方面的重要文獻。桐鄉市茅盾紀念館編的《茅盾文課墨蹟》（1～2 冊，2001 年 3 月華寶齋書社出版），就爲人們留下了極爲深切的印象。有人認爲其字其文水準高，13 歲的茅盾書法「寫出了相當於現在省級書協會員的水準。章法嚴謹，筆法穩重，濃淡適宜，在靈動的結體中顯現著宋唐書風，從圓潤的筆劃轉折中，體現出顏筋柳骨。」〔註6〕還有重要的一點，可以見出茅盾對中國書法文化的修養之深，這就是他對篆刻的喜愛，且技能不俗，早年曾在中學同學影響下，認眞學習篆刻，1910 年的暑假全力習刻印章，刻工大進，對剖石章及拓印法等技巧也能掌握。〔註7〕雖然後來不

〔註 6〕　盛羽、盛欣夫：《茅盾書法小考》，《中國書法》2005 年第 10 期。
〔註 7〕　參見茅盾：《我走過的道路》（上），人民文學出版社 1981 年版，第 72～73 頁。

再自刻印章，但這方面的修養卻是具備了，對促進他對書法文化的系統把握和深入瞭解有所幫助。如他晚年曾說「錢君匋篆刻，善矣而未盡善也。這玩意兒，功夫深淺大有講究，不容易盡善盡美。我在中學時玩過這東西。當時中學裏有這門功課，五四後就不玩了。」〔註8〕任課者爲鄧石如，乃爲江南書法、篆刻大家。幸運的是，茅盾於中學時自刻的印章多枚至今仍留存於世，如：1910 年茅盾在湖州自刻的「仲方」陽文印、「沈大」石章以及「德鴻」與「斌」雙面印等，儘管皆爲習作，卻也水準頗高，皆被茅盾故鄉紀念館視爲一級文物而妥爲珍藏。

值得注意的是，作家書法具有文人書法的一般特點，卻也是文人群體中最具有「文學性」和「情感性」的人們。作家們不僅在文學文本中體現出作爲作家文人的本色，而且也會在書法文本及書法思考中體現出這樣的本色。作家文人往往更率性、更情感化，更具有詩性及自創性。他們的「雙書」（文學書寫與書法書寫）特徵也更加鮮明，從存量看也遠多於其他群體。他們有意無意的「雙書」性實踐，對中國文化傳統特別是文學和書法傳統的繼承和轉化，都起到了非常重要的作用。

茅盾的書法個性和魯迅、郭沫若一樣鮮明，具有自家特異的書法面貌。唐代大詩人杜甫曾說過「書貴瘦硬方通神」，藉此形容茅盾先生的書法確是比較貼切的。在文人書法中的「瘦硬」者，茅盾應該算是非常典型的一家。作爲著名文學家、又是新中國第一任文化部長的茅盾，當年給各種報刊書籍題名的自然很多，他的「瘦硬」和「清秀」居然可以結合到如此完美的境界常常令人豔羨不已。他的這種書法個性，主要是自己個體生命律動的外化，但也會有書法文化潛移默化的影響。儘管茅盾很少標榜自己師承名家，但偶爾也會透露自己讀帖、臨碑的經歷。他在 1979 年 1 月 22 日《致施蟄存》中（署名沈雁冰，載文化藝術出版社版《茅盾書信集》），就曾說到自己的書法：認爲「不成什麼體，瘦金看過，未學，少年時曾臨董美人碑，後來亂寫。近來囑寫書名、刊名者甚多，推託不掉，大膽書寫，都不名一格，《新文學史料》五字，自己看看不像樣。現在寫字手抖，又目力衰弱（右目 0.3 視力，左目失明）。寫字如騰雲，殊可笑也。」並答應老友的請求：「寫唐詩，容過了春節再寫。」〔註9〕除了習慣的客氣及謙虛，明顯道出了「看過」瘦金體書法、臨

〔註8〕　茅盾：《茅盾全集》第 38 卷，人民文學出版社 1997 年版，第 15 頁。
〔註9〕　唐金海、劉長鼎主編：《茅盾年譜》（下冊），山西高校聯合出版社 1996 年版，

寫過「董美人碑」〔註 10〕等重要信息。所謂「大膽書寫」云云，恰恰是積累到相當程度，便可以信手任情揮灑，卻不失自家面目。

誠然，茅盾是五四以來中國作家中的佼佼者，在很多方面都取得了重要的成就。書法文化的傳揚和創作並非他的主要從業內容，甚至可以說，在沒有意識到「書寫」行為往往既與文學創作相關，也與書法文化生產相關的情況下，茅盾還將書法當做「業餘」的愛好了。儘管如此，茅盾在客觀上還是通過不斷的書寫，為後世留下了很多精彩的書法作品。在作家群體中，他和魯迅、老舍、郭沫若、沈從文等一樣，也是屬於文學與書法都可以列入「上品」或「上上品」的方陣的。茅盾的書法，其最有特點的就是線條及結構。他的書法大都將字的中宮收得較緊，所以結構嚴整美觀，線條舒展雅致，雖入筆輕而線條細，但卻細而不弱，線條非常秀挺而富有彈力。儘管有人以為：唯一不足或可說寫得過於光滑流暢，似乎美妍有餘而韻味不足。當然，這也只是某些人的一種審美結果，主觀局限是明顯的。顯然，茅盾的這種書法風格原本就不是以書法史上的「四寧四毋」為旨歸的，而是既有南方文人及其「二王」的流韻，又有北國「白楊」的挺拔，是南北、剛柔、古今、人我高度「化合」的產物。茅盾書法，實際已經卓然成家，我們國家應當為擁有像茅盾這樣的傑出文人書法家而感到驕傲。每當我們看到他寫在彩色信箋上的書法小品（如書《林和靖旅館寫懷》以贈黃裳，書舊作《西江月·幾度芳菲》贈唐弢等），寫在宣紙上的條幅和橫幅（如寫給蔡元培先生的條幅、寫給臧克家的條幅、寫給趙清閣的橫幅長卷等），以及寫給曹靖華的中堂等等，儘管只是在展覽中或圖片中觀賞，也能感受到其中蘊含的來自書法也來自文學以及情誼的美好及妙味。

筆墨當隨時代，在茅盾筆下得到了很充分的體現。書法個性或風格的鮮明，在現代作家筆下也真的是歷歷在目。如果說小說、散文的個性風格辨識起來存在一定困難的話，筆蹟風格面貌卻相對容易辨認。茅盾的書法在現代作家群中風格獨具，有董美人和瘦金體的遺風，也有寫經體的功夫。茅盾幼年從酷愛書法的祖父那裡也受到了很大的影響。上世紀 88 年內地出版且影響很大的《中國當代書法大觀》中，茅盾書寫的行書《一剪梅·六十年前》

第 1521 頁。

〔註10〕該碑全稱為《美人董氏墓誌銘》，刻於隋開皇十七年（西元 597 年）。清嘉慶年間出土於陝西興平縣，其特點端莊堅挺，清妍明快，深受茅盾喜愛，臨習認真，頗得其神韻。

即被收入〔註11〕，這幅書法作品「用筆細勁堅挺，結字工穩偏長，布局大方得體。書寫時爽然快捷，縱橫自如，書卷之氣撲面而來。」〔註12〕此外，這從一個小小的側面也顯示著現代「老作家」與當代「書寫者」的貫通。現代作家對當代作家的文學影響是那樣明顯，人們給予的關注也是那樣集中，使人們似乎很容易忽視在其他方面包括書法文化的聯繫。茅盾1980年2月書一首詩《題紅樓夢畫頁》贈送學者萬樹玉，認真地謀篇布局，一氣呵成，神完氣足，是茅盾書法中的精品。茅盾也曾給西北大學教授單演義等學者書寫橫幅或豎幅書作相贈，他對學者的熱情由此可見一斑。而書法界也有不少人對茅盾有著濃厚興趣，贈書法，贈印章，在其身後，也仍然熱情不減。如《茅盾筆名印集》的出版，即為一例。《茅盾筆名印集》由中國書法家協會浙江分會、浙江省桐鄉縣文化局編著，浙江人民出版社1984年出版。該書共收錄根據茅盾曾經使用過的筆名篆刻成的作品125方。該印集緣自浙江省書法家協會組織本省部分篆刻家在茅盾故鄉烏鎮舉行的「茅盾筆名印集」創作活動，把收集到的茅盾筆名資料，按編年順序進行創作而成。這些印章形式多樣，風格各異，有較高的藝術價值，也有珍貴的文化資料價值。而以茅盾詩文為內容的書法或紀念茅盾的以及與茅盾相關書法，更是不勝枚舉了。而這樣一個命題，即茅盾文學獎獲得者與書法文化就是一個很有意趣的課題。迄今為止，茅盾文學獎已經評出了8屆，很有意味的是，每一屆都有鍾情於書法文化（或精於書寫，或熱愛收藏，或樂於鑒賞，或兼而有之）的作家進入獲獎名單，如第一屆的姚雪垠，第二屆中的李準，第三屆中的劉白羽，第四屆中的陳忠實，第五屆中的王旭峰，第六屆中的熊召政，第七屆中的賈平凹，第八屆中的莫言，都與書法文化有較為深切的關聯。即使是女作家王旭峰，也將茶文化與書法文化進行了結合，留下了一段佳話。至於最近三屆的熊召政、賈平凹和莫言，都是精通書法文化的傑出作家，書法造詣相當精深，其書法創作的成就和影響力也非同小可。雖然不能說這是對茅盾那一代作家的自覺師法和傳承，但也不能說毫無因緣關係。中國文人的文化生活中，書法文化的創造和消遣是重要的一種方式，這是一條文化河流，很幸運，通過茅盾文學獎串聯起來的作家中，就有延續這條文化河流的優秀作家不斷湧現出

〔註11〕閻正主編：《中國當代書法大觀》，文化藝術出版社1988年版，第18頁，第60頁。

〔註12〕斯舜威：《學者書法》，中國美術學院出版社2002年版，第124頁。

來，這並非偶然，而是民族文化的傳承使命得到了自然而然的顯現。

世間珍視茅盾書法及手蹟者極多，可以說是真正意義上的「墨寶」乃至「國寶」了，民間收藏已經非常罕見，拍賣行中的作品時或有之，卻未必都是真蹟。在寶島臺灣，有一位作家叫李黎，其家居客廳壁上有一幅字：「西江月/茅盾題」，底下一方鈐印「茅盾」。掛了許多年，被他視為珍寶，也令其友人驚奇、讚歎。〔註13〕現居香港的著名老作家董橋也很欣賞茅盾的詩書合璧的作品，曾尋尋覓覓許多年。他曾介紹道：「他的詩我讀的其實並不多，讀到的竟然都寫得很好。茅盾文字裏的氣度始終清華疏曠。1965年我在新加坡靜叔家裏看到茅盾寫的一幅立軸，清臞入骨，秀氣裏藏不住傲氣，實在儒雅。靜叔要送給我我沒敢要，尋尋覓覓幾十年竟然再也碰不到那樣愜意的一幅。茅盾晚年致施蟄存信上說他的字不成什麼體，瘦金看過，未學，少年時代臨過董美人碑，後來亂寫，老了手抖，目力又衰弱，『寫字如騰雲，殊可笑也』！老先生也許真是那麼謙卑。上星期這封信在上海拍賣，我沒買著，朋友倒替我弄來一幅茅盾寫給荒蕪的一紙詩箋，錄《讀稼軒集有感》一律。」「茅盾拿榮寶齋溥心佘畫的箋紙寫的這幅小字倒是見樹見林了。我喜歡這樣纖秀的『小文玩』，書法藝術如今是殘山剩水了，老前輩遺墨難得流傳下來，有緣邂逅我總是盡量撿來保存。」〔註14〕

用書法來進行交友，是現代文人之間特別風雅的事情，對現代文人作家來說，不是附庸風雅，而是文學交流、文化會通及書藝切磋。其友曹靖華就曾獲得茅盾的書法作品，其內容是他訪問海南島時寫的一首古體詩《椰園即興》：「六鼇釣罷海無波，斜雨乘風幾度過。安不忘危常警覺，軍歌聲裏跳秧歌。」形式上是嚴格意義上的中堂，結構相對寬博舒朗，墨蹟顯得粗壯有力，意象上與歷史興歎相契合，堪稱是茅盾書法的代表作之一。曹靖華珍愛有加，精心裝裱後懸掛於房中，兩邊配上著名畫家陳半丁老人繪的梅、菊圖。「來訪的友人都會對這幅墨寶駐足觀賞、讚歎。」同時也表現出曹靖華對茅盾詩文和書法的敬重、欣賞：「敬重茅公，也仰慕他清新、雋永的詩和他自謙『約約乎』的飄逸、俊秀、自成一體的書法。不然，他生前為何獨獨將這幀墨寶懸於室中，時時作『壁上觀』。」〔註15〕為老朋友黃源所書的立軸，

〔註13〕李黎：《茅盾的字》，2011年11月30日《新民晚報》。

〔註14〕董橋：《故事》，作家出版社2007年版，第106～107頁。

〔註15〕彭齡、章誼：《斜風乘雨幾度過——父親曹靖華與茅盾的友誼》，《傳記文學》

也為黃源親友所愛，觀賞者常為茅盾的書法美所折服。而他贈送女作家趙清閣的《清谷行》長卷，更是稀罕之物，茅公逝世後，年齡也近 85 歲的趙清閣將此件珍寶題字說明，鄭重捐贈給了茅盾故鄉的紀念館珍藏。這樣的結果也許茅公生前是無法想到的，更想不到可以用書法進入市場換取大的價錢。他給趙清閣的信中說：「囑為寫小幅，敢不遵命。但書法惡劣，聊供一粲，並以存念。」〔註16〕他把自己的書法作品定位在交友層面，顯示的確是一種清冽純淨的文人襟懷。

由前述相關情況我們可以對茅盾書法藝術之源產生進一步的認識，即茅盾書法藝術得益於古代書法文化的啓示，鑒賞書法的潛移默化、臨摹碑帖的藝術操練以及受前人啓發的自由書寫等等，是他能夠成為優秀文人書法家的重要原因。即使從茅盾自述中，也可以進行這樣狹義的理解：雖然不能說瘦金體對茅盾書法毫無影響，但更主要的影響源卻是他自我介紹的《董美人墓誌》。該碑是隋代楷書中的精妙之作，其書布局縝密嚴謹，筆法精勁含蓄，秀逸疏朗，淳雅婉麗。茅盾之書從中便吸取了其華美堅挺的筆致，果然給人有一種清朗爽勁之感。茅盾既從傳統書法文化中受益，也為傳揚書法文化付出了自己的勞動，他勤於書寫流下的書法及手蹟，固然是對書法文化的奉獻，而從他這裡卻也衍生出書法文化，比如他的詩文會被他人書寫，他的書法被置換和化用，甚至他的筆名、作品名等也會被書法篆刻家當成再創作的對象。比如《茅盾筆名印集》〔註17〕，就是一例。該書共收錄根據茅盾曾經使用過的筆名篆刻成的作品 125 方。這些印章形式多樣，於小小印石之中，展現出風格各異的線條及藝術變形，有較高的藝術價值，同時也有較為珍貴的文化資料價值。

當然，也有對茅盾書法持異議的文人。1944 年第 7 期《萬象》上曾刊登徐調孚化名「賈兆明」的書信體散文，題為《閒話作家書法》，文中先曾說到茅盾的稿子頗受排字人的歡迎，但後面又說：「茅盾的原稿雖則清楚，但字卻寫得並不好，而且筆劃常有不到家處，以致極易被排字人認錯，我們校對人實在不歡迎他的稿子。他的字瘦削瑣小，極像他的人體。」這裡的自相矛盾是明顯的，且僅僅有實用的判斷而沒有書法藝術的判斷，寫信人的書法修養及「校對」能力也令人懷疑。又如胡風，也曾說：「《新文學史料》適夷給我

2006 年第 1 期。

〔註16〕茅盾：《茅盾全集》第 38 卷，人民文學出版社 1997 年版，第 10 頁。

〔註17〕中國書法家協會浙江分會、浙江省桐鄉縣文化局編著，浙江人民出版社 1984 年。

帶來一本⋯⋯那個刊物名稱的題字就是我覺得滑稽，好像現在沒有這位大人物的題字，刊物就不能取得合法的形式。」〔註18〕這裡的不滿似乎並非針對茅盾書法技藝本身，而是針對茅盾的「大人物」形象和題寫刊名的行為。因二人後半生不和，所以其中的情緒化傾向是相當明顯的。如今，人們對茅盾的書法讚佩有加畢竟是主要的。甚至由於其手蹟有「市場」價值，近些年來還有民間性質的「假冒僞劣」之物粉墨登場。在著名的孔夫子舊書網上就赫然掛著兩頁八行箋信紙的茅盾 1979 年 10 月 30 日寫給趙清閣的《沁園春・祝文藝春天》手蹟，〔註19〕明眼人一看，就知道與茅盾的筆蹟相去甚遠。

無論褒貶，茅盾與中國書法文化的密切關係則是基本史實，這關係涉及到許多方面，不僅是接受影響，而且也有創作和傳播；不僅是自己揮毫書寫書法自娛，而且在印章、文房四寶、書法交際、題字題簽等方面都有介入，進入了「書法文化」擴展、拓展及廣泛應用的領域。而其墨蹟的傳世，也就有了更多的價值意義。茅公之子韋韜先生曾於 2011 年 11 月爲《茅盾墨蹟》一書撰寫序言，其中雖然也有僅僅認可毛筆書法爲「書法」、爲「墨蹟」的局限，對茅公書法的源流、特點及價值等也沒有展開論述，但卻以茅公身邊人的親歷親見，告訴世人許多重要的相關信息。這篇題爲《父親的書法》的序言不長——

> 父親茅盾以中國現代作家、文學評論家名世，是五四新文化運動先驅者之一，曾出任新中國第一任文化部部長達十五年之久，他勤於著述，始終保持著使用毛筆書寫的習慣。
>
> 上世紀二三十年代，洋紙、洋筆憑藉其使用方便的優勢，在北京、上海等大都市文化人中逐步推廣，父親也隨著開始使用鋼筆。那個時期他所創作的《蝕》、《虹》、《子夜》等小說都是用鋼筆寫的。1937 年抗戰開始，大後方物資十分匱乏，洋紙已很難見到，用的都是毛邊紙或土紙，不適宜鋼筆書寫，於是父親恢復了使用毛筆的習慣，並從此保持到晚年，無論是辦公室。還是家中書房，毛筆、硯臺都是他的案頭長物。
>
> 父親寫了一生毛筆字，但從來不認爲自己是書法家，他寫字是爲實用，並不當作是藝術創作，對紙、筆、墨一向不考究，有什麼

〔註18〕胡風：《致牛漢・1980 年 6 月 21 日自北京》，《胡風全集》第 9 卷，第 454 頁。
〔註19〕http://book.kongfz.com/item_pic_8575_203502016/

用什麼。後來有一位求字的老畫家指點我們，建議去榮寶齋和戴月軒爲父親挑選一些合適的宣紙和湖筆，這時我們才知道，爲父親準備筆、墨和宣紙也是大有學問的。父親用的毛筆，狼毫、羊毫都有，但以狼毫爲主。「文革」結束後，許多中斷音訊十多年的朋友又開始與父親書信往來，其中不少人向父親求取「墨寶」，父親總是有求必應，不過在回信中一再聲明「字殊拙劣，聊以爲紀念，請勿示人。」但求字的人還是愈來愈多。

1978 年之後，各地文化設施陸續恢復或重建，復刊和新出版的報紙、書刊如雨後春筍，向父親求字的信件中增加了要求題寫刊名書名、校名，以及爲名勝古迹書寫楹聯等内容後來到了應接不暇的地步，但父親仍是有求必應。唯獨《書法》雜誌請他題簽時，父親堅決敬謝推辭了。他說他不是書法家，而書法界的大家高手很多，請他們寫更好。

父親始終認爲，自己在書法上沒有下過工夫，別人請他寫，只不過是慕名而已，我沒見父親臨過什麼字帖，父親在給施蟄存的信中説：「我的字不成什麼體，瘦金看過，未學。少年時曾臨董美人碑，後來亂寫。」在給另一位朋友的信中也説：「我的『書法』實在約約乎，熟人相索，不敢藏拙，聊以爲紀念。若推廣至於友人之所識，則將爲識者所笑。」

然而，喜歡父親字的人卻不少，他們常用雋秀、飄逸來評價父親的書法。我們認爲父親的字別具一格，是純粹的學者之書，這恐怕除了天賦、學養，還與他縝密細心、一絲不苟的性格有關。

我們的家鄉——桐鄉，是個重視文化，尊重知識的經濟發達之地。改革開放以來，在文化建設上取得了很多受人稱頌的成績。繼獲得「全國文化模範市」等多項殊榮後，2008 年再被評定爲「中國書法之鄉」。在編印出版 2010 年《茅盾檔案》又被國家列入第三批中國檔案文獻目錄。在編印出版《豐子愷墨迹》《毛談虎墨迹》《錢君匋墨迹》等桐鄉籍名家墨迹叢書後，現在又要編印《茅盾墨迹》，我是十分贊成和非常感謝的。

贊成，是因爲我也喜歡父親的字，也曾想爲父親編一本他的《墨

迹》。限於條件和精力，至今未能如願。現由家鄉作為系列叢書之一
高規格編印出版，我的心願也得以了卻，當然再好沒有。

感謝，是因為父親寫了一輩子毛筆字，能為他編一本他的《墨
迹》，在父親逝世三十週年之際，奉獻給廣大讀者，這無疑也是對父
親的一種最好的紀念！

難得有這樣的後人，不將茅公的遺物包括手稿、書法等據為私有，不以金錢
當頭，而注重傳承和弘揚茅公的文化事業。我輩從事茅盾研究者，也當積極
努力，為茅盾研究包括他與藝術文化包括書法文化的關聯性研究，奉獻自己
的力量。

（據札記舊稿擴充，未刊）

18. 復合文本的珍稀及傳播——談談 《茅盾珍檔手蹟》

　　隨著歲月的推移，跨至 21 世紀的我們對上個世紀的文化名人或文人墨客也有了一種懷念和好奇的心理，甚至某些有心人還生成了探尋研究的興趣。筆者近年來即出於專業的緣故，曾撰寫了《書法文化與中國現代作家》、《在墨蹟中永生》〔註1〕等一系列文章，依然覺得探求的興趣正濃。恰聞浙江大學出版社陸續出版了《茅盾珍檔手蹟》系列書籍，睹之欣然，心有所悟，特向同好及廣大讀者推薦。

　　面對新舊、中西之間的「五四」一代文人，令人讚佩不已的就是他們的文化胸懷和多才多藝，他們精通中西之學，貫通古今之道，特別是能夠審時度勢，採取必要的明智的適時的文化策略，對我國文化的傳承創新、發展改革做出了巨大的貢獻。茅盾即為這一文化精英群體中的佼佼者之一。其中，可以傳諸後世的文化創造物頗為豐富，而其留下的書寫手蹟，則是特別值得後人珍視的文檔文獻文物，具有「復合文本」特徵和多方面的文化價值。正是有鑒於此，浙江大學出版社編輯人員精心策劃，並通過有關檔案館同仁多年的努力，終於完成了具有豐富價值和示範意義的《茅盾珍檔手蹟》。

　　筆者數年前即聞浙大出版社出版了茅盾珍檔手蹟《遊蘇日記》，憾未親睹，後來曾購得《古詩文注釋：茅盾珍檔手蹟》（桐鄉市檔案館編），也由浙江大學出版社於 2010 年初出版，不勝欣喜。這冊《古詩文注釋》是茅盾親自

〔註1〕　分別刊登於《中國社會科學》（中文、英文版）和《文藝報》等國家級報刊。
　　　　文章發表後引起較大反響，對作家與書法文化的研究產生了積極的推動作用。

動手，精心選擇並抄錄部分中國古代詩文，加以相當詳細的註釋和解說所形成的手蹟，這些手蹟曾分別裝訂成一本本小冊子，作為一位慈祥的長者獨家編輯的語文教材，用來幫助孫兒輩學習古詩文以及相關語文知識的。據《茅盾年譜》（唐金海等主編），茅盾在 1970 年已是 75 歲的高齡，仍一直關切孫輩的學習和生活，可是正值「文革」，孫輩失學。茅盾便親自上陣，自編教材並親自講授。由於茅盾中年失去至愛的女兒，傷心至極，故對孫女沈邁衡格外疼愛，在她閒在家裏的時候，茅盾便為她擬定學習計劃，並親自選定古典文學篇目，為孫女答疑解難，細心講解。由此我們不難想像，在「文革」那樣的「大革文化命」的歲月裏，居然會發生這種志在傳承傳統文化、弘揚家學及文學的「教育事件」，其意義自然非同尋常。很多人都以為「文革」中「文化」灰飛煙滅，良知滅絕，其實仍有地火在地下運行。事實正是如此，「文革地下文學」的傳播以及如茅盾堅持的這種「文革地下教育」，就都是維繫中國文化命脈的重要行為。尤其是，茅盾在暮年還能手執毛筆編寫這麼一本宏大的教本，著實令人感歎不已！如今經由有心人編印出來，並特別說明「全書皆由茅盾用小楷寫就，字蹟端莊工整，註釋簡潔明瞭，既可以幫助讀者學習古代詩文，還可以作為書法欣賞。」展讀此書，信之確非妄言。不僅如此，該書還可以喚起人們的歷史記憶，對那些喜愛茅公書法的人來說，還可以將之作為法帖來借鑒、臨摹的。

也許這些還只是一個巨大出版工程的嘗試或前奏吧。隨後《茅盾珍檔手蹟》的編輯出版便進入了高潮階段：2011 年出版的《手蹟》含六冊，包括《日記－1961 年》、《日記－1962 年》、《日記－1963 年》、《日記－1964 年》、《子夜》及《書信》，套裝精印，美觀大方，是「十二五」國家重點圖書，全國重點檔案編研出版專案。由此也可以看出專家和國家對該書的重視及期待；2012 年初，又推出了《茅盾珍檔手蹟》一共五冊，包括《走上崗位》、《人民是不朽的》、《文論》（上、下）、《詩詞紅學札記》。至此已經「著作等身」，蔚為大觀，即使僅僅從作家手稿印製出版來看，也足可令人歎為觀止了。

重大出版工程和重大研究專案一樣，都有一個艱巨的籌畫、申報過程。當今社會謀大事辦大事都要走程序，加之顯在的、隱在的的諸多因素，使得這個程序變成了頗為艱難的道路，往往是困難重重，需要發揮「長征」精神，迎難而上。有人調侃說當今要精通一門新興學科即「申報學」，其實也不無現實意義。下面即是 2008 年 8 月桐鄉市檔案局在籌畫該項出版工程時形成的第

一份申請報告，擷取片段，以見甘苦之點滴──

　　茅盾……是在國內外享有崇高聲望的革命作家、文化社會活動家。因此有關他的檔案資料也就成了我們國家一份極其珍貴的文化遺產。

　　2007 年，桐鄉市檔案局（館）在茅盾之子韋韜先生的大力支持下將茅盾檔案資料全部無償地捐贈給桐鄉市檔案館。這是繼茅盾遺體骨灰遷葬故里後，茅盾的精神文化遺產回歸家鄉的又一盛舉，爲桐鄉的精神文明建設增添新的文化底蘊。

　　桐鄉市檔案局（館）爲充分發揮和利用好這批珍貴的茅盾檔案資料，讓它通過多種形式爲社會服務，讓茅盾珍貴的手蹟能展示在人民大眾面前，讓更多的人瞭解茅盾、研究茅盾、學習茅盾，是很有意義的工作。爲此，桐鄉市檔案局（館）在市委和市政府領導的重視和關心下，在徵得韋韜先生同意後，精心選擇茅盾手蹟檔案資料，與國家級出版社合作，陸續編輯出版《茅盾珍檔手蹟》系列叢書。

　　基於茅盾檔案的重要價值和歷史地位，我們希望將《茅盾珍檔手蹟系列》叢書申報爲浙江省文化精品工程和浙江省精神文明建設「五個一」工程。這是浙江省創建「文化大省」的需要，也是我市建設「文化名市」、提煉桐鄉城市精神的需要。茅盾檔案的公開出版，有利於人們學習茅盾的高貴品質和崇高精神，促進社會主義和諧文化建設，推動我市乃至浙江省的地方文化建設；有利於促進對茅盾生平、思想及其作品的研究，對我國革命文藝和文化運動的研究；同時將茅盾檔案以圖書形式出版，是桐鄉市檔案局（館）利用檔案爲現實服務的一次新的嘗試，是檔案編研工作上的一次創新之舉；而在藝術價值方面，茅盾的作品手稿，有毛筆字、鋼筆字、鉛筆字，字體雋秀、飄逸，筆力蒼勁、瀟灑，如同一幅幅精美的書法，是不可多得的藝術珍品。目前初步確定以茅盾建國後日記、譯稿、回憶錄、小說、紅樓夢筆記、來往書信等檔案資源，編纂出版 16 類 40 冊約 18000 頁。……

誠然，從《茅盾珍檔手蹟》中，我們依稀可以看見一位業已遠行的文化名人的莊嚴而又唯美的背影。這些傾注了茅盾無數心血的墨蹟，穿越歷史煙雲，

透出了強烈的時代氣息，既有其內容層面的豐富性，也有字如其人的鮮明個性。雖不能說字字珠璣，筆筆精美，總的看卻可以說美不勝收、美妙絕倫，在現代文化名人中僅僅依靠這幅筆墨，也足可以傲視群雄、獨步文壇了。過去我們都以為作為作家、文化名人的茅盾，只有文學作品才是他留給人們的文化創造物，至少是其文學之名掩蓋了他的書法之名。筆者在《魯迅與茅盾比較論》、《20 世紀中國文學的文化創造》等著作中也是這樣闡述的，而今看到這恢宏的《茅盾珍檔手蹟》系列出版物，不免心生感歎：這些手蹟本身不僅具有文學價值（據此印製的鉛字文本廣為流傳），同時也具有文物價值（原件固然是珍貴文物，複製精印也可稱為珍檔文物），具有手蹟學或書法文化學的價值，是世間獨一無二的由茅盾留下的一份寶貴的文化遺產。其中那些文學文本的手蹟手稿，既具有文學文本的「原始」特徵，也具有書法文本的「自然」特徵，堪稱茅盾傾其生命創造的「第三文本」，其復合性的文本體現了多方面的文化價值，更值得後人加以珍視和研究！

茅盾通過傳統文化教育，內得中國古代文化（文學）之滋養，外汲世界文化（文學）之精髓，且能夠自覺地將二者融為一體，於溫文爾雅的儀態和筆蹟中，足可見其清雅不俗的風骨，於沉靜舒徐中見其堅強不屈的鋒芒。如今正式出版的《手蹟》既是現代文獻整理，也屬於文化遺產保護，無論從文學文化研究還是書法文化研究方面看，都是很有參考價值的。甚至在廣義的文化交流、文化傳播方面，也有重要的價值，對研究書寫者茅盾特別是書法文化傳承者或茅盾與書法文化的關係，無疑也具有很大的啓示意義。因為，茅盾作為書法文化創造者，付出了極大的努力，為了文學和人生，也為了書法和文化，他的《手蹟》便成了世間最為有力的證據。那些小覷茅盾的狂徒或有某種成見的文人，在意義豐富、技巧紮實、功夫了得的《手蹟》面前也往往會失語的。

當然，書法文化不是孤立的存在，善書者往往要深受傳統文化的濡染。緣此茅盾與書法的關係很深很深。他從小習寫書法，一輩子都與毛筆書法、硬筆書法有著難解的緣分。他樂於收藏碑拓及友人書法，僅僅有書法交往的朋友也多達數百人，而那些隱含在文字背後的故事和情意，借助墨蹟或線條，可以一一浮現出來，且會令我們不時地欣羨和讚佩。特別是，作為提倡新文化新文學新文字的茅盾，卻在看上去並不怎樣刻意為之的書法書寫中，與古為鄰，書寫古人或自創的舊體詩文，從其手蹟中流露出了令人感到熟悉的古

老詩意及愜意。

　　總之，讀《茅盾珍檔手蹟》及相關史料，在給人以驚喜甚至是震撼的同時，也會激發探索、審美的興趣。文學文化與書法文化的互動、共存，別開生面，顯示了中國現代「革命文人」的精彩與雅致。由此也令人想到：茅盾家人的奉獻、茅盾家鄉學人的辛勞，以及出版人的努力，必將繼續完善《茅盾珍檔手蹟》的出版；而茅盾手蹟的大量問世，對世人瞭解茅盾其人其文其書，無疑都是大有裨益的。同時，我們也意識到，中國近現代以來的許多作家手蹟都值得搶救，都需要儘快給予整理和出版，並從交叉學科的學術視域進行潛心探析，從中獲得的教益及啓示也是豐富的。

　　　　　　　（原刊於 2012 年 5 月 15 日《中國圖書商報》，略有修訂）

19. 引領向北國——讀茅盾《新疆風土雜憶》

　　人們熟悉湖南人毛澤東對北國風光的唱歎，雄渾豪邁，震爍古今；也應該熟悉浙江人沈雁冰即茅盾對北國風光的唱歎，話風景，贊白楊，道風土，娓娓而談。不同之處還有，前者主要用詩詞，後者主要用散文。

　　惜古代的聖人孔夫子「西行不到秦」，歎古代的大哲老子李聃西行不出關！想想其實也情有可原。古代的旅途極為兇險和艱難，蒼茫的大西北就更是如此了。筆者是蘇北人，來到西安就被故鄉人視為「走西口」了，常常悲憫我的流浪生涯。這還是發生在 80 年代的事情。而發生在 30 年代末的茅公「西行」或「西遊」，其遭遇也似乎頗為驚險。然而，奇妙的是，茅公為後世卻留下了一篇弘揚新疆風土人情的名文——《新疆風土雜憶》。

　　茅盾一生，足迹幾乎遍及全中國。作為一位正宗南方文人，傾心讚歎北國風光，不僅有他的名文《風景談》、《白楊禮贊》，而且還有他的《新疆風土雜憶》。只不過換了一種筆調，展呈的北國風光更具有豐富的文化味，也更像一幅斑斕的風俗畫。

　　他於 1938 年底應杜重遠之邀往新疆，一年多的新疆生活給茅公留下了難以磨滅的印象。在他臨終前所撰述的宏篇自傳《我走過的道路》中，還寫下了《新疆風雨》上、下兩篇。其中的一些材料即直接取自這篇《新疆風土雜憶》。這是一篇長達 8000 餘字的遊記體散文，初刊於 1942 年 9 月出版的《旅行雜誌》十六卷第 9、10 期。從文中可以看到茅公的博聞強記和大家手筆。他對新疆風土的熟悉似已達到了如數家珍的地步，歷歷列述，雜而有序，平

中見奇，文雅雍容，若非文學大家，恐難爲之。

這裡且從幾個方面，將這篇「雜憶」的特點略作一些分析。

其一，風土見勝，人情暗隱。這是該文構思上的突出特點。既然題爲《新疆風土雜憶》，扣題而書，「風土」的記敘便被推到了顯豁的位置。然而向來是「風土人情」並提的，甚而渾成一體或以「人情」爲主的。但茅公的這篇散文卻在一定程度上迴避了這種常規的思路。該文 1～7 自然節，介紹了入疆途中的一些見聞。茅公當年去新疆時，是從香港經西安、蘭州等地至新疆的。從蘭州坐歐亞航空公司的飛機抵達哈密，然後則改坐汽車由陸路前往迪化（即今烏魯木齊）。茅盾在這篇「雜憶」中，從入疆後的第一站哈密寫起。首先提及的是晚清左宗棠進軍新疆時栽的柳樹（被譽爲「左公柳」），接著再敘及「坎兒井」、草原、鹽灘等，途經吐魯番，自然對這裡的地貌之奇、氣候之熱及豐碩的出產要情不自禁地多說幾句了，直到人至迪化，猶在關心「吐魯番風」。這些便是茅盾入疆時於途中所見風土的主要記錄。自至迪化後，歷時一年多，便對全疆的風土概況有了許多瞭解，於是自第 8 自然節以下，便採用了橫向展開的敘述方法，將新疆的音樂、語言、氣候、出產、宗教等方面的情況，逐一加以介紹。這種結構顯然是精心設計的。採取這樣的結構，既合乎生活邏輯，又易於展示風土物情，這是不是意味著茅盾對「人情」的絕然忽視呢？並不是的。只不過是將「人情」方面的情形隱蔽或迴避了一些。這是因爲要寫「風土」而不及「人情」，那是不可能的。譬如以坎兒井的多寡計算財產，「庫車的楊姑，一朵花」的民謠，以及音樂舞蹈、語言宗教的少數民族特色等等，都無不帶有新疆特有的地方色彩，而這些正是「人情」（人文風情）的具體顯現。所以，實際上的新疆風土人情，在茅盾筆下仍是交織在一起的。

其二，敘描結合，詩文並茂。具有文學家素質的人，往往每至一地，都會格外細心地觀察當地的風土人情，並善於生動地加以表述。茅公顯然是這方面的佼佼者。在《新疆風土雜憶》中，作家對全疆的風土人情作了精要而又生動的介紹，這中間敘述的成分占著主要的地位，但也有不少生動、細緻的描繪性的語言，如形容維族之歌舞：「音調頗柔美，時有頂點，則喜悅之情，洋洋欲溢，舞容亦婉約而雍穆⋯⋯」；描繪迪化市井生活及民俗：「舊戲園有五六家，在城內。主要是秦腔，亦有不很純粹之皮黃⋯⋯漢族小市民喜聽秦腔。城內幾家專唱秦腔的戲園，長年門庭如市。據說此等舊戲園每三四十分鐘爲一場，票價極低，僅省票（新省從前昕通用之銀票，今已廢）五十兩（當

時合國幣一分二釐五），無座位，站著看，屋小，每場容一百餘人即擠得不亦
樂乎；隆冬屋內生火，觀戲者每每汗流浹背，幸而每場只得三四十分鐘，不
然，恐怕誰亦受不住的。……另一方面，迪化漢族小市民之婦女，實已相當
『解放』；婦女上小茶館，交男友，視為故常，《新疆日報》所登離婚啟事，
日有數起，法院判離婚案亦寬，可謂離婚相當自由。此等離婚事件之雙方，
大都為在戲園中分坐之小市民男女。這也是一個有趣的對照。歸化族（即白
俄來歸者）之婦女尤為『解放』，浪漫行動，時有所聞，但維哈等族之婦女就
不能那麼自由了，因為伊斯蘭教義是不許可的。然又聞人言南疆庫車、庫爾
勒等地風氣又復不同，維族女子已嫁者，固當恪守婦道，而未嫁或已寡者，
則不以苟合為不德云。」尤其見出別致的是，作家幾度將前人與自己的豐腴
詩作，巧妙地嵌入文中，釀成了詩文並茂的高格調。詩的引出總是以一定的
敘描為前提的，故而極為自然，而且易於對詩意了然於心；詩的出現又是對
風土人情的更為精鍊的審美把握，起著一種增強文章魅力、加深讀者印象的
作用。如贊「扒犁」（即雪橇）：「……初試扒犁呼女伴，阿爹新買玉花驄」；
如記關於「桂枝」的神話：「曉來試馬出南關，萬樹銀花照兩間。昨夜桂枝勞
玉手，藐姑仙子下天山。」茅公在敘描中感情還較隱蔽，而一旦吟出「歪詩」
來，則情意濃鬱，諧趣橫生，使文章增加了幾許活潑的成分。

　　其三，學養甚深，舉重若輕。新疆「地大物博」，要很好地敘其風土人情
絕不是什麼輕而易舉的事情。然而這在茅公手下，卻顯得是如此舉重若輕，
縱橫裕如。從左宗棠進軍新疆的史實談起，敘坎兒井，議《敕勒歌》，述高原
地貌、「吐魯番風」、維族歌舞，談新疆語言、迪化冰雪、宗教信仰等等，莫
不娓娓道來，旁徵博引，古今中外，海闊天空。從吐魯番葡萄可以想到「勝
於美國所產」；從迪化歌舞可以說及《隋書》提到的龜茲樂；從迪化嚴霜想到
聖誕樹和天山神話；從「定湘王」廟說到疆內各種宗教及其在歷史中的此消
彼長。如此等等，都足證此文確乎堪稱大家手筆。茅公曾自敘：「我從中學到
北京大學，耳所熟聞者，是『書不讀秦漢以下，文章以駢體為正宗』。」「詩
要學建安七子；寫信擬六朝人的小簡；舉止要風流瀟灑；氣度要清華疏曠。」
可見舊學對茅盾侵染是頗為深厚的。當茅盾超越了舊學之後，反而仍能有效
地利用和發掘舊學功底，這是值得肯定的。這篇「雜憶」的筆調頗為老道，
半文言的用語，博古通今的生發議論，以及精巧的古體詩歌等等，都不僅沒
有使這篇散文古怪難解，反而使其骨肉豐盈，更添了幾分誘人的光色。

　　《雜憶》確實也是一篇美文，不僅有文化厚度，而且有直觀、感性之美。比如，文中對新疆獨有的引水灌田的「坎兒井」的描寫：「橫貫砂磧之一串井，每井自下鑿通，成爲地下之渠，水從地下行，乃得自水源處達於所欲灌漑之田。此因砂磧不宜開渠，驕陽之下，水易乾涸，故創爲引水自地下行之法。水源往往離田甚遠，多則百里，少亦數十里。……黑點如連珠，宛如一道虛線橫貫於砂磧，工程之大，不難想見。」又如對迪化冬天嚴寒奇觀的生動描繪：「最冷的日子通常在陰曆年關前後，白天爲零下二十度，夜間則至四十餘度。人在戶外半小時以上，皮帽、大衣領皮、眉毛、鬍鬚等凡爲呼吸之氣所能接近之處，皆凝積有薄薄白霜。人多處，遠望霧氣蒸騰，此亦非霧，而爲口氣凝成。驢馬奔馳後滿身流汗，出氣如蒸籠，然而腹下毛端，則掛有冰球，累累如葡萄，此因汗水沿體而下，至腹下毛端，未及滴落，遂凍結爲珠……」讀來如臨其境，令人有所忌憚，卻又能心生感動和嚮往之情。

　　茅盾在發表此文的時候，曾有不少考慮，建國後重印時有個附記，其中說到「此篇所述新疆的風土習俗，在今天看來，已成陳迹。但從這裡也可以對照出來，解放後的新疆的工業、農業、文化教育事業的飛速發展，眞是一日千里，史無前例；這是中國共產黨在少數民族地區的正確政策和英明領導的實例之一。一九五八年十一月六日，茅盾記於北京」然而，新疆至今仍是人們心嚮往之卻又多有擔心的去處，這倒也令人喟歎不已！

　　（原刊於張田主編《中國遊記鑒賞辭典》，陝西旅遊出版社 1992 年版，有
　　修訂。）

20. 近三十年來茅盾散文研究述評

　　對茅盾散文的關注，起點其實比較模糊。因爲他在學生時代的文章就引起許多好評。但那種好評會僅僅被視爲老師們對學生的鼓勵。他在異地求學和進入商務印書館期間，也都有文章寫作，倘從文章學或廣義的散文即「大散文」角度講，茅盾的散文寫作較其小說創作要早得多了，爲讀者關注自然也要早得多。但從「研究」而非一般「閱讀」的層面看，對茅盾散文的研究或評論反而要遲於其小說。能夠給人留下深切印象的應該是上世紀 30 年代兩位名人的相關評論：一是郁達夫在爲《中國新文學大系‧散文二集》所寫的導言，二是阿英在《現代十六家小品》中作出的評斷。郁達夫的評論類似於傳統的評點派，話語雖簡括，卻點出了茅盾散文創作的核心和根本特徵，阿英則以述評的方式梳理了茅盾早期的散文寫作。值得注意的是，他們一致將茅盾不長的散文創作分爲前後兩期，並同時肯定了茅盾散文高度關注社會、描敍社會、分析社會的特點以及在 1930 年代的轉變。這或許主要是因爲他們基於或近於左翼的政治立場和因時而來的傾向於「實用」的文學觀。可以說，郁達夫和阿英的論斷爲茅盾散文研究奠定了最早的基礎，對後來的研究者產生了至深的影響。由於茅盾在世人的心目中主要是一位現代小說家，或者由於其小說畢竟成爲他的主攻方向並產生了更大的影響，所以此後涉及茅盾散文的論文和著作一直顯得比較稀少和零落，僅有的少數篇章也大多是對《白楊禮贊》、《風景談》等的鑒賞，這種情形一直持續到了建國後的 1960 年代。

　　隨著 1970 年代末期意識形態嚴冰的逐漸消融以及黨和國家工作重心的轉移，哲學社會科學的發展也進入了一個嶄新的發展階段。1970 年代末期到 1980 年代初期，中共中央在茅盾逝世後所給予他的高度評價，全國性的茅盾

研究會的成立，以及《茅盾研究》的出版等等，都促使著茅盾研究在歷史新時期於新的層面上重新展開，並在 1980 年代中期形成一個研究高潮。茅盾散文研究作爲茅盾研究的一個分支，也迎來了歷史上最好的發展時期。據不完全統計，從 1977 年到 2004 年這 27 年間，共出版茅盾散文研究專著一部，涉及到茅盾散文的研究專著 9 部，刊載有茅盾散文研究文章的論文集 6 部，公開發表各類相關論文 123 篇。其中，發表於 1991 年以前的有 100 篇，約占總數的 81%；發表於 1986 年以前的有 89 篇，約占總數的 72%。〔註1〕總的來看，近三十年來大陸茅盾散文研究的歷史大體可分爲兩個階段：（一），1977～1991，這一階段爲復蘇、發展、繁榮及延宕時期。以 1986 年爲界，之前爲復蘇、發展、繁榮時期，之後爲持續發展時期。（二），1992～2004，這 12 年茅盾散文研究跌入低谷，進入全面衰退期，但消沉中醞釀著新的突破，某些話題被引向深入。〔註2〕

　　本書擬按上述兩個階段對本期的茅盾散文研究歷史作一簡要的回顧和述評，不當之處懇請各位專家和廣大讀者指正。

一、1977～1991：復蘇、發展、繁榮及延宕

　　在特殊年代極「左」思潮的支配下，作爲「中共最早的黨員之一」的沈雁冰的作品卻受到了不公正的待遇，甚至遭到禁止。所以，進入新時期以後，茅盾散文的研究首先是從「撥亂反正」開始的，即以重新評價茅盾散文的經典名篇如《白楊禮贊》、《風景談》等爲契機，進而從縱向的史的維度對茅盾的散文創作歷程進行粗線條的勾勒，並重新給予其整體肯定性的高度評價。其情形確如有的學者指出的那樣：「近來⋯⋯從不同角度研究其散文創作的文章多起來了。特別是四十年代初期寫的《白楊禮贊》等抒情散文，研究文章頗多。」〔註3〕

　　復蘇階段，茅盾的著作開始受到重視，全集開始編纂，書信、雜文、日記等文字整理工作也逐步展開，此前出版的研究著作（如葉子銘的《論茅盾

〔註1〕　資料主要來源於龔景興編著的《二十世紀茅盾研究目錄彙編》，中國文聯出版公司 2001 年版。

〔註2〕　此文寫出 2005 年初，材料截止至 2004 年底。此後的茅盾散文研究狀況也大抵如此。

〔註3〕　丁爾綱：《託物寄意　虛實結合——論茅盾的抒情散文及其藝術構思》，載《茅盾作品淺論》，青海人民出版社 1983 年版。

四十年的文學道路》等）也開始再版，一些文學史著作中也注意到了茅盾散文的成就。但從專題研究來看，1978 年在上海出版的《文藝論叢》第三輯發表了鄭乙（孫中田）的《論茅盾的散文創作》，才真正揭開了新時期茅盾散文研究的序幕。隨後，黎舟的《漫談茅盾的散文創作》（《福建師大學報》，1981 年第 2 期），方銘的《論茅盾的散文創作》（《江淮論壇》，1984 年第 3 期）等對茅盾散文作整體性研究的論文陸續發表。同時，孫中田在自己的專著《論茅盾的生活與創作》（百花文藝出版社 1980 年版）一書中也專闢一章論述茅盾的散文，這樣的著作還有莊鍾慶的《茅盾的創作歷程》（人民文學出版社 1982 年版）等。〔註4〕

　　在上述的論文和著作中，研究者們基本達成了幾個共識：（1）茅盾散文創作歷程大體可分為三個階段：①1920 年代及旅日時期；②1930 年代對中國社會生活的速寫；③抗戰時期及 1940 年代。（2）茅盾的創作歷程是伴隨著對中國革命前途和對馬克思主義的認識的不斷深化而前進的，它是一個單向度的線性的發展過程。「作者在革命的發展過程中，思想和藝術風格上的變化是很大的。從迷霧茫茫的境界到天高地闊，明麗宜人的天地；從較多沉湎於內心積鬱的抒發到和人民大眾一起來禮讚革命，這不僅意味著藝術的進展乃至成熟；而且標誌著思想變化的歷程。」〔註5〕（3）1940 年代初期的散文，尤其是作為「理想的象徵」的標誌性作品《白楊禮讚》、《風景談》等，被認為代表著茅盾散文創作的最高水準。1980 年代初期這些論文和論著為以後的研究奠定了一個堅實的基礎，牢固的框架和高昂的基調，自有其不可磨滅的學術史價值。由於茅盾散文濃烈的政治特性，這些研究明顯地偏重於泛政治化的解讀，只是同聲一致的推崇和頌揚。而且它們大多是粗線條的勾勒，缺乏從藝術特質和創作規律的角度思考其散文寫作的得失成敗。

　　由於「和敘事散文、雜文的寫作相比較，茅盾的抒情散文數量較少，但品質卻較高」〔註6〕，再者，散文是或者說主要是抒情散文的文學慣例對研究者思維的潛在作用，使本時期乃至後來的茅盾散文研究主要集中在對茅盾抒

〔註4〕　在該書的第九章《五彩繽紛的散文作品》中，作者集中論述了 1932~1937 年間茅盾的散文創作情況，認為茅盾「散文的藝術風格總的特點是：曉暢而又含蓄，闊大而又精細，幽默而又尖銳」（第 256 頁）

〔註5〕　孫中田：《論茅盾的生活和創作》，百花文藝出版社 1980 年版，第 214 頁。

〔註6〕　丁爾綱：《茅盾抒情散文的藝術特色》，《茅盾研究》第一輯，文化藝術出版社 1984 年版。

情散文的研究之上。

茅盾散文的經典篇章《白楊禮讚》、《風景談》等由於與「十七年」時期的主流意識形態高度契合，在「文革」前便廣爲傳揚。「文革」中則被激進主義思潮的維護者們誣爲「毒草」，遭到禁止。所以，對茅盾抒情散文的研究便是從對這些文章的重評開始的。1978 年《北京師範大學學報》第 2 期發表了吳登植的文章《〈白楊禮讚〉淺說》。吳文認爲，《白楊禮讚》是思想和藝術結合俱佳的作品，「但在『四人幫』猖獗時，竟被摒棄於中學教材之外，實在可憤！」。在此之後，先後有葉子銘的《延安禮讚——讀茅盾的散文〈風景談〉》，（《語文教學》1979 年第 2 期，後收入《茅盾漫評》一書）劉煥林的《濃鬱的詩情，絕妙的畫筆——談茅盾的〈風景談〉》（《廣西師範學院學報》1979 年第 4 期），傅正乾的《〈白楊禮讚〉的藝術特色》（《天津教育》1979 年第 2 期），馮日乾的《含蓄的藝術　深摯的感情——〈風景談〉淺析》（《延安大學學報》1980 年第 1 期），吳奔星的《中國人民的讚歌——讀茅盾的〈白楊禮讚〉》（《嘉興師專學報》1982 年第 1 期）等論文發表。研究者們一致認爲，產生於「理想的象徵」時期的《白楊禮讚》、《風景談》等代表著茅盾散文創作的最高水準。相比於 1920 年代和旅日時期散文的苦悶、低沉的情緒，經過了 1930 年代散文創作題材的擴大，視野的開闊，更重要的是，作者認識到了革命的前途和領導力量之後，1940 年代的抒情散文已完全走出了「小我」，一方面繼續著對黑暗社會的批判，另一方面則旗幟鮮明地歌頌中國共產黨領導下的抗日和革命力量。因此，「這些散文的顯著特點是：畫幅清新明朗，格調高昂。狀物抒懷，熱情奔放。他歌頌的是眞切、平易的事物，但卻蘊含著壯美，偉大的詩意」。〔註7〕但是，比之 1920 年代的散文，從對人的無限遼遠，無限廣闊而又複雜多態的「心魂」的展示的角度來講，很難說茅盾 1940 年代的這些抒情散文更有審美價值。畢竟，這樣的作品情調太明朗，意旨太顯豁，格局太單一，因而了無意趣，全失了散文體式的幽遠和心靈的曲折回覆。高度意識形態化的書寫更使我們隱約的看到了建國後「十七年」時期散文的「概念化」、「公式化」的端倪初露的魅影。

茅盾散文研究在 1984 年達到了高潮，資料顯示，是年共發表各類研究文章 17 篇，爲歷年之最。在此前後發表的論文和論著多能展開對茅盾抒情散文的全景式觀照。如樂黛雲的《漫談茅盾的抒情散文》（《中學語文教學》1982

〔註7〕 孫中田：《論茅盾的生活和創作》，百花文藝出版社 1980 年版，第 205 頁。

年第 6 期）一文，通過對郁達夫關於茅盾散文的評價的反駁，認爲「妙語談玄」亦是茅盾之所長，並從這個方面給予茅盾抒情散文以肯定性的評價。這方面的論文還有李標晶的《茅盾散文藝術特色探微》（出處待查），張啓東的《茅盾抒情散文的詩意美淺探》（《信陽師範學院學報》（哲社版）1984 年第 2 期）。而爲茅盾散文研究付出心力最多並做出了突出貢獻的是丁爾綱先生。他的專著《茅盾散文欣賞》（也是目前爲止唯一的一本茅盾散文研究專著）的出版（廣西人民出版社 1984 年版）和《茅盾抒情散文的藝術特色》（《包頭師範高等專科學校學報》1983 年增刊，後收入《茅盾研究》第一輯，文化藝術出版社 1984 年 6 月版），《託物寄意　虛實結合──論茅盾抒情散文及其藝術構思》（《西北師院學報》1982 年第 1 期，後收入《茅盾作品淺論》一書，青海人民出版社 1983 年版）等論文的發表，把茅盾散文研究提升到了一個全新的層次。

　　丁爾綱認爲茅盾的抒情散文「就藝術特色與個人筆調的發展看，大體可分爲三個階段：（一）二十年代末期，以 1928 年寫的《賣豆腐的哨子》、《霧》、《虹》爲代表。（二）三十年代前期，以 1934 年寫的《雷雨前》、《沙灘上的腳蹟》爲代表。（三）四十年代前期，以《風景談》、《白楊禮讚》爲代表。」，從藝術特點看「三個時期的抒情散文都含蓄蘊藉，詩意盎然，善於用象徵手法託物寄意……然而三個時期的抒情散文的思想情調變化頗大」〔註 8〕「經歷了一個由較爲含蓄到較爲顯豁，由重感情抒寫到理性剖析的發展過程。」〔註 9〕樂黛雲則認爲茅盾的抒情散文運用「構築一種情調和氛圍」和「象徵」兩種手法，表現了三個特點：①他的散文始終表現著正視現實，不滿現狀，頑強的追求未來，期待著新的召喚；②它的散文始終包含著對社會、對人生、對自己理智冷靜的分析；③抒情的多樣性。這些觀點將茅盾散文藝術特質的探討引向了深入，使研究逐漸進入了內在層面。

　　隨著討論的不斷深入，研究者們的視線開始集中在一個焦點性的問題上：茅盾抒情散文的象徵性問題。這方面的論文主要有嘉梅的《讀茅盾象徵散文札記》（《南寧師院學報》（哲學社會科學版）1982 年第 3 期），葉子銘的《關於茅盾散文的象徵性問題》（載《茅盾漫評》），丁爾綱的《茅盾抒情散

〔註 8〕　丁爾綱：《託物寄意　虛實結合──論茅盾的抒情散文極其藝術構思》，載《茅盾作品淺論》，青海人民出版社 1983 年版。
〔註 9〕　丁爾綱：《茅盾抒情散文的藝術特色》，《茅盾研究》第一輯，文化藝術出版社 1984 年版。

文的藝術特色》，徐楓的《試析茅盾象徵性散文的象徵手法》（轉引，出處待查），蘇振元的《淺談茅盾抒情散文的象徵手法》（《杭州大學學報》（哲社版）1984 年第 1 期），毛代勝的《茅盾抒情散文中的象徵描寫及其象徵意義——兼與丁爾綱同志商榷》（《衡陽師專學報》（社科版）1984 年 2～3 期）等。

這裡所談的主要是茅盾對象徵手法的使用，而不是象徵主義構造了茅盾的作品。關於「象徵」的所指，研究者們的說法大體相同。「象徵是通過有限的具體的事物賦予無限的抽象的觀念以形態而使人們得到啟示。」〔註 10〕「其契機在於以某種具體形象來概括更為普遍內容也更豐富也更複雜的東西；並且以含蓄蘊藉，耐人尋味，具有最大程度的概括性和表現力的獨特性為前提的。」〔註 11〕作者通過對「白楊樹」、「霧」、「夜的國」等具體的事物的描繪來給無限的抽象觀念以賦形，以隱約的筆致吐露自己的心曲。在這個問題的研究上，丁爾綱先生的影響較大。他把茅盾抒情散文象徵性描寫的發展狀況分為三個階段：①1920 年代末期的「苦悶的象徵」；②1930 年代中期的「時代的象徵」；③1940 年代初期的「理想的象徵」，並指出這一手法的運用有三個特點：「其一，他常常從微觀的角度從自然界諸事物中提煉象徵性形象，在典型化過程中卻注意從宏觀的高度與廣度賦予其社會全景和深廣社會內容的象徵寓意，使其象徵手法的運用不僅發揮了借具體概括抽象的作用，而且使其最大限度的概括更普遍、更豐富、更複雜的時代內容，以其含蓄蘊藉、耐人尋味的獨特表現力扣動讀者的心弦，以期引起更強烈的共鳴。其二，在這個基礎上，把時代烙印和主觀傾向有機地納入象徵性形象中。隨著自己思想發展的不斷昇華，主觀與客觀的結合經歷了由矛盾到完全統一的溶化過程。這也就是苦悶的象徵被時代的和革命理想的象徵所取代的過程。其三，象徵手法的運用往往交織著強烈的抒情，使主觀意象能融洽地統一在象徵性形象的客觀描繪之中。」

通過對茅盾抒情散文象徵性問題的研究，人們成功地解決了茅盾抒情散文中一些難解、晦澀、曲筆的部分，使茅盾散文研究進入了一個質變的發展階段。這個問題的探討把此前流行的偏重於外在的政治思想的簡單比附和泛政治化解讀的研究模式成功地轉化為對茅盾散文「心魂」的，深層藝術特質

〔註 10〕 樂黛雲：《漫談茅盾的抒情散文》，《中學語文教學》1982 年第 6 期。
〔註 11〕 丁爾綱：《茅盾抒情散文的藝術特色》，《茅盾研究》第一輯，文化藝術出版社1984 年版。

和帶有本體論意義規律的探討，轉化為一種更具學理意義的，積澱性的內在研究。但有的研究者在分析這些散文中的象徵性意象如「灰色的幔」、「紅頭金蒼蠅」、「巨人」時，卻不恰當的將它們平面化、簡單化、直白地與當時社會政治現實對應和比附，使研究走入了另一個誤區，「這樣的解釋顯然無助於啓發反而固定和壓縮了讀者的感受和聯想」。〔註12〕

在此期間，除了上述幾個問題的探討外，也有研究者開始關注其他方面的問題，如茅盾雜文、報告文學的研究便開始受到集中的關注。值得提及的論文有查國華的《論茅盾雜文的思想與藝術》（《茅盾研究》第一輯），章紅的《茅盾與魯迅三十年代雜文之比較》（《杭州師院學報》（社會科學版）1985年第2期）和段百玲的《茅盾——傑出的報告文學作家》（《蘇州大學學報》（哲學社會科學版）1985年第3期）等。查文認為茅盾的雜文有兩個特點：①徹底的不妥協的反帝反封建的戰鬥要求；②廣泛的社會批評。段文則全景式地回顧了茅盾報告文學的理論發展和創作歷程，認為茅盾的報告文學有以下三個特點：①強烈的時代色彩，濃鬱的人民感情；②栩栩如生的人物刻畫；③純樸自然，峭拔跌宕的風格。另外，還有研究者從分期研究的角度探討了茅盾抗戰時期的散文，如張衍芸的《談茅盾抗戰時期的散文》（《寧夏大學學報》（社科版）1984年第3期）；也有從思想發展角度研究茅盾散文表現時代性的特色的，如李標晶的《茅盾散文表現時代性的特色》（《杭州師院學報》（社科版）1984年第2期），等等。不過，這些問題的探討還不夠深入，視野也不夠開闊，在學術界的影響也比較小，但對茅盾散文研究的促進作用卻是不可忽視的。

繁花過後，茅盾散文研究從1986年開始進入了一個相對深入的持續發展時期，此可視為延宕期。在這五年中，研究論題開始分散，論文數量開始減少（從1986年到1991公發表論文13篇，不及前一時期的四分之一），但在一些具體問題的探討上則有所深入。

在此期間，有論者對茅盾雜文的藝術特色作了相對來說比較深入的分析，具有代表性的論文是鄭富成的《大題小作——茅盾雜文文特點之一》（《雜文界》1986年第5期）和《莊諧結合　縝密曉暢——茅盾雜文特點之二》（《河北師範大學學報》1987年第2期）。鄭文認為，茅盾雜文有自己獨特的手法：①尖銳而分寸適度，含渾中鋒芒顯露；②嚴肅而不乏詼諧，幽默中蘊含冷峻；

〔註12〕樂黛雲：《漫談茅盾的抒情散文》，《中學語文教學》1982年第6期。

③論述縝密盡致，語言明白曉暢。李標晶則在《茅盾散文體裁論放談》一文中，通過剖析茅盾對報告文學、雜文、小品文、隨筆等的論述，指出「茅盾關於散文創作的說明，再清楚不過地表明了他每不忘社會，爲時代和社會需要而寫作的散文觀。正是從這種散文觀出發，茅盾在論述散文的體裁樣式時，總把考察它在反映現實方面有什麼特色以及與時代聯繫的緊密程度作爲一個重要因素。」「茅盾建立在現實主義散文觀基礎上的散文體裁論有著豐富的內涵，它至今仍有著理論與實踐的意義。」

　　同時，多維視角和比較的研究文章開始出現。如鍾桂松的《從茅盾作文看少年茅盾的思想和追求》、《茅盾 30 年代鄉土散文的特色》等（收入《茅盾散論》一書〔註13〕）。前文角度別致，後文歸納了茅盾三十年代鄉土散文的四個特色：①及時反映剛剛發生和正在發生的社會世象；②眞實的反映社會生活，注重紀實性；③針砭現實，具有強烈的現實性；④運用象徵手法，寓深意於平淡之中。這裡的歸納概括頗爲精到。再如吳騫的《「油畫式」和「橄欖味」──茅盾與豐子愷散文創作異同初探》，則把茅盾的散文和豐子愷的散文進行了成功的比較（《茅盾研究》第五輯，文化藝術出版社 1991 年版）。顯然，這一時期的研究比之前一時期，在類似論題的研究上有所深入，有些論文還具有開拓性質，因而有相當的價值與意義。

二、1992～2004：全面衰退

　　從上世紀九十年代開始，後新時期將中國社會帶入了一個交雜著前現代、現代與後現代的充滿生機而又秩序混亂的歷史發展階段。1980 年代的明朗、整飭、向上的社會氛圍被在滾滾而來的消費主義浪潮和眾聲喧嘩的時代新潮所淹沒，人們的價值觀念逐漸趨向多元化，人文學者的研究則顯得有些不合時宜。在整個的茅盾研究中，老一輩的學者漸漸退出學術研究的前沿，成果減少；一批中青年學者開始突破舊有的研究框架和傳統的理念，轉而關注一些更具時代感和理論意義的諸如現代文學與現代性，現代文學與全球化等命題；學術新潮的洶湧澎湃使一些學者對以「魯、郭、茅、巴、老、曹」爲代表的現代文學研究的舊有格局和模式發生了懷疑，重寫文學史思潮的推波助瀾又使一些人對這個格局提出了比較尖銳的不同意見，甚至給予一些在過去被視爲大師級的作家（如郭沫若、茅盾）以整體性的否定評價。這些思

〔註13〕復旦大學出版社，2001 年版。

潮襲來，茅盾研究首當其衝，因之，茅盾散文研究也就不可避免地進入了全面衰退的時期，陷入了進退維谷的境地。據不完全統計，從 1992 年到 2004 年，公開發表的各類研究文章僅有 23 篇，只占近三十年來總數的 19%。昔日繁華著錦，烈火烹油般的研究盛況，已成為「無可奈何花落去」的明日黃花。

　　最近十二年間，對茅盾散文進行整體性研究的有黃侯興等先生。黃先生在 1996 年出版的《茅盾：「人生派」大師》（山東人民出版社 1996 年版）一書中專闢一章，以體裁為經，以創作歷程為緯，全面論述了茅盾整個的散文創作。這本著作值得注意的有兩點：（1）作者不但剖析了茅盾的議論性和抒情性散文，還首次將茅盾的一系列懷人、紀事的散文也納入了自己的研究視閾；（2）作者首次簡要的提及了茅盾建國後的散文創作。但本書總體上沒有突破前人的研究框架和成果，繼承遠大於創新。類似的論文還有龍恩的《茅盾的散文藝術》（《齊魯學刊》1993 年第 3 期）等，雖能總攬全局，卻在研究的深度上還留下了一些遺憾。而忽視茅盾散文創作的傾向似乎仍在延續，如近期出版的《茅盾與中國現代文學》，〔註14〕作為全面考察茅盾文學創作文學貢獻的博士學位論文，也沒有將茅盾散文給予專章專節的論述，這不能不說一個明顯的不足及遺憾。

　　本期值得注意的現象是，此前已出現的一些研究傾向開始集中呈現，大體分為以下四個方面：一是多維視角的研究。金燕玉在《茅盾散文中的童年情結》（《茅盾研究》第六輯，北京師範大學出版社 1995 年版）一文中指出「茅盾在寫作之時，卻並未沉浸在對童年的依戀和溫情之中，童年情結已經被對現實的關切沖得很淡……茅盾的心離童年實在很遠很遠，而離現實卻很近很近。」王建中的《攬時代風雲　促社會變革——從文化視角論茅盾散文的思想特色》（《茅盾與二十世紀》，中國茅盾研究會編，華夏出版社 1997 年版）從文化視角的三個維度：政治文化視角、社會文化視角、人倫文化視角剖析了茅盾散文的思想特色。尤其值得注意的是，王文首次把茅盾散文中的婦女觀納入了研究視野，通過比較茅盾入黨前後婦女觀的變動，指出「可以看出他怎樣從革命人道主義進而轉變為無產階級立場，最終樹立起馬克思主義婦女觀。他從文化視角闡述了新舊道德的更替，新性道德的形成，婦女解放運動的發展。這批散文對於推進社會的變革，展現時代的風貌，起到了積極作用。」這篇論文雖然比較粗疏、簡略且沒有擺脫泛政治化讀解的巢臼，但他

〔註14〕周景雷：《茅盾與中國現代文學》，中國社會科學出版社，2004 年版。

所提出的問題卻使茅盾散文研究的格局和視野得到某種程度的擴展。二是比較研究。在上一時期就有論者發表了這一方面的論文，而在本期主要有：顧忠國的《茅盾和周作人的散文比較》（《湖州師專學報》1993 年第 4 期），錢大宇的《茅盾與豐子愷散文的比較研究》（《江蘇教育學院學報》（社科版）1993年第 3 期），張光全的《茅盾、陸蠡散文創作比較》（《固原師專學報》（社科版）2001 年第 4 期）等。馬克思主義認為，世間萬事萬物都是普遍聯繫的。比較類的論文容易流於現象的羅列和簡單的比附，而疏於對兩者之間本質性質素異同的探討，這是這類文章成就不大的一個重要原因。三是體式、體裁論的研究。魯人的《茅盾散文體式談》（《山東師大學報》（社科版）1992 年第6 期）從廣義的或曰泛化的散文觀出發，對茅盾在散文各體式中的理論建設和寫作實踐上的貢獻給予了恰當、中肯的評價。鍾桂松的《茅盾散文的詩體特徵》（《紹興師專學報》1993 年第 2 期），則從「散文的詩體特徵則在於散文具有詩歌的基本要素和應有的藝術效應」這一理論基點出發，認為「詩化的意境，詩樣的感情，詩樣的語言，構成茅盾散文的詩體特徵」。四是分期研究。還有研究者從不同時期的劃分來研究茅盾散文，主要有鍾桂松的《茅盾旅日散文漫述》（見《茅盾散論》P130）和范國華的《讀茅盾的抗戰雜文》（《重慶社會科學》1996 年第 4 期），將茅盾某一時段的散文創作給予了特別的提示和分析。

1990 年代中期重寫文學史和重評文學經典的思潮在茅盾散文研究領域也有所體現，雖然這樣的聲音還很微弱，只是螢光一閃，但對茅盾散文創作的缺點的尖銳批評打破了一直以來茅盾散文研究中存在的同聲一致的推崇和讚揚的和光同塵。這在一定意義上講，是值得肯定的。其中具有代表性的論文便是郝宇民的《概念淹沒的白楊——重評茅盾的〈白楊禮贊〉》（《名作欣賞》1996 年第 3 期）。郝文認為「《白楊禮贊》對於藝術的遠離，主要就在於其過於直接，過於直露，又過於直白地，甚至是直通通地將一種審美感受人為的向某一特定的現實觀念靠近。……作品文本的作用在此只是把一種描寫對象（物）與作者所要主觀讚頌的真正對象（人或精神），直接劃起一個符號，即：樹＝人（或精神），真正的審美觀照與審美體驗在此被完全的取消了，作者最終把讀者帶入的也不是一種審美境界」。儘管分析帶有個人愛好的特徵，但這樣的聲音還是值得研究者們仔細傾聽的。

另外，王國柱考察了《茅盾散文的「個人筆調」》（《杭州大學學報》1994

年第 3 期），黃偉論述了《大題小作——茅盾的小品文觀》（《北京教育學院學報》1996 年第 4 期），伍傑則全面回顧了《茅盾與書評》（《中國圖書評論》2003 年第 11 期）。總之，1992 年以來的茅盾散文研究進入了全面的衰退期，研究文章數量銳減，論題雖有所拓展，但研究的深度和廣度還不盡如人意。

　　回顧近三十年來大陸茅盾散文研究的歷史，儘管其間仍有起伏變化，但總的看來，這一階段畢竟還是茅盾散文研究發展最快最好的時期。研究的大體框架和格局已經確立，研究者們在一系列重要的問題上達成了共識並取得了一些重要的成果。但不可忽視的是，在我們的研究中也存在著突出的問題。首先，既有的研究格局亟需繼續突破。茅盾散文研究要打破封閉和停滯不前的僵局，就必須順應學術思潮發展的大勢，緊追國內外人文學科和社會科學理論發展的最前沿，開闢新的論域。其次，缺乏一部系統、全面地從思想內涵到藝術特質，乃至上昇到散文創作規律的高度來探討茅盾散文創作成敗得失的專著。截至到目前，茅盾散文研究專書只有丁爾綱先生的《茅盾散文欣賞》。令人遺憾的是，這本書雖然立論堅實，材料頗豐，但究竟還只是帶有通俗、普及性質的欣賞性的著作，很難稱得上是嚴格意義的研究專著。最後，由於茅盾的散文創作與主流意識形態高度契合，所以，茅盾散文研究的視角和手法先天性的單一，主要以社會——歷史批評加上文本細讀法為主，而其他多維視角的研究也總是擺脫不了泛政治化解讀的羈絆。別爾嘉耶夫在論述十九世紀俄羅斯思想時曾這樣說道：「俄羅斯的主旋律將不是現代文化的創造，而是更好的生活的創造，俄羅斯文學將帶有比世界全部文學更多的道德特點和潛在的宗教特點」，〔註15〕二十世紀中國文學庶幾近之。中國現代文學中的以文學來干預、創造和表達對新生活的嚮往，泛道德化和泛政治化的特性在茅盾這樣的作家身上表現得尤為明顯。但即使是對這樣一位政治色彩極其鮮明的「黨員作家」，僅僅運用一種思維理路來研究也是不恰當的，因為這會在相當程度上遮蔽他的多態內涵和多樣色彩。畢竟，茅盾首先是一位作家，其次才是一個黨員。

　　雖然存在著上述的諸種問題，雖然當前的茅盾散文研究依然處於低谷，但衰退中孕育著生機，消沉中醞釀著新的發展。尤其是，這種衰退，僅僅是與原來的「紅火」相對而言的，從學術規律上看，作為一個作家的文體研究，

〔註15〕別爾嘉耶夫：《俄羅斯思想》，雷永生、邱守娟譯，第 24 頁，生活・讀書・新知三聯書店 2004 年版。

能夠持續受到學術界關注，這本身就顯示了它的重要。我們相信，在學者們的共同努力下，並有更加齊備的資料、傳記和工具書可資參考，茅盾散文研究必定能破繭而出，呈現出一幅嶄新的圖景，取得新的收穫。

（原刊於《茅盾研究》第 9 輯，文化藝術出版社 2005 年版，與馬萌合作）

附錄一　內部比較與外部比較

王富仁

　　記得在 80 年代中期，在中外比較文學研究正在蓬勃發展的形勢下，龍泉明先生就曾宣導過中國現代作家之間的比較研究。那時他約了一批人，寫了一批文章，編了一本書。我當時與查子安先生合寫了一篇關於梁啓超與魯迅文化思想和文學思想的比較文章。當然，在此前，像這樣的比較研究文章也是有的，但沒有引起我的注意。龍泉明先生的宣導頗引起了我的一些思考。對於中外文學的比較，國際上有比較文學學會，是國際上承認的一種研究領域。有理論，有方法，有實踐，有交流。但同一研究領域不同作家和作品的比較研究卻沒有這樣的國際性的組織，也沒有這樣國際性的影響，不被承認為一種固定的研究方法。但我想，兩種比較研究都是非常有必要的。中外的比較研究，解決的是不同國家、不同民族之間的文學關係的問題，解決的是不同藝術門類之間的關係的問題。不論是法國的影響研究學派，美國的平行研究學派，前蘇聯的歷史的比較研究學派，還是跨學科研究，起到的都是把不同國家、不同民族、不同藝術門類的文學藝術交融在一起的作用。用我的觀念來說，都是構築統一的「總體文學」的方式。中外文學的比較研究對我們是非常必要的，它反映著中國文學國際化的要求。但僅僅有這樣的研究，也有派生的其他一些問題。不能不承認，我們的現當代文學發展水準還是極其有限的，從鴉片戰爭之後，我們就是接受多而輸出少。中外比較文學搞來搞去，就主要搞成了外國文學對中國文學的影響研究。原本來，這也沒有什麼關係，只要認真地以科學的態度對待這種現象，對發展中國文學還是有推動作用的。

　　但事情並不如此簡單。我們現當代的文學研究，已經成了一種固定的職

業。在開始，大家都是有一種明確的意識的，即不論研究什麼，無非都是為了中國文化的發展，為了中國文學的發展。但到它成了一個固定的研究部門，來搞這種研究的人多了，一種研究方式就直接被研究者接受過來了。到底為什麼出現了這種學科，這個研究領域的很多人未必意識到了，一種研究方式也就僅僅成了一種操作方式。在這時，文學的標準就在無形中外移了。中國現當代文學更是在外國文學的影響下產生與發展的。這種影響是接受，是以承認外國文學的標準為前提的，外國文學的標準就強化起來，中國文學和外國文學都是納入到外國文學的標準下被感受、被理解的。這就無形中壓抑了原本脆弱的中國現當代文學。外國的研究者重視外國文學，我們也重視外國文學，我們中國文學的處境就悲慘起來了。這就像一種商品，外國人喜歡外國的，中國人也喜歡外國的，中國的商品就沒有人買了。這裡當然也有實際品質的問題，但也有在一種文化觀念之下的文學盲視的問題。而中外文化的比較研究也就是這種文化觀念產生的一個基地，一個淵藪。別的煙囪裏不冒煙，只有這個煙囪裏冒煙，人們吸的都是這個煙囪裏冒出來的煙，久而久之，人們就聞慣這種煙了，有了別的煙，反而聞不習慣了，聞得習慣，也說不出口來了。大家都這樣想，這樣說，有點不同的感受也似乎不必說、不願說了，說著反而感到彆扭了。我曾經想，假若有人問，對我們中國現代文學研究影響最大的是哪些人，我說是薩特的存在主義、佛洛德的精神分析學、斯特勞斯的解構主義、德里達的解構主義，或者說林毓生、李歐梵、夏志清、司馬長風的中國現代文學研究，只要對我不懷惡意的人，大概不覺得有什麼奇怪，我自己說著也很舒服。但我細想過這個問題之後，認為還是李何林先生普及魯迅作品的主張、陳湧先生魯迅小說研究的宏觀性、樊駿先生提出的文學研究的「當代性」的命題、王得後先生對魯迅立人思想的重視，對我新時期以來的魯迅研究和現代文學研究的影響更是根本的。可以說，它們是我中國現代文學研究和魯迅研究的四大支柱。當然，我們這些人與那些大師級的人物可能有所不同。但到底是大師級的人物少，而我們這些沒有「級」的人物多。把外來影響看大了，把我們的文化對我們的作用就看小了；把外國文學的影響看光榮了，把我們的文學對我們的影響就看恥辱了。時至今日，我們人人抱著一個外國的祖師爺，中國文學就被我們抱丟了。抱著的是越抱越熱，丟了的是越會越冷，到在魯迅身上也感覺不到暖和氣了，成了「僵屍」。外國文學就無限大了起來，中國文學就無限小了起來。我們搞中外比較文學研究原

本是爲了發展中國文化、發展中國文學的，現在反而成了我們自己文學的掘墓人。走向自己的反面了。

　　大凡一個民族對外民族的文化或文學的接受，都是以本民族的文化或文學爲主體的。儘管我們吃的是窩窩頭，外國人吃的是麵包。但在我們沒有造出麵包來的時候，我們也不能把窩窩頭全部扔掉。扔掉了，我們好多人就沒有吃的了，就要餓肚子了，有的人甚至會被餓死。而只要我們中國人還有很多人吃的是窩窩頭，這個窩窩頭與麵包就有了對等的價值，它們都是維繫我們國民生命的必需品。麵包可以價格高一點，窩窩頭的價格可以低一點，但你不能說窩窩頭就一點價值也沒有。而對於那些吃慣了窩窩頭而吃不慣麵包的人來說，儘管別人說麵包多麼好吃，窩窩頭多麼不好吃，他也仍有堅持吃窩窩頭的理由。因爲人與人的感覺原本就是不完全一樣的。超於一切人具體感受之上的普遍標準不能說一點沒有，但也是不多的。譬如說，在卡夫卡與魯迅之間，卡夫卡就是洋麵包，魯迅就是本地產的窩窩頭。前者不僅在外國有名，在中國也有名。多數人是認爲卡夫卡比魯迅更偉大的。但時至今日，我還是更喜歡魯迅。卡夫卡也喜歡，但總覺著不如魯迅那樣更能入我心，入我腦，讀起來像吃辣椒那樣痛快刺激。我不能以我的感覺爲絕對的對，但別人也無法說我的感覺就絕對的不對。人生經歷不同，感受事物的角度不同，人們的觀感也就會不同。以後可能還會有變化，但往那裡變也是說不清的。總之，中外的比較文學研究必須建立在對本民族文學研究的堅實的基礎上。沒有這個基礎，只有中外文學的比較研究，研究來研究去，每個人都覺著自己的研究是公正的、合理的，也可能把我們自己的文學研究丟了。

　　但在我們自己民族的文學研究中，也存在著一些問題。就是我們中國人好給人排座次。《水滸傳》中的那些弟兄們，在沒有上梁山以前，是沒有一個明確的大小上下的座次的，但一到了梁山上，就有了座次的問題。我們現當代的知識分子大都離開了官場，原本已經沒有了明確的座次之分。但我們這些文學研究者是從學校裏走出來的。從小學到大學，我們就被人家排來排去。誰是第一，全班「打頭的」；誰是老末，「坐紅椅子的」。好學生、壞學生，排得清清楚楚，明明白白，似乎不如此就無法說明一個人的價值和地位。雖然我們已經畢了業，但這種看人的方式卻也根深蒂固了。時至今日，我們的文學研究還是重評價而不重欣賞分析，重名次而不重實際作用。整天爲了誰在上誰在下而爭論不休。實際上，我們的人不是壓著摞生活的。各有各生存

的空間，雖然不能說沒有任何分別，但這種分別卻不是絕對的。即使這種區別，也不是排座次排出來的，而是在整體的觀照中觀察出來的。譬如說，你要繪製北京地圖，是無法把我住的這三間屋畫出來的。但你的繪圖卻也不是把北京市的房子按照大小排了一個隊的結果，是按照一定的比例縮小了的結果。我的房子雖然沒有被明確畫出來，但我的房子已經包括在這個地圖中了。這和挑選全國「十大青年」的方式是不一樣的。「十大青年」並不包括你我，而整體觀照的方式是所有的人都包括的。排隊有一個看得起誰看不起誰的問題，而整體觀照則沒有這個問題。它是以相同的比例尺縮小的，現代文學研究也是這樣。即便寫文學史，也不是一個座次的問題，而是一個格局的問題。所以，這個格局的問題是最重要的。格局是空間性的，不是有了你就沒有我的問題。講小說，你得把郭沫若排在魯迅之下；講詩歌，你得把郭沫若排在魯迅之上；在二三十年代，魯迅在文學史上應當佔有一定的空間，到了 40 年代，就沒有他的空間了。誰在中國現代文學史上占的空間大一些，誰應占得小一些，是以他的文學創作的情況而定的，但不論一個作家占的空間多大，都壓不著別人，因為別人在自己那個領域裏是主人。而為了把中國現當代文學的格局弄得更合理、更精確，首要的問題不是分清誰偉大、誰不偉大的問題，而是弄清不同作家和作品彼此關係的問題。這樣，內部的相互比較就是重要的了。我在當時，曾經想寫一些連續性的文章，對各主要作家之間的關係做些比較。但除魯迅與梁啓超的比較之外，只寫了魯迅小說與茅盾小說、魯迅小說與郁達夫小說的比較，後來便感到這不是一件容易做的事情。要想對兩個作家進行比較，得對兩個作家都有詳細的瞭解，都有獨立的思考和研究。我現代文學的知識和功力都不足於支持這樣一個龐大的計劃，就擱手不幹了。所幸喜的是，從 80 年代初至今，已有為數不少的這樣的學術著作出版。這些著作已經遠遠超過了我們那時極其粗略的比較研究的水準。李繼凱先生的這部《魯迅與茅盾比較論》就是這諸多研究著作中的一部。

　　李繼凱先生我是早就認識的。別的我不敢保證，但我能夠保證這部著作的嚴肅性和嚴謹性。李繼凱先生是個很認真、很紮實的人，他對魯迅與茅盾都曾做過長期的研究。他的這部著作絕不是急就章。在當前的情況下，我認為，有這種嚴肅的態度、認真的精神，就應當受到應有的重視。至於其中有無可商榷的地方，有無這樣那樣的瑕疵，那是人們讀後的事情。因為天底下

是沒有完美無缺的事物的。

2003 年 6 月 21 日於北京師範大學中文系
（原爲《全人視境中的觀照——魯迅與茅盾比較論》序言，該書由中國社
會科學出版社於 2003 年出版）

附錄二　評李繼凱《全人視境中的觀照
　　　——魯迅與茅盾比較論》

趙學勇　崔榮

　　在今天，如何將與中國現代文學學科幾乎「同齡」、並且業已達到相當高度和深度的魯迅、茅盾研究引領至新的廣闊空間，從而進行持久不斷、真正新鮮的闡發和解讀，既是學界亟待突破的難題，也是魯迅、茅盾研究的動力和魅力所在。《全人視境中的觀照——魯迅與茅盾比較論》（李繼凱著，中國社會科學出版社 2003 年 6 月版，以下簡稱《比較論》）正是這樣比較有創新的評著。論著在 20 世紀中國文學、中國文化和中國政治的流變中，將魯迅與茅盾作「全人視境」式的綜合比較研究，既恢復了魯迅、茅盾在文學史和文化史上的本來面目，對其重要的研究命題進行了深層挖掘，又深刻地透視出整個中國現代文學的生機和實績，還將思考的目光頻頻投射到當下的文學語境，發掘他們的當代文化價值。與這樣龐大的研究內容互為表裏並能相得益彰的是論著運用的「全人視境」式的研究角度和方法，這種多維型、整合性的研究思路對於進一步拓展魯迅、茅盾研究的新局面，生發新的研究課題無疑具有重要的啟示和借鑒意義。

　　作者用力踐約的「全人比較研究」，吸收了傳統批評中「知人論世」的精義，但更是作者個人有意識地構建和創造的一個相對獨特的概念範疇和研究方法。它以「人」為本，強調對研究對象「進行比較研究的全面性、完整性，以及生命感、人生味等等」，整體性的眼光和比較參照的方法使作者在開闊的人文視野下會通使用影響研究和平行研究，循此對魯迅和茅盾人生、文學創造的共同規律和差異性存在作深度透視，深掘其廣義的文學社會意義。正是

憑藉這一全新的研究角度，《比較論》在深度透視魯迅和茅盾的人、文存在的同時具有了鮮明的學術風格和個性化色彩；在擴大文學歷史敘述的視閾的同時，還致力於對學界長期形成的研究視角、學科話語和描述方式的重新建構。

於是，我們在《比較論》中看到，作者依託「全人比較」的視角具體而又感性地勾勒魯迅和茅盾「鄉土滋育和異地求學」、「同受批判和同一目標」、「交心交友和婚戀人生」、「晚年生活和身後影響」等生命歷程的不同側面，又由此出發敏銳細緻地發掘他們的文學、文化創造與社會、人生、現實複雜的深層聯繫。既避免了從單一視角切入其人、文世界的片面和偏頗，也沒有將人學和文學作簡單、線性的因果理解。整體觀照的開放視野又使李繼凱在從思想、文化、文學、歷史包括人生和情感等多方面考察他們作為文化巨人的幽微處、複雜性和豐富性的基礎之上，擇其要者、重點突出，沒有流於面面俱到。因此，就論著整體的構架來看，是以魯迅和茅盾的人、文走向為經，這就帶來歷史縱深感，而在極具代表性的人生側面上橫向展開，則顯示出作者所具有的在縱橫交錯的歷史坐標系中對魯迅和茅盾進行全景式的把握和描述的能力；這種致思方式也當然地貫徹落實到各個章節，譬如作者從「從文者」、「入世者」和「創造者」等不同文化身份入手剖析魯迅和茅盾在「五四」時的文化創造和文化姿態，既有不同層面的互相印證，又絲絲入扣地剝露魯迅、茅盾始終都與「五四」精神同在的主導性文化性格。因而，不論是研究方法還是研究內容，《比較論》都有較高的學術價值，有可能從根本上改變我們對魯迅和茅盾的理解方式，還使學界對魯迅和茅盾的文化現象和精神傳統進行更為符合歷史真相的科學的價值重估成為可能。

「全人比較研究」的宣導和實踐，由作者多年沈穩的研究和深入的思考而來，其實涵蓋和針對著魯迅、茅盾研究甚至是文學研究當中許多具有普遍性和現實意義的問題。眾所周知，文學研究中方法和角度的擇取，不單純只具方法論的意義，它直接牽涉著價值論和認識論甚至是本體論的問題：出於不同的研究目的和文學觀念，研究主體面對研究對象時採用的不同的觀照角度、研究方式會導致不同的意義闡釋和價值側面，在此意義上，能否選取切合研究對象實際的研究方法，關係到對研究對象面貌、本質、意義或價值的概括和評判，同時還顯示著研究者研究視閾的廣度，研究結論的有效性以及把握研究對象時能夠達到的深度。就現代中國的人、文實踐看，中國現代文學集中體現著 20 世紀這一特定時期的歷史、政治和文化關係，而背負著社會

使命感和民族憂患意識的中國作家則是在與異邦文明、傳統文化、鄉土社會、都市景觀、政治集團、思潮流派等各種文化形態的糾結、離合和碰撞中建構自己的文化人格和文化姿態的，這在魯迅、茅盾這樣具有突出代表性的作家那裡表現得尤為典型。這就決定了，以單純的審美分析和結構分析解剖魯迅和茅盾的文化創造會是削足適履，也很難對事物的本質做出全面深入的說明。「全人比較研究」所持有的大文化批評視野和它所具備的整合跨學科批評方法的綜合能力不僅使《比較論》從地域文化、物質文化、政治文化等諸多方面切近 20 世紀中國文學的本質，同時也讓作者得以細緻入微、層層突進地剝離、剖析、比較和闡釋處於不同層面、不同階段的不同文化形態和社會力量在成就、影響、塑造魯迅與茅盾的「人格」、「文格」時深淺不同的參與方式和大小有別的歷史作用。正像論著自身昭示出的，這必然會是一個規模宏大的歷史敘事過程，同時也是一個不斷在不同的歷史層面、社會層面和文學層面上呈現魯迅、茅盾的人、文世界的不同價值內涵，最終全面、深刻展示他們「本來」的過程。這樣，本書呈現給我們的魯迅，是「新型文化的開路派、前衛派，主要以創造者的激情和戰鬥者的膽識，思想家的智慧和文學家的才華，塑造了自己的形象，譜就了驚心動魄的人生樂章」；而茅盾作為新型文化的穩健派、建構派「卻主要以政治家的理智，文學家的細膩和活動家的才能以及分析家的明敏，建構了自己的人生世界，譜寫了悠遠昂揚的人生之歌」——這樣多維視境下的魯迅和茅盾，即使我們以真正的同情和深刻的瞭解去體味他們的文學和文化創造，亦能引發我們對於與人生、文學、社會和文化發展相關的諸多話題的深長思索。因此，此書的意義不僅在於文學和文化上的探源，亦可作為社會、人生的鏡鑒。

應該指出的是，跨學科的綜合研究也還是應該以對文學創作的理解和闡釋為最終指歸。我們看到，在《比較論》中，對 20 世紀中國文學、文化的回望和反思始終都是作者描述魯迅和茅盾人生走向時最醒目的背景，對其人生側面的勾勒又一直結合著對文學思潮、文藝論爭的客觀剖析和具體創作的審美判斷。作者既兼顧了對文學史涵蓋度和個體精神深度這兩個向度的深入探討，又避免了運用於文學研究的文化批評的浮泛化傾向，也沒有出現對文學作品進行意識形態的過度闡釋的弊病。他通過對魯迅、茅盾文化創造的深入解析來反觀魯、茅對於中國文化的獨立思索及其文字生涯與中國現當代文化發展血脈相連的關係，也通過對魯迅、茅盾文學創造的文化批評探尋其題材、

體裁、語言、結構的規律，在新的視角上闡釋其文學精神。文學批評和文化批評織構成雙重變奏，二者既互證互識又相互生發。譬如作者由物質文化與文學創作的關係入手，客觀地指出魯、茅的寫作確實經常會受到「生計」因素的影響，魯迅對雜文文體全力以赴的寫作、茅盾《子夜》等許多長篇創作上的遺憾和結構上的匆促，皆源於此。這樣的解釋由實證而來，雖然樸素卻有力地說明了問題。

　　《比較論》所顯示出的研究主體與研究客體之間平等、交流和對話的批評姿態也值得注意。無論魯迅還是茅盾，他們都曾將「立人」、「為人生」作為終身奮鬥的崇高目標，但富於諷刺意味的是，在他們生前身後，捧者罵者有之，神化俗化者有之，誣衊詆謗者有之，頌揚擡高者有之，他們不是「人」的意義上的自己。然而，不管利用、還原還是歪曲，研究者總會在其中顯示各自的形象──我們由此得以窺見研究者自身與魯迅、茅盾之間的某種現實關係。本書作者能「迴避酷評選擇慎評」，以冷靜客觀的心態面對魯迅和茅盾，並與之展開平等的對話，這實際是我們與魯迅和茅盾，也是與一切研究對象，應該締結的最為恰切的關係，但對於魯迅和茅盾，能以公允、平等的姿態面對他們卻著實不易。「慎評」和對話所秉持的科學態度和平等立場使作者得以以「人」為基準和出發點，用一種同情和體驗的方式「真正地『走進魯、茅』」。是作者審慎而又寬容的批評，使他不隨意性地妄下斷語，而是運用多種方法在多維視境中呈現二者的偉大處和幽暗處，因為在作者看來，這都是生命個體不可或缺的組成部分。於是我們看到了魯迅和茅盾那些顧此失彼的尷尬以及他們在某種情境中心靈的黑暗面，這是易於更科學、更深切地理解魯迅和茅盾的。與研究客體的平等交流還使作者在「徹底實事求是的同時，也尊重自己真切的感受與認識」。中國人的傳統思維較多傾向於求同，事實上，學界在將魯迅和茅盾作比較時，更多注意的也是他們的相同或相近處，有時甚至出現帶有主觀性的牽強附會。作者則注重在「整體觀照」下「存異」，這樣既正本清源，避免了似是而非，又能理清二者的人、文關係。當然，「存異」得之於對魯迅與茅盾人生和文學相異處的敏感和實證性地細緻挖掘。比如通過對文本的比較和對照，作者認為較之魯迅和茅盾小說創作具有的歷史性的傳承關係，他們的文化取向更多還是「互補」；在茅盾的意識和文本中，政治是「軸心」，但相對而言，「強調魯迅不那麼『政治化』則是較為貼合實際的」。此外，在他們互助合作的人生歷程中，也會「偶有不快」，這些慎之又慎的結論是樸素和實在的，更是符合歷史本來面目的。

　　因多年研究魯迅、茅盾而受其影響，《比較論》始終貫注著極爲鮮明的「當代」意識和問題意識，字裏行間流露出對當下文學、文化語境的關切。正像作者自道，他試圖超越書齋式、沙龍化的封閉研究，「將魯、茅比較研究的『學術張力』引入對現實和未來的文學、社會、人生的思考中」。因此，正像魯迅和茅盾能將自己的創作、學術活動與對現實文化的關注、對歷史的反思和未來的矚望相聯繫一樣，促進當代文化建構也是全書寫作的先在動因。另外，作者讓我們看到，魯迅和茅盾曾經提出和面對的許多問題具有普遍意義，在當代中國也不失其現實性。例如他們宣導或關注過的「人的覺醒」，反對封建專制等諸多命題如今還處於繼續完成的進程中，甚至因在許多時候被改裝、變形和利用，加大了「完成」的難度；同樣，解析魯迅、茅盾面對東西方文化時的文化姿態和文化創造的同時，亦探討如何應對當今的「全球化」語境，並且清醒地指出「中國『走向世界』或與外來先進文化『相容』的全球化與文化習語之路確實漫長而又艱辛」。

　　當代意識還體現在他從當代文學、文化中梳理「魯迅傳統」和「茅盾傳統」，認爲「從魯迅的《阿Q正傳》到陳忠實的《白鹿原》，啓蒙理想和憂患意識都一以貫之；從茅盾的《子夜》到賈平凹的《白夜》，對都市文明的審視與對都市人生的密切關注，也都會引起關於民族命運與個體存在的緊張思考」此外，魯迅傳統對建構新型的個性主義、自由主義文化，茅盾傳統對建構新型的理性主義、小康小資文化等均有多方面的啓示意義，故而「研究魯、茅，也應該在發掘他們的思想文化意義尤其是當代性價值方面下較大的功夫」——作者以當代眼光審視魯迅、茅盾的生命存在和文學實踐，使我們得以洞見，當代文學中的許多問題，其實正是重現了現代文學某些文學現象的演化過程，整個20世紀的「現代性構建」也還有待於完成。由此我們也更有理由珍視他們的文學、精神遺產——這正回應了當下文化語境主要是流行文化和網路文化對魯迅、茅盾的「文化圍剿」，而對魯迅、茅盾的「全人比較」又未嘗不是作者正面建構具有「負重、莊重」特徵的新型文化傳統的一個組成部分！

　　《比較論》的成功還得益於其豐富、翔實的史料。論著尤其是在史料的選用、辨析和闡釋上頗費心思，所選材料既切合這樣規模宏大的工程，讓讀者對研究對象有基本的把握，但又能在哪怕是我們熟知的事件和細節中見微知著地挖掘其深層內涵。在此基礎上的評價、總結既是深思熟慮後的出語謹慎，又留下較大的自由言說空間。作者駕馭史料時應付自如遊刃有餘，龐雜

的歷史事實在「全人比較」的視境下獲得了體系化、內在性的融會貫通，沒有流於表面的比附和硬性的拼湊。論著自身所擁有的相對完整的思想體系，深刻寬容的是非辨析，完美整飭的結構安排以及自然流露的生命感悟，使我們有足夠的理由認定，這也是一次史料運用的示範性實踐。

（原刊於《中國現代文學研究叢刊》2005 年第 5 期）

附錄三　再看文化名人

張雪豔

新時期以來，伴隨著跨國性「比較文學」的快速復興和迅猛發展，本土性的文學比較在其刺激和影響下也走向了進一步的自覺和深化。擁有古今中外豐厚文化資源的現代文學研究者的「比較意識」、「創新意識」和「文化研究意識」，自然由此也得到了不斷的強化，他們不滿足於學科水準的現狀，力求不斷更新和完善理論批評方法以拓寬學術視野，促進學科發展，提升學術水準。李繼凱博士即是具有創新意識和高度學術敏感的諸多學者中的一位。他的近著《全人視境中的觀照——魯迅與茅盾比較論》，就是關於魯迅和茅盾兩位文化名人的一部厚重的學術專著，誠是在「往事並非如煙」基礎上進行的名人比較研究的可喜收穫。

回眸魯茅比較研究，學術界多圍繞著魯茅友誼、魯茅小說比較、魯茅文化性格比較、文藝批評比較等方面展開，且多為單篇論文，而關於魯茅二人全人比較研究卻相當薄弱，更無系統的專著問世。《全人》則填補了這一空白。該書從「人學比較」研究的角度，運用「全人觀照」的眼光，既真實記錄和梳理了魯茅的生活經歷，又透視了他們的全景人生和文化創造。其間也滲透著作者作為當代學人的人生感悟和現實幽思。

綜觀全書，魯茅的相同之處主要在於：他們都是相對意義上的現實主義大師和現代文體大師；同為五四新文化運動的健將；終生守持著進取和創造的渴望；同樣有著事業的輝煌和挫折；同樣渴求著朋友情誼與異性之愛；同樣存在著「圍城內外的悲和喜」等等。魯茅的相異之處則主要表現在：文化性格上，魯迅偏於陽剛；茅盾則偏於陰柔。文化姿態上，魯迅更具前衛性、先鋒性，是開路派；茅盾則更具理智性、建構性，是穩健派。在現實主義創

作上，魯迅更冷峻倔強；茅盾則較平和冷靜。在文體創造上，魯迅的現代白話小說文體和現代雜文文體更具「哲詩」特徵；茅盾的現代長篇小說文體則更具「史詩」特徵。在交友和婚戀方面，魯迅愛恨分明，主意已決便勇往直前；茅盾則謹言慎行，在眞愛面前也隱然退縮。晚年生活，魯迅人老更剛，戰鬥彌堅；茅盾則冷暖自知，隨遇而安。此外，書中的延伸比較和當代性思考，也可以引發讀者對魯迅與茅盾不同人生與藝術範式的深長思考。

　　從參考文獻和涉獵的學理知識之寬廣度可見，《全人》的前期積累和準備工作是相當繁複和充分的。眾所周知，魯茅研究成果之豐業已令人咂舌，欲求新求異，確是極其困難。作者勉力來做如此「沉重」之工作有何意義呢？筆者以爲主要有三。其一，深刻質疑「神話化」或「妖魔化」魯茅的傾向，還大師以名人與常人同體的本來面目。其二，站在比較文化、比較文學的視野中重讀大師，爲現代文學的縱深研究鋪路搭橋，從而更好地瞭解了自己的文化和艱難的文化創造，也更利於「名人文化」的廣泛傳播。其三，文學大師或文化名人自我精神生命的延續和對當下文化創造的潛在影響，以及作者不遺餘力地呼喚某些文人良知的意圖和當下之思或許更能引起讀者的反思。讀書可以明理，讀者在品味魯茅人生的得與失、功與過的同時或許可以得到某些人生的啓示和一些做人的道理，同時對非玄學化的學術研究也增加了幾分親近之情。

（原刊於 2005 年 3 月 23 日《中華讀書報》）

附錄四　走近當代學人的魯迅與茅盾
——讀《全人視境中的觀照——
魯迅與茅盾比較論》

袁紅濤　陳黎明

　　魯迅和茅盾，作爲 20 世紀中國的文壇泰斗和文化巨人，關於他們的研究碩果累累，而將兩位並置一起進行比較研究亦是很重要的方面。人生世界豐富多彩，兩位文化巨星相互疊映當更爲璀璨。這方面已有的研究多以單篇論文形式出現，不乏眞知灼見，但不夠全面和深入亦顯而易見。李繼凱先生的新著《全人視境中的觀照——魯迅與茅盾比較論》（係「中國社會科學博士論文文庫」之一種，中國社會科學出版社 2003 年 9 月出版）以 30 餘萬字的篇幅，縱橫交錯，點面結合，對兩位大師進行了全方位比較，資料翔實準確，視角全面而獨到，論斷中肯而精闢，標舉學理，堅實厚重，乃是現代作家比較研究領域的重要收穫。

　　誠如王富仁先生所言：「要想對兩位作家進行比較，得對兩個作家都有詳細的瞭解，都有獨立的思考和研究。」（見該書序言）著者長期從事魯迅研究和茅盾研究，爲本書的寫作做了相當充分的學術準備。著者對魯、茅一生的文學、文化活動都有全面深入的把握，其關鍵處自不必說，微小處也有細緻考察。如關於茅盾（沈雁冰）初入商務印書館的「名頭」、薪酬，著者考探相關材料求實求細，訂正了它著的不準確之處。本書不局限於文學創作的比較研究，但涉論及此則很精彩。關於魯迅、茅盾的農村題材小說，著者從其選材的時空特徵、作品的情感態度、藝術格調等諸多方面展開比較，著眼精細而且論斷精闢，既呈層層深入之氣勢，又顯絲絲相扣之綿密，行文工整而流

暢，如風行水上汩汩而來，顯示了一種相當難得的瀟灑自如的學術境界。這既得力於明敏的藝術感悟力，同時也基於長期的學術積累。正因爲浸淫既久，對各自的創作個性感悟日深，故能層層展開，不顯羅列之累，更無空泛之弊，而將抽象的內容表達得很具體，於極幽微處復能委婉多姿細細道來。

當然本書最大的特點在於堅持「全人比較研究」的視野，認同人生世界的豐富性和複雜性，直面大師的文學活動與其諸多人生選擇之間的複雜關係，並予以冷靜全面的辨析。面對極一時之盛的「純文學」話語，著者樸實地道出這樣的事實：魯、茅顯然都不是「純文學家」。「純文學家」可以作爲一種精神取向，一種人生模式，「但這肯定不是也不可能是人生的全部，則是顯然的。」（本書第 102 頁）「『全人』是超文學的客觀存在，特別像魯、茅這樣的文化巨子都沒有將文學當作自己的一切。他們的人生即使不是圓形的圓滿的，也不是僅僅向文學敞開的。他們有著更多的人生選擇，並且有著多方面的成就。」（本書第 325 頁）說起來這都是很樸實的道理，但是卻常常被忽略。忽略了對立論角度的反思和調整，無論是肯定或是批判，紛爭不休熱熱鬧鬧卻近於自說自話。而著者之所以有此洞見，乃是因爲堅持最樸素同時也是最開闊的研究視野，著眼於人的價值的全面實現，將魯、茅的文學、文化活動置於人生大視野中來考察。以此返觀有關文學問題就別有洞天。針對學界面對魯迅雜文的矛盾心態，著者明確指出：「作爲文化巨人的雜文與作爲文學家的雜文，從價值評估方面看並不是完全相同的。」「從整體上將魯迅雜文視爲『文化』產品，評價其『文化』價值，似乎都格外順理成章。」而力圖從文學方面極力讚譽其價值，「實際是勉強的，甚至是不必要的。因爲作爲『文化』方面的獨特創造，其作用和價值是很大的，並不比作爲『文學』的作用和價值低。」（本書第 243～244 頁）關於魯、茅等人一個長久的話題就是如何看待他們與革命事業的結緣，對其政治參與活動的評價很多時候決定了對其整體評價。或是簡單否定，據說當下已進入一個淡化政治的時代；或是苦心辯護，比如有學者即考證茅盾 1927 年就告別了革命。本書則堅持：「我們對已經作古的魯迅和茅盾，固然應該從當下的文化語境來討論，但竊以爲更要運用歷史的理性意識來審視魯、茅所曾經承擔的一切。」（本書第 151 頁）本書從其人生不同階段詳細考察了二人參與政治或曰「爲官」的具體形態。對於 30 年代兩人與紅色政治的密切聯繫，著者分別從宏觀文化史、從文化心理角度、從各自的家庭環境等方面加以細緻分析，表達了這

樣的理性態度：「對文人作家接近政治參與政治的情形要作具體分析。不能
因爲有被利用的可能或後來確有其被利用的事實，就疑心、否定此前發生的
一切，對歷史上的正當選擇，尤其是文化人對現代使命的承擔統統給予譏諷
和嘲弄，這是非常令人難以信服的。」（本書第 208 頁）而這樣一種歷史理
性的獲得與其所堅持的「全人比較視野」緊密相關。即兩人對政治的接近和
參與事實上表現了一代文化巨人的一種現實關懷，是其強烈的現實精神的一
種體現。因爲首先「政治確確實實是人間巨大的存在」，對其迴避其實很難。
而魯、茅「嚴格說來他們從來沒有認爲自己是要從事所謂『純文學』的人。
……所以他們以非常誠實的態度從事著他們認爲應該做的『工作』，與文學
創作有關也與政治革命有關，而這一切又莫不與現實的迫切需要有關。」從
人生大視野來看待魯、茅的選擇，他們對現實政治的關注可能「就像今天關
注世界風雲國家改革的人看新聞聯播、鳳凰衛視一樣」，「……應該承認他們
有自己對這樣的工作、這樣的文學選擇的自由。」（本書第 163 頁）二人複
雜而豐富的經歷，諸多的文學、政治和文化活動乃是其在不同層面的人生選
擇。無論是刻意迴避政治者對魯、茅的整體否定，或是曾經的一個歷史時期
對二人尤其是魯迅所作的政治實用主義的闡釋都不免顯得狹隘。其結論相
悖，而思維的單一和片面卻近似。而堅持學術理性，在全人視境中觀照大師
的文學活動，則會有更豐富的發現和體會。比如茅盾在 1927 年寫下的《我
們在月光底下緩步》與《留別雲妹》等，無論在過去被「忽略」，還是現在
被「發現」，「儘管具體解釋不同，但惟政治的傾向非常明顯」。著者則思考：
「那爲什麼不能從更豐富的人生內容，包括也含有無所追求的痛苦和朦朧愛
情失落的生活體驗，來解釋茅盾詩歌的豐富意蘊呢？」（本書第 131 頁）只
有以全面、恰當的視角來看待魯、茅的人生選擇，對其異同之處辨識方更爲
透闢。著者在分析二人與政治的結緣時體會到：「魯迅更接近作家本色，而
茅盾則在轉化角色時顯得相當到位，他作爲政治家的時候，作家的色彩是相
當淡薄的，而在作爲作家的時候，政治色彩卻相當濃厚」。（本書第 149 頁）
全書中諸如這般的精辟之論有力地顯示了全人研究視野的穿透力，以及堅持
學理判斷的價值和意義。

　　堅持「全人比較研究」的視野，本書深入到文學大師多彩的人生世界，
對於收入理財、朋友往來、生前身後等普通人生的方方面面均加留意，對其
舊婚與新戀亦不迴避，點面結合，縱橫交錯，相當全面而透闢地揭示了一代

文化巨人豐富的人生內涵。作為對一個歷史時期內神化聖化魯迅等人的研究
傾向的反撥，將其「還原成人」來認識的呼聲相當嘹亮。這促進了研究的發
展，但不可迴避的是也時有將大師庸俗化、矮化、醜化的迹象，更有人借「還
原」之名行「解構」之實。本書著者始終堅持把握魯、茅主導方面的價值與
意義，同時也清醒地認識到：「他們又絕對不是『完人』，時代在造就了它的
文化英雄的同時，也給他們留下了同樣令人觸目驚心的人與文的『殘缺世
界』，他們的局限不足，他們留下的人生教訓，他們的矛盾痛苦、心有餘力不
足、顧此失彼的尷尬、某種情境中顯示的心地黑暗或自欺自慰等等，也成為
不可避免的歷史性存在。」（本書第 12 頁）基於必須正視的學術理性，著者
品味創造者的焦慮與孤獨，體察轉型時期一代文化先驅在舊婚與新戀之間的
矛盾、「圍城」內外的悲喜，感歎其漸入老境承受著疾病折磨、面對有限的生
命那份無法逃避的殘酷。既堅持依據確鑿材料，面對幽微的情感世界也時時
主動加以叩探。但揣摩體會卻不臆斷，直言其尷尬復又體察其隱曲，以真切
的感受和體驗走近研究對象，在根本上則依據健全、健康的現代婚戀觀、人
生觀來回應種種有爭議的問題。學術研究所應有的冷靜和理性，與面對具體
人生歷程時的通達和寬容相當恰切地融和在一起，觀點既鮮明又中肯，平易
中自有一份堅實的力量。掩卷之後既無考探名人「隱私」的粗魯快感，也不
會產生神話坍塌、偶像幻滅的深深失落，而只能導向對於人生選擇、人性本
身的嚴肅思考。說這是一部嘔心瀝血、厚積薄發之作，實際上不僅指著者長
期從事魯迅研究和茅盾研究，對於二者的比較研究具備紮實的知識基礎，也
應該包括在長期的研究道路上一代學者所獲取的真切豐厚的人生體驗。本書
之所以擇取全人比較研究的角度，而且貫徹地全面而深入，議論風生，縱橫
捭闔，與研究者的人生歷練亦不無關係。基於豐厚的人生體驗，使著者在他
人忽略處獲致新感觸，於眾人紛爭不休的問題上另有一番中肯透闢的新見
解。既保持學術著作的嚴謹紮實，行文議論之間另有一份平和通達的寬容，
整體上成就了全書沈穩厚重而又從容流暢的學術品格。

世紀之交，回眸過去的一個時代，關於文化名人的話題多了起來，似乎
熱點不斷很是熱鬧，但究其實則是胡說八道之風空前盛行，調侃、嘲諷大師
成為流行時尚，而真正的學術成果並不多。大眾媒體以空前強大的影響力，
製造出一個個熱點，鬧擂炒作，並不斷將學院派學者裹挾其中，意在全民「聯
歡」。面對一波又一波的熱點話題，學院派往往是措手不及，置身於非學理性

的熱鬧討論中又感不快，學術研究面對流行文化似乎有些被動，在當下的文化環境中頗顯尷尬。而《全人視境中的觀照》一書直面諸多很容易淪爲炒作的「話題」，嫻熟、全面地駕馭豐富的材料，依據學理作出了積極中肯的回答，舉重若輕要言不煩，展現了學院派學者的實力和自信。也許人文科學的研究並不盡然出於純粹的興趣，在一項選題的背後大約總潛隱著研究者某種難以釋懷的情結。在現代文學研究領域，對於從新時期開始學術道路的一代學者而言，關於魯迅等重量級作家的研究當是其最爲基本的學術「儲備」，同時也建構了一代學者的精神家園。在對大師的閱讀和闡釋中總包含有交流、對話的願望，尋找思想和精神資源的渴盼，尤其是在一個變化迅疾的時代。在本書中不僅可見著者始終密切關注著新時期以來魯迅、茅盾研究領域的進展，同時還沉潛著個人的感受和體驗，在對魯、茅全方位的解讀中，在對其諸多人生選擇的辨析體察中，內含著著者對於人生樣態，首先是對於知識分子在當代社會中的角色和使命的思考與追問，既由此與魯、茅溝通和交流，也以此審視並積極應對時代的挑戰。沉潛著這樣的嚴肅思考，「比較研究的全面性、完整性」與「生命感、人生味」就取得了融會的基點，學術的嚴謹與思想的激情比較完美的得以結合。從而在求索中更進一步地走近了魯、茅，大師也由此介入了當代文化建設的進程。逝者已去，其生命信息卻在一代代學者前後相繼的閱讀、感悟、研究中得以傳遞。在這個變化迅疾的多元時代，面對著魯迅和茅盾「接受史」上空前複雜的狀況，著者既堅持紮實嚴謹的學風，復著眼於文學教育和文化傳播，在人生大視野中反思和品味新文學和新文化的重要代表人物，充分翔實地闡述了自己的「魯迅觀」和「茅盾觀」，並籍此表達了對當代文化生態和文化建設的深切關注。在研究者與研究對象距離的切近、審視角度的調整中不僅溶化著研究者個人的心得體會，在某些方面也蘊涵了一代學者的心路歷程。因而，本書不僅以其堅實厚重的學術分量堪稱現代作家比較研究領域的重要收穫，在當代學術史上也具有一定意義。

（原刊於《茅盾研究》第九輯，文化藝術出版社 2005 年版）

附錄五　評李繼凱《全人視境中的觀照——魯迅與茅盾比較論》

劉方喜

　　李繼凱先生的《全人視境中的觀照——魯迅與茅盾比較論》（中國社會科學出版社 2003 年版，以下簡稱《比較論》，引自該書內容只注明頁碼）是有關兩位文學大師的研究專著，其基本研究思路，大抵可概括爲「『大師』的『人化』闡釋」——這有緊密聯繫在一起的兩方面含義：一是「人化」的而既非「神聖化」也非「妖魔化」的闡釋；二是對「大師」而非僅僅只是對大師「大作」尤其所謂純文學作品的闡釋，下面就圍繞這兩方面略加評析。

　　移自近代西方的學科建制的諸多弊端，近來受到了越來越多的反思，我覺得，對於文學尤其文學史研究這門學科來說，一個突出的問題是：大師級的作家越來越少人問津，二三流乃至不入流的作家作品越來越多地被挖掘而進入學位論文、科研選題之中——這自然並非一無是處，從學科知識積累的方面來看也是非常必要的，但當一個或許只有千把字作品遺存下來的作家被做成幾十萬字的學位論文、學術專著時，通常情況下可能確實也就只有知識學的價值。並且當這種研究充斥文學史研究領域時，在這種單純的知識生產機制中，大師可能反而會被巨量的「知識」所淹沒。現代學科建制有自身的運作規則，並按自身的規則不斷生產和再生產著專門知識：自然科學通過技術作用於社會而確證著自身存在的合法性，人文社會科學存在的合法性則總是在各種爭議中不斷受到挑戰，茲不多論。寬泛地說，人文科學的合法性在於可以爲整個社會的人文建設作一些貢獻——此乃文學史研究「當代性」的要義之一。李繼凱先生在書中指出「胡風的理論批評更具個性和再生力」（第

-247-

342 頁），而魯迅與茅盾都是那種「再生力很強的『資源性』的文化名人」（第
3 頁），歷史上的文學大師及其文學作品作為文化遺存正是通過其「再生力」
不斷地貢獻於後世的人文建設的。這方面與接受美學相關的所謂「一千個讀
者有一千個哈姆雷特」已成為一種流行話頭，將其中國化可以說「一千個讀
者有一千個阿 Q」——但在流俗的理解中，這些表述中的「讀者」的作用被無
限放大，並且這些表述往往還成為主觀隨意、肆意解讀作品的藉口——可以
追問的是：在這些表述中，「哈姆雷特」、「阿 Q」僅僅只是泛指而可有可無的
嗎？新時期以來曾經批評過的文學人物形象的概念化、臉譜化，比如，我們
可以說「一千個讀者有一千個高大泉」嗎？並且這種表述與「一千個讀者有
一千個哈姆雷特」完全一樣嗎？除非是極端的相對主義者，如果我們尊重基
本的文學經驗的話，那麼皆會承認「哈姆雷特」、「阿 Q」與「高大泉」等相比
還是有些差異的，大致說來前者的「再生力」要更大一些。

　　當然，文化大師的再生力又是通過研究者不斷地闡釋具體表現出來的，
而主觀相對主義的泛濫，在對大師的整體評價與定位上有更突出的體現。
《比較論》鮮明地強調「迴避酷評選擇慎評」，這不僅宣示了一種嚴謹的治
學態度，而且還表明了對當下酷評時尚的一種拒斥立場。該書從四次「文化
圍剿」來歷史地勾勒魯迅文化角色形象的變化：第一次是新文化運動對舊文
化的圍剿，魯迅是那場「文化圍剿」的「先鋒或主將」；第二次是 20 世紀
30 年代政府對左翼的文化圍剿，魯迅是「反圍剿」的「堅定戰士或『司令』」；
第三次是文化大革命，魯迅成為「被『圍剿者』利用和神化了的傀儡或幫派
鬥爭的工具」。第四次是 20 世紀末以來，魯迅成為「被『圍剿』的一個主要
歷史人物或著名作家」（第 350～352 頁）——如果說第三次是被「神聖化」
的話，那麼，第四次則是被「妖魔化」、「庸俗化」。茅盾文化形象的變化也
大致如此，而被妖魔化的程度似乎更高，以至於「彷彿他在文化巨人魯迅面
前，只是一個精神侏儒」（第 1 頁）。最寬泛地說，時下的妖魔化乃是對「文
革」時神聖化的一種強烈反彈，作者對當下第四次文化圍剿的成因進行了一
些分析。首先是加世紀 90 年代以來國內學界與國外漢學界相互呼應而形成
的一股文化保守主義思潮，「推崇古代中國、貶低 20 世紀中國」（第 9 頁）。
從理論上來說，這與對現代性弊端的反思密切相關，作者認為「指出魯、茅
的不足是必要的」，作為五四新文化運動的代表性人物，兩位大師思想的現
代性自然是非常強的，問題在於我們今天該對此作怎樣的反思：一是歷史的

理解，急切的現代化焦慮使那代知識分子採取了與傳統斷裂的基本書化姿態，這與當時整體的歷史狀況密切相關，後人作超歷史的理解和評價未免有失公道；二是要深人到對基本思維方式的反思，這方面的問題恰恰在於：今天徹底否定魯、茅等五四先賢的保守派，在基本思維方式上卻與五四先賢們驚人的一致，只不過一是曾經要徹底與古代傳統徹底決裂，一是與 20 世紀的現代傳統決裂而已——二元對立的斷裂性思維方式或有學者稱爲的「就父情結」卻是一樣的：我們非要打倒我們的前輩才能展示我們的文化創造性？傳統的文化思想資源對我們就只有壓制、束縛的作用？我們博大的古代傳統與激進的現代傳統肯定需要某種超越，問題在於如何超越。其次，與文化保守主義思潮幾乎同時出場的是所謂後現代主義思潮，解構、顛覆一切的激進姿態，在按資本邏輯運作的商品化的消費主義大潮中，最終演變爲將一切娛樂化、時尚化，對文化大師的醜化、妖魔化，最終就只是出於娛樂、吸引眼球這樣的目的——可以預見的是，在這種娛樂至死的消費狂歡中，文化大師們還將被不斷地搬出來戲弄。與文化保守主義比較起來，消費主義的力量要更爲強大，並且這些力量往往還複雜地交織在一起——在此情境下，恢復大師和經典文化思想的再生力，是非常艱難的，在此意義上，《比較論》可謂迎難而上之作。

「慎評」的學術態度，使《比較論》一書超越了「文革」的神聖化，同時也拒斥了當下的妖魔化、娛樂化，在具體的研究中又表現爲：該書充分佔有原始文獻，用文獻說話，同時又對歷史事件及相關文獻作妥貼的理解和闡述。該書首先對兩位大師的早期生活進行了描述和分析，指出這兩位現代性極強的大師的鄉土觀念「與傳統中國人相比是較爲淡薄的」，但地域文化、家庭境遇等對他們的影響也是不可忽視的。兩人家鄉皆在歷史文化積澱深厚的浙江，但一在浙東，一在浙西；一爲鄉鎮，一爲古城——這些異同作爲某種潛在的文化基因，也是造成兩位大師文學、文化創造上的異同的重要原因之一，比如後來茅盾作品涉及更多的城市題材等等。兩人接受的早期教育皆有新舊交織的特點，皆有一定的傳統文化的根底，儘管兩人尤其魯迅對傳統文化有貌似極爲偏激的說法，而實際上傳統文化對兩位大師的成長是有一定積極作用的——可能這種作用只是潛在的。而從家道中衰乃至身體疾病等對後來魯迅憤激性格形成的影響、相對平順的早期家庭生活對茅盾相對平和性格形成的影響來看，現實的人生經歷對文化大師同樣有深刻影響，大師也是受

制於現實人生經歷的「人」，而非從天而將、橫空出世的「神」。其次，該書分析指出，正是作為典型的「五四人」，兩位文化人才成為大師：兩位大師既是五四新文化思潮的推動者、「與五四同在的弄潮兒」，同時也是這種思潮的被裹挾者。在文化上大師創造了歷史，同時也必然受到其所創造的歷史的制約——如果我們認識到大師也是「人」，而「人」總要受到歷史的制約，那麼，就沒有理由對大師作超歷史的評價。極端相對主義者認為，大師的文化形象往往是人為建構起來——這似乎不成問題，問題在於：有些形象可能是憑空建構起來的，比如憑藉對「大師」的幾句口號的過度闡釋來虛構某種高大的文化形象——而真正大師形成的基礎是實在而厚重的「文化遺存物」（《魯迅全集》有 16 卷，《茅盾全集》有 40 卷），《比較論》專列一節「從文者的文化創造」，對茅盾、魯迅五四時期在理論和創作上的成果進行了較為充分的描述——正是這些豐厚的文學和文化上的實際成果，構成了兩位大師文化形象難以撼動的堅實基礎。

「食色，性也」，人之為「人」的特性，在與「食」等相關的物質追求、與「色」等相關的人際關係中有所體現——《比較論》也從這兩方面對兩位大師作了人化闡釋。《比較論》專列「著書亦為稻粱謀」一節，描述和分析了兩位大師文學和文化活動與金錢的關係——在這方面也常存在兩種偏頗。一是傳統研究往往把大師單純精神化，忽視了大師精神文化創造活動「也與人間煙火包括生存需求有著密切關係」（第 178 頁），這會趨於把大師神聖化——該書通過梳理相關原始文獻，分析了魯迅與現代稿費的關係，揭示「茅盾是中國現代作家中最為關注經濟生活的作家」而其創作也與物質追求有關等等。當然，另一極端是把大師庸俗化，五四時期，在相關論爭中，鴛鴦蝴蝶派就攻擊性地指出新文學創作者與他們一樣也是為了金錢而創作——今天許多人老調重彈，否定五四啟蒙文學與商業化文學的區別，這一方面成為貶低五四新文學的一個理由，另一方面也是為文學創作過度商業化鳴鑼開道，茲不多論。在當今一切皆娛樂化的消費狂歡中，「色」成為最能吸引人眼球的重要東西之一，而妖魔化文化大師的重要伎倆之一也就是在「色」上大作文章，魯迅、茅盾也難逃此劫。根據一些所謂新發現的材料的蛛絲馬蹟，再加上基於豐富想像力（還基於什麼樣的心理？）的臆測，有關曝露兩公個人隱私並以此貶低兩公人格的文章時有所見，並且這些文章的傳播速度快、範圍廣。《比較論》專列「異性交友與人生風景」、「『圍城』內外的悲與喜」兩節，對魯迅、

茅盾各自的「性際關係」進行了一些分析和探討，強調「性際關係」與兩性關係、性關係相關而又不完全等同（第297頁）。革命導師曾指出，兩性關係乃是人與人之間最自然的關係，按照我的理解，李繼凱先生所強調的與性關係不盡相同的「性際關係」，乃是對兩性關係之豐富性、複雜性的強調。在這方面也存在兩個極端傾向：或把先賢的兩性關係描述成柏拉圖式的純粹精神關係，這種神聖化傾向其實恰恰是把他們豐富的兩性關係單調化；或把先賢豐富的性際關係簡化、規約爲性關係，這種傾嚮往往會把文化大師庸俗化乃至妖魔化──《比較論》一書通過詳實的材料對魯迅、茅盾兩公各自性際關係的豐富性進行了描述和分析，妥貼的把握表明這是一種「人化」的理解和闡述，避免了神化和庸俗化的極端傾向。性際關係的豐富性體現了大師人性的豐富性，而其複雜性同樣也體現了大師人性的複雜性，《比較論》對魯迅、茅盾「舊婚」與「新戀」的複雜糾結的情況作了細緻而妥貼的描述和分析。該書還指出「儘管魯、茅通常在努力迴避著個人庸常的生存體驗進入筆端，但卻無法擺脫這些切切實實的人生對其創作的影響」（第 294 頁），並舉茅盾《虹》爲例，揭示這部作品與茅盾一段情緣的關係，等等。當然，使包括魯、茅在內的現代中國知識分子感覺更爲糾纏不清的無疑是政治，茅盾尤其晚年在這方面顯得更爲突出，「晚年的茅盾與郭沫若等許多文化人一樣，其卻步不前或隱忍屈從的文化姿態，確實是非常刺目的」（第303頁），但另一方面，《比較論》也分析指出：「茅盾在當官時對『無官一身輕』的嚮往，尤其是對可以從事自己喜愛的創作生涯的嚮往，仍然多少顯現茅盾作爲作家的本色」（第309頁），並且在培養文學新人等方面做了很多有益的工作，絕非一無是處。

對大師「人化」闡釋的另一含義是《比較論》一書所強調：要做「人學研究」而非單純的「文學研究」（第31頁）。該書整體結構基本上以魯迅、茅盾生平爲主線，但不同於傳統研究思路的是，該書交代生平不只是爲了更好地理解作品，反之，理解作品是爲了更好地理解人──集中研究文學創作的第四章也是緊密結合兩位文學大師的「主體重建」來探究其「文體建構」的。作家的主體重建首先與政治相關，兩人均有參政經歷，這種政治履歷對他們文學創作的影響都是有利有弊的，該書指出魯迅帶有「刀筆吏」風味的文筆與其官場磨礪有關，這「既從某種意義上成全了他的『戰鬥性』，又時有用力過度或用鋒失手的情況，對此真的沒有必要諱言」，而「政治活動以及政治化的寫作活動成爲茅盾整個生命最顯赫的部分」（第 201 頁），這同樣「有他的

幸運，卻也有他相當大的不幸（如促使他脫離創作並加速他對革命現實主義一元論的定型以及喪女之痛）」（210）。其次與民族主體有關，直到今天農民問題依然是中國現代化進程中的一個重要問題，關注民族命運的魯迅、茅盾都有不少農民題材的作品。兩人均屬「理智型」而非「情緒型」藝術家（第216頁），而不同之處是，魯迅更側重「思想革命」而茅盾更關注「社會革命」（第217頁），魯回憶性強，茅即時性強，魯傾向於小，茅更傾向於大等等。而茅盾還有大量城市題材的作品，與農村題材作品形成了重要的「互補關係」。同為文化巨人，兩人有些文章所採用的「在嚴格意義上並非都屬於文學文體」，但大部分還是屬於文學文體的（第229～230頁）。兩人均有極強的文體創新意識，而魯長於短篇小說，茅更擅中長篇；魯作「哲詩」特徵明顯，而茅作「史詩」色彩強，魯成為鄉土小說或反思小說的奠基人與最具代表性的作家，而茅為現代小說社會剖析派或現代史詩小說派的奠基人和最具影響力的作家（第240頁）。最後，《比較論》還從文體史的視野分析了所謂「魯體與茅體」的特點：一是多樣化，這體現了現代性的多元性；二是實用性較強，這與現代知識分子關注民族命運的整體心態密切相關。

當然，《比較論》又一重要特點是比較研究的視野，即對魯迅與茅盾進行比較研究，同樣也不僅僅局限於「文學比較」，而是作「文化比較」研究，最終概括出兩人有異有同的文化性格類型。該書第三章「同受批判和同一目標」，描述了20世紀20年代末期兩人同時被革命陣營攻擊為「落伍」者的遭遇及在複雜環境下艱難的求索，兩人從「神交」而最終成為「同志」——這種實際的交往構成了將兩位大師進行比較的歷史基礎。該書視兩位大師的交往為「強強聯合」，充分佔有原始文獻，對兩人「相知相助的評論」進行了充分的揭示；但也不諱言兩人交往中的由於性格差異而產生的「偶有不快」，並認為兩人的友誼更多地是一種「事業型」合作關係、「理智化」的友誼（第255頁），並未將兩人友誼神化，同樣貫徹了對大師進行「人化」闡釋的理念。此外還對茅盾與胡風進行了「延伸」比較。最終，該書用「桑田春蠶」與「荒原野狼」這兩個喻象勾勒茅盾與魯迅不同的文化性格形象，正是比較的研究方法，使這兩種形象豐滿而具有歷史的深廣度。該書還進一步指出，這兩種文化形象又體現了「中國現代文化史和文學史上不同類型知識分子中兩個最基本的『原型』」，「在近乎絕望中為自由而勇猛搏擊的『荒原野狼』和在理性希望中為明天而默默奉獻的『桑田春蠶』，顯然都是中國人生存發展所需要

的。更進一步抽象說來，也是維繫人類精神生態的有所不同的思想文化資源」
（第 348 頁）。

　　《比較論》所佔有相關文獻完備，是一部非常嚴謹的學術論著，同時又
不囿於單純的書齋研究而可謂「有爲之作」，充分重視研究的「當代性」。該
書以「向『沉重』的人生致敬」收結，指出，「從人生樣態來看，可以說魯迅
與茅盾都是『沉重型』的人，而非『輕浮型』的人」（第 357 頁）——這種人
生類型置於當下社會環境之中，其「當代性」就凸顯出來了：「輕浮型」的人
正在將一切娛樂化，也正是出於娛樂狂歡的需要，包括魯迅與茅盾在內的文
化大師在不斷被妖魔化、庸俗化。美國學者尼爾‧波茲曼《娛樂至死》深刻
指出：毀滅現代或後現代文明的，可能不是獨裁專制等讓我們抵制、厭惡的
東西，而是在一切皆娛樂化的消費狂歡中讓我們喜歡的東西。《比較論》給我
們的重要啓示是：再度理解歷史上的文化大師，對於個體人生意義的探求乃
至社會發展方向的思考等具有重要警醒作用。

　　　　　　　　　　　　　　　　（原刊於《文學評論》2009 年第 1 期）

後　記

　　自從走上人文學術研究這條「不歸路」，掐指算來已經整整 30 年了。我在成爲「研究生」之前已經寫過論文，但那只是小小的嘗試和操練，1983 年 9 月入學以來，儘管還是碩士研究生，寫出來的東西仍然稚嫩，但實戰的味道畢竟越來越濃了。那可是令人格外懷念的上世紀 80 年代啊，猶如令人想起當年的「五四」。結果，上研究生就跟上戰場似的，天天爭分奪秒，寫的稿子往往要修改、謄抄很多次，投稿的積極性極高，像發高燒似的，不屈不撓，長長短短居然發表了不少。其中有幾篇是涉論茅盾的。這次有了機會，也不悔少作，收進了這冊集子，竊以爲進入不了學術史卻也可以進入自己的生命史，依然會對年輕者的人生和學業有所啓示。當然，借機會也對注釋及個別字句進行了必要的修訂和完善。

　　內文大致分兩個單元，第一個單元即上篇突出了茅盾「師者」品格及特徵，不僅僅局限於文學，也盡可能多方面涉論了茅盾的生平、思想及情感，努力表達自己的「茅盾觀」；第二個單元即下篇涉及了茅盾的更多方面，有鑒賞，有比較，有述評，也有對茅公「書寫行爲」的考察，強調了他和中國書法文化的關係。我在茅盾和魯迅的比較研究方面，曾堅持多年，並有專著出版，反響頗好，不僅有高層次的科研獎勵，還有多篇書評和較多的引用。所以，這次將王富仁先生的序言以及幾位同道的多篇書評收集起來作爲附錄，以供讀者參考，也是一個難忘的紀念。需要說明的是，由於是不同時期和思想背景下寫的文章，個別地方有所交叉、重複或衝突，爲了尊重歷史實況，便沒有修改；還有的文章原來有了初稿，但由於忙於他務而沒有完成，這次

借助東風，加把勁完成了，作爲新文章收入本集，對自己對讀者多少還是有點新鮮感，也避免了簡單的「炒剩飯」。

我從事茅盾研究以來，斷斷續續也接近 30 年了。最難忘的有四次會議。第一次是在湖州，於 1985 年參加了在湖州舉辦的全國茅盾研究首屆研習班，聽了前輩學者的學術報告，討論了許多問題，會上會下結識了幾位終生不渝的朋友，這對自己的學術生涯影響很大；第二次，是同年夏天隨著導師訪學並順便到杭州西湖的劉莊（即如今的西湖國賓館）去「蹭會」：導師黎風先生參加茅盾研究學術討論會，我只能旁聽，但也很受激勵；第三次，是 10 年後的事情了，即 1996 年召開的「紀念茅盾誕辰百週年國際學術研討會」，該會「規格高」，論文要先提交審查遴選，被選中的才能參加，我有幸參加了這次在北京人民大會堂召開的盛大的學術會議，一幫國家領導人李瑞環、丁關根、溫家寶、李鐵映等出來接見大家並合影留念，來自 8 個國家的一幫老外也因學術而體會到某種國賓待遇，當時還堪稱「青年學者」的鄙人確實受到了精神鼓舞；第四次，是本人具體操辦的學術會議：主持召開「全國茅盾研究學術討論會」（2000 年 4 月於西安），並作發言，獲得「茅獎」的著名作家陳忠實到場談他的茅盾觀，引起關注；會議規模雖不大，但著名學者黃修己、萬樹玉、翟德耀等先生參加了會議並做了主題發言，中國茅盾研究會會長葉子銘先生致信祝賀，多家媒體都報導了這次會議。切身的體驗使我一直認爲：健康的學術「會議文化」對於學術視野的開拓、學術新路的探索都是很有作用的，對於「協作創新」也大有裨益。

如今，全國茅盾研究會在新一屆領導班子的領導下，仍在千方百計積極推進茅盾研究事業的健康發展，當我獲悉學會秘書處將組稿在臺灣花木蘭文化出版社出版茅盾研究系列書籍的消息時，自然是積極回應。很想借這個寶貴的機會，將相關的已發表和未發表的論文都收集起來，自有可觀之處。當然，爲了能夠達到出版的要求，整理、修訂和完善的工作是必要的。因爲有了研究會領導特別是錢振綱會長和許建輝秘書長的關照，以及花木蘭文化出版社高小娟、楊嘉樂等有關人員的辛勤操勞，這本關於茅盾的集子才有可能問世。在此我要深深地鞠躬致謝！並祝願兩岸學術界、出版界有越來越多的合作機會，既進一步增進瞭解更增進友誼！也借這個機會感謝多年來特別鼓勵我從事科研及教學的愛妻劉瑞春，也感謝與我合作文章的周惠、馬萌以及協助我校對論文的研究生盧美丹、馮超、問宇星、李思，更感謝當年編發拙

文的編者及有緣一讀拙作的讀者！無論是親緣、友緣還是學緣，只要是緣分，就當倍加珍惜，爲此我衷心地感謝和祝福一切與我有緣之人！

李繼凱

記於古都西安大雁塔側畔

2013 年 8 月 2 日